너는, 어느 계절에 죽고 싶어

너는, ✦ 죽고 싶어
어느 계절에

홍선기 지음

늦은 가을, 케이시는 흰색 포르쉐의 운전자석에 앉아있었다. 거리에는 생기를 잃고 바짝 말라버린 잎사귀들이 가로수의 가지 끝에 간신히 매달려 있었고, 길을 걷는 행인들의 옷도 제법 두터워져 있었다.

케이시와 가즈키는 긴자의 레스토랑으로 향하고 있었다. 카 오디오에서는 라흐마니노프의 〈피아노 협주곡 2번〉 2악장이 흘러나오고 있었다.

"취향의 차이겠지만." 운전하고 있던 케이시가 말했다.

"라흐마니노프 본인의 연주 버전도 좋지만, 나는 루빈스타인의 버전이 더 대단한 것 같아. 특히 지금 이 부분."

케이시가 콕 집어 말한 부분은 처량하리만치 구슬프고 애잔하고 슬펐다. 어떤 말과 글로도 표현할 수 없는 감정의 나락이 거기에 있는 것만 같았다. 수려한 외모, 세계에서 손꼽히는 젊은 부자인 케이시가 대체 왜 이렇게 어둡고 우울한 곡을 좋아하는 건지, 가즈키는 여전히 알 수가 없었다.

"그나저나 가즈키, 너는 어느 계절에 죽고 싶어?"

"네?" 가즈키가 케이시의 갑작스러운 질문에 깜짝 놀라 되물었다.

"그냥, 너는 어느 계절에 죽고 싶은지 궁금해서."

케이시는 마치 '오늘 저녁 메뉴로 뭘 먹고 싶어?'라는 듯 가벼운 투로 말했다.

어느 계절에 죽을지라니…, 세상에 누가 그런 걸 염두에 두고 살까? 가즈키는 잠시 고민하다가 답했다.

"글쎄요… 케이시, 저는 아직 죽음에 대해 단 한 번도 그렇게까지 깊이 생각해 보지 않은 것 같아요."

"다행이야, 가즈키. 너라면 역시 그렇게 대답할 것 같았어."

케이시가 온화한 얼굴빛을 띠며 말했다. 가즈키의 대답에 안도하기까지 하는 모습이었다. 케이시가 계속 말했다.

"보통의 사람들은 어느 계절에 죽고 싶은지 물어보면 방금 너처럼 미간을 잔뜩 모으고 골몰히 생각하다가 '그런 건 아직 생각해 본 적이 없다'고 말하거든. 그게 자연스럽고 건강한 반응이지."

"그런가요?"

"응. 그렇지만, 잘 생각해 봐. 태어날 장소, 시간, 계절 그리고 가족까지. 탄생에 대해선 도무지 어느 것 하나 우리 마음대로 결정할 수 있는 게 없잖아? 화나지 않아? 이보다 더 수동적일 수는 없어."

케이시가 진심으로 분하다는 듯 말했다.

"하지만 죽음은 늘 우리 삶 곁에 있고 때로는 우리가 결정할 수도 있어. 선택에 따라서는 능동적일 수도 있다는 거지. 그런데도 왜 다들 죽음은 항상 타인의 일이라고만 생각하고 외면하고 사는 걸까? 어차피 우리는 모두 죽을 건데 말이야."

어차피 우리는 모두 죽는다.

케이시의 말을 들은 가즈키는 마음이 무거워졌다.

가즈키는 종교가 없다. 환생과 윤회라던가 천국과 지옥도 믿지 않는다. 영원불멸도 믿지 않는다. 아이러니하지만 그렇기에 죽음 같은 것은 영원히 본인과 상관없는 이야기였으면 좋겠다고 생각해 왔다. 적어도 그 순간이 오기 직전까지는 그런 불편한 것에 대해 고민하는 일은 없길 바라는 마음이었다. 그것은 인간이라면 누구나 가지고 있는 죽음에 대한 본능적인 거부감 혹은 공포일지도 모른다.

가즈키는 자신의 양손을 쥐었다 펴고는 엄지손톱으로 검지를 꾹 누르며 그 촉감과 미세한 통증을 확인했다. 그러고는 안심했다. 괜찮아, 나는 지금 살아있어. 가즈키는 낮게 한숨을 쉬며 케이시에게 되물었다.

"흠…, 케이시는 어느 계절에 죽고 싶은데요?"

가즈키는 케이시도 자기처럼 죽음 같은 건 아직 생각해 본 적 없다고 답해주길 내심 바랐다.

하지만 케이시는 조금도 주저하지 않고 답했다.

"나? 나는 당연히 봄에 죽고 싶지."

목차

01

런던에서 만난 인디와 샬라

가즈키

케이시를 처음 만난 건 5년 전 영국에서였습니다.

그때 저는 학생 신분으로 런던에 체류 중이었습니다. 템스 강의 남쪽 엘레펀트 앤드 캐슬에서 적당한 가격의 집을 찾았지만, 살인적인 물가를 자랑하는 런던답게 작은 스튜디오였습니다.

엘레펀트 앤드 캐슬(Elephant and Castle)은 동화에나 나올 법한 그 귀여운 이름과는 달리, 무척 삭막하고 위험한 지역이었습니다. 오래전부터 외국인 노동자와 극빈층의 시민들이 사는 지역이었는데 최근, 이 지역을 재개발한다고 그들이 살고 있던 임대 아파트들을 철거하기 시작했습니다. 쫓겨나게 된 주민들과 여러 이권이 얽힌 사람들이 뒤섞여 갈등이 심해지고 있었습니다. 당연히 치안도 점점 더 안 좋아지고 있었습니다. 역 근처에 있는 호스텔의 이름이 '세이프 스테이' 일 정도니까요. 그 호스텔이 이름값을 하는지는 모르겠지만, 안전을 강조한다는 것은 그만큼 안전이 취약한 환경에 있다는 이야기와 다름없었습니다.

그해 여름, 저는 중학교 동창인 제임스와 함께 살고 있었습니다. 제임스는 와튼스쿨에서 MBA 과정을 마치고 런던에 잠시 여행 온 참이었습니다. 성인 남자 둘이 함께 지내기에는 영 탐탁지 않은 환경이었습니다. 하지만 어쩔 수 없었습니다.

제임스는 저를 만나러 오는 길에, 철거 중인 공사장 근처를 지나다가 갱들을 마주쳤습니다. 그리고, 그 갱들에게 가지고 있던 모든 현금과 귀중품을(심지어 옷까지) 빼앗겨 버리고 말았습니다. 제가 그를 배웅하러 나갔을 때는 이미 사달이 난 후였고(제가 그 자리에 함께 있었다고 해도 딱히 큰 도움은 안 됐겠지만), 불쌍한 제임스는 망연자실해 있었습니다.

미국 펜실베이니아주의 아이비리그 캠퍼스에서 공부만 해왔던 제임스는 날 것 그대로의 세상을 마주하고는 입을 반쯤 벌리고 넋이 나간 표정을 짓고 있었습니다. 그러니 어쩌겠습니까, 임시여권을 발급받고 신용카드를 다시 만들 동안만이라도 제가 보살펴줘야지요. 그렇게 우리의 짧은 동거는 시작되었습니다.

"이렇게 함께 지내는 게 호텔에 혼자 있는 것보다 더 재미있을 것 같아."

성난 코끼리에게 짓밟힌 상처를 어느 정도 회복한 제임스는 신용카드를 새로 발급받은 후에도 호텔로 가지 않고 기어코 저의 그 작은 스튜디오에 한동안 눌러앉았습니다.

"이봐, 가즈키. 끝내주는 파티가 있는데 갈래?"

여름이 끝나갈 무렵, 침대에 누워 휴대전화를 보고 있던 제임스가 말했습니다.

"파티?" 제가 물었습니다.

"응, 케이시라는 젊은 벤처사업가가 주최하는 자선 파티. 재미있을 거야."

케이시라… 물론 들어본 이름입니다. 대단한 벤처사업가라고 얼마 전 신문 헤드라이트를 여러 번 장식했기에 모를 수가 없습니다. 인공지능 언어 데이터 정보처리 사업을 크게 성공시킨 유명인으로 영국의 글로벌 기업에 회사를 매각해 대부호가 된 20대의 젊은 벤처사업가. 언론에 노출되는 것을 매우 꺼리는 사람이라고 들었는데, 런던에서 자선 파티를 열다니 의외였습니다. 제임스와 함께 그 파티에 참석하기로 했습니다.

"좋아, 내가 그동안의 숙박료로 멋진 옷 한 벌 선물할게."

제임스가 한 점의 그늘도 없이 밝게 웃으며 말했습니다. 그 길로 우리는 본드 스트리트로 향했습니다.

본드 스트리트. 최고급 브랜드숍이 모여 있는 그 명품 거리에는 어딘지 불편하고 묘한 어색함이 감돌았습니다. 화려한 슈퍼카를 길가에 세워두고 양손 가득 잔뜩 명품쇼핑을 하는 부자들이 인도의 정중앙을 개선장군처럼 당차게 걷고 있었습니다. 그들은 쇼핑을 마친 뒤에 아마도 근사한 레스토랑에서 식사를 하고, 웨스트엔드에 있는 극장의 가장 안락한 좌석에서 뮤지컬을 보겠죠. 식사를 하다가 문득 "오랜만에 피라미드가 보고 싶군." 하면서 그 길로 전용기를 타고 이집트 카이로로 떠날지도 모릅니다(사실 피라미드를 직접 보는 것은 저의 버킷리스트입니다만). 아무튼, 삶의 온갖 다양성과 가능성을 가진 부자들의 행보를 예측하기에는 저의 상상력이 한없이 초라해집니다.

본드 스트리트에는 그런 이들과 정반대의 삶을 사는 사람들도 함께 있었습니다. 부자들의 통행을 방해하면 안 된다는 법이라도 있는지 인도와 도로 사이의 경계선에 걸터앉은 노숙자들입니다. 그들은 하나같이 삶의 희망을 완전히 잃은 눈빛으로 펜스를 구걸하고 있었습니다. 한때는 누군가의 소중한 가족, 친구, 연인이었을 텐데… 그들은 이 한여름의 더위에도 머리부터 발끝까지 두꺼운 옷으로 온몸을 덮고 있었습니다. 가만히 서 있기만 해도 땀이 흐를 정도로 습하고 더운 서유럽의 한여름 날씨에도 한기를 느낄 수밖에 없는 삶의 고독과 외로움이 어떤 것일지, 저로서는 상상이 가질 않습니다.

"그래, 이 옷으로 할게."

제임스를 따라 들어간 유명브랜드 숍에서 VIP만을 담당하는 직원의 추천으로 몇 벌의 턱시도를 입어본 뒤 제가 말했습니다. 가격표도 붙어있지 않은 고급 양복입니다. 아마 저의 1년 치 유학 생활비에 버금갈 금액이지 않을까 어렴풋이 짐작만 할 뿐입니다. 길에서 봤던 노숙자들 모두를 불러 모아 배불리 먹이고 안전하고 편안한 곳에서 며칠간 재워줄 수 있는 금액일지도 모릅니다.

삶의 전장을 이탈해 버린 사람들 여럿을 구해줄 수 있는 가치가 고작 한 벌의 옷과 동등하다니. 어쨌든 저는 그 턱시도를 입고 그 주 금요일 저녁에 제임스와 함께 파티에 참석했습니다.

♦

파티 장소는 빅벤과 영국 국회의사당에서 트래펄가 광장까지 뻗어 있는 큰길 안쪽의 3층짜리 고풍스러운 갤러리였습니다. 케이시는 자선 파티를 위해 그 유서 깊어 보이는 건물을 통째로 대관했습니다.

우리가 도착했을 때 그 앞은 마치 영화제가 열리는 레드카펫 주변처럼 여러 대의 리무진과 슈퍼카 그리고 구경을 위해 모인 많은 인파로 인산인해를 이루고 있었습니다.

건물 입구에는 초대장을 검사하는 가드들이 무시무시한 표정을 지으며 여럿 서 있었습니다. 그즈음 유럽의 대도시 곳곳에서 무차별 테러 사건이 자주 발생했던 터라 보안에 특히 신경 쓰는 모습입니다. 제임스가 그들에게 초대장을 보여줬고 우리는 꽤나 깐깐한 짐 검사를 마친 뒤에야 안으로 입장할 수 있었습니다.

파티장 안으로 들어가자 화려한 실내가 눈앞에 펼쳐졌습니다. 테이블마다 고급스러운 식탁보가 씌워져 있었고 그 위에는 핑거 푸드와 값비싼 와인, 위스키가 잔뜩 놓여있었습니다. 음식과 술을 서빙하는 웨이트리스와 웨이터가 여럿 있었고, 바 테이블에는 칵테일을 만들어 주는 바텐더가 일곱 명이나 서 있었습니다.

2층으로 향하는 거대한 중앙계단 옆에는 푸른빛을 머금은 검은색의 그랜드 피아노가 있었는데, 와인색의 원피스를 입은 피아니스트가 경쾌한 재즈곡을 연주하고 있었습니다. 긴 생머리를 어깨 아래까지 늘어뜨린 채 가냘픈 어깨를 때로는 위아래로, 때로는 양 옆으로 우아하게 들썩이며 피아노를 연주하는 뒷모습이 무척 매력적이었습니다. 아쉽게도 얼굴은 보이지 않았습니다.

파티는 유럽과 미국의 젊은 벤처기업 창업자들, 스포츠 스타, 영화배우와 모델로 가득했습니다. 그들은 삼삼오오 모여 테이블에 앉아 있거나 원으로 무리를 지어 서 있었습니다. 남녀 가릴 것 없이 모두 외모도 훌륭했습니다. 하나 같이 구김이나 그늘이라고는 전혀 없는 사람들로 보였습니다. 그중에서도 유독 더 눈에 띄는 사람이 한 명 있었습니다.

"저기 서 있는 잘생긴 사람은 누구야? 내가 모르는 배우인가?"

그의 정체가 궁금해진 저는 같은 테이블에 앉아있던 제임스에게 물었습니다.

다른 남자들보다 주먹 한 개만큼 더 키가 큰 동양인이었는데 얼굴을 조각으로 빚은 듯 아주 잘생겨 특별히 눈에 띄었습니다. 나이는 20대 중반. 브라운색의 웨이브가 있는 헤어스타일에 높은 콧대와 동그랗고 선한 눈망울이 무척 인상적인 사람이었습니다. 미소 지을 때마다 간간이 보이는 양 보조개가 하얀 얼굴 위에 조화롭게 자리 잡혀 있는 미남이었습니다. 남녀를 떠나 누가 보더라도 대단히 매력적이라고 느낄만한 인물이었습니다.

"저 사람이 케이시야." 제임스가 말했습니다.

"케이시? 저 사람이?" 제가 깜짝 놀라 되물었습니다.

"응. 맞아" 제임스가 손에 들고 있던 와인 잔을 입에 가져가며 말했습니다. "20대에 자신의 힘으로 부자가 된 사람답지 않게 꽤 검소하기도 하고 무척 친절해서 평판도 굉장히 좋아."

이렇게 호화로운 자선 파티를 주최하는 사람이 검소한 건가 싶었지만 입 밖으로 꺼내진 않았습니다.

"집안이 원래 잘 사는 사람인가?"

"아니. 본인의 개인적인 이야기를 일절 하지 않아서 아무도 모르지만 아마 평범한 집안의 사람일 거야. 그가 부모나 가족의 도움을 받았다는 이야기는 들어본 적이 없거든. 즉, 자수성가형 인물이라는 거지."

"자수성가라⋯." 저는 나지막하게 제임스의 마지막 말을 따라 했습니다. 동경과 질투, 두 개의 상충하는 감정이 동시에 들었습니다.

제임스가 들고 있던 와인 잔을 테이블 위에 올려두고 냅킨으로 입가를 닦고 말을 이었습니다. "도쿄대학교 경제학부로 입학했다가 졸업 학년이 되던 해에 돌연 학교를 그만두고 창업했어. 나는 그 시기에 사회 경험을 할 겸 케이시 회사의 미국 일을 도왔고." 제임스는 케이시가 수백억 엔 혹은 그 이상의 자산을 보유하고 있을 거라는 말도 덧붙였습니다.

안정된 삶이 보장된 도쿄대의 졸업장을 마다하고 창업했고, 그 도전에서 승리했다니, 부럽다는 생각이 스쳤습니다.

수백억 엔의 자산이라⋯ 저와 비슷한 나이에 그만큼의 부를 가진 사람의 삶은 어떤 느낌일지 짐작조차 어려웠습니다.

"행복할까?" 제가 제임스에게 물었습니다.

"무슨 뜻이야?"

"서른 살이 되기도 전에 평생 써도 다 쓰지 못할 돈을 갑자기 벌게 된 젊은 부자의 삶이란 어떨까 궁금해서. 막연하게 부자가 되면 좋겠다고 늘 생각했지만, 막상 너무 어린 나이에 부자가 되면 뭔가 삶이 공허할 것 같기도 해서…."

케이시의 업적을 깎아내릴 생각은 아니었습니다. 저는 그 정도로 속이 좁거나 남을 시기하는 사람은 아닙니다. 그저 저렇게 화려하게만 보이는 성공 뒤에는 어떤 그늘과 고충이 있을지 궁금했습니다.

"궁금하면 직접 물어봐." 제임스가 웃으며 말했습니다.

"에? 난 그렇게 무례한 사람이 아니야. 그렇지만 대화는 나눠보고 싶어."

순수하게 인간적인 호기심이 들었습니다. 케이시에게 다가가 먼저 인사하기로 했습니다. 낯가림이 심하고 내성적인 저로서는 꽤 이례적인 일입니다. 저런 유명인에게 먼저 말을 걸 생각을 하자 조금 긴장되기도 했습니다. '최대한 선입견과 편견을 내려놓고 대화하자. 제임스의 친구일 뿐이라고 생각하자.' 저는 스스로를 다독이며 용기를 냈습니다.

"안녕하세요, 제임스의 친구인 가즈키라고 합니다(Nice to meet you, I'm Kazuki, a friend of James)."

"안녕하세요, 정말 반갑습니다(Oh, It's a pleasure to meet you)." 케이시가 정중하고 밝게 인사했습니다.

"저는 지금 영국에서 공부하고 있는 평범한 학생입니다. 제임스 덕분에 이렇게 파티에 함께 오게 됐습니다."

"그래요? 정말 잘 오셨습니다. 나는 얼마 전까지 작은 사업을 했고 지금은 아무 직업도, 직함도 없는 케이시라고 합니다."

작은 사업을 했던 사람이라니, 듣는 사람에 따라서는 무척 오만하다고 느껴질 수도 있는 소개였습니다. 하지만 그의 가식 없는 웃음을 보니 악의가 있는 것 같지는 않아 보였습니다. 적어도 뒤에서 함정을 파놓고 음흉한 미소를 짓고 있을 사람은 아니겠구나, 그게 케이시에 대한 제 첫인상이었습니다.

"일본 사람 맞죠(日本人で合ってますか)?" 케이시가 일본어로 물었습니다.

"네, 우츠노미야에서 왔습니다." 저 역시 일본어로 답했습니다.

"케이시는 런던에 자주 와보셨나요?" 제가 물었습니다.

"유럽지사가 영국왕립예술학교(Royal College of Art)의 스타트업 인큐베이팅 센터 내에 있어서 종종 오곤 했습니다." 케이시는 몸을 제 쪽으로 가까이하고는 조용히 덧붙여 말했습니다. "사실 그건 핑계고, 내가 첼시 FC 팬이라 축구를 보러 왔죠."

케이시의 말을 들은 저는 반가워하며 답했습니다. "정말요? 저도 첼시의 팬입니다. 런던에서 열리는 첼시의 홈경기는 빠짐없이 보러 가고 있습니다."

"이-야, 부럽다." 케이시가 정말로 부럽다는 표정을 지으며 말했습니다. 모든 걸 다 가진 사람에게 '부럽다'는 말을 들으니 어쩐지 기분이 묘했습니다. 케이시가 계속 말을 이었습니다.

"얼마 전 토트넘 홋스퍼와의 런던 더비였을 때였어요. 경기장 앞에서 정말 비싼 가격에 암표를 샀는데 알고 보니 가짜 티켓이었죠. 그 사실을 알아챘을 땐 이미 암표상은 코빼기도 안 보였고… 경찰에 신고하자니 오히려 암표를 산 나를 나무랄 것 같기도 해서…. 하하, 아무튼 제대로 당했습니다." 말을 마친 케이시가 가식이라고는 조금도 없는 맑은 웃음을 터뜨렸습니다.

본인이 덜떨어지게 사기당했던 이야기를 이렇게 해맑게 웃으면서 하는 사람이 있을까요? 꾸밈없는 그의 말투에 무척 호감이 가기 시작했습니다. 덕분에 긴장이 풀어진 저는 유명인이 아닌 친구를 대하는 마음으로 케이시와 편하게 대화할 수 있었습니다.

"런던에서 어떤 공부를 하고 있어요?" 케이시가 제게 물었습니다.

"이 친구가 보기엔 어수룩해 보여도 회계를 공부하고 있어요." 옆에 있던 제임스가 끼어들어 대신 답했습니다.

"회계라… 멋지군요. 저는 재무, 회계에는 완전 문외한이라서." 케이시가 다시 한번 밝게 웃으며 말했습니다. "그럼, 영국에서 파트타임으로 회계와 관련한 일을 하고 있어요?"

"그렇지는 않습니다. 번역이나 통역 아르바이트를 하면서 주말에는 펍(Pub)에서 매니저로 일하고 있어요. 런던에선 펍만큼 친구 만들기 좋은 곳도 없으니까요." 저도 웃으며 말했습니다.

"펍, 좋죠. 나도 버몬지에 단골 펍이 하나 있어요. 한국인이 사장인 곳입니다. 특이하죠?"

한국인 펍 사장? 저는 깜짝 놀라 설마 하며 물었습니다. "혹시

올드 저스티스(Old Justice) 말하는 건가요?"

"올드 저스티스를 알아요?" 케이시가 눈을 동그랗게 뜨며 반문했습니다.

"네, 그럼요. 주말마다 거기에서 일하고 있습니다."

"거기가 내 단골 펍입니다." 케이시가 말했습니다.

저와 케이시 사이에는 축구팀 '첼시'와 '올드 저스티스 펍'이라는 공통의 화젯거리가 생겼습니다. 대화는 영국 국립미술관에 있는 르누아르와 다빈치의 명화들까지 이어졌고 다양한 주제로 이야기하다 보니 어느새 금방 친해진 느낌이 들었습니다. 흡사 오래 알고 지낸 친구처럼, 앞으로 오래 알고 지낼 친구가 될 것처럼 말이죠. 케이시와는 분명히 초면인데도 왠지 모를 익숙함과 유대감이 감돌았습니다.

"영국 좋아해요?" 제가 물었습니다.

"신기하다고 생각하지." 케이시가 말했습니다. "제임스 와트가 증기기관으로 산업혁명을 일으키고, 윌리엄 셰익스피어가 문학을 꽃피우고, 아이작 뉴턴이 현대 물리학의 근간을 만들고, 비틀스는 대중음악의 포문을 열었잖아. 딱히 특별할 것 없어 보이는 이 작고 척박한 섬나라에서 어떻게 이런 일들이 가능했을지, 나는 그 저력이 궁금하고 신기해."

"그런 맥락이라면, 제 눈에는 케이시도 정말 대단하고 신기해요. 어린 나이에 자신의 힘만으로 이 정도 성공을 거뒀잖아요." 제가 파티에 참석한 사람들을 한 바퀴 둘러보며 말했습니다.

"글쎄, 나는 남들만큼만 노력했을 뿐인데 남들보다 운이 조금 더 좋았을 뿐이야. 대단한 할 거라고는 눈곱만큼도 없어 정말로."

찰나의 순간 케이시의 얼굴에 그림자가 떠올랐다가 사라졌습니다. 잘은 모르겠지만 케이시에게 제가 모르는(남들에게 알려지지 않은) 뭔가가 있다고 느껴졌습니다.

우리가 이런저런 대화를 나누는 동안 파티에 있던 대부분이 우리가 앉아있는 테이블에 번갈아 가며 착석하고 인사를 건네왔습니다. 사실 우리라기보다는 케이시를 찾아온 거지만.

얼마 전 개봉하여 세계적으로 인기를 끌었던, 할리우드 블록버스터 영화의 주연으로 출연했던 배우가 다가왔습니다.

"사진 좀 찍어주시겠습니까?" 그는 제게 휴대전화를 건네며 케이시와 함께 사진을 찍어 달라고 부탁했습니다. 영국 출신의 그 배우는 세계적인 스타였습니다. 그런 그가 케이시와 찍은 사진을 자신의 SNS에 바로 업로드하는 모습이 무척 이질적이었습니다.

케이시의 옆에 함께 앉아있던 제게도 스크린으로만 봐왔던 배우들과 매력적인 모델들이 말을 걸고 인사를 해왔습니다. 그들 모두와 각각 건배를 하며 칵테일을 한 잔, 두 잔 마시다 보니 어느새 사물이 흐릿흐릿하게 보이기 시작했습니다.

비현실적인 시간이 그렇게 흐르고 있었습니다. 개츠비의 성대한 파티에 처음으로 참석한 닉처럼, 저는 기분 좋은 어색함과 신기함 사이에서 잔뜩 취해가고 있었습니다.

"케이시, 가즈키. 우리랑 다른 곳에서 한잔하러 나갈래요?"

꽤 오랜 시간 우리 테이블에 앉아 대화를 나누던 여성이 케이시와 저를 번갈아보며 말했습니다.

그녀는 검은색 벨벳 미니 드레스에 굽이 높고 화려한 힐을 신고 있던 프랑스의 유명한 모델이었습니다. 제 파트너였던 그녀의 친구도 매우 매력적인 여성이라 많은 대화를 나누고 있는 중이었습니다. 만취 상태였기에 제가 무슨 말을 하고 있는지도 모르겠다는 사소한 문제가 있었지만, 어차피 하룻밤의 꿈같은 날에 지나지 않을 테니 상관없었습니다.

케이시가 저에게 눈짓을 보냈습니다. 저는 이미 제대로 몸을 가누기도 힘든 상태라 무어라고 응답하기 힘들었습니다.

케이시가 양쪽 어깨를 위로 올렸다 내리며 검은색 벨벳 여성에게 말했습니다. "보시다시피 오늘은 이 친구의 뒤치다꺼리를 해줘야 해서 말이지."

아쉬운 듯 케이시를 잠시 바라보던 그녀는 곧 표정을 고치고 웃으며 인사를 하고는 친구와 함께 자리에서 일어났습니다.

케이시도 자리에서 일어나 제 등을 두드리며 말했습니다.

"괜찮나? 집이 엘카 쪽이라고 했던가? 내가 바래다주지."

이미 파티장은 클럽이 되어 있었습니다. 형형색색의 네온 조명이 반짝이고 장내에는 DJ가 즉흥으로 리믹스한 시끄러운 음악들이 흘러나오고 있었습니다.

실내는 어두워질 대로 어두워져 있어서 제임스는 어디에 있는지 찾기 힘들었습니다. 그는 저와 달리 술을 잘 마시니 걱정하지 않아도 됩니다. 이곳에서는 갱을 만날 일도 없을 테니 말이죠.

"후-아."

밖으로 나오자, 늦여름 밤 특유의 습기를 가득 머금은 공기가 피부를 자극했습니다. 그래도 바깥 공기를 마시니 정신이 조금은 맑아지는 느낌이었습니다.

갤러리 앞 도로에는 술에 많이 취한 상태에서도 헛기침이 저절로 나올 만큼 초고가의 화려한 스포츠카들이 즐비해 있었습니다.

"택-시."

길 건너편에 멈춘 택시를 타기 위해 횡단보도를 건너려 할 때였습니다. 케이시가 급히 제 팔을 뒤로 잡아당기는 것이 느껴졌습니다. 제 바로 앞으로 흰색의 재규어가 빠른 속도로 스쳐 지나갔습니다.

"이-봐 가즈키, 횡단보도를 건널 때는 천천히 좌우를 살피고 난 후에 건너야지. 그렇게 경주하듯 뛰어가면 어떡해?" 케이시가 화가 꽤 많이 난 듯 언성을 높여 말했습니다.

"아-네, 미안합니다. 주의하겠습니다."

우리는 블랙캡 뒷좌석에 마주 보고 앉았습니다. 몸을 가누기 힘들었던 저는 창문에 눕다시피 기대어 창밖을 바라봤습니다. 택시가 웨스트민스터 앞에서 좌회전할 때 고개를 들어 빅벤을 바라봤습니다. 빅벤의 시침이 2시를 넘어가고 있었습니다. 그 모습을 끝으로 저는 집에 어떻게 도착했는지 기억도 잃은 채 잠들어 버렸습니다.

◆

"저기… 어떻게 전개가 이렇게 되는 거죠?"

다음 날, 술이 어느 정도 깼을 때 저는 런던에서 카이로로 향하는 이집트행 비행기 일등석에 앉아있었습니다. 건너편에 앉아 있던 케이시는 어처구니가 없다는 표정을 지으며 말했습니다.

"맙소사, 정말 하나도 기억이 안 나는 건가?"

"……."

"참나, 나도 꽤 다양한 사람들을 만나봤다고 자부하지만 그런 주사는 처음 봤어. 다짜고짜 피라미드를 보고 싶다고 막무가내로 카이로엘 데려가 달라고 하다니 말이지."

"……." 드문드문 기억이 떠오르자 부끄러워진 저는 케이시의 말을 못 들은 척, 은근슬쩍 고개를 창가로 돌리고 눈을 감았습니다. "하나만 확실히 해두자고." 등 뒤로 케이시의 목소리가 들려왔습니다. "나 그쪽은 아니니까, 엄한 기대는 하지 마."

케이시의 말을 듣고는 저도 발끈해서 고개를 돌리고 말했습니다. "저도 아니거든요."

"그럼, 다행이야. 아무튼, 오랜만에 피라미드를 볼 생각 하니까 꽤 기대되는군. 마침 또 보러 가고 싶기도 했던 참이고."

"카이로에 가 본 적이 있어요?" 제가 물었습니다.

"응, 두 번."

"두 번이나… 어땠어요?"

"직접 확인해 보라고." 케이시는 그 말을 끝으로 귀에 이어폰을 꽂고는 눈을 감았습니다.

4시간 반의 비행을 마친 뒤 카이로 공항에 도착하니 시계가
오후 3시를 가리키고 있었습니다.

"아니지, 지금 여기는 4시야." 케이시가 말했습니다.

"네?"

"서머타임과 시차."

"아…. 맞네요." 저는 손목시계의 시간을 조정하고 공항 창문
을 통해 밖을 바라봤습니다. 24시간 전만 해도 제임스와 함께 런
던에서 파티에 갈 준비를 하고 있었는데, 지금은 아프리카 대륙
에 와있다니. 믿기지 않습니다. 이런 게 진짜 부자들의 삶일까요.

제가 감상에 젖어 있는 동안 케이시는 영국 파운드를 이집트
파운드로 환전했습니다.

"어때?"

기자에 도착해 택시에서 내리자, 케이시가 말했습니다.

놀랍게도 기자의 피라미드와 스핑크스는 사막 한가운데가 아
니라 카이로 도심 한가운데의 언덕 위에 있었습니다. 매우 넓은
언덕이긴 했지만, 그 주변은 민가와 아파트, 리조트와 호텔, 식당
으로 가득했습니다.

"에… 상상했던 풍경과는 조금 다른 것 같은데요…."

기껏 여기까지 데려와 준 사람을 생각해 저는 최대한 조심스
럽게 실망감을 비쳤습니다.

"맞아, 나도 처음 카이로에 와서 피라미드를 봤을 땐 아, 이거 완전히 속았구나 싶었지." 케이시가 머리를 긁적이며 말했습니다.

완전히 속았다는 그의 말에 전적으로 동의했습니다. 이집트 피라미드 하면 머릿속에 늘 떠올렸던 그 이미지(끝없이 펼쳐진 사막 한가운데에 아지랑이처럼 일렁이며 서 있는 피라미드와 스핑크스의 신비스러운 모습)가 아니었습니다.

"언덕을 조금 더 올라가 볼까?" 케이시가 말했습니다.

경사가 그리 가파르지 않은 언덕을 5분 정도 걸어 올라가자(그래도 날이 무척 더워 땀이 비 오듯 흘렀습니다.) 드디어 쿠푸 왕의 피라미드와 지근거리에서 마주할 수 있었습니다.

피라미드와의 대면. 그 순간 온몸의 솜털이 일어서는 것 같은 전율이 느껴졌습니다. 그 압도적인 크기에 기가 죽을 것만 같았습니다. 얼마나 큰지 눈으로 보면서도 체감이 되질 않았습니다. 고개를 있는 힘껏 뒤로 젖혀 올려다봐야 간신히 꼭지 부분을 볼 수 있을 정도로 쿠푸왕의 피라미드 꼭대기는 아득했습니다.

"예전에는 저 윗부분이 전부 황금으로 되어 있었다더군." 옆에 서 있던 케이시가 제 시선을 따라 꼭대기를 바라보며 말했습니다. "지금이야 무식할 정도로 크기만 큰 돌무덤 같아 보이지만 예전에는 외장 전체가 반짝거렸다더라. 이 넓은 도시 어디에서도 눈에 띌 만큼 번쩍번쩍 태양 빛을 반사하고 있던 거지. 저 거대한 녀석이."

케이시의 말을 듣고 예전 모습의 피라미드를 상상했습니다.

아름답다고 해야 할까, 경이롭다고 해야 할까, 경외감이 든다고 해야 할까. 한마디로 정의하기가 어려웠습니다.

"이런 걸 무려 4300년 전에 지어놓은 거야. 저 이집트 사람들은." 케이시는 바로 옆에서 관광객들에게 낙타를 타라고 열심히 호객하고 있는 이집트인들을 턱짓으로 가리키며 말했습니다.

"좋아 가즈키, 선택권을 주지." 조금 복잡한 표정으로 주변을 둘러보던 제게 케이시가 말했습니다.

"어떤 선택권이요?"

"계획대로 피라미드를 봤으니, 오늘은 근처 리조트에서 자고 내일 런던으로 돌아가는 게 첫 번째 옵션이야. 하루 이틀 잠깐 카이로를 방문했던 대부분의 방문자처럼 적당한 실망감을 가지고 떠나는 거지. 피라미드 그거 실제로 봤는데 크긴 하지만 별거 없더라, 카이로라는 도시는 공기도 안 좋고 호객꾼만 많고 시끄럽고 최악이더라. 그렇지만 뭐, 그래도 살면서 한 번쯤은 가볼 만하다. 딱 그 정도 평가를 하고 돌아가는 거지."

케이시는 이곳에 그래도 뭔가 더 있다는 듯 강한 여운을 남기며 말했습니다. 그게 무엇일지 궁금해졌습니다. "다른 선택지는 뭐가 있죠?"

"나랑 같이 진짜 이집트를 여행하는 거지. 여행이 아니라 모험이라고 불러도 좋아."

"진짜 이집트요?"

"그래, 여기서부터 기차와 크루즈를 타고 나일강을 거슬러 남쪽으로 쭉 내려가는 거야. 왕가의 계곡이 있는 룩소르를 지나 아부심벨 대신전이 있는 아스완까지. 그리고 장담하는데 그 모험은 평생 잊지 못할 거야."

"평생 잊지 못할 모험…."

"그렇지, 이 오래된 문명을 샅샅이 뒤져서 성궤라도 찾아볼까? 못 찾아도 상관없어. 우리를 가슴 뛰게 하는 건 보물이 아니라 보물을 찾아가는 모험이니까."

여행이 아니라 모험이라는 말을 듣자니 가슴이 벅차올랐습니다. 케이시의 말에는 상대를 들뜨게 하고 흥분시키는 묘한 힘이 있었습니다. 마침 방학이라 시간은 충분했습니다. 다만…

"설마 여행 경비가 마음에 걸리는 건가?" 제 속마음을 읽은 케이시가 말했습니다.

"네, 아무래도 여기까지 데려와 준 것만으로도 신세를 너무 많이 진 것 같아요." 게다가 케이시와 저는 어제 처음 만난 사이였습니다. 아무리 그가 대부호라고 해도 이 이상의 신세는 분명 민폐라는 생각이 들었습니다.

"별걸 다 걱정하는군. 조금도 문제가 되지 않으니까 그런 소리 말라고. 그럼 잘 부탁해, 살라 군.*"

"알겠습니다, 인디. 우선 시장에 가서 채찍하고 중절모부터 사 올까요?" 제가 농담을 건네자 케이시는 하얀 이를 드러내며 폭소했습니다.

이튿날, 우리는 짙은 갈색의 중절모를 쓰고 카이로 역에서 나일 강을 따라 남쪽으로 내려가는 야간열차에 몸을 실었습니다.

---

* 영화〈인디아나 존스〉의 등장인물

◆

"상냥한 게 아니라, 한가했을 뿐이야."

시간이 많이 흐른 뒤에 그때의 일을 이야기하자 케이시가 말했습니다. 말은 그렇게 하지만 저는 케이시가 정말 따뜻한 내면을 가진 사람이라는 것을 잘 알고 있습니다.

케이시의 장담대로 우리의 이집트 모험은 평생 잊지 못할 추억이 되었습니다. 여행은 매우 다이내믹하고 강렬했으며 또한 신비로웠습니다. 그 경험과 추억은 분명 제 영혼을 한 단계 높은 차원으로 이끌어줬습니다.

함께 이집트를 다녀온 그 이듬해에 제가 학업을 마치고 일본에 돌아온 뒤로 케이시와 저는 더욱 가까운 사이가 됐습니다.

지구 반대편에서 우연히 만나 미지의 문명을 함께 모험했고, 지금은 도쿄의 지유가오카에서 서로 이웃이 되었으니 깊은 사이가 안 되는 게 더 이상할 지경이지요. 적당한 발걸음으로 15분 밖에 안 걸리는 매우 가까운 곳에 살았기에 우리는 거의 매일 만나 드라이브를 하거나 식사나 커피를 함께 했습니다.(혹시나 해 다시 한번 말하지만, 우리 둘 다 그쪽은 아닙니다.)

케이시가 사는 곳은 지유가오카역의 북쪽으로 일본의 신흥부자들이 모여 살기로 유명한 고급 주택가였고, 저는 역 근처의 곧 재건축해야 할 것만 같은 꽤 허름한 원룸아파트에 살았기에, 같은 메구로구였지만 주거 환경은 조금 달랐습니다.

그렇지만 케이시는 알려진 본인의 자산 규모에 비해(어디까지

나 그의 재산에 비해 상대적으로라는 말입니다만) 의외로 꽤 소박한 라이프 스타일을 유지하고 있었습니다. 고급 레스토랑보다는 골목에 숨어있는 작고 정갈한 식당을 더 좋아했고, 고가의 와인이나 위스키보다는 저렴한 청주나 생맥주를 즐겼습니다. 케이시는 특별한 날이 아니면 저가 브랜드나 시장에서 샀을 법한 옷만 입고 다녔는데, 덕분에 그와 만날 때면 저는 특별히 겉치장에 신경 쓸 필요가 없었습니다. 그렇게 우리는 꽤 오랜 시간을 꾸준히 함께하며 깊은 우정을 나누는 사이가 되었습니다.

다만, 한 가지. 저는 여전히 케이시라는 사람에 대해서 중요한 무언가를 놓치고 있다는 사실이 늘 신경 쓰였습니다.

02

자기 암시 기법

케이시

밤길을 걷는다. 고개를 들어 밤하늘을 올려다본다. 새하얗고 거대한 새가, 꽉 찬 보름달 한가운데에 떠 있다. 새하얀 깃털들이 눈이 되어 세상에 내리기 시작한다. 온 세상이 하얀 깃털로 덮인다. 아름답다고 느낀다. 아름다워. 그 순간 그 커다랗고 하얀 새가 달에서 지상까지 쏜살같이 내려와 그 길고 난폭한 부리로 옆에 있던 동생을 쪼아대기 시작한다. 동생을 구해야 한다. 몽둥이를 주워 새를 때린다. 저리 떨어져. 그 애를 괴롭히지 마. 새는 조금도 미동하지 않고 동생을 계속 갈가리 찢는다. 동생을 살려야 한다, 살려야 한다. 차라리 나를 쪼아라. 아무리 소리쳐도 새는 이쪽을 바라보지 않는다. 동생의 피가 새하얀 세상 위에 흩뿌려지고 있다. 빨간 물감 통이 엎어진 도화지처럼 사방이 붉게 물든다. 나는 손쓸 방법이 없어 하염없이 울고 만다. 부탁이야 차라리 나를 쪼아라. 제발 내 동생을 놓아줘.

"또 그 꿈인가..."

잠에서 깨자, 온몸에 땀이 흐르고 있었다. 아직 깜깜한 밤이었다. 아니, 밤일 것이다. 창문에는 두꺼운 암막 커튼이 쳐져 있었지만 직감적으로 알 수 있다.

격양된 감정이 가슴 안에 고스란히 남아 심장이 아려왔다. 눈에서 계속 눈물이 흘렀다. 온몸에 진이 빠져 손가락 하나 움직일 힘이 없다. 간신히 시선을 발아래 너머로 향했다.

어딘가에 왔을 텐데. 어디에 있지? 그래, 저기에 있구나.

나를 보고 있는 것만 같은 슬픔. 코끝으로 슬픈 냄새가 흘러들어왔다. "미안해. 또 지켜주지 못했어……"

그것을 마주한 나의 마음은 미안함뿐이다.

◆

"저기… 정말 미안한데요, 실망할까 봐 미리 이야기하면 저 사진과 많이 다르게 생겼어요."

사진과 많이 다르다고? 나는 뜬금없는 메시지를 보낸 그녀의 프로필을 클릭해, 단 한 장밖에 없는 사진을 유심히 바라봤다.

사진 속의 그녀는 고급 가구 매장의 쇼룸 같아 보이는 부엌에서 있었다. 마르지도 통통하지도 않은 보통 체형으로 검은 머리를 뒤로 묶고 있었는데 미처 다 묶지 않은 앞머리가 얼굴의 절반을 넘게 가리고 있었다. 덕분에 이목구비는 어렴풋이 윤곽만 보일 뿐 어디 하나 제대로 보이지 않았다. 아무리 사진을 뚫어져라 봐도 그 단 한 장의 사진으로는 외모에 대한 기대를 하게 할 근거를 찾을 수가 없었다. 그런데도 사진과 아주 다르다고 굳이 메시지를 보내왔다. 그것도 약속 시간이 되기 직전에.

'이 사람은 왜 이런 말을 하지? 나를 시험하는 건가?'

여러 의문이 들었지만 일단 답장을 했다.

"괜찮습니다. 도착하면 다시 메시지 할게요."

한 번도 본 적 없는 사람에게, 기대한 적도 없는 그의 외모에 대해 미리 위로나 하고 있다니. 괜찮기는 뭐가 괜찮단 말인가? 진심이라고는 눈곱만큼도 없는 가식적인 말, 늘 그랬듯이 착한 역할을 하고 싶었을 뿐이다.

사진으로도 별로 매력이 없는데 실물이 더 별로라 하면 내가 굳이 그 사람을 만나러 그 자리에 갈 이유가 없다. 하지만 그런 내색을 할 수는 없다. '상냥하고 친절한 케이시'로 비쳐야 하니까. 상냥하고 친절한 케이시. 더 이상 삶의 제약도 재미도 없는 내 인생에서, 이런 식으로 스스로 부여한 미션을 수행해나가는 일은 꽤 중요했다. 이거라도 해야 했다.

서른한 살의 이른 봄, 나는 흰색 포르쉐 SUV의 운전석에 앉아 약속 장소로 향하고 있었다. 가즈키가 이번에는 정말로 좋은 사람이라며 만남을 주선해 줘서 만나러 가던 참이었다.

카 오디오에서는 라흐마니노프의 〈피아노협주곡 2번〉 1악장이 클라이맥스를 지나 대단원으로 접어들고 있었다. 때로 사랑했던 소중한 사람을 떠올리면 귓가에 자동으로 울려 퍼지는 멜로디가 있다. 라흐마니노프의 음악을 들을 때마다 그 아이가 떠올랐다. 음악을 바꾸려던 생각을 접고 1악장을 한 번 더 듣기로 했다. 몸을 시트 안쪽으로 깊숙이 기울이고 편한 자세를 취했다.

세르게이 라흐마니노프는 그가 28살이던 1901년, 이제 막 20세기가 시작되고 바로 그다음 해에 이 웅장하고 아름다운 곡을 발표했다. 그 이전에 그가 24살에 작곡한 〈교향곡 1번〉은 평단으로부터 비참하리만치 악평을 받았다. 그는 이후 이〈피아노 협주곡 2번〉을 작곡하기까지 몇 년간을 슬럼프와 우울증으로 보냈다. 이 시기에 주치의 니콜라이 달 박사를 만나 자기 암시 기법으로 치료를 받았는데 그 방법은 간단했다. 주치의는 그에게 '당신은 곧 새로운 곡을 작곡하게 될 것이며 그 곡은 큰 성공을 거둘 것이다'라는 말을 수시로 반복해서 해주었다고 한다. 자기 암시 기법이 효력을 발했는지 총 3악장으로 이뤄진 〈피아노협주곡 2번〉은 대히트를 했다.

"여기까지가 인터넷을 찾아보면 쉽게 접할 수 있는 그의 전기에 관한 내용이야." 그 아이가 말했다. "하지만 대다수의 피아니스트들은 라흐마니노프가 정말로 우울증을 극복했는지에 대해서 의문을 품고 있어."

나는 이제 그 아이의 의견에 전적으로 동의하는 입장이 되었다. 아름다운 선율임은 틀림없지만 그 곡에는 우울증을 실제로 겪어본 사람만이 알 수 있는 동류(同類)로서의 동질감 같은 것마저 담겨있었다.

수도 고속도로의 벽 너머로 보이는 도시에 서서히 노을이 깔리고 있었다. 도쿄 시내에 빼곡하게 들어선 빌딩 사이에는 그 비

좁은 틈에 용케 자기 몫의 공간을 찾아 아스팔트 밑으로 힘차게 뿌리를 내린 벚나무들이 가득했다. 그들은 하얀색의 작은 꽃망울로 봄을 알리고 있었다.

생명력 가득한 봄이다. 모든 것이 밝고 따뜻하고 화사했다. 이제 막 태동한 세계처럼.

약속 장소인 카날 카페(Canal Cafe) 근처에 도착했을 때는 해가 완전히 저물고 저녁이 되어 있었다. 평일이지만 스이도바시역에서 이다바시역까지 JR 주오선 라인을 따라 직선으로 길게 뻗은 길가에는 벚꽃을 구경 중인 사람들이 제법 많이 있었다. 아직 만개하기 전이라 걷기 불편할 만큼의 인파는 아니었다. 근처 사설 주차장에 주차를 해둔 후 카페로 걸어갔다. 다행히 약속 시간에 늦지 않았다.

도보에서 호숫가가 있는 쪽으로 계단을 내려가자, 표지판의 왼쪽은 레스토랑 사이드, 오른쪽은 보트하우스가 있는 덱 사이드로 길이 갈라져 있었다. 레스토랑 사이드의 문을 열고 들어가자 빵 굽는 고소한 냄새가 풍겨왔다. 바닥이 묵직한 원목으로 되어 있어서 걸을 때마다 구두 바닥이 나무에 닿는 발걸음 소리가 또렷하게 들려왔다. 좋은 악기가 음을 내는 듯, 맑은 구두 소리가 들려왔다.

카페 안쪽으로 걸어 들어가자, 창가 쪽 테이블에 한 젊은 여성이 책을 읽으며 앉아있었다. 그녀 같았다. 테이블 위에는 삼지창 모양의 작은 촛대와 물컵 두 잔이 있었다. 그녀의 잔에는 물이 거의 남아있지 않았다. 약속 시간보다 꽤 일찍 도착해 있던 것 같았다.

발걸음을 잠시 멈추고 그 자리에 선 채로 그녀의 시선을 확인했다. 독서에 익숙하지 않고 인터넷에 익숙한 사람은 우철로 된 일본 책을 읽을 때 시선이 갈피를 못 잡고 좌우로 위아래로 자주 흔들리곤 한다. 세로쓰기가 되어있는 소설을 읽을 때는 더욱 그렇다. 하지만 그녀의 시선은 조금의 흐트러짐 없이 위에서 아래로, 다시 위에서 아래로 분명 텍스트의 흐름에 따라 자연스럽게 집중하고 있었다. 독서에 익숙한 사람이다.

"안녕하세요. 케이시라고 합니다. 잘 부탁합니다."

"반가워요. 미유키라고 합니다."

미유키는 검은색 슬랙스에 복숭아색 면 티셔츠를 입고 옅은 노란색 카디건을 입고 있었다. 머리는 자기 메신저 프로필 사진처럼 포니테일 스타일로 묶고 있었다. 겉으로 보이는 나이는 20대 중반쯤, 실제 나이와 거의 같은 모습이었다.

외모는 실망스러웠다. 짙은 화장을 했음에도 얼굴 곳곳에 달 표면의 크레이터처럼 여드름을 뗀 것 같은 자국이 듬성듬성 있었다. 치아는 위쪽 송곳니가 양옆으로 불쑥 튀어나와 웃을 때면 그 자태를 더욱 뽐내고 있었다. 코는 왼쪽으로 조금 꺾여있는데 와중에 콧등은 두꺼웠다. 미인이라고는 선뜻 말하기 어려운 타입이다. 좀 더 매몰찬 표현이 허락된다면, 추녀에 가깝다는 게 미유키에 대한 솔직한 첫인상이었다.

'가즈키는 왜 이런 사람을 소개해 준 거지?'

그 착해빠진 가즈키가 아니었다면, 양해를 구하고 일어나 당장 집에 돌아가 버리고 싶은 심정이었다. 미유키가 왜 자신은 사진과 실물이 많이 다르다고 미리 말했는지 알 것만 같았다. 상대에게 기대치를 최대한 줄이고 싶었으리라. 분명히 자신의 외모에 대해 객관적으로 파악하고 있는 사람이다. 얼마나 많은 타인으로부터 외모 때문에 상처받았을까. 그래, 소개해 준 가즈키의 입장을 생각해서라도 매너 있게 행동하고 이 사람의 자존감을 올려줘야겠다는 생각이 스쳤다. 시답잖은 우월감에서 나온 결론은 아니었다. 어차피 남는 게 시간인 인생이니까.

"어떤 책 읽고 계셨어요?" 내가 옅은 미소를 짓고 말했다.

남녀노소를 가리지 않고 다들 나의 이 미소를 좋아한다는 것을 나는 분명히 알고 있었다.

"『1984』를 읽고 있었어요."

미유키가 읽고 있던 페이지에 책갈피를 꽂은 뒤 책을 덮으며 말했다. 빛바랜 낡은 표지 가운데에는 도쿄 하와카와 북스라고 적혀 있었다. 흥미로웠다. 조지오웰의 책을 읽고 있다니. 그것도 초판본으로. 그보다 더 흥미로운 사실은 내 미소를 보고도 눈에 흔들림이 전혀 없다는 점이다. 오히려 경계의 눈빛마저 보였다.

"읽어본 적 있나요?" 미유키가 책을 가방에 넣으며 물었다.

"그럼요." 나는 컵에 따라져 있던 물을 한 모금 마신 후 말했다. "애플(Apple)의 창업자인 스티브 잡스도 매킨토시를 처음으로 출시하면서 광고에 이 책을 인용했죠."

"애플이요, 어떻게요?"

미유키가 호기심 가득한 눈으로 나를 바라보며 물었다.

나는 스티브 잡스와 애플, 그리고 매킨토시의 1984년도 슈퍼볼 광고에 대해 그녀에게 설명했다. 대단한 비밀도 아니었다. 스티브 잡스의 전기나 인터넷에서 닳고 닳도록 소모된 이야기다.

미유키가 내 이야기를 다 듣고 난 뒤 물었다.

"정말 재미있어요. 어떻게 그런 걸 알고 있죠?"

"대단한 건 아닙니다. 저는 책을 읽고 난 후에 그 글에 얽힌 비화나 작가에 대해 찾아보는 습관이 있어요. 그런 게 책의 본문보다 더 재미있는 경우가 많죠. 작가와 더 친해진 느낌이 들기도 하죠. 그러다 보니 광고에 대한 일화도 우연히 알게 됐어요."

"흥미롭네요. 대단한걸요?" 미유키가 웃으며 말했다.

칭찬을 받자 내심 기분이 좋아졌다. 미유키의 외모에 실망해서 집에 가버리고 싶었던 마음은 이미 사라졌다.

자리를 옮겨 예약해 둔 레스토랑으로 가자고 하자 미유키가 완곡하게 사양하며 말했다. "저는 굳이 호화로운 식사를 하지 않아도 괜찮아요. 이 카페에도 맛있는 식사 메뉴가 있고요. 이동하지 말고 조금 더 집중해서 케이시와 이야기를 나눠보고 싶어요. 괜찮을까요?"

미유키의 의견에 따라 예약해 둔 레스토랑에 전화를 걸어 예약이 취소되는지 양해를 구했다. 예약금은 환불이 되지 않습니다,라는 안내를 받은 뒤, 알겠다고 말하고 예약을 취소했다.

미유키는 오븐에 구운 치킨 요리와 감자, 버섯요리를 골랐고 나는 일본식 소고기 스테이크를 먹기로 했다.

"그리고 음료수 두 잔과 샐러드도 주세요." 주문받던 종업원에게 내가 가볍게 웃으며 말했다. 이제 갓 스무 살 정도 되어 보이는 종업원의 볼 가에 작은 홍조가 떠었다.

카페에는 피아노 재즈곡이 너무 크지 않은 적당한 소리로 흘러나오고 있었다. 마일즈 데이비스의 곡을 피아노 연주로 편곡한 곡이었다. 사람마다 저마다의 목소리 톤이 다를 텐데 그 평균치 어딘가를 정확히 콕 집어, 바로 그 아래로 볼륨을 맞춰두었다. 누구의 대화도 방해하지 않는 음악 소리였다. 꽤 센스 있는 베이커리 카페. 여러모로 마음이 편해지고 기분이 좋아지기 시작했다.

마일즈 데이비스에 관한 일화를 얘기하자 미유키가 웃으며 말했다.

"이런 대화 참 좋아요. 케이시는 다양한 분야에 박식하군요."

미소를 지을 때마다 그녀의 송곳니가 여전히 입술 밖으로 나왔지만 이제 그런 건 아무래도 상관없어졌다. 미유키는 상대의 말을 잘 경청해 주고 상대를 기분 좋게 해 주는 특별한 재능이 있는 것만 같았다. 그것은 외모의 미추 따위로 측량할 수 없는 보다 본질적인 매력, 그 사람만의 고유한 향기였다. 우아하고 예쁜 냄새였다.

"저는 요즘 부모님이 읽으셨던 책들을 서재에서 가져와 꾸준히 읽고 있는데 고전 문학은 아직 거의 읽어본 게 없어요. 추천해 줄 만한 소설이 있을까요?" 미유키가 물었다.

"글쎄요. 취향과 관련된 부분이라 함부로 추천하기 어렵네요.

최근에 어떤 책을 재미있게 읽었어요?"

"본격적으로 독서를 시작한 지는 얼마 안 되어서요. 헤밍웨이, 피츠제럴드, 톨스토이, 헤르만 헤세 같은 거장의 책은 모두 읽었고, 아서 코난 도일의 『셜록 홈스』를 특히 재미있게 봤어요." 미유키가 말했다.

"추리 소설에 재미를 느꼈다면, 레이먼드 챈들러의 필립 말로 시리즈도 재밌어할 것 같습니다. 도스토옙스키나 알프레트 되블린, 알베르 카뮈의 책도 나는 감명 깊게 읽었어요." 내가 말했다. 미유키가 내 이야기를 들으며 휴대전화에 열심히 메모했다.

주문한 식사가 나오자 미유키가 종업원에게 작은 앞 접시를 가져다 달라고 부탁했다. 정중하고 기품 있는 말투였다. 종업원이 접시를 가져다주자 거기에 자기가 주문한 치킨 요리의 살코기 부분을 썰어 조심스럽게 덜어 내게 건네줬다.

"한 번 먹어보세요. 제가 정말 좋아하는 요리예요."

치킨은 알맞게 구워져 부드러웠고 버섯과 감자는 신선한 재료를 사용했는지 식감이 무척 좋았다. 나도 다른 접시에 소고기 스테이크를 먹기 알맞은 사이즈로 잘라 그녀에게 건넸다. 우리는 옆 테이블 사람들에게 들리지 않을 정도로 낮은 톤으로 대화하며 천천히 식사했다.

"디저트는 테라스에서 먹을까요?"

식사가 끝난 뒤, 내가 테이블을 옮기자고 제안했다.

카페의 창문 너머로 호숫가와 이어진 테라스가 보였다. 야외용 갈색 나무 테이블과 의자들이 놓여 있었고, 테이블마다 그 옆에 흰색의 스탠드형 난로도 보였다. 미유키는 좋은 생각이라고 웃으며 답했다.

아까 그 여종업원에게 부탁해 테라스로 자리를 옮긴 뒤 나는 따뜻한 아메리카노와 초콜릿케이크를 주문했고, 미유키는 홍차를 마시기로 했다. 주문을 주방에 전달한 종업원이, 무릎에 덮을 담요를 가져다줬다. 음식의 맛, 분위기, 흐르는 음악, 친절한 종업원까지. 무척 마음에 드는 카페다.

테라스 난간에 길게 이어져 매달려 있는 화분에는 봄꽃이 한가득 있었는데, 그중 특히 눈에 띄는 노란 꽃이 있었다. 군데군데 뻗어 있는 초록색 줄기 사이로 진한 노란색의 작은 꽃잎을 잔뜩 품고 있는 꽃이었다. 미유키가 입고 있는 카디건과 비슷한 색의 꽃잎이었다. 줄기에 꽃망울이 수없이 달린 모습을 보니 관리만 잘 해주면 가을까지 계속 꽃잎이 올라올 것만 같았다.

"혹시 저 꽃 이름 알아요?" 내가 미유키에게 물었다.

"애니시다* 같아요." 미유키가 맑게 웃으며 답했다.

테라스의 덱은 호수로 이어졌다. 호수에는 조각배를 타고 뱃놀이를 즐기는 커플이 몇몇 있었다. 우리는 바라보는 것만으로도 충분하다고 생각하고 굳이 하진 않았다. 대신 각자 최근에 했던 여행 이야기를 했다.

미유키는 지난겨울에 북해도로 스키 여행을 다녀왔는데 그때 산에서 작은 사슴을 봤다고 말했다. "사슴이요?" 내가 물었다.

"네, 아주 작은 새끼 사슴이었어요."

* 애니시다 : 양골담초 또는 금작화라는 이름으로 불린다.

나는 사슴의 뿔 모양을 떠올리며 그 이야기를 집중해서 들었다. 새끼 사슴은 뿔이 아직 없던가?

"북해도에서는 어린 사슴을 보는 일을 아주 길조吉兆로 여긴대요. 케이시는 그런 말 믿어요?" 미유키가 말했다.

"어느 정도 참고는 하죠. 길조에는 기분 좋은 희망을 품고, 흉조가 보이면 평소보다 조금 더 신중하게 마음의 준비를 하는 정도로요." 나는 여전히 새끼 사슴의 뿔이 어떻게 생겼나 머릿속에 떠올리며 답했다.

호수와 카페의 옆으로 길게 뻗어있는 철로 위로 JR주오선 라인 열차가 지나가는 소리가 간혹 들려왔지만, 대화에 방해될 정도의 소음은 아니었다. 오히려 그 소리와 함께, 오가는 열차의 모습마저 이른 봄날 저녁의 운치를 더해 주고 있었다. 거대한 빌딩의 숲 한가운데에 이렇게 정적이고 아름다운 호수 카페가 있었다니, 종종 와야겠다고 생각했다.

"우리 이제 일어날까요?"

꽤 오랜 시간 대화를 나눈 뒤, 내가 미유키에게 말했다.

"네, 그래요." 웃으며 대답한 미유키가 계산서를 들고 카운터를 향해 빠른 걸음으로 걸어갔다. 뒤따라간 내게 그녀는 "오늘 좋은 사람에게 재미있는 이야기를 많이 들어 감사했다"며 자기가 계산하고 싶다고 했다. 나는 내가 더 즐거운 시간을 보냈다고 말하며 그녀를 만류했다.

계산을 마치고 카페에서 나왔을 때 내가 집까지 바래다주겠다고 했다. 하지만 미유키는 자기 집은 지유가오카와는 반대 방향인 데다가 바로 앞에 있는 이다바시역에서 전철을 타면 금방이라 괜찮다고 사양했다. 겸양이 몸에 익은 사람 같아서 나도 더 권하지 않았다. 오히려 미유키가 주차장까지 함께 걸어가 나를 배웅했다.

"이건 무슨 차예요? 차가 뚱뚱하면서도 날렵해서 귀엽고 예뻐요. 앞은 개구리같이 생겼고." 미유키가 차 앞에서 신기하다는 듯이 웃으며 물었다. 개구리 같다니. 포르쉐의 디자이너가 들으면 무척 기분 좋아할 만한 평가였다.

"골든레트리버를 키우고 있는데 그 녀석 덩치가 무척 커요. 그래서 같이 공원 나들이나 여행 갈 때 태우고 다니려고 조금 큰 차를 선택했어요."

"어머, 레트리버요? 저 큰 강아지 정말 좋아해요. 이름이 뭐예요?"

"하루예요."

"하루? 봄*에 태어났나 봐요."

"네, 맞아요. 오 월 일 일이 하루 생일이거든요."

"어머, 곧 생일이겠네요. 하루. 다음에 공원에 가실 때 저도 꼭 불러주세요." 미유키가 말했다.

"네, 그렇게 하겠습니다. 조심히 들어가세요."

"네, 케이시. 오늘 정말 반가웠어요. 맛있는 식사와 즐거운 이야기 감사했습니다."

미유키는 허리를 크게 숙여 인사하고 뒤를 돌아 역 쪽으로 걸

---

* 일본어로 하루는 봄이라는 뜻이다.

어갔다. 허리를 꼿꼿이 세우고 정면만을 응시한 채 한 걸음 한 걸음 야무지게 걸어가는 그녀의 뒷모습을 시야에서 완전히 사라질 때까지 바라보다가 차에 탔다.

집으로 돌아가는 길은 정체가 풀려있어 약속 장소로 올 때 걸렸던 시간의 반도 안 걸렸다.

차고 앞에 도착해서 스마트폰을 꺼내 홈 관리 애플리케이션으로 차고 문을 열고 차를 가장 왼쪽에 주차한 후 차고 문을 닫았다. 차고에서 거실로 이어지는 엘리베이터를 타기 전에 고개를 돌려 방금 주차한 흰색 포르쉐 옆으로 흰색 벤틀리 컨버터블과 검은색 벤츠 해치백에 한 번씩 눈길을 준 뒤, 별다른 이상이 없는 걸 확인하고 1층으로 올라갔다.

거실 통 창 앞으로 야외조명이 켜진 정원을 바라보았다. 하루가 꼬리를 세차게 흔들면서 다가와 다리에 얼굴을 비벼댔다.

"미안, 미안. 저녁 식사가 조금 늦었지? 소고기 육포 간식도 줄게."

말을 알아들은 하루는 신이 나서 48킬로그램이나 하는 본인 덩치는 생각도 안 하고 잔뜩 들뜬 푸들 마냥 공중으로 폴짝폴짝 뛴 뒤 몸을 돌려 나를 빤히 바라봤다. 허락을 구하는 눈빛이었다.

"하루, 얼른 먹어."

내 허락이 떨어지자, 하루는 밥그릇에 얼굴을 가져가 묻고는 허겁지겁 먹어 치우기 시작했다. 이제 6살이 된 하루에게 따로 교육을 한 적이 없었건만 저 똑똑한 녀석은 거의 모든 말을 알아

들는 듯했다. '저 포동포동하고 귀여운 몸 안에 작은 난쟁이가 숨어있는 것은 아닐까'하는 생각마저 들 정도였다.

순식간에 사료와 육포를 다 먹은 하루와 함께 정원을 세 바퀴 걸은 뒤 실내로 돌아왔다.

2층 드레스 룸에서 편한 운동복을 챙겨 다시 지하로 내려가, 차고 옆에 있는 또 다른 현관문을 열고 사우나 시설로 향했다. 대중목욕탕을 통째로 재현해 놓은 사우나 시설은 이 집에서 내가 가장 좋아하는 공간이다. 지하의 사우나 시설에는 열탕과 온탕, 냉탕 이렇게 3개의 욕탕이 있었고 건식과 습식 사우나가 각각 있었다.

열탕에 물을 받는 동안 수건을 어깨에 걸치고 건식 사우나 안에 들어갔다. 휴대전화를 스피커 시스템에 연결해 에디 히긴스 트리오의 재즈 피아노 연주곡을 틀었다. 〈I Could Write A Book〉으로 시작하는 34분 길이의 경쾌한 모음집이다.

5분 동안 사우나를 하면서 땀을 잔뜩 뺀 후 미지근한 물로 땀을 씻어내고 나니, 열탕에 어느 정도 물이 채워졌다. 옆에 있는 냉탕에는 이전에 받아둔 물이 여전히 서늘하게 식어있었다. 열탕 안에 몸을 담그고 그대로 앉았다. 비스듬히 누운 자세로 천정을 향해 머리를 젖히고 눈을 감았다. 따뜻한 물이 주는 포근함과 안정감, 아늑함이 좋았다.

열탕과 냉탕에 번갈아 몸을 담그길 몇 번 반복하자, 에디 히긴스의 곡이 끝나 갈 무렵이 되었다.

목욕을 마친 후 침실로 향했다. 이불 속으로 들어간 뒤 눈을 감기 전에 휴대전화를 확인했다. 미유키에게서 메시지가 와있었다.

"오늘 식사도 맛있고 즐거웠습니다. 하루랑 공원 갈 때 저도 꼭 데려가 줘요."

메시지를 확인하고 공원에서 미유키와 하루랑 셋이 벚꽃 놀이를 즐기는 모습을 잠시 떠올려 봤다. 상상을 마친 뒤 나는 몸을 일으켜 세워 앉은 다음 공들여 장문의 메시지를 작성했다.

"안녕하세요, 잘 귀가했죠? 오늘 만나서 무척 반가웠습니다. 사실은 만나러 가는 길에 '사진과 실물이 다르니 실망하지 말라'는 문자를 받고 어떻게 답장해야 하나 조금 혼란스러웠습니다. 직접 만나고 나니 왜 그런 말을 한 건지 전혀 이해가 안 갔습니다. 제가 본 미유키 씨는 눈빛, 말투, 손짓과 걸음걸이, 함께 있는 사람을 배려해 주는 대화법까지. 모든 게 무척 우아하고 멋진 사람이었습니다. 미유키 씨 덕분에 대단히 즐거웠습니다."

문자를 보내고 침실 조명을 모두 끈 뒤, 잠을 청했다.

그날 밤, 꿈에 미유키가 나왔다.

기분 좋은 봄 햇살이 가득 내리쬐는 공원이었다. 그 따뜻한 햇볕 아래에서 힘차게 뛰어가 공을 물어오는 하루의 모습, 내 이야기에 감탄하며 경청해 주는 미유키의 표정, 새파란 잔디 위에 펼쳐진 피크닉 음식까지. 평온하고 따뜻한 꿈이었다. 햇볕을 쬐며 실컷 광합성을 한 고양이처럼 나는 안도와 평온을 느꼈다. 잠에서 깼을 때는 그 꿈에서 조금 더 머물지 못한 것에 깊은 아쉬움마저 느껴졌다.

늦잠을 자고 일어나 보니 가즈키한테서 메시지가 와 있었다.

"케이시, 어제 잘 만났어요? 어땠어요?"

"즐거웠어. 미유키 씨는 정말로 좋은 사람 같더라." 나는 곧바로 답장을 보냈다.

"다행이네요. 또 만나 볼 거예요?" 가즈키가 물었다.

"아니."

나는 단답형으로 짧게 답장을 보낸 후 휴대전화 전원을 꺼버렸다.

03

도쿄, 지유가오카

가즈키

　이른 봄, 휴대전화에 미리 맞춰둔 알람 소리에 눈을 떴습니다. 리듬이랄 것도 없는 단순한 멜로디의 기계음에 억지로 잠에서 깨는 일은 여간 곤욕스러운 것이 아닙니다. 전원 버튼이 눌려 활동을 시작해야 하는 로봇이 된 기분이 들었습니다. 5분만 더 잘수 있다면 얼마나 좋을까요.

　반만 뜬 눈으로 화장실에 들어갔습니다. 치약을 맨 아래에서부터 위로 눌러 짜 칫솔에 묻혔습니다. 칫솔을 입에 문 채 화장실에서 나와 이불을 개고, 책상 위에 어지럽게 펼쳐져 있던 서류를 모아 반투명 비닐 파일에 넣었습니다. 파일 상단에는 〈내일 오전 회의 때까지 검토를 완료해 둘 것〉이라는 팀장의 메모가 붙어있습니다. 상당한 악필입니다. 하마터면 내일을 다음 달로 읽을 뻔했습니다.

　가본 적도 없는 중동의 플랜트 입찰 계약서 사본은, 어제 밤늦게까지 우리 회사에 불리한 조항은 없는지 저에게 수십 번은 뚫어져라 읽히고 또 읽힌 채로 검은색 서류 가방에 담겼습니다.

볼펜과 서류, 노트북과 마우스가 어지럽게 펼쳐져 있는 책상 한쪽에 액자가 눈에 들어왔습니다. 유년 시절의 저와 젊은 시절의 부모님이 함께 여행 가서 찍은 가족사진입니다.

부모님은 우츠노미야역 앞에서 제법 큰 라멘 가게를 하고 계십니다. 사립 중고등학교를 거쳐 대학교와 영국에서 회계 공부를 마칠 때까지 부모님은 모든 학비와 생활비를 지원해 주셨습니다. 그런 부모님께 결혼 자금도 손을 벌릴 수는 없는 노릇입니다. 사내 회계사라는 직함 덕분에 월급은 적지 않았지만, 도쿄에 집을 마련하려면 돈을 아끼고 착실하게 모아야 할 시기입니다. 지금 집은 런던에서 지낼 때의 그 작은 스튜디오보다도 더 좁고 발코니도 없지만, 혼자 살기에는 그럭저럭 훌륭했습니다. 결혼 전까지는 여기에서 계속 거주할 계획입니다.

화장실로 돌아가 양치를 마무리하고 샤워를 한 뒤, 간절기용 남색 정장을 입고 보라색 타이를 메면서 집 내부를 눈으로 살폈습니다. 켜놓은 불은 없는지, 전기 난방은 꺼두었는지, 빠른 눈흘김으로 점검을 마친 뒤 집을 나섰습니다.

지유가오카 역에서 오오이마치행 도큐선 급행을 탄다면 회사까지 고작 몇 분이면 갈 수 있었지만, 차비도 아낄 겸, 매일 운동 삼아 걸어서 출근합니다.

며칠 전에 내린 비로 먼지가 모두 씻겨 하늘이 더없이 청명하고 맑았습니다. 지유가오카 역의 남쪽 출구에 있는 가로수 길에는 일렬로 늘어선 벚나무에 벚꽃이 한창 피기 시작했습니다. 완연한 봄 날씨입니다.

평범한 걸음걸이로 집에서 20분 정도 걷자, 회사에 닿았습니다. 건물에 들어서자 엘리베이터가 1층에 있는 것을 보고 전속력으로 뛰어 탑승에 성공했습니다. 럭-키. 저는 이런 소소한 행운에서 큰 기쁨을 느낍니다.

정해진 출근 시간은 오전 8시까지인데, 저는 늘 1시간 정도 일찍 도착해 건물 5층에 있는 회사 임직원 전용 카페테리아에서 아침 식사를 했습니다. 건물 전체에서 가장 햇볕이 잘 들어오는 곳입니다. 오늘 조식 메뉴는 뭇국에 전어조림과 새우튀김입니다. 반찬도 매일 새롭게 바뀌고 밥맛이 좋아 하루 일과 중에 가장 행복한 시간입니다. 무엇보다 무료라는 사실이 마음에 쏙 듭니다.

오전 회의를 마친 지 얼마 안 되었을 때였습니다.

"이 자식들은 왜 매번 일을 이따위로 하는 거야?"

한 통의 전화를 받은 팀장이 미간을 잔뜩 찌푸린 채 씩씩거리며 외근을 나가자, 팀원들은 서로 눈짓을 보냈습니다. 그렇게 각자 잠깐의 자유 시간을 갖기로 뜻을 모았습니다. 다들 순식간에 뿔뿔이 어디론가 흩어졌습니다. 저는 휴게 공간에서 커피를 내려 종이컵에 담은 후 옥상으로 올라갔습니다.

"하츠네, 출근 잘했어? 나는 오전 회의 마치고 잠깐 쉬는 중."

건물 옥상에 마련된 벤치에 앉아 봄바람을 쐬며 하츠네에게 메시지를 보냈습니다. 하츠네는 데이팅 애플리케이션을 통해 알게 되어 올해 초부터 정식으로 교제하고 있는 여자친구입니다.

커피를 세 모금째 마실 때, 하츠네에게 답장이 왔습니다.

"응, 나도 오전 수업 마치고 쉬는 시간이랍니다."

메시지에는 방금 찍은 사진이라며 사진도 첨부되어 있었습니다. 스포츠센터 가운데에 서서 정면의 거울을 찍은 사진입니다. 하츠네는 쇄골을 시원하게 드러낸 연한 크림색 요가 옷을 입고 있었습니다. 한 손으로 휴대전화를 든 채 다른 손으로 브이 모양을 하고 해맑게 웃는 사진입니다.

신주쿠의 스포츠 센터에서 강사로 일하고 있는 그녀는 저보다 3살 연하였는데 이렇게 자신의 사진을 종종 보내오곤 했습니다.

"우리 첫 데이트 때 입었던 옷 같은데? 오늘도 예쁘고 사랑스러워. 오후도 파이팅 하고 저녁에 보자."

"기억력 좋네, 가즈키. 오후도 힘내고 이따 봐."

하츠네는 주먹을 꼭 쥔 파이팅 포즈의 사진을 보내왔습니다.

솔로로 지낼 때에는 어딘지 모르게 휑하게 비어있던 것만 같던 일상이 하츠네 한 사람으로 인해 가득 채워진 느낌입니다. 덕분에 교제를 시작한 이후로 외롭다는 생각이 단 한 번도 들지 않았습니다.

"대체 왜? 연말 파티 때 마음에 든 사람 없었어? 소개해 줄게."

올해 초, 하츠네와 애플리케이션을 통해 알게 된 후 첫 데이트를 앞두고 있을 때, 제임스는 그러지 말고 자기 친구를 소개받는 건 어떻겠냐고 물었습니다.

작년 연말, 제임스가 오다이바의 특급 호텔에서 열었던 연말 파티에 참석한 사람 중에서 사실은 호감과 관심이 가는 이성이 있었습니다. 제임스의 친구들답게 좋은 집안에 아름다운 외모, 명문대 출신으로 자기 분야에서 탄탄한 커리어를 쌓고 있는, 소위 '교양과 지성과 미모를 두루 갖춘 여성'이랄까요.

그렇지만 저와는 그 성장 배경부터가 지나치게 다른 사람이라 부담스러웠습니다. 저는 자신의 위치가 어느 정도인지 알고 현재에 만족하며 그 범위 내에서 크게 벗어나지 않으려고 노력하는 부류의 사람입니다. 자격지심과는 모양새가 조금 다릅니다. 저는 그저 지극히 현실적일 뿐입니다. 제임스에게 괜찮다고 사양했습니다.

"데이팅 애플리케이션? 그런 건 발정 난 고양이나 집에서 쫓겨난 푸들 같은 인간들이 하는 거 아니야?"

케이시는 평소의 친절한 말투와 다르게 꽤 난폭한 어조로 말했습니다. 저는 케이시에게 예전에 런던에 있을 때 애플리케이션을 통해서 좋은 친구들을 많이 사귀었고, 당시 여자친구도 애플리케이션으로 만났는데 정말 좋은 사람이었다고 설명했습니다.

"그래, 그렇지만 조심해. 어떤 인간일지 전혀 모르잖아."

어떤 인간인지 모른다. 그런 케이시의 우려를 뒤로 하고 저는 하츠네를 만나러 갔습니다.

1월 초 목요일 저녁, 거리 곳곳에는 '해피 뉴 이어'라고 큼지막하게 쓰여 있는 대형 포스터와 장신구, 조명이 거리를 휘황찬란하게 밝히고 있었습니다. 날씨가 제법 추운 한 겨울의 평일 저녁인 데도 시부야 거리는 사람들로 넘쳤습니다. 다들 새해를 맞아 들뜬 모습이었습니다.

우리는 스크램블 교차로의 츠타야 서점 앞에서 만났습니다.

"가즈키 군 맞죠? 하츠네입니다."

약속 시간에 늦지도 않았는데 하츠네는 헐레벌떡 뛰어와 환하게 웃으면서 인사했습니다. 가지런하고 고른 치아가 매력적인 웃음이었습니다. 모든 사람이 이런 치아를 가지고 있다면 세상의 모든 치과의사는 실업자가 될 것만 같았습니다.

"네, 가즈키입니다. 반갑습니다."

"미안해서 어떡하죠? 일이 늦게 끝나 스포츠 센터에서 바로 왔어요. 집에 들러 옷도 갈아입고 화장도 예쁘게 하고 싶었는데…."

하츠네가 과하게 울상을 지으며 말했습니다. 애교가 섞인 그녀의 표정과 말투에 저는 웃음으로 답했습니다.

하츠네는 두꺼워 보이는 패딩 점퍼 안으로 핑크색 요가 바지와 크림색 윗옷을 입고 운동화를 신고 있었습니다. 건강해 보이는 그녀의 이미지와 매우 잘 어울리는 옷차림이었습니다. 왼쪽 눈 밑에 난 애교점도 무척 잘 어울렸습니다. 하츠네는 누구나 호감을 가질 만큼 밝고 건강한 매력을 내뿜는 사람이었습니다.

우리는 조용한 카페를 찾아서 걷기로 했습니다. 천천히 걸은 끝에, 국립 요요기 경기장 앞의 작은 카페를 발견해 그곳으로 들어갔습니다. 테이블보다 대형화분이 더 많아 싱그러운 향기가 가득한 카페였습니다. 따뜻한 음료를 주문하고 창가 쪽 자리에 앉아 다시 대화를 이어갔습니다.

"다시 한번 인사드립니다. 가즈키라고 합니다."

"네, 반가워요. 하츠네입니다. 잘 부탁해요."

"저기… 궁금한 게 있는데요."

제가 테이블 위를 손톱으로 살짝 긁으면서 조심스럽게 말을 꺼냈습니다. 케이시가 "귀여운 척 좀 하지 마라"며 자주 구박하는 저의 오래된 습관입니다.

"네? 어떤 거요?" 하츠네가 궁금한 건 못 참겠다는 듯 빨리 말하라는 눈빛으로 제 눈을 빤히 보며 말했습니다.

눈을 마주하기 부끄러워 시선을 그녀의 왼쪽 눈 밑 점에 맞추고 말했습니다. "조금 전 약속 장소에 사람이 정말 많았잖아요. 어떻게 저인 줄 알고 곧장 제게로 왔어요?"

저는 그 애플리케이션에 제대로 된 얼굴 사진을 올려두지 않았습니다. 그런데도 저를 알아봤다는 사실이 신기했습니다.

하츠네는 뭘 그렇게 빤한 걸 묻고 있냐는 듯 바로 답했습니다. "그거야 당연히 누가 봐도 가즈키 같이 생겼잖아요. 이름이 무척 잘 어울려요. 이름 누가 지어주셨어요? 아, 어머니요? 예지 능력이 있나 봐요. 어쩜 이렇게 이름을 잘 지어주셨지?"

"가즈키같이 생겼다는 건 무슨 뜻인가요…?"

"농담이죠, 농담. 그 많은 사람 중에 가장 멋있었어요. 키 크고 정장이 잘 어울리는 선한 인상의 멋진 사람. 보자마자 '저거 내거다.'라고 생각하고 가즈키 씨가 맞길 바라며 인사했죠."

"그러다 제가 아니었으면 어떻게 하려고 그랬어요?"

"그러면 음… 그러니까… 음… 몰라요. 생각 안 해봤어요. 뭐 아니면 '죄송합니다.' 하면 되는 거죠."

제가 멋있는 남자인지는 모르겠지만 한 가지는 분명했습니다. 하츠네라는 사람은 굉장히 밝고 유쾌한 여자라는 것. 저는 조금씩 그녀의 매력에 빠져들기 시작했습니다.

"가즈키 씨는 이상형이 어떤 사람이에요?"

하츠네가 손으로 머리를 뒤로 쓸어 넘기며 눈을 동그랗게 뜨고 물었습니다. 빨리 자기라고 대답하길 재촉하는 눈빛이었습니다. 씻지도 못했다는데 워낙 머리가 길어서 그런지 그녀가 몸을 움직일 때마다 좋은 샴푸 향이 주변으로 은은하게 퍼졌습니다.

"음… 잠시만, 생각 중이에요." 저는 물을 한 모금 마신 뒤 천천히 말했습니다. "평범하지만 화목한 가정에서 사랑을 듬뿍 받고 자라서 사랑을 줄 줄도 알고 받을 줄도 아는 사람인 것 같아요."

"어머, 그거 완전 저예요 저. 저는 사랑이 넘치는 하츠네랍니다. 잘 부탁해요." 하츠네가 그 건강한 치아를 다시 한번 드러내며 환하게 웃었습니다. 과하지 않게 콧소리가 섞인 귀여운 말투였습니다. 키가 큰 여성은 애교가 없다거나 귀엽지 않다는 오랜 편견이 깨지는 순간입니다.

"하츠네는 어떤 사람이 이상형이에요?"

"가즈키처럼 침착하고 다정하면서 듬직한 사람이 좋아요."

하츠네는 마치 제 속마음을 들여다본 것처럼 제가 원하던 대답을 말해 주고는 다시 한번 방긋 웃었습니다.

우리는 카페에서 나와 다시 시부야로 걸어갔습니다.

역 근처에서 식사할 곳을 찾다가 스테이크 전문 식당에 들어 갔습니다. 조용하고 어두우며, 테이블 위에는 촛불이 켜져 있는 그런 곳은 아니었습니다. 시끌벅적한 음악에 젊은 사람들이 가득 찬 캐주얼 레스토랑입니다. 맛이 좋기로 유명해 한참 유행 중인 곳이었습니다. 제가 250g의 큰 사이즈 소고기 스테이크를 주문하자 하츠네도 같은 걸로 주문했습니다.

저와 하츠네는 직장에서 겪은 일들, 좋아하는 식당과 음식, 집에서 쉴 때는 주로 뭘 하는지에 대하여 이야기를 나눴습니다.

간혹, 남자는 이성과의 대화에서 상대방이 지금 자신을 면밀히 재단 중이라는 느낌을 (바보가 아닌 이상) 고스란히 받곤 합니다. 하는 일과 직위를 통해 상대의 소득을 머릿속에 떠올리고 있다든가, 소유하고 있는 차나 사는 집의 위치를 통해 남자의 경제력을 유추하고자 하는 질문들. 그런 걸 은연중에 조심히 묻는 사람도 있고, 대놓고 묻는 사람도 있습니다. 어쨌든 남자들은 지금 앞에 있는 상대가 '자신을 재고 있다'는 느낌을 적나라하게 받습니다. 마치 엑스레이 기계 앞에서 강제로 속을 훤히 들여다보이는 것만 같은 그 느낌에 때로 누군가는 자괴감을 느끼고, 누군가는 불편함을 느끼기도 합니다. 어쨌든 남자들은 여자의 그 의도를 알고 있습니다. 그냥 그것에 대해 아무 얘기도 하지 않을 뿐입니다. 자칫하면 '저기요, 혹시 자격지심 있으세요?' 하면서 도리어 성을 내는 여자도 있기 때문이랄까요.

하지만 하츠네는 '지금 이 사람이 나를 측량하고 있다'는 느낌을 받게 하는 질문을 전혀 하지 않았습니다. 상대를 조금도 저울질하지 않는 하츠네와의 대화가 편안하고 즐거웠습니다.

식사를 마치고 디저트로 아이스크림을 주문했습니다. 최대한 느릿느릿 시간을 들여 먹었지만 금방 문 닫을 시간이 되었습니다. 하츠네가 테이블 위에 있던 계산서를 가로채 얼른 카운터로 가서 계산을 해버리며 말했습니다.

"오늘은 제가 살게요. 그러니 이번 주말에는 가즈키가 사야 됩니다. 알겠죠? 약속이에요."

"오늘도 제가 사도 괜찮은데…."

"안 돼요. 오늘은 제가 낼 거예요. 토요일 어때요? 저 지유가오카 안 가 본 지 오래됐어요. 구경시켜 주세요."

"토요일이요? 좋아요."

계산을 마친 하츠네는 요즘 세상이 험하니 자신이 바래다주겠다며 구태여 지유가오카역까지 함께 했습니다.

"조심히 들어가세요. 토요일에 봐요. 우리"

도요코 라인 플랫폼에서 하츠네가 팔을 세차게 휘저으며 인사했습니다. 그녀의 집인 신주쿠산초메역까지는 환승 없이 20분 정도 거리입니다.

"하츠네 귀가 완료. 이건 선물이에요."

헤어지고 30분쯤 지나자, 하츠네가 집에 잘 도착했다며 해맑게 웃고 있는 사진을 찍어 보내왔습니다. 이렇게 사랑스러운 여자가 왜 남자친구가 없을까. 저는 주말에 보자고 답장했습니다.

하츠네보다 먼저 집에 들어가기 미안해서 역 근처를 걷고 있었는데, 마침 케이시의 집 근처라 그에게 연락했습니다.

"여-어, 가즈키. 오늘 데이트는 어땠어?"

케이시가 운동복 차림으로 하루와 함께 놀이터로 걸어오며 말했습니다. 그는 양손 가득 고양이 사료를 들고 있었습니다.

"안녕하세요. 하루도 오랜만이구나. 얘는 왜 이렇게 살쪘어요?"

영국에 있을 때 골든레트리버를 자주 보긴 했지만, 하루는 제가 봤던 녀석들보다 옆으로 두 배는 더 커 보일 만큼 포동포동하고 거대했습니다. 사람을 어찌나 좋아하는지 저를 보자마자 반가워하며 폴짝폴짝 점프를 해댔는데 착지할 때마다 바닥의 흙이 움푹 파였습니다. 혹시 참치의 영혼을 가진 개인가?

"우리 하루가 아주 조금 뚱뚱해지긴 했지."

케이시가 하루의 머리를 쓰다듬으며 말했습니다. 조금이 아닌 것 같은데… 하루는 신이 나서 혓바닥을 내밀고 싱글벙글하고 있었습니다.

"아무튼, 오늘 데이트 어땠어? 눈이 셋이라든가 꼬리가 있다든가 하는 요물은 아니었나?"

케이시가 궁금해서 못 참겠다는 표정으로 물었습니다.

"에-이, 아니에요. 여기가 이집트도 아니고. 하츠네는 정말 밝고 긍정적인 사람이었어요."

"그래? 외모도 마음에 들었고?"

"네, 제 눈에는 무척 귀엽고 예쁜 사람이었어요."

"데이팅 애플리케이션에 그런 사람도 있다니 신기하네. 또 만나 볼 생각인가?"

"그럼요. 이번 주말에 보기로 했어요."

저는 케이시와 짧은 수다를 떤 후 집으로 돌아왔습니다. 케이시는 하루와 산책하면서 골목 곳곳에 길고양이들 밥을 놓아주러 갔습니다.

집으로 돌아와 샤워를 마치고 잠옷으로 갈아입은 뒤 침대에 누웠습니다. 아직 한 겨울이라 방안에 한기가 돌고 쌀쌀해 이불을 두 겹 덮어야 했습니다. 난방을 세게 틀면 관리비가 많이 나오니 이렇게 하는 편이 더 합리적입니다.

하츠네에게 하루 사진을 메시지에 첨부해서 보냈습니다.

"어머나, 이 뚱뚱한 멍멍이는 누구예요?" 하츠네에게 곧바로 답장이 왔습니다. "친구가 기르는 개인데, 참치처럼 점프를 굉장히 잘해요." 내가 말했습니다.

"진짜로? 점프를 잘하는 뚱뚱하고 거대한 강아지라니, 너무 귀엽다." 하츠네가 자기도 강아지를 좋아한다며 기회가 닿으면 하루를 꼭 만나보고 싶다고 했습니다.

그날 이후로 우리는 두 달 동안 천천히 서로를 알아 갔고, 일곱 번째 만났을 때 제가 꽃다발을 건네며 정식으로 교제하고 싶다고 말했습니다.

하츠네가 기다렸다는 듯이 제 양손을 꼭 잡고 말했습니다.

"하츠네, 전력을 다해 볼게요. 앞으로 잘 부탁드리겠습니다."

"날씨 좋구나."

맑은 봄 하늘을 바라보며 생각했습니다. 회상을 마친 저는 이제 제법 익숙한 포즈와 자연스러운 표정으로 사진을 찍은 뒤, 메시지에 첨부해 하츠네에게 전송했습니다. 가벼운 발걸음으로 점심을 먹으러 카페테리아로 내려갔습니다. 살랑거리며 스쳐 간 봄바람에 더없이 따뜻한 기운이 묻어 있었습니다.

04

인간쇼핑

케이시

"어때? 어제 새로 산 속옷인데, 예뻐?"

시곗바늘이 오전 10시를 지나갈 때 늦잠을 자고 일어나 휴대
전화를 보니 리아에게서 메시지가 와 있었다. 메시지에 첨부된
사진을 확인해 보니 연보라색의 트라이앵글 컵 브래지어만 입고
있는 리아가 침대 위에서 입술을 앞으로 쭉 내밀고 있는 사진이
보였다.

"응, 예쁘네." 나는 무미건조하게 답장하고 물을 마시러 1층
부엌으로 내려갔다.

"반응이 그게 뭐야? 흥, 이제 사진 안 보내 줄 거야." 물을 한
잔 다 비우고 컵을 내려놓았을 때 리아에게 답장이 왔다.

"그래 그럼, 하고 싶은 대로 해." 나는 다시 건조하게 답했다.

"너, 진짜 재수 없어."라고 리아에게 메시지가 왔다. 몇 분 뒤
휴대전화 메신저에서 그녀의 프로필 사진이 사라졌다. 내 연락
처와 메신저를 차단한 것 같았다.

'어차피 다른 남자들한테도 보냈겠지.'

젊고 아름다운 이성이 아무런 대가 없이 매일 실시간으로 자신의 은밀한 사진을 보내주는 걸 마다할 남자가 있을까 싶지만, 나에게 이제 그건 무작위로 발송되는 광고 메시지만큼이나 공해였다. 처음에는 신선하다고 느꼈지만, 아무 때고 일방적으로 보내오는 사진에 염증마저 나던 참이라 차라리 잘 됐다고 생각했다.

미유키를 만나고 온 이후로 몇 번 더 이성을 소개받았지만 빤한 레퍼토리의 대화가 오갔고 비슷한 유형의 사람들뿐이었다.

나이가 제법 있는 사람들은 결혼을 전제로 한 만남을 원해왔는데 연애 시작도 전에 결혼 이야기부터 하는 것이 영 탐탁지 않았다. 둘 사이에서 서로를 소개해 준 사람의 체면을 봐서라도, 상대에게 억지로 매너 있게 말하고 행동해야 한다는 사실도 적잖이 부담스러웠다.

군이 그런 불편함을 감수할 필요가 없었다. 걸프렌드가 없어도 지금의 생활이 만족스러웠다. 삶이 충만하다고까지는 할 수 없으나 적어도 불편함은 없었다. 소개로 만나게 된 사람과 그 정도 관계로만 지내자고 하는 것은 자리를 마련해 준 사람에게 예의가 아니라는 것쯤은 당연히 알고 있다. 게다가 그들 중에는 외적으로 마음에 드는 사람이 단 한 명도 없었다.

나한테 당장 필요한 건 넘쳐나는 시간을 함께 즐길 데이트 메이트였다.

"안녕하세요. VVIP 고객님, 저희는 이번에 새로운 프로젝트를 시작하는 엔터테인먼트 회사의……."

"관심 없습니다." 내가 신경질적으로 전화를 끊으며 말했다.

도대체 어디에서 내 개인정보가 유출된 건지 모르겠지만 가입한 적도 없는 수상쩍은 곳에서 '좋은 취지'로 후원해달라는 연락이 끝없이 왔다. 자기들이 심혈을 기울여 키우고 있는 아이돌 연습생, 배우, 모델 같은 친구들에게 '선의의 후원'을 해주면 그 대가로 '아름다운 만남'을 주선해 주겠다는 얼토당토않은 제안이었다. 그런 부류의 연락을 처음 받았을 때, 나는 그 구태적인 매춘 시스템과 영업방식에 불쾌감을 넘어 '이거 혹시 과거로부터 걸려온 전화는 아닐까'하는 허무맹랑한 의심마저 들었다.

결국 이런저런 이유로 데이팅 애플리케이션을 스마트폰에 설치한 지 일주일이 지났다.

데이팅 애플리케이션이라니. 가즈키의 영향이 컸다. 이상한 인간들만 가득할 줄 알았던 곳에서 꽤 괜찮은 여자를 만나 달콤한 연애를 하고 있는 가즈키를 보니 생각을 고치게 되었다. 최근 들어 가즈키의 얼굴에서 웃음이 떠나질 않았다.

휴대전화에 몇 개의 데이팅 애플리케이션을 설치한 뒤, 자기소개 칸을 채워 넣기 위해 고민했다. 혹시라도 나를 알아보는 사람이 있을까 싶어 프로필 사진은 얼굴이 흐리게 나온 걸로 올렸다. 자기소개는 간단하게 〈31살, 키 큰 편, 미혼, 지유가오카 거주, 취미 산책, 직업 없음〉이라고 적었다.

30분 동안 다른 이성들의 프로필을 살펴보고 '좋아요'도 보내봤지만, 도무지 반응이 없었다. 한참을 기다리고서야 드디어 한 사람과 매칭이 되었고 곧바로 둘을 위한 대화창이 열렸다.

상대의 프로필을 클릭해 보니 짧은 곱슬머리의 58살 외국인 여성이었다. 엉덩이가 브라질 만해 보이던-농담이 아니다- 그녀의 프로필 사진 아래에는 서로의 거리가 9,327km라고 표시되어 있었다. 도쿄에서 9,327km면 도대체 어디일까. 브라질 엉덩이가 포르투갈어로 무어라 메시지를 보내왔다(진짜 브라질 사람이었다). 내가 만들었던 인공지능 번역 애플리케이션을 통해 해석했다.

"안녕하세요, 반가워요. 우리 언어 교환하며 친하게 지내요."

언어교환이라…

"괜찮습니다. 사양할게요. 좋은 하루 보내세요." 나는 친절히 인도네시아어(?)로 번역해서 메시지를 보내고 대화창을 꺼버렸다.

이제는 자존심의 문제였다. 최고등급의 멤버십 유료 결제를 했다. 막혀 있던 기능들이 풀리면서 이제야 제대로 된 애플리케이션 같아졌다. 즉시 도쿄에 살고 있는 몇몇 이성과 매칭이 되었다. 그러나 왜인지 여전히 마음에 안 드는 사람들하고만 매칭이 되었다. 인사 몇 마디와 상투적인 자기소개만 오가다가 대화가 종료됐다.

'역시 별 볼 일 없는 사람들뿐이구나.'

그래도 혹시나 해 이 분야의 전문가인 가즈키에게 전화를 걸었다. 신호음이 4번쯤 울리자, 그가 전화를 받았다.

"여-어, 가즈키. 지금 바빠?"

"데이트 중이지만 괜찮아요. 무슨 일이에요?"

데이트 중이지만 통화는 괜찮다…? 나보고 알아서 용건만 얼른 말하라는 건가 싶어 나는 눈치 빠르게 본론부터 말했다.

"데이팅 애플리케이션 설치했거든? 근데 자꾸 마음에 안 드는 여자들하고만 매칭이 돼. 이거 도대체 어떻게 하는 거야?"

"오-오, 웬일이에요. 절대 안 하겠다고 하더니."

"그냥 한 번 해보는 거야. 어떻게 하는 건지 알려줄래?"

"포인트는 '매력 어필'입니다. 괜찮은 이성에게 선택되려면 남보다 더 확실한 매력이 있어 보여야 해요. 남자들은 보통 잘생긴 얼굴이나 건강한 몸 사진, 차 사진이나 집 사진 같은 것들로 매력을 발산하는데, 케이시는 뭐든 완벽하게 다 갖추고 있으니 적당히 보여주면 되지 않을까요?"

"포인트는 자기 어필이라는 거지? 오케이, 고마워. 데이트 즐겁게 해."

매력 어필이라… 다시 애플리케이션을 구동시키고 잘 나왔다고 생각하는 내 사진을 몇 장 업데이트했다. 유치하고 민망스럽지만 차고 사진도 찍어 올렸다. 출신학교를 쓰는 칸이 있었는데 잠시 머뭇거리다가 중퇴라고 적었다.

'이쯤 하면 되려나?' 나는 프로필을 정리하며 생각했다.

> 31살 188cm 도쿄 지유가오카 거주
> 도쿄대학 중퇴, 벤처기업 CEO 출신
> 일찍 은퇴해서 시간이 아주 많습니다.
>
> 취미 : 꽃꽂이 · 여행 · 온천 · 레고 · 독서 · 드라이브

차 : 포르쉐 · 벤틀리 컨버터블 · 벤츠

정원과 루프탑, 개인 극장, 개인 사우나가 있는 주택 거주

개(골든레트리버)를 키우고 있습니다.
여자친구 · 와이프 없습니다.

프로필을 업데이트하자마자 반응은 폭발적이었다. 휴대전화의 알람이 끊임없이 울렸다. 순식간에 나에게 '좋아요'를 보낸 이성의 수가 '9,999+'로 표시되었다. 상대의 프로필을 확인할 겨를도 없이 계속 '좋아요' 알림이 울려댔다.

갑작스러운 변화에 일단 프로필을 비공개로 전환하고 애플리케이션의 알람도 꺼버렸다. 그제야 나에게 '좋아요'를 보낸 이성들의 프로필을 천천히 넘기며 확인해 볼 수 있게 되었다. 리스트에 보이는 건 사진과 나이뿐이었다. 이 도시에 이렇게나 예쁜 사람들이 많았나 싶을 만큼 아름다운 여자들이 넘쳤다. 연예인, 아이돌같이 생긴 사람들이나 실제로 모델로 보이는 사람들까지, 나는 '좋아요'를 보내온 이성들의 프로필을 차근차근 확인했다.

'그러니까, 지금 이 사람들이 전부 나한테 좋아요를 보낸 사람들이란 말이지? 그 몇 분 사이에.'

손가락으로 스마트폰의 화면을 내리면서 끝도 없이 표시되는 타인의 프로필을 보며 나는 마치 온라인 쇼핑을 하며 물건을 고르는 것 같다는 생각이 들었다.

사진 몇 장과 간단한 소개만 보고 각각을 비교해 가며 판단했

다. 너무나 많은 프로필이 있다 보니 한 사람에게 할애하는 시간은 1초 남짓. 고작 몇 초도 안 되는 그 찰나의 시간으로 누군가에게 평가받는 중이라는 것을 그들은 알고 있을까. 휴대전화 너머에 사람이 진짜로 있기는 한 걸까. 인간관계를 이렇게 인터넷 쇼핑하듯 만들어도 되는 걸까. 잡념이 들었다.

한편으로는, 기술의 진보가 우리 삶을 이렇게까지 건조하고 삭막하게 만든 거 아닌가라는 걱정마저 들 정도였다.

그렇지만 나는 꽤 집중하며 인간쇼핑을 계속했다. 어쨌거나 새로운 변화에 적응하지 못하는 인간은 도태된다. '검증된 마음에 안 드는 사람'보다 '검증 안 된 마음에 드는 사람'을 만나는 게 더 짜릿하고 즐거운 법이다. 끝없이 프로필을 넘기며 마음에 들면 오른쪽, 마음에 들지 않으면 왼쪽. 손가락을 계속 움직였다.

데이팅 애플리케이션 속에는 매력적인 외모를 가진 이성이 넘쳐났다. '좋아요'를 보내온 수 천 명의 프로필을 넘겨보며 이만하면 데이트해 보고 싶다는 생각이 드는 몇몇 이성에게 나도 '좋아요'를 보내 매칭을 성사했다. 그들과의 대화창이 각각 열렸다. 그중의 한 사람이 리아였다.

19세 · 여대 1학년 · 168cm· 사진은 마이 페이스(My face)

단순한 소개지만 남자들의 이목을 끌기 충분했다.

프로필 사진은 도쿄 디즈니랜드에서 찍은 듯 웨이브가 있는 긴 머리 중간에 큼지막한 미니마우스 머리띠를 하고 있었다. 연한 분홍색 니트를 입고 양손에는 자기 얼굴만 한 사이즈의 미니 마우스 인형을 들고 옆으로 돌아 웃고 있는 모습이었다. 아이돌 이라고 해도 믿길 만큼 청초한 매력을 발산하는 미인이었다.

"안녕, 반가워. 리아라고 해."

대화창이 열리자마자 그녀에게서 바로 메시지가 왔다. 다짜 고짜 반말하냐고 물어볼까 하다가 그러면 대화창을 꺼버릴까 봐 그냥 나도 편하게 말하기로 했다.

"안녕, 리아. 나는 케이시."

"소개에 있는 내용과 본인 사진 전부 진짜?"

"응."

"멋진데? 만날래? 데리러 와."

"지금?"

"시나가와역에 있는 데니스에서 보자. 1시간 뒤."

나는 휴대전화 내비게이션으로 데니스 시나가와역 점을 검색 했다. 역이 아니라 길 건너 프린세스 호텔 건물들 사이에 있었다. 차로 20분 거리. 샤워는 방금 했으니, 옷만 갈아입고 출발하면 얼 추 시간이 맞을 것 같았다.

"그래. 그럼 3시까지 거기로 갈게."

"좋아. 벤틀리 오픈카 있다고? 그거 타고 와줄 수 있어? 날씨 좋으니까 나 드라이브시켜 줘."

"그래, 알겠어."

"나는 사진하고 똑같이 생겼고 지금은 핑크색 원피스를 입고 있어."

'나는 사진하고 똑같아.'

얼마 전 미유키에게 받았던 정반대 내용의 메시지가 머리를 스쳤다. 한쪽은 기대감을 떨어트리고 한쪽은 기대감을 높였다.

"그래. 도착해서 메시지 할게."

나는 가즈키에게 다시 전화를 걸어 지금 일어난 상황에 대해 설명했다. 데이트 중이라면서 전화는 잘도 받았다.

"휴-우, '좋아요' 받은 게 9,999가 넘는다고요? 역시 케이시는 인기 많을 줄 알았어요. 당연한 얘기지만."

"고마워. 근데 얘 만나도 될까? 이상한 사람은 아니겠지?"

"사람 많은 곳에서 낮에 만나는 건데 무슨 일 있겠어요? 그래도 조심하세요. 어떤 인간인지 모르잖아요. 하하."

"어떤 인간인지 모르니 조심해라, 그거 꽤 익숙한 말 같은데? 아무튼 다녀와서 연락할게."

가즈키와 통화를 마치고 외출할 준비를 했다.

2층 드레스 룸으로 올라가서 오랜만에 옷장을 뒤적였다. 짙은 청색 진을 꺼내 입고 상의는 속이 비치지 않는 두꺼운 면 소재의 흰색 셔츠를 입은 뒤, 연회색과 짙은 회색의 투톤으로 된 재킷을 걸치고 흰색의 단화를 신었다. 최고급 브랜드 시계를 찰까 하다, 괜히 졸부 같아 보일까 봐, 대신 에르메스의 남색 두 줄짜리 얇은 팔찌를 오른손에 찼다. 그리고 거울을 보며 왁스로 머리를 손질했다. 이 정도만 해도 나로서는 이례적일 만큼 멋을 부린 셈이다.

차고로 내려가서 벤틀리 콘티넨털 GTC S 컨버터블을 바라봤다. 석 달 남짓 차고에만 있었지만 먼지는 쌓여있지 않았다. 기름도 절반 이상 남아있었다. 배터리가 방전되진 않았을까 싶었지만 다행히 문제없었다. 시동을 걸자 요란한 배기음과 함께 오랫동안 시동을 걸지 않은 차 특유의 먼지를 뱉어내는 듯한 엔진 소리가 들려왔다. 동시에 아날로그 다이얼이 있던 중앙 대시보드가 회전하며 디지털 인포테인먼트 시스템으로 전환되었다.

엔진이 정상적으로 작동하는지 확인하기 위해 공회전 상태에서 액셀을 발끝으로 천천히 밟았다. 12기통 트윈 터보에서 나오는 배기음 소리가 차고를 쩌렁쩌렁하게 울렸다. 어지간히 요란 떠는 차였다.

스마트폰을 꺼내 차고 문을 열고, 문이 열리는 동안 소프트탑 오픈 버튼을 눌러 차량 덮개를 열었다. 그대로 천천히 차고를 빠져나왔다. 룸미러를 통해 차고 문이 닫히는 모습을 확인한 뒤, 고개를 들어 하늘을 바라봤다. 구름 한 점 없이 맑은 날이다. 공기는 더없이 깨끗하고 기온도 따스했다. 컨버터블을 타고 드라이브하기에 최고의 봄 날씨였다.

◆

프린세스 호텔 방문객용 주차장에 주차해 두고 옆 건물의 1층에 있는 데니스로 들어갔다.

레스토랑 안에는 서빙하는 직원 두 사람만 보일 뿐 실내에는 아무도 없었다. 가장 안쪽 테이블에 앉아 리아를 기다리며 메뉴판을 훑었다.

"바람맞은 건가?"

휴대전화로 시계를 보니 3시 20분이었다. 리아에게 메시지를 보내기 위해 애플리케이션을 켰는데, 그녀와의 대화창이 사라져 있었다. 그녀가 대화를 종료해 버린 것이다. 10분이 더 지나도 그녀는 오지 않았다.

"제기랄. 역시 그따위 애플리케이션은 하는 게 아니었어."

자조 섞인 말을 내뱉었다. 황당함과는 별개로 일단 너무 허기가 져서 버펄로 윙과 소다를 한 잔 주문했다. "차가운 물도 한 잔 부탁드립니다."

종업원이 가져다준 얼음물을 단숨에 들이켰다. 청량감에 정신이 돌자 문득 내가 지금 뭘 하는 건가 부끄러워졌다.

음식을 기다리면서 창밖을 바라봤다.

여전히 하늘엔 구름 한 점 없었다. 외출한 김에 혼자 드라이브라도 해야겠다고 생각하고 행선지를 고민했다. 머릿속으로 하네다·요코하마 방면 수도 고속도로를 타고 에노시마까지 다녀오는 코스를 완성했을 때, 레스토랑의 문이 열리더니 화사하고 앳되어 보이는 여자가 들어왔다. 그녀는 망설임 없이 곧장 내 쪽으로 걸어왔다. 벽에 걸려있는 시곗바늘은 3시 45분을 가리키고 있었다.

"안녕 CEO. 반가워."

리아였다. 그녀는 치마가 무척 짧은 핑크색 원피스를 입고 어깨에 얇은 카디건을 걸치고 있었다. 약속 시간에 한참이나 늦은 주제에 미안하다는 말 한마디 없다니.

"그래."

"키가 되게 크네?" 리아가 자리에 앉으며 말했다.

"내 잘못은 아니잖아." 내가 답했다. 리아의 초점이 잠시 흔들렸다. 당황한 듯 보였다.

"에이, 늦어서 미안해. 친절하게 대해주면 안 될까?"

"좋아. 사과받아 줄게."

내가 그제야 표정을 풀고 옅게 미소를 띠며 답했다.

리아 역시 키가 제법 컸다. 피부는 하얗다 못해 투명해서 옅게 실핏줄이 보일 정도로 맑았고 고르게 난 짙은 눈썹 밑으로 강아지상의 양 끝이 처진 동그란 눈이 보였다. 입술은 작고 도톰하며 붉었다. 원피스 어깨 끈 옆으로 쇄골과 그 아래의 가슴골이 유독 도드라졌다. 자신감 넘치는 표정과 말투를 보건대 본인도 스스로가 얼마나 매력적인 여자인지 아주 잘 아는 듯했다.

"먹을 것 좀 주문했어? 나, 일하고 와서 배고파."

"응, 버펄로 윙. 다른 거 먹고 싶으면 더 주문해."

"그럼, 샐러드. 맥주도 마실 건데 괜찮지? 케이시는 운전해야 하니까 마시지 마."

내가 뭐라 답하기도 전에 리아가 종업원을 불러 샐러드와 생맥주를 한 잔 주문했다.

"무슨 일하고 왔어? 대학생 아니었나?" 내가 물었다.

"묻지 마, 안 알려 줄 거야."

"그래, 별로 안 궁금했어." 사실 조금 궁금했다.

"진짜 궁금한 건데 정말 본명이 케이시야?"

"응. 왜? 나 알아?"

설마 나를 알고 있는 사람인가 싶어서 순간 긴장감이 들었다.

"에? 내가 너를 어떻게 알아. 그냥 너무 웃기잖아. 너 바보 아니야? 누가 그런 데서 자기 본명을 알려줘." 리아는 과장된 손짓을 하더니 배를 잡고 큰 소리로 웃어댔다.

"데이팅 애플리케이션을 방금 처음 해봤어. 잘 몰라."

"오-오, 정말? 그럼 그걸로 여자 만나는 거 내가 처음?"

"응."

"오, 대단히 영광이네. 그리고 이건 진심인데 케이시는 사진보다 실물이 훨씬 더 잘 생겼어. 배우나 아이돌을 하지 그랬어?"

"고마워. 시간 될 때, 연예기획사에 지원해 볼게."

리아가 쿡하고 웃으며 말했다. "케이시 정도 부자라면 기획사를 사버리는 게 빠르지 않을까?"

"그것도 고려해 볼게." 내가 건성으로 대답했다. 연예 기획사에 투자라니, 전혀 관심 밖의 일이다.

"아무튼 늦어서 진짜 미안해. 대신 뭐 하나 알려줄게. 가까이 와볼래?" 리아가 말했다.

그때 종업원이 주문했던 버펄로 윙과 소다 그리고 맥주를 가져왔다. 리아는 종업원이 음식과 음료를 두고 자리에서 멀어질 때까지 기다렸다가 종업원이 멀어지자, 자신에게 가까이 오라고 작게 손짓했다.

나는 테이블 위에서 몸을 반쯤 일으켜 상체를 반대편에 있는 리아 쪽으로 가까이 기울였다. 리아도 상체를 일으켜 세워 입을 내 귀에 가까이하고는 조용히 말했다.

"나 지금 티 팬티 입고 있어. 핑크색"

"뭐?" 나는 깜짝 놀라 몸을 뒤로 빼며 대답했다. 저만치 떨어져서 걸어가던 종업원이 잠시 발걸음을 멈췄다가 다시 걸어갔다.

"다 들었잖아, 왜 못 들은 척해."

"아니, 못 들은 척이 아니라. 그런 얘길 나한테 왜 하지?"

"왜? 남자들은 이런 거 정말 좋아하던데? 오늘 데이트하는 동안 계속 상상해 주세요, 잘생긴 케이시. 혹시 알아? 데이트가 즐거우면 내가 보여줄지도."

"아니, 안 보여줘도 돼."

"뭐야, 그 반응은?" 리아가 재미없다는 표정을 지으며 말했다.

"이게 정상인 거야. 보통 사람들은 만난 지 5분도 안 된 사람에게 자기가 무슨 속옷을 입고 있는지 알려준다거나 그걸 듣고 좋아한다거나 하진 않거든."

"네, 네. 알겠습니다. 선생님. 우리 일단 이것 좀 먹자."

나도 배가 고팠던 터라 우선은 식사에 집중하기로 했다. 샐러드도 곧 나왔다. 버펄로 윙의 간이 너무 짜서 샐러드의 대부분은 내가 먹었다. 리아는 맥주를 한 잔 더 시켰고, 나는 디저트로 진한 원두의 커피를 주문했다.

"키야, 시원하다." 리아가 맥주를 크게 한 모금 들이켜고는 말했다.

"열아홉 살?" 내가 리아에게 물었다.

"응, 얼마 전에 생일 지났어."

리아의 대답을 듣고 곰곰이 생각했다. 나는 열아홉 봄에 뭘 하고 있었지...

그때 나는 도쿄대학 경제학부에 갓 입학해 대학 생활에 적응하고 있었다. 교내 동아리나 서클 같은 이런저런 시원치 않은 곳에서 신입생 환영회를 한다고 불러댔고, 덕분에 거의 매일을 치사량에 근접할 만큼 술을 마시고 있었다. 그렇지만, 밝고 희망 가득한 미래가 있을 거라 믿어 의심치 않았던 시기였다. '그날'이 있었던 그해 가을까지, 꽤 희망찬 열아홉을 보내고 있었다.

"무슨 생각해? 리아가 말했다.

"미안, 아무것도 아니야." 나는 대답하고 얼른 커피를 마셨다.

리아가 추가로 주문한 맥주를 다 마셔갈 때쯤 물었다.

"우리 드라이브 어디로 갈 거야?"

"글쎄. 난 네가 안 오는 줄 알고 혼자 에노시마에 다녀올까 생각하고 있었어." 내가 냅킨으로 천천히 입을 닦으며 말했다.

"에노시마? 와 좋다, 좋아. 가자, 거기로."

"지금이 4시 반이니까 도쿄로 돌아오면 10시쯤 될 거야."

"어머, 내일 아침 10시? 순진한 척하더니 꽤 적극적이네. CEO 님."

"자꾸 이상한 소리 하지 마. 저녁 10시야. 차가 막힐 수도 있으니 화장실에 다녀올게. 리아는 안 가도 돼?"

"응, 난 안 가도 돼. 다녀와."

화장실에 다녀오니 카운터에서 리아가 계산하고 있었다. 그녀는 하얀색 봉투에서 만 엔짜리 지폐를 하나 꺼내 계산했다. 종업원이 거스름돈을 주자 그걸 다시 봉투 안에 넣은 리아는 계산대 위에 있던 불우이웃 돕기 모금함에 그 봉투를 통째로 넣었다.

"왜 네가 계산을 해?" 레스토랑에서 밖으로 나오자마자 담배에 불을 붙이고 있던 리아에게 내가 물었다. 봉투에 관해서도 물을까 하다가 관뒀다.

"그냥, 늦어서 미안했고, 날씨는 좋고, 케이시는 잘 생겼고. 이유가 더 필요해?"

"그래, 잘 먹었어. 차 가져올게."

지하 주차장에서 차를 타고 올라오자, 리아가 주차장 출구에서 기다리고 있다가 바로 차에 탔다. 조수석에 앉으면서 치마가 말려 올라가, 그녀의 투명한 맨다리가 허벅지 위까지 드러났다. 나는 차 뒷좌석에 있던 검은색 담요를 집어 리아에게 건넸다.

"이건 왜?"

"치마가 너무 짧잖아. 다리 위에 덮으라고."

"그게 뭐 어때서? 보라고 입은 건데? 알았어. 그런 표정으로 보지 마. 덮을게. 근데 케이시 향수 뭐 써? 좋은 냄새 난다."

"향수는 안 써, 샤워한 지 얼마 안 돼서 그런가 봐."

"그래? 나도 방금 샤워했는데. 그럼 이제 출발. 빨리 천장 오픈 해 줘."

"알았어." 나는 주차하면서 닫아두었던 덮개를 다시 열었다.

아직 해가 한창 떠 있었기에 지붕 덮개가 머리 위에서 뒤로 젖혀지는 순간 깜깜한 터널에서 출구로 막 나왔을 때처럼 주변이 갑자기 환해졌다. 눈이 부셨지만 상쾌했다.

"와, 변신 로봇 같아. 너무 시원해. 벤틀리를 타고 잘생긴 남자와 드라이브라니. 나 정말 기분 좋아졌어. 빨리 가자. 영원히 돌아오지 않아도 괜찮아."

영원히 돌아오지 않아도 좋아. 꽤 낭만 가득히 시작한 드라이브였지만 이미 퇴근길 정체가 시작되었고, 에노시마에 도착했을 때는 해가 거의 지고 사방이 어둑어둑해져 있었다.

에노시마는 도쿄나 요코하마, 오다와라 같은 인근 대도시에서 당일치기로 여행을 온 사람들이나 서핑을 즐기는 사람들을 대상으로 하는 상점과 카페가 대부분이라, 하루를 일찍 시작하고 일찍 마감하는 지역이었다. 오후 7시밖에 안 됐는데 대부분의 레스토랑과 카페는 이미 문을 닫았다.

카타세 다리를 건너 해변 근처 공영주차장에 주차한 뒤, 차에서 내려 해변을 따라 산책했다.

바닷바람이 쌀쌀한 것 같다며 리아가 팔짱을 껴왔다. 해변에서 이어진 바다의 수면 위로 태양의 윗부분만이 남아 점점 사라지고 있었다. 일몰을 머금은 에노시마의 바다는 금빛으로 반짝였다.

리아는 옆에서 "정말 예쁘다, 나 행복해."를 잇따라 반복해서 말했다. 나도 같은 기분이었다.

그동안 마음에도 안 드는 여자들과 억지로 가식과 위선을 떨며 차를 마시고 식사했던 시간이 떠올랐다. 정말이지 불편하고 답답했다. 나는 안정적이고 지속 가능한 사랑보다는, 지금처럼 짧지만 강렬한 데이트를 통해 행복을 느끼는 사람이라는 사실을 새삼 알게 되었다.

아직 영업 중인 이탈리안 레스토랑을 찾아 안으로 들어갔다.

평일 늦은 저녁이라 식당 안은 무척 한적했다. 손님은 우리를 포함해 다섯 팀뿐이었고, 모두 창가 쪽 테이블에 앉아 있었다.

"창가 쪽에 앉겠습니다." 입구에서 안내 중인 종업원에게 요청했다. 종업원이 빈 테이블을 체크하더니 곧 창가 좌석으로 안내했다. 나는 성게 마르게리타를 먹기로 했고, 리아는 돌솥 리소토를 주문했다. 리아가 루아르 산 와인도 한 병 함께 주문했다.

창 너머로 바다가 코앞에 보였다. 해가 완전히 지고 짙은 어둠이 깔린 밤이었지만 달빛이 유달리 환하게 비쳐서 먼바다의 파도가 넘실거리는 것까지 또렷하게 보였다. 밝게 빛나는 꽉 찬 보름달이었다.

"정말 너무 예뻐, 너무 좋아. 저게 후지산이지?"

리아가 창밖 바다를 보면서 손가락으로 왼쪽을 가리키고 말했다.

"아니, 그쪽은 큰 절이 있는 섬이야." 내가 리아의 말을 정정하며 말했다. "그 뒤에 먼바다에서 반짝이고 있는 건 등대 빛이고. 후지산은 저기 오른쪽. 희미하게 산등성이가 보이지? 아무리 달이 밝아도 밤에는 제대로 보이지 않아. 생각보다 무척 멀리 있거든."

"아무튼 예뻐. 우리 여기서 자고 도쿄에는 내일 돌아갈까?"

"안 돼." 내가 단호하게 말했다.

"아-아, 왜 안 돼?" 리아가 입술을 삐죽 내밀며 말했다.

"첫 번째로 나는 개를 키워. 그래서 저녁밥을 줘야 해. 두 번째로 나는 리아가 어떤 사람인지 전혀 모르겠어."

"내가 어떤 사람인지가 중요해?"

"응." 내가 말했다.

하루의 저녁을 챙겨줘야 하는 게 가장 큰 이유였지만, 왠지 그냥 그러고 싶지 않았다. 정확한 이유를 설명하기 어려웠다. 밤바다의 수면 위로 달빛이 비쳐 들어오는 해안가의 호텔에서 리아와 함께 있는 모습이 머리를 스쳤다가 이내 사라졌다.

"알겠어. 엄청 단호하네. 사람 무안하게."

"미안."

"참, 케이시는 레트리버 키운다고 했었지? 사진 보여줘."

휴대전화를 꺼내 가장 최근에 하루와 산책하면서 찍은 사진을 보여줬다.

"얘 눈 좀 봐, 어쩜 이렇게 맑지? 정말 사랑스럽게 생겼다. 나 케이시보다 얘가 더 좋아. 근데 얘 너무 뚱뚱한 거 아니야? 한 끼 정도는 굶어도 괜찮을 것 같은데… 그리고 이건 내 번호."

리아가 내 휴대전화에 자기 번호를 누른 뒤 통화 버튼을 눌렀다. 그녀의 노란색 숄더백 안에서 휴대전화 진동 소리가 들려왔다.

유명한 관광지의 전망 좋은 식당이 대부분 그렇듯 식사는 평균 이하의 맛이었다. 그래도 나는 배가 고파서 남김없이 다 먹었다.

"어디에 내려줄까?"

도쿄로 돌아와 리아에게 물었다. 돌아올 때는 밤공기가 제법 쌀쌀해서 지붕덮개는 닫고 왔다. 계기판에 있는 시계를 보니 오후 10시 30분이 조금 넘은 시간이었다.

"지유가오카. 케이시 집"

"안 돼."

"왜 안 돼?" 리아가 이번만큼은 양보 못 하겠다는 듯 눈을 흘기며 물어봤다. 도저히 핑곗거리가 생각나질 않아 사실대로 답했다.

"리아는 정말 매력적인 여자야. 그렇지만 오늘 같이 자고 싶지는 않아. 이유는 모르겠어. 후회할지도 모르지. 아마 그럴 거야. 그러니 위선이라고 생각하진 말아 줘. 어쨌든 이만 헤어지자."

"전혀 납득이 안 되는 이유지만, 알겠어. 나 세이신 여자대학교에 내려줄래? 기숙사에 살거든. 좀 멀지? 미안."

"괜찮아. 지금 시간대면 금방이야. 세이신 여자대학이라니, 좋은 학교에 다니네."

"뭐… 대충." 리아가 말끝을 흐리며 답했다.

수도 고속도로에서 에비스 방면 출구로 빠져 오른쪽 길로 굽어든 뒤, 좁은 골목에서 주택가 쪽으로 300미터 정도 직진을 하니 목적지였다. 목적지 주변의 도로 양옆은 온통 벚나무 길로 이어져 있었다.

절의 입구같이 생긴 정문이 보였다. 입구 안쪽은 울창한 나무가 가득해서 공원으로 보이기도 했다. 여전히 달빛도 밝고 가로등도 밝게 켜져 있어 어둡진 않았다. 바닥에는 새하얀 벚꽃 잎이 잔뜩 쌓여 있었다. 길가에 차를 세우고 리아를 따라 나도 내렸다.

"기숙사 앞까지 바래다줄까?" 내가 물었다.

"괜찮아, 혼자 갈 수 있어."

"그래, 오늘 즐거웠어."

내가 손을 내밀자, 리아는 그 손을 무시하고 가까이 다가와서는 그대로 나를 안았다. 양팔로 내 허리를 완전히 감싸 안은 자세라, 리아의 가슴이 내 명치 바로 아래에 닿았다. 얇은 원피스 안에 있는 속옷의 감촉이 고스란히 느껴졌다. 나는 마음을 가라앉히려고 침을 꿀꺽하고 삼켰다.

내 마음을 읽은 건지, 심장 소리를 들은 건지는 모르겠지만, 리아가 얼굴을 내 가슴에 묻은 채로 고개를 살짝 까딱이며 말했다.

"만지고 싶으면 만져도 돼."

리아의 말을 신호로 나는 무의식적으로 손을 올렸다가 이내 생각을 고치고 이마가 시작하는 곳부터 그녀의 머리를 앞뒤로 크게 두어 번 천천히 쓰다듬었다. 리아는 아무 말 없이 가만히 있었다. 나는 뜸을 조금 들였다가 천천히 그녀를 몸에서 떼어냈다.

"이제 들어가." 내가 말했다.

"케이시, 고마워요. 조심히 들어가세요."

리아가 두 손을 가지런히 모아 크게 허리를 숙인 뒤 뒤로 돌아 걸어갔다.

담 너머 사철나무들 사이에 섞여 있던 벚나무의 벚꽃이 작은 바람에 어지러이 흩날렸다. 텅 비어 있는 길 위에, 아직 아무도 밟지 않은 새하얀 벚꽃을 밟으며 걸어가는 리아의 뒷모습이 서서히 사라져갔다. 밝은 보름 달빛 아래 새하얀 배경에 핑크색 원피스를 입은 리아가 멀어져 가는 모습은 몽환적이었다.

집으로 돌아와 하루에게 밥부터 챙겨줬다. 씻기 위해 옷을 갈아입을 때가 되어서야 티셔츠 가슴 쪽이 축축하게 젖어 있는 것을 확인했다. 셔츠를 벗어 자세히 보니 점액이 느껴지는 물기가 묻어있었다.

리아와의 처음이자 마지막 데이트는 그걸로 끝이었다.

그날 이후로 리아는 자신의 누드 사진을 보내왔고, 그런 그녀의 당최 이유를 알 수 없는 행동에 무방비로 노출되어 있던 나는 점점 질려 있었다. 첫 만남에서 느꼈던 아련함과 아쉬운 마음은 이미 사라진 지 오래였다.

메신저에서 리아의 프로필 사진이 사라진 이후로 리아에게 다시 연락이 오는 일은 없었다. 나 또한 굳이 연락하지 않았다.

나의 첫 애플리케이션 데이트였다.

05

달빛과 별빛을 충분히 즐길 수 있도록

하츠네

"저기… 우리… 이번 골든위크에… 하코네로… 온천여행…
갈까?…"

데이트를 마치고 집으로 바래다주던 가즈키가 그 선한 눈망
울을 빛내며 조심스럽게 말까지 더듬고 물었습니다. 데이트 내
내 뭔가 말하고 싶은 게 있는 눈치였는데 이거였나 봅니다. 이제
정식으로 교제한 지 석 달째 되어가던 때였습니다.

"여행? 음… 글쎄…? 천천히 생각해 볼게."

순진한 사람일수록 상대는 짓궂어지는 법입니다. 나는 내심
가즈키의 제안이 무척 반갑고 좋았지만, 고민하는 척하고 그를
골려주었습니다.

완곡한 거절로 해석한 가즈키가, 민망함과 낙담이 가득한 눈
으로 그 시선을 어디에 둘지 몰라 괜히 주변을 두리번거렸습니
다. 귀엽기는, 이제 그만 놀려야지. 당장이라도 울 것 같은 표정
이니까.

"농담이야. 가즈키와의 온천여행이라니, 정말 좋아. 벌써 기대

된다."

내가 표정을 고치고 활짝 웃으며 가즈키에게 말했습니다.

가즈키는 좋아서 어쩔 줄을 몰라 했습니다. 잘생긴 그의 얼굴에 화색이 돌아왔습니다.

"그럼 내가 숙소를 찾아볼게, 차는 케이시한테 빌려볼까?" 잔뜩 들뜬 가즈키가 한껏 고양된 목소리로 말했습니다.

"나는 가즈키랑 함께 여행 간다는 그 자체가 좋은 거니까 너무 무리하지 않아도 돼, 알겠지?"

"응, 알겠습니다."

가즈키가 잔뜩 상기된 채 웃으며 대답했습니다.

내가 사는 맨션 앞에 다다를 때까지 가즈키는 휴대전화로 누군가와 열심히 메시지를 주고받고 있었습니다. 건물 앞에 도착하자, 가즈키가 발걸음을 멈추고 휴대전화를 보여주며 말했습니다.

"케이시가 자기는 그 기간에 교토로 여행 갈 거라고 자기 차중에 원하는 차 아무거나 편하게 쓰라는데?"

가즈키가 신이 난 얼굴로 말했습니다.

"그 비싼 차들을 그냥 쓰라고 했다고? 그 사람 가즈키를 정말 좋아하나 봐. 나 질투 안 해도 되는 거 맞지? 차는 가즈키가 운전하기 편한 걸로 하자. 차가 중요한 건 아니니까."

"응, 알겠어. 조심히 들어가, 하츠네."

가즈키가 살포시 포옹을 하며, 볼에 짧게 키스를 한 뒤 뒤돌아 걸어갔습니다. 그는 몇 발짝 걸어가다가 뒤를 돌아보고는 과장되게 손을 흔들며 인사했습니다. 나도 가즈키를 보고 방긋 웃으며 손을 흔들었습니다.

"어휴, 저 눈치 없는 남자 같으니…" 엘리베이터에 타면서 조용히 혼자 말했습니다.

속이 터질 노릇입니다. 내가 먼저 커피라도 마시고 가라고 할까 하다가 저 순진한 남자한테 가벼운 여자로 비칠까 봐 참기로 했습니다. 다음 주말이면 여행 가니까. 조금만 더 참는 걸로. 내일 퇴근길에 예쁜 속옷도 사고, 제모도 해야겠다고, 머릿속으로 일정을 그렸습니다.

손꼽아 기다리던 4월의 마지막 주 토요일이 되었습니다.

"골든위크 시작이라 차가 많이 막힐 것 같다"는 가즈키의 의견에 따라 동이 트기 전, 새벽에 도쿄를 빠져나가기로 했습니다.

가즈키는 마름모 모양의 검은색 벤츠를 몰고 왔습니다. 트렁크에 짐을 싣고 동승자석에 앉았는데, 시트가 따뜻하게 데워져 있었습니다.

"아직 새벽에는 쌀쌀해."

가즈키가 벨트를 채워주고는 웃으며 말했습니다.

연애 경험이 많지도 않은 남자가 이런 매너는 어디서 배운 건지, 상대에 대한 배려와 매너를 타고난 걸까 싶습니다.

커피와 햄샌드위치를 포장해 차 안에서 아침 식사로 먹었습니다. 가즈키는 운전에 집중해야 했으므로 내가 중간중간 그의 입으로 샌드위치와 커피를 가져다주었고 가즈키는 처음엔 쑥스러워하더니 이내 모이를 받아먹는 새처럼 입을 벌리고 꽤 잘 받아먹기 시작했습니다. 어쩜 저렇게 먹는 것도 귀여운지. 숄더백에서 냅킨을 꺼내 그의 입가에 묻은 빵부스러기를 닦아 줬습니다.

"우리 이러니까 부부 같다. 그렇지?" 내가 말하자, 가즈키의 얼굴이 빨개졌습니다.

우리는 고속도로 말고, 1시간 정도 우회하는 해안도로를 이용하기로 했습니다. 도쿄에서 빠져나와 세이쇼 니노미야 우회도로를 타자 왼편으로 바다가 보였습니다. 지평선의 잔잔히 일렁이는 파도 위로 붉은 점이 걸쳐 있었습니다.

"가즈키, 저것 좀 봐. 해가 예쁘게 떠오르고 있어."

"그러네, 정말 예쁘다."

가즈키가 고개를 돌려 일출을 본 뒤, 잠시 따스한 눈길로 나를 바라보고는 정면을 응시했습니다. 일출이 예쁘다는 건지 내가 예쁘다는 건지.

가즈키가 그 상태로 왼손을 뻗어 내 머리를 한 번 쓰다듬었습니다. 운전대로 돌아가려는 가즈키의 손을 낚아채 손등에 짧게 키스하고 거기에 볼을 살짝 비볐습니다.

오다와라시를 거쳐 하코네유모토역을 지나 굽이굽이 이어진 산길을 따라 30분 남짓 깊은 산속으로 들어가자, 내비게이션이 목적지 도착을 알려왔습니다. 시계를 보니 아직 오전 9시가 안 됐습니다. 아침이 밝아 있었고 하늘에는 파스텔로 그려 놓은 작은 뭉게구름들이 한 폭의 수채화처럼, 어지러이 흩어졌다가 모였다가를 반복하고 있었습니다.

"어라, 여기가 목적지라고?"

가즈키가 조금 당황한 듯 비상등을 켜고 차를 길가에 세운 후 고개를 좌우로 돌리며 주변을 보고 말했습니다.

나도 가즈키의 시선을 따라 좌우를 둘러봤습니다. 맞은편에 1층은 식당, 위층은 게스트하우스라고 적힌 2층짜리 허름한 건물이 보였습니다. 첫 여행의 숙소라기에는 조금 소박해 보였지만 여러 사람이 함께 쓰는 방만 아니면 상관없습니다. 실망스럽지 않았고, 실망하지 않았다는 티를 내야겠다고 생각했습니다. 그때, 가즈키가 차에서 내리더니 어딘가로 짧게 통화를 하고는 말했습니다. "이쪽 길이 맞나 봐."

가즈키가 다시 시동을 걸더니, 게스트하우스 건물 뒤쪽으로 난 비포장 언덕길로 차를 몰았습니다. 짧은 언덕을 오르자 다시 아스팔트길이 나왔습니다.

길 양옆으로 잎이 푸른 나무들이 빼곡하고 울창하게 자라 있었습니다. 그 숲길 끝에 주차장으로 보이는 작은 공터가 나왔습니다.

"여기인가?"

골목에서 길을 헤매고 있는 연로한 택시 기사처럼, 몸을 한껏 앞으로 기울이고 거북목을 한 채 앞을 보던 가즈키가 차의 속도를 천천히 줄이며 말했습니다.

"가즈키 님, 하츠네 님, 환영합니다."

양복 차림의 호텔 직원이 멀리서 뛰어오며 말했습니다.

호텔 직원을 따라 주차장에서 20미터 정도 낮은 오르막길을 걸어 올라가자, 정면이 모두 통유리로 된 반달 모양의 건물과 그 앞에 큰 연못이 보였습니다.

"우와… 여기 뭐야?"

나는 할 말을 잃은 채 눈앞에 펼쳐진 풍경에 넋을 잃었습니다.

하늘을 향해 곧게 뻗어있는 사철나무와 수중 식물이 연못을 둘러싸고 있었는데, 수면 위로 반달 모양의 그 건물이 떠올라 있었습니다. 손바닥을 고이 마주친 다음 그대로 살포시 펼쳐둔 것 같은 모양이었습니다.

"진짜 예쁘다 여기… 엘프들이 살 것만 같아."

"현실 세계 맞아, 엘프는 여기 있고." 가즈키가 손가락으로 내 어깨를 콕하고 찌르며 말했습니다. "얼른 체크인부터 하자." 그가 웃으며 내 손을 꼭 잡고 말했습니다.

"우리 가즈키, 기특해라. 이렇게 예쁜 곳을 어떻게 찾았대?"

"아, 케이시가 추천해 줬어, 자기가 가장 좋아하는 장소래."

가즈키가 사실대로 실토했습니다. 이럴 땐 조금 거짓말을 하면서 공치사해도 되는데…. 그렇지만 가즈키의 이런 우직한 모습이 그를 더 신뢰할 수 있게 만들어줬습니다.

반달 모양의 건물은 레스토랑과 프런트 데스크가 있는 메인 건물입니다. 호수를 가운데에 두고 그 맞은편에는 베이커리와 휴식 라운지가 있는 작은 별관이 있었습니다.

체크인 시간은 오후 4시부터인데 프런트 여직원이 가즈키의 이름을 듣고는 잠시만 기다려 달라고 했습니다. 얼마 지나지 않아 넉살 좋게 생긴 중년이 헐레벌떡 뛰어와 우리에게 인사했습니다.

자신을 이곳의 총지배인이라고 소개한 그는 얼마 전 케이시에게 전화를 받았다며 즉시 체크인 가능한 룸으로 안내해 줬습니다. "필요한 게 있다면 24시간 언제든 말씀해 주세요." 총지배인이 자신의 명함을 주며 정중히 인사하고 프런트로 돌아갔습니다.

안내받은 객실은 빌라 동의 독채 스위트룸이었습니다. 현관문 왼편에는 긴 소파가 있었고 그 앞에 커다란 벽난로가 있었습니다. 오른편에는 킹사이즈의 침대가 있었는데, 창가의 커튼을 젖히자 얇은 나뭇가지 사이로 연못이 한눈에 들어왔습니다. 창문을 열자, 더없이 맑고 맛있는 공기가 폐 깊숙이 들어왔습니다.

"마음에 들어?"

가즈키가 냉장고에서 생수를 꺼내서 마시면서 말했습니다.

나는 대답하지 않고 그대로 가즈키에게 달려갔습니다. 그를 힘껏 안고 온 힘을 다해 그를 소파 위에 쓰러지게 했습니다. 나는 내 안에서 끓어오르는 그에 대한 사랑과 그동안 참아왔던 욕정을 분명하게 느꼈습니다. 그의 위에 올라앉은 채로 상체를 포개어 입을 맞췄습니다. 가즈키가 '양치 먼저 해야 하는데'라고 말하는 듯했으나 나는 이제 그와 잠시도 떨어지고 싶지 않았습니다. 허리를 굽혀 그의 귓가에 입을 가져다 대었습니다. 가즈키는 깜짝 놀라 눈이 커졌습니다. 아니, 커진 듯 했습니다. 왼손으로 그의 이마와 머리를 번갈아 쓸어가며, 입술로 그의 귀부터 목까지 천천히 시간을 들여 키스했습니다. 가즈키의 심장 소리가 불규칙하게 큰 소리를 내기 시작했습니다. 그의 피부에서 은은한 비누 향이 살 냄새와 섞여 코를 자극해 왔습니다. 나는 가즈키를 반쯤 일으켜 조심스럽게 그의 카디건과 셔츠를 벗기고 다시 눕혔습니다. 쇄골부터 가슴까지 다시 한번 천천히 시간과 공을 들여 그의 몸 곳곳의 냄새를 맡고 키스했습니다.

그의 입에서 작은 탄성이 흘러나왔을 때, 거실 안으로 두 줄기의 따스한 햇살이 들어왔습니다. 그의 손을 내 등 뒤 원피스 지퍼로 가져갔습니다. 가즈키는 미세하게 떨리는 손으로 천천히 지퍼를 내려 주었고 그의 손이 허리를 지났을 때 나는 브래지어를 벗어 소파 옆으로 던져버렸습니다. 가슴을 그의 입에 가져다 대었습니다. 잔뜩 긴장한 그가 숨을 몰아쉬며 내 가슴을 조심스럽게 핥았고, 양손의 손가락 끝으로 내 등과 엉덩이, 허벅지를 차례대로 간지럽혔습니다. 나는 단전 깊은 곳에서부터 뜨거운 무언가가 올라와 온몸이 참을 수 없이 간지러웠습니다.

"가즈키, 콘돔 있어?"

나는 잠시 몸을 일으켜 침대 옆에 서서 이미 축축하게 젖은 속옷을 천천히 벗으며 말했습니다. 가즈키는 가는 목소리로 "미안… 이렇게 될 줄은 몰라서…"라고 말하며 제 시선을 피했습니다. 이 남자, 여자친구랑 여행까지 와서 정말 잠만 자려고 한 걸까. 이것조차 지극히 가즈키스럽다고 해야 할까요.

"안에 하면 안 돼, 알겠지?"

나는 가즈키의 바지와 속옷을 벗기고 그의 위에 올라가 앉았습니다. 잔뜩 흥분해 있던 그의 몸이 내 안으로 너무도 자연스럽게 들어와 내 속을 꽉 채웠습니다. 나 역시 이미 넘치도록 흥분해 있었기에 조금도 아프지 않았습니다. 그것은 원래 그 자리에 딱 맞춰 제작된 퍼즐 조각처럼, 잠시 떨어져 있던 원래 내 신체의 일부처럼, 내 안에 정확하게 들어와 비어있던 공간을 온전히 채웠습니다.

"하츠네, 정말 아름다워."

내 안에 들어온 순간 가즈키가 말했습니다. 그 순간 나는 형언할 수 없는 충만감을 느꼈습니다. 나는 그를 내 안 깊숙이 가둔 채 조금씩 허리를 움직였습니다. 몸을 굽혀 그의 입에 다시 키스했습니다. 그가 천천히 허리를 움직였고, 그 작은 움직임은 내 안에서 걷잡을 수 없이 거대한 소용돌이를 만들었습니다.

우리는 침실로 자리를 옮겨 점심이 지날 때까지 오랫동안 사랑을 나누었습니다. 가즈키에게 이렇게 왕성했으면서 왜 지금까지 참았냐고 물었습니다.

"사랑해, 하츠네."

가즈키는 다른 말 없이 사랑한다고만 답했습니다.

그의 입에서 우리가 데이팅 애플리케이션으로 만난 관계이기 때문에 조심스러웠다는 말이 나올 줄 알았는데, 그는 그런 말조차 하지 않았습니다. 이미 우리가 어디에서 어떻게 알게 되었고, 어떻게 시작했는지 같은 건 중요하지 않은 것이 되었습니다.

"나도 정말 많이 사랑해, 가즈키."

내가 가즈키의 입술에 키스했습니다. 천천히, 오랫동안.

씻지도 않은 채 이불 속으로 들어가 그대로 잠이 들었다가 늦은 오후가 돼서야 일어났습니다.

"잠꾸러기, 일어났어?"

가즈키가 발코니에서 문을 열고 실내로 들어오며 말했습니다. 그의 등 뒤로 노을이 내려와 방안의 모든 곳이 노란빛을 머금고 있었고 그의 검은 실루엣만이 그 자리에 특별하게 존재했습니다. 멋진 몸이었습니다. 나는 볼이 빨개지는 것이 느껴져 부끄러운 마음에 괜히 눈을 비비며 말했습니다. "윽, 담배 냄새."

"이런, 미안해." 가즈키가 허둥지둥거리며 사과했습니다.

"우리 온천 하러 갈까? 여기 유황온천이라 물이 무척 좋대." 가즈키가 말했습니다.

"응, 좋아."

객실에 비치되어 있던 유카타로 갈아입고-그는 여전히 낯설고 부끄러운지 화장실에서 옷을 갈아입고 나왔습니다- 나막신을 신은 뒤, 객실 밖으로 나갔습니다.

"와, 여기 공기 정말 맛있다." 내가 감탄하며 말했습니다.

"그러게, 같은 바람인데 도시에서 부는 바람과 숲에서 불어오는 바람은 소리도 냄새도 다른 것 같아." 가즈키가 말했습니다.

시야에 닿는 모든 곳이 온통 거목과 꽃으로 둘러싸여 있었습니다. 온천장으로 이어지는 나무 덱의 좁은 길조차 아름답고 평온했습니다. 당장이라도 뾰족한 귀를 가진 엘프를 만날 것 같은 곳이랄까.

"우리 몇 분 뒤에 만날까?" 온천장 입구에서 가즈키가 물었습니다.

"씻고 머리 말리려면 시간이 오래 걸려. 기다리지 말고 먼저 방에 가서 쉬고 있어"

"알겠어. 이따 봐." 가즈키가 미소를 띠며 말했습니다.

온천장에 들어가 입고 있던 유카타를 벗어 옷장에 넣고 목욕 용품을 들고 먼저 샤워를 했습니다. 여전히 체내에 그의 온기가 남아있는 것만 같았습니다.

"너무 뜨거운 오전을 보냈나?"

몸의 안쪽 깊은 곳이 약간 얼얼했습니다. 질의 안쪽까지 깨끗하게 닦고 머리를 올려 수건으로 묶었습니다. 그대로 유황 온천 탕의 욕조에 천천히 들어가 앉았습니다.

"후-아, 좋다."

물은 무척 뜨겁고 미끈거렸습니다. 잠깐 그 온도에 온몸이 화들짝 놀라며 비명을 지르는 것 같았지만, 칼침같이 찔러오던 그 열기가 이내 따뜻한 손길로 바뀌어 손의 마디부터 온몸의 관절을 열심히 꾹꾹 눌러줬습니다. 저릿저릿했지만 지금 육체가 회복되고 있다는 분명한 확신이 들었습니다.

사람은 나밖에 없었습니다. 온천장은 삼면이 모두 거대한 미닫이 통유리로 되어있었고 목조로 된 천정은 아득히 높았습니다. 바닥의 타일을 제외하고는 전부 나무로 되어 있어 고풍스러움과 정갈함이 묻어났습니다. 온천장 밖은 대나무 숲이라 그 줄기 사이사이로 노을빛이 들어와 온천장 안에 여러 갈래의 줄을 만들어내고 있었습니다. 물 위로 직선의 빛줄기 여럿이 비치니 마치 수영장의 레인 같아 보였습니다. 같은 태양에서 시작된 빛이건만, 어떤 빛은 굵고 찬란했고, 어떤 빛은 나뭇가지와 창틀에 걸려 가늘고 희미했습니다.

나는 그동안 내 인생이 창틀과 나뭇가지에 가려진 희미한 빛과 같다고 생각했는데, 가즈키와 함께 하면서 자존감이 더없이 높아졌습니다. 작은 일도 크게 칭찬하고 큰 실수도 작게 나무라는 가즈키를 만나며, 나 자신이 지금 많이 사랑 받고 있구나, 나도 좋은 사람이었구나, 하는 생각을 하게 됐습니다. 건강하고 좋은 영혼을 가진 사람과 함께 하면 영혼이 감응을 받고 한 단계 성숙해지는 것 같다고 해야 할까.

욕조에서 몸을 일으켜 외부로 통하는 문으로 나가 노천탕으로 자리를 옮겼습니다. 노천탕의 욕조에 앉자, 자연이 부르는 노랫소리가 들려왔습니다. 새들의 지저귐, 작은 풀벌레의 울음, 바람에 나뭇가지가 서로 부딪치며 내는 소리들이 서로 화음을 일으켜 아름다운 연주를 하고 있었습니다. 따뜻한 천연온천의 물 안에서 맑은 공기를 마시며 이런 소리를 듣는 것은 역시 황홀한 일입니다. 숲속 새들의 노래 소리가 어떤 음악보다도 아름답게 들려왔습니다. 저 새들이 가까이에만 있었다면 한 녀석, 한 녀석에게 밝게 웃으며 키스해 주고 싶을 만큼 행복감이 몰려왔습니다.

목욕을 마치고 온천장에서 나왔을 때, 가즈키는 온천장 입구 벤치에 앉아서 기다리고 있었습니다.

"또 만났네, 가즈키. 많이 기다렸어? 방에서 쉬고 있으라니까."

"아니야, 나도 방금 나왔어."

가즈키가 웃으며 의자에서 일어나 손을 내밀었습니다.

느긋하게 저녁 식사를 마친 뒤, 우리는 손을 꼭 잡고 주변을 산책했습니다. 해가 지고 어둠이 깔리자, 사방이 적막하고 조용했습니다. 숲속에서 날다람쥐 같은 작은 동물들이 움직이며 내는 그 작은 발걸음 소리까지 이따금 들려올 정도로 사방이 고요했습니다.

"가즈키, 여기 너무 어둡지 않아?"

산책을 하다가 문득 아무리 깊은 산속이어도 지나치게 어둡다는 생각이 스쳤습니다. 산책로 군데군데에 간접 조명등이 바닥을 비추고 있었지만, 그 빛이 너무 약해서 간신히 발밑을 확인하고 겨우 걸음을 옮길 수 있는 정도였습니다.

"표지판 못 봤구나." 가즈키가 안심이라도 시켜주고 싶었는지 손을 더 꼭 잡으며 말했습니다.

"무슨 표지판?"

"저기 봐봐."

그가 손가락으로 가리킨 곳에 작은 표지판이 보였습니다.

〈이곳은 달빛과 별빛을 충분히 즐기실 수 있도록 조명이 어둡습니다. 넘어지지 않도록 조심하십시오.〉

"달빛과 별빛을 충분히 즐길 수 있도록. 이 말 참 로맨틱하고 좋다." 내가 말했습니다.

"그렇지? 나도 그렇게 생각했어. 하츠네도 봤을 줄 알았는데."

"하늘 좀 봐. 별이 정말 많이 보인다." 내가 하늘을 보며 가즈키에게 감상에 젖은 목소리로 말했습니다. 밤하늘에는 수많은 별들이 각자의 빛을 또렷하게 발하고 있었습니다. 별이 너무 많고 밝아서 머리 바로 위에 은하수가 펼쳐진 것만 같았습니다.

"하츠네, 별똥별 본 적 있어?"

가즈키가 시선을 하늘에 고정한 채 말했습니다. 나는 잠시 생각해 보고는 답했습니다. "아니, 아직."

"난 예전에 한 번 본 적이 있었던 것 같거든." 그가 말했습니다.

나는 '있었던 것 같다'라는 말의 의미를 곰곰이 생각하며 가즈키가 하는 말에 귀를 기울였습니다.

"어디서였는지도 정확히 기억이 안 나. 언제쯤이었는지도 기억이 안 나고. 그렇지만 분명히 별똥별을 봤다는 사실만은 기억이 나. 머릿속에 그 이미지가 또렷하게 있거든."

"분명히 봤지만 언제였는지 어디서였는지, 기억은 안 난다고?"

"응. 무척 추웠던 한겨울 깊은 밤이었던 것도 같고, 새벽 매미 소리가 가득했던 여름날 동트기 직전 새벽녘이었던 것도 같고."

"새벽 매미 소리?" 내가 잠시 그의 말을 끊고 물었습니다.

"응 매미는 시간대랑 습도, 온도에 따라 우는 종류도 울음소리도 다르거든."

"그래? 신기하네."

"아무튼 하늘에 유달리 밝게 빛나던 별 하나가 갑자기 자리를 잃고 왼쪽 아래로 잔상을 남기며 떨어졌어. 1초? 2초? 정말 빠른 속도로 사라졌는데 나는 그 찰나의 순간에 그게 별똥별이라는 걸 본능적으로 알았고 급하게 소원도 빌었어."

"어머, 그 짧은 순간에?" 내가 물었습니다.

"응."

"그렇게 세밀한 것도 떠오르지만 그게 여름이었는지 겨울이었는지도 기억이 안 나는 거야?"

"응. 그렇지만 그게 언제였든, 그 순간만큼은 내가 시간의 관리자가 된 것 같았어. 우리 세계의 재생속도를 느리게 만들어서 그 순간만은 시간을 길게 늘여놓은 거지. 그렇게 벌어둔 시간 동안 나는 분명 소원을 꽤 구체적이고 자세하게 빌었거든. 그러고 난 뒤, 세상의 속도를 다시 원래대로 되돌려놓았지."

"우리 가즈키 군은 어릴 땐 마법사였나 봐." 내가 웃으며 말했습니다. "그래서 어떤 소원을 빌었어?"

"그건 기억이 안 나."

"에이, 그게 뭐야."

"정말로 기억이 안 나. 그러니까 하츠네도 언젠가 별똥별을 볼 날을 대비해서 미리 소원 리스트를 만들어봐. 의외로 잘 들어주는 것 같거든."

"어떤 소원을 빌었는지 기억은 안 나지만 별똥별이 소원을 들어준 것 같다고?"

"응, 정말이야. 아무것도 정확하게 기억은 안 나지만 별똥별이 떨어지는 그 순간의 이미지만큼은 지금도 선명해. 그때 내가 뭔가를 간절히 빌었고 그게 이루어졌다는 것도 확실히 알고 있고."

"흐-음……."

'아무것도 기억나지 않지만 어쨌든 별똥별은 소원을 잘 들어준다.' 그런 건 어떤 느낌일지 상상해 보려고 머리를 쥐어짜 봤지만 경험해 보지 않은 일이라 쉽지 않았습니다. 세상에는 아직 내가 모르는 일이 너무 많습니다.

◆

"시간 너무 빠르다. 벌써 끝났다니. 나 너무 아쉽고 슬퍼."

나는 집 앞에 도착해 가즈키와 작별 인사를 하며 말했습니다.

"그러게, 나도 너무 아쉽다. 우리 앞으로 쭉 함께 할 거니까 다음 여행도 잘 부탁합니다." 가즈키가 고개를 숙이며 말했습니다.

가즈키의 볼과 입술, 눈과 이마에 작별의 키스를 했습니다.

집으로 들어와 짐 정리를 하고 빨랫거리를 종류별로 분류해서 세탁기에 넣었습니다. 겨우 3일 만에 돌아온 건데 집이 너무나 낯설게 느껴져 당황스러웠습니다. 난방이 꺼져 있던 바닥은 소름 끼칠 정도로 차가워서 걸을 때마다 발바닥이 따갑다고 느껴졌습니다. 가즈키가 옆에 없는 현실이 도무지 적응이 안 돼서 그와 함께 했던 시간이 꿈인지, 지금이 꿈인지 분간하기 어려웠습니다.

꺼두었던 휴대전화 전원을 켜두고 옷을 벗고 샤워를 하러 욕실로 들어갔습니다. 샤워하다 보니 단전 아래쪽에 묵직한 통증이 느껴지고 질의 안쪽 벽이 쓰리고 불편해 왔습니다. 새로 산 구두를 신고 있을 때 뒤꿈치가 쓸린 것과 비슷한 통증이었습니다. 산부인과를 다녀와야겠다고 생각했습니다.

샤워를 마치고 머리를 말리고 있는데 휴대전화 진동이 울렸습니다. '가즈키가 벌써 집에 도착했을까? 케이시한테 차를 돌려주고 귀가한다고 했는데.' 휴대전화를 들어 메시지를 확인했습니다.

"하츠네, 부모님 하고 여행은 잘 다녀왔어?"

나는 휴대전화를 든 채 잠시 머뭇거리며 오른손으로 콧등을 두세 번 긁다가 무릎에 붙어있던 밴드를 떼고 창가로 걸어갔습니다. 커튼 뒤 창틀에 놓여있던 담배와 라이터를 집어 들었습니다. 담배를 입에 물고 스마트폰의 사진첩에서 예전에 엄마와 함께 여행 가서 찍었던 사진 중 하나를 골라 메시지와 함께 전송했습니다.

"응, 자기야. 나 너무 힘들었어. 오늘은 일찍 잘게. 내일 봐, 사랑해."

메시지를 보낸 뒤, 입에 물고 있던 담배에 불을 붙였습니다. 깊게 한 모금을 들이켠 뒤 창밖으로 연기를 내뿜었습니다.

고개를 올려 하늘을 바라봤지만, 뿌연 담배 연기에 가려진 도쿄의 밤하늘에는 별이 그다지 보이지 않았습니다.

06

셀프헬프

케이시

황금연휴를 앞두고 텅 빈 도시에 남아있기 싫어 여행을 계획했다. 누군가에게 함께 가자고 할까 하는 생각도 들었지만 그러지 않기로 했다. 누군가와라도 가고 싶었지만, 누구와도 가고 싶지 않았다. 최근 들어 갑자기 너무 많은 이성을 만나고 동시에 너무 빠르게 이별하며 그 쉽고 단편적인 인간관계에 지쳐버렸다. 혼자 쉬고 싶었다.

아니, 혼자 울고 싶었다. 마지막으로 울었던 게 언제였지…. 기억이 나질 않았다. 아무도 없는 곳에서 작정하고 실컷 눈물을 흘리는 건 나름의 슬픔과 아픔, 허무함과 고독함을 분출하는 유일한 수단이자 방법이었다. 눈물을 흘릴 때가 되었다. 아니, 기한이 한참 지났다. 눈물이 체내에 한계까지 쌓인 상황이었다. 저장된 눈물을 빨리 빼내야 한다.

"그래, 교토로 가자."

교토에는 높은 산도 있고, 넓은 강도 있고, 현대적인 번화가와 과거 시대의 거리도 있다. 온천도 있다. 현대와 과거가 밸런스 있게, 모든 걸 지근거리에 갖추고 있는 흔치 않은 도시다. 어머니의 고향이자, 내가 유년 시절 성장한 곳이기도 했다.

열차를 타기로 했다. 황금연휴에 도쿄에서 교토까지 혼자 차로 왕복하는 건 할 짓이 아니다. 어차피 신칸센을 타면 금방이다.

행선지가 결정되자 바로 짐을 쌌다. 사실 짐이랄 것도 없었다. 그곳에서 멋 부릴 일 따위는 없을 테니까. 설령 그런 일이 생긴다면 현지에서 사면 그만이다.

여행 동안 하루는 부모에게 잠시 맡길까 하다가 생각을 고치고 고급 애견 호텔에 맡기기로 했다. 부모와의 사이는 각별히 좋을 것도 없었지만, 그렇다고 해서 딱히 나쁘지도 않았다. 서로 멀지 않은 곳에 살았지만, 왕래가 잦은 편은 아니었다. 마지막으로 만난 게 2년 정도 전이니, 왕래가 거의 없다는 게 더 맞는 표현이겠다. 적당한 거리를 유지하며 어느 정도의 그리움을 품고 사는 것. 그게 '그날' 이후로 부모와 내가 서로의 삶을 존중하고 사랑하는 방식이 되었다.

신 오사카 방면 신칸센 노조미 열차티켓을 샀다. 일반석으로 할까 하다가 그린샤로 예매했다. 오른쪽 창가 좌석으로 했다. 하행선 신칸센은 오른쪽에 앉아야 후지산을 감상할 수 있으니까.

100,000,000,000엔[*]

고작 스물여섯 살에 회사를 매각하고 받은 돈. 통장에는 매일 사치를 부리며 산다고 해도 평생 다 쓰지 못할 만큼의 돈이 있었

---

* 100,000,000,000엔 - 한화로 약 1조 원

다. 만일을 대비해 일부는 달러로, 일부는 금으로 분산도 해뒀다. 금리가 터무니없이 낮은 일본이지만, 워낙 액수가 크다 보니 매년 은행 이자로만 십억 엔 이상이 들어왔다. 한 달에 1억 엔을 쓴다고 해도 재산은 줄지 않는다. 어지간히 멍청한 짓만 안 하면 앞으로 남은 삶 동안 궁핍하게 살 일은 없을 터였다.

역설적이게도 그게 문제였다.

삶의 균형이 완전히 무너져 내렸다. 긴장감과 절박함이 사라져 버린 탓이다. 실패는 한숨을, 성공은 하품을 불러왔다. 너무 이른 나이의 축배는, 남들 눈에는 선망과 부러움과 질투의 대상일지언정, 당사자에게는 독이 든 성배였다.

물론, 축복이라고 생각했던 때도 있었다. 무엇이든 먹을 수 있고, 뭐든 살 수 있고, 어디든 갈 수 있다. 삶의 제약이 모두 해제된 것이다. 원하는 것은 뭐든 할 수 있고 시간마저 넘쳐났다.

1년간 세계여행을 했다. 유럽에서 북미로, 북미에서 남미로, 남미에서 아프리카와 중동으로. 이집트의 피라미드라던가 페루의 마추픽추 같은 신비로운 유적지부터, 사막의 오아시스 마을, 열대 밀림까지. 온갖 곳들을 충동적으로 모조리 찾아다녔다. 결과적으로 악수惡手였다. 그나마 남아있던 세상에 대한 호기심마저 말라버린 것이다. 여행을 다녀온 뒤 얼마 지나지 않아 모든 것이 시시해져 가기 시작했고 결국 아무것도 원하지 않게 되었다.

무욕無慾. 모든 욕구가 사라졌다. 하품이 길어지자 눈물이 된 것이다.

런던과 뉴욕, 도쿄에서 몇 번인가 자선 파티를 주최했던 것은 세상과 연결되어 있다는 느낌을 받고 싶어서였다. 하지만 화려한 파티가 끝날 때마다 엄습해 온 고독은 허무함과 공허함을 증폭시킬 뿐이었다. 그런 감정을 몇 번 반복해서 겪고는 그 부질없음에 그마저 관뒀다. 허무함 다음은 죄책감이었다.

"그 아이는 그렇게 됐는데, 너만 편안하게 살아도 되는 거야?"

아무도 그런 말을 하지 않았지만, 모두가 그렇게 말하는 것처럼 느껴졌다.

허무함과 공허함은 죄책감과 안타까움이 되었고, 그 상태가 계속되자 결국 우울증이 도졌다. 절박한 마음으로 예전에 다녔던 종합병원의 정신과를 다시 찾아갔지만, 말투가 어눌하고 말이 느릿느릿한 주치의로부터 "우선 잠을 푹 자고, 에… 술은 가급적 마시지 말고, 그리고 운동을 많이 하셔야 합니다."라고 지금 누구 놀리나 싶은 빤한 말만 듣고 왔다.

결국 나를 구원할 수 있는 것은 나밖에 없다는 생각이 들었다.

셀프헬프

그 방법 중 하나로 삶에 다시 제약을 두는 길을 택했다. 가급적이면 불편하고 평범하게 살려는 습관을 들이기 시작한 것이다. 갑자기 부자가 되면서 사라져 버린 삶의 불편함을 억지로 다시 끌어오는 작업이었다.

명품 쇼핑은 되도록 하지 않고 식료품 가게에서도 세일하는 것들 위주로만 장을 봤다. 가까운 거리는 걸어 다녔다. 지인의 경

조사에도 서운해하지 않을 만큼의 적당한 성의만 표하기로 했다.

유일하게 사치하는 건 건담이나 레고를 사는 정도의 일이었다. 아키하바라역 중앙개찰구에서 시작해서 라디오회관, 아미아미, 만다라케, 트레이더, 보크스, 스루가야를 거쳐 스에히로초역 앞에 있는 리버티 8호점까지 모든 취미 상점을 샅샅이 뒤졌다. 단돈 500엔, 1,000엔이라도 더 싼 곳을 찾아내기 위해 혼자 보물찾기를 하는 것이다. 상점이 문을 열기 시작하는 아침 10시부터, 가게의 불이 하나둘 꺼지기 시작해 끝내 모든 가게가 닫는 저녁까지 걷고 또 걸었다. 그렇게 하루 종일 거리를 돌고 돌아 가장 저렴한 가격으로 원하던 것을 잔뜩 쇼핑하곤, 집에 돌아가 취미 컬렉션을 모아두는 방에 쇼핑백 채로 처박아 두고 꺼내보지도 않는다. 보물찾기가 목적이지 보물에는 관심도 없던 것이다. 덕분에 그 방에는 온갖 희귀한 피규어와 건담과 레고가 발 디딜 틈도 없을 만큼 잔뜩 쌓여 있었다. 유년 시절에, 도널드 덕이 자신의 성안에 있는 금고에서 혼자 수영하는 애니메이션의 한 장면을 인상 깊게 봤었는데, 내가 딱 그 모습이었다.

가끔은 집으로 돌아가지 않고, 아키하바라역 근처에 있는 캡슐 호텔에서 외박을 하곤 했다. 2층에 무료로 음료와 술을 제공하는 라운지가 있어, 저렴한 숙소를 찾는 여행자들에게 제법 인기가 많은 곳이었다. 그 2층 휴게공간에 앉아있노라면 온갖 인간군상을 다 볼 수 있었다. 외국인, 어린 청년, 나이가 지긋이 든 노인까지. 다양한 사람들이 그곳을 찾았다.

잠을 잘 수 있는 캡슐의 면적은 3.3㎡(1평) 남짓, 성인 남성이 들어가 누우면 몸을 옆으로 간신히 돌릴 수 있을 정도로 좁다. 폭도 좁지만 길이도 짧아, 내가 들어가 누우면 발이 이불 밖으로 빠져나간다. 밤에는 옆 캡슐이나 위의 캡슐에서 자는 사람들의 코고는 소리가 생생하게 들려온다. 간혹 악취도 풍겨왔다.

좁고 불편하며, 소음과 냄새도 심한 싸구려 숙소. 나는 아이러니하게도 나의 넓은 집이 아닌 그곳에서 가장 안심하고 깊은 숙면에 빠진다.

간혹 노숙자가 오는 경우도 있었다. 그런 이가 라운지에서 어슬렁거릴 때면 주변에 있던 사람들이 마치 봐서는 안 될 것을 보기라도 했다는 표정으로 미간을 잔뜩 찌푸리고 코를 막으며 자리를 피해 버렸다. 같잖은 모습이다.

나도 같잖은 짓을 하곤 했다. 라운지에 앉아있는 노숙자에게 다가가 지갑에 있는 현금을 모조리 전해주곤 하는 것이다. 적게는 1만 엔부터 많게는 10만 엔 정도를 봉투에 담아 전해준다. 노블레스 오블리주라거나 가식, 우월감 따위를 느끼기 위함도 아니고 딱히 그 일에 보람을 느끼지도, 보람을 느낄 일이라는 생각도 하지 않는다. 나에겐 있어도 그만 없어도 그만인 것이 누군가에게는 매우 귀하고 소중한 선물이 될 수 있다면, 그 정도는 할 수 있다. '눈앞에 산이 있고, 그 산에 오를 수 있기에 매번 등산을 한다.'는 어느 등산가의 말처럼, 내 눈앞에 누구보다 돈이 절실한 이들이 있고 그들에게 나누어줄 돈이 나에게 있을 뿐이다. 그들의 자존심이 상하지 않도록 나는 늘 두 손으로 공손하게 전한다. 알량한 미소 따위를 짓는 일도 없다. 마치 그 사람이 깜빡하고 바닥에 떨어트려 놓은 물건을 대신 주워주듯 자연스럽게 건네고, 그대로 내 캡슐이 있는 층으로 올라간다. 그리고 온갖 종류의 코골이를 들으며 편안하고 깊은 숙면에 빠진다.

4월 마지막 주 금요일 오전, 도쿄역에 일찌감치 도착했다.

대합실 옆으로 끊임없이 펼쳐진 식료품점 중 한 곳에 들어가 볶음밥과 치킨 튀김이 들어있는 도시락, 맥주 한 캔, 아몬드를 사고 서점에서 소설책을 한 권 구입한 뒤 열차에 탔다.

기차는 시나가와역을 지나면서 본격적으로 빨라졌다. 창밖으로 누군가의 집, 누군가의 직장, 누군가의 학교가 빠르게 지나쳐 갔다. 무언가를 해야만 하고 어딘가에 속박된 사람들, 그렇게 세상 모두가 서로 끈끈하게 얽혀 분주한 삶을 살아내고 있었다. 창밖으로 나 없는 세상이 바쁘고 빠르게 지나갔다.

도시락을 남김없이 다 먹고 맥주를 마신 뒤, 눈을 감았다. 요코하마역을 지나고 십 분 정도 지났을 때, 창밖으로 후지산이 보일 시간이 됐지만 눈을 뜨고 확인하진 않았다. 귀찮았다. 다음에 보면 되지, 라고 생각하고 나는 잠에 들었다.

교토역에 도착하니 정오가 조금 지나있었다. 구름만 조금 낀 맑은 날이었다. 역 앞으로 나와 택시를 타고 가와라마치역까지 갔다. 그 번화가 한복판에 내려 예약해 둔 비즈니스호텔에 들어가 체크인했다. 방에 옷 가방을 두고 백팩에 책과 생수 한 병을 넣은 뒤, 호텔을 나와 자전거 렌털 숍으로 향했다.

전기자전거를 대여하고 페달을 밟자, 기분이 좋아졌다.

우선 가모강을 끼고 그 물살을 따라 쭉 내려갔다. 교토역을 경계로 남쪽은 공업지대다. 이 공업단지에서 내 볼일은 '닌텐도' 본사에 있었다. 짙은 회색이거나, 색이 바랜 검은색의 창고형 제조업 공장이 즐비한 지역에, 생뚱맞게 새하얗고 반듯한 직사각형 모양의 건물이 하나 우뚝 서 있었다. 투박하고 몰개성하게 생긴 이 건물 외벽 한쪽에 'Nintendo'라고 적혀 있지 않았다면 그 누구도 여기가 슈퍼 마리오, 포켓몬같이 창의적인 콘텐츠를 만들어내는 닌텐도의 본사라고는 상상하지 못할 것이다. 관광도시 외곽에 딸린 작은 산업단지가 이 건물 하나 덕분에 나름 '일본의 실리콘 밸리'로 격상되는 셈이다.

나는 그 건물 바로 앞에 자전거를 세워두고 잠시 눈을 감았다. 대다수 사람은 머리가 복잡하거나 일이 제대로 풀리지 않을 때 절이나 교회를 찾아가 기도하던데, 나는 이 건물 앞에 서서 유년 시절 동생과 함께했던 닌텐도의 게임을 떠올리고 그때의 추억을 되살려 보곤 했다. 게임에 대한 추억인지, 동생과 함께 한 시간에 대한 추억인지는 모르겠다.

"관계자가 아니면 나가주시겠습니까?"

경비원의 매몰찬 말에 머쓱해진 나는 자전거 방향을 돌려 가모강을 거슬러 북쪽으로 올라갔다.

청수사 부근에 다다르자, 거기서부터는 산길만 따라갔다. 그 산길은 치온인에서 난젠지(남선사)를 거쳐 지쇼지(은각사)까지 이어졌다. 치온인에 이르렀을 때, 잠시 자전거를 세워두고 식수대에서 물을 마시며 쉬었다. 눈앞에는 햇빛을 잔뜩 머금은 절의 산문이 금빛으로 반짝였고 그 위로 새 떼 수십 마리가 원을 그리며 날고 있었다. 시간을 들여 유심히 새들의 진로를 관찰했지만 어떤 규칙성 같은 것은 없어 보였다. 한없이 자유롭게 날고 있었다.

철학자의 길에 들어서자, 인적이 극히 드물어지고 오로지 자전거 바퀴에 잔돌이 밟히는 소리만 들려왔다. 이름은 거창하나 아무 시골마을에서나 흔히 볼법한 작은 냇가의 오솔길을 5분 정도 천천히 지나자, 냇가 반대편으로 목적지가 나왔다.

"너무 일찍 도착해 버렸어."

때로는 낯선 길로 빠져 새로운 것, 기대하지 못했던 기쁨을 우연히 마주하는 것도 여행의 묘미이건만 나는 목적지에 도달하는 가장 빠른 지름길을 알고 있었고, 누구보다 일찍 도착해 버렸다. 전기 자전거의 핸들 안쪽 계기판에는 남은 배터리가 90퍼센트로 표시되어 있었다. 한 바퀴 주변을 더 돌아보고 올까 하다가 관두기로 하고 자전거를 멈춰 세웠다.

예전 같았으면 망설임 없이 더 돌아보고 왔을 텐데...

문득 내 인생이, 목적지에 최단 시간으로 도착해 버린 이 자전거를 쏙 빼닮았다는 생각이 들었다. 아직 90퍼센트나 되는 에너지가 남아있건만, 새로운 여행을 시작할 용기도 없고 여행을 완전히 끝내버릴 결심도 하지 못한 채, 어중간하게 살고 있는 나를 보는 것만 같았다.

◆

숲속에 안기듯 고목에 둘러싸여있는 4층짜리의 계단식 건물이 눈에 들어왔다. 피라미드처럼 층수가 올라갈수록 면적이 좁아지는 독특한 구조로 2, 3, 4층은 주거지고 1층에는 카즈가 운영하는 레스토랑이 있었다. 가게 입구 옆 오솔길에 자전거를 세워두고 안으로 들어갔다.

"여어, 이게 누구야, 연락도 없이 왔네. 오랜만이야, 케이시."

"어머, 깜짝이야, 연예인이 들어오는 줄 알았어요. 오랜만이네요. 케이시."

나보다 2살 연상의 카즈와, 그보다 12살 어린 그의 아내가 나를 보자 동시에 반갑게 인사했다.

카즈는 키가 작고 피부가 검었는데, 여전히 짧은 머리를 하고 있었다. 나는 유년 시절부터 그가 한 번도 다른 헤어스타일을 한 모습을 본 적이 없었다. 카즈는 꽤 호방한 타입으로 조금 철없고 유치하기는 해도, 약삭빠르거나 계산적인 인간이 아니었다. 그래서 나는 어렸을 때부터 줄곧 그를 좋아했다. 때로는 그에게 의지하기도 했다.

카즈의 아내인 레나는 카즈보다 키가 더 크고 날씬했으며 피부가 하얀 미인이었다. 검은 고슴도치와 새하얀 백조만큼이나 안 어울릴 것 같은 커플인데, 둘이 나란히 있으면 신기하게도 꽤 잘 어울리는 구석이 있었다.

"오랜만이야 카즈, 어머님은 건강하시지?"

나는 카운터 바로 옆 바 테이블에 앉으며 말했다.

"그럼, 지금 한국으로 여행 가 있어. 요즘에는 K-Pop 아이돌."

"아이돌? 정말 한결같네." 내가 웃음을 못 참고 말했다.

카즈의 어머니와 나의 어머니는 젊은 시절부터 친구였다고 한다. 덕분에 유년 시절을 교토에서 자란 나는 늘 카즈와 함께였다. 카즈의 어머니는 욘사마라고 불리던 한류스타의 열렬한 팬이었는데 그게 어느 정도였냐면, 집의 거실 장식장에 그 한류스타의 사진을 놓고 아침저녁으로 혼자 인사를 할 정도였다. 그녀에게 그 한류스타는 종교나 다름없었다. 지금은 개종한 듯 보이지만.

"너는 별일 없지? 괜찮아?" 카즈가 조심스레 말했다.

"응, 괜찮아. 아무 일 없이 잘 지내고 있어. 나도, 부모님도."

카즈는 내가 회사 지분을 정리하고 대단한 부호가 됐다는 뉴스가 온 일본을 뒤덮은 뒤로도 나를 이전과 똑같이 대해 주는 유일한 친구였다. 그 외의 다른 친구나 지인들은 '축하한다'로 시작해서 '돈을 좀 꿔줄 수 있냐'라는 연락을 줄기차게도 해왔다. 그럴 때면 여간 곤란하고 난처한 게 아니었다. 그들의 사연을 일일이 듣노라면 돈을 주지 않는 내가 욕심 많고 이기적인 냉혈한이 되어버리는 것만 같았다. 세상에는 인구수만큼이나 셀 수 없을 만큼 다양한 이유로 돈이 필요한 사정들이 있었는데 아쉽게도 내가 그들 모두의 욕구를 채워줄 수는 없는 노릇이었다. 거절 이후에는 어색한 관계만 남았다. 그런 식으로 대부분의 인간관계가 파탄에 이르렀다. 이제 돈 이야기라면 이골이 날 것만 같았다.

"레나, 오랜만이에요. 결혼식 때 이후론 처음인가? 카즈는 아직도 파친코에서 살아요?"

"말도 마요. 어제도 가게 일은 안 보고 거기 가 있느라 그거 때문에 대판 싸웠어요." 레나가 대답과 동시에 카즈를 째려봤다.

"이제 막 제대로 딸 타이밍이었다니까, 그것참…."

카즈가 지지 않고 말대꾸했다. 어린 시절부터 놀기를 좋아했던 카즈는, 총각 시절 내가 교토에 놀러 올 때마다 나를 끌고는 밤새 술을 마시거나, 클럽에 데려가 여자들에게 말을 걸도록 한 뒤, 함께 술을 마시곤 했다. 이제 그런 짓은 못하게 됐으니 그 스트레스를 파친코에 앉아 풀고 있었다.

"이제 정신 좀 차려, 카즈." 나는 레나의 편을 들어주며 카즈에게 말했다. "나 배고파. 가서 햄버거나 만들어줘, 얼음 가득 넣은 콜라 한 잔이랑"

"알겠어, 감자튀김은 여전히 안 먹지?"

"응. 햄버거만. 야채 남은 거 있으면 따로 조금만 주고 피클은 많이 넣어줘."

"케이시, 너도 정말 취향이 안 변하는구나. 오케이, 알겠습니다. 손님." 카즈가 큰 소리로 답하며 주방으로 들어갔다.

밤늦게까지 일을 하고 돌아오는 홀어머니 슬하에서 성장한 카즈는 어렸을 때부터 요리를 곧잘 했다. 유년 시절부터 생존을 위해 체득한 카즈의 요리 솜씨는 진작부터 발군이었다.

"장사는 잘되죠?" 카운터에 서 있는 레나에게 물었다.

"네, 요즘은 날씨가 좋아서 손님들이 많이 와요." 레나가 웃으며 답했다.

레나는 지역에서 꽤 유서 깊은 집안의 막내로 태어났다. 교토에서도 학비가 비싸기로 유명한 사립 여자대학교에 다니던 중에 카즈를 만났고, 둘은 뭐가 그리 급했는지 그녀가 졸업하기도 전에 결혼식을 올렸다. 둘의 결혼식은 근처 절에서 전통 혼례로 치러졌는데 순백의 시로무쿠를 입은 레나가 그날 많이 울어 화장이 다 지워졌었다. 사정을 모르는 사람이 본다면 억지로 정략결혼당하는 불쌍한 신부라고 측은하게 여겼을지도 모를 정도였다.

"자, 먹어봐." 접시에 햄버거를 담아 가져 온 카즈가 말했다.

"잘 먹겠습니다."

패티의 육즙이 치즈와 야채 사이로 기가 막히게 흘렀다. 역시 카즈의 음식은 최고다. 레나도 분명 카즈의 요리 솜씨에 반해 그와 결혼하기로 결심했던 게 틀림없다.

"만나는 여자는 있어? 카즈가 옆에 앉으며 물었다.

"아니 없어. 카즈, 이거 진짜 맛있다."

"왜 없어?" 카즈가 집요하게 물었다.

"마음에 드는 사람도 없고 결혼을 꼭 해야 하나 싶기도 하고."

"케이시는 결혼할 생각이 없는 거예요?" 레나가 물었다.

"잘 모르겠어요. 지금처럼 자유분방하게 사는 게 좋기도 하고. 누군가와 가정을 만들고 그 책임을 다한다는 게 나한테 가능할까 싶기도 하고." 나는 금세 햄버거를 다 먹고 아쉬운 마음에 하나 더 주문할까 고민하며 답했다.

"어머, 케이시. 카즈를 봐요. 이런 사람도 하는걸요? 케이시 같이 자상한 사람이라면 분명 아내가 행복해할 텐데. 어마어마한 부자이기도 하고" 레나가 카즈를 노려보며 말했다. 최근에 어지간히 속을 썩였나 보다.

"책임을 다하는 게 싫어? 아니면… '그일' 때문에 그래?" 카즈가 물었다. 나는 콜라를 한 입 마시고 나서 답했다.

"아니야. '그일' 하고는 상관없어. 그냥 자신이 없다는 거지. 막중한 책임이 생긴다는 게 귀찮기도 부담스럽기도 하고."

"잘 생기고 돈도 어마어마하게 많고 하는 일도 없어서 시간은 넘쳐나는데, 결혼은 안 하고 자유분방하게 놀고 싶으시다? 너 그거 알아?"

"아니, 몰라."

"너 진짜 재수 없다. 부러워 죽겠네." 그때 레나가 카즈의 팔뚝을 꼬집으며 말했다. "그러지 말고 제 친구랑 주말에 넷이 저녁 식사라도 할까요? 예쁜 친구가 있는데, 걔도 케이시 보면 분명 좋아할 테고."

레나의 말에 호기심이 들었지만 이내 생각을 고치고 말했다.

"아니에요, 괜찮아요. 이제 소개는 안 받기로 했어요."

예쁜 여자는 데이팅 애플리케이션에도 충분히 많았다. 굳이 레나의 친구까지 만날 필요는 없었다.

"어머, 왜요?" 레나가 물었다.

"도쿄에서 친구들을 통해 몇 명 만나봤는데, 자리도 영 불편하고 어색하고. 소개해 준 사람 생각해서 예의는 차려야 하고. 이런저런 이유로 나랑은 안 맞더라고요."

"마음이 바뀌면 언제든지 말해주세요." 레나가 말했다.

나는 머리를 살짝 긁고 웃으며 대답했다. "그럴게요."

"교토에는 언제까지 있을 거야?" 카즈가 레나에게 꼬집힌 팔뚝을 문지르며 말했다.

"아직 안 정했어. 아마도 2, 3일 정도 있지 않을까?"

"숙소는 가와라마치의 맨날 머무는 그곳?"

"응, 그 비즈니스호텔."

"더 넓고 좋은 곳으로 가지? 개인 노천탕도 있고 가이세키를 객실로 가져다주는 그런 으리으리한 곳으로."

"그 호텔로도 충분해. 밤에 혼자 한잔하러 나가기도 편하고."

"누구 마음대로 교토에서 혼자 놀려고 그래? 일요일 오후에 나랑 레나 쉴 거거든. 저녁에 한잔하러 우리 집으로 와."

"좋아. 일요일에 보자, 연락할게. 계산해 줘."

"됐어, 무슨 돈이야. 축의금도 그렇게 많이 주고는."

카즈가 음식값을 한사코 거절했다. 일요일에 그의 집에 갈 때 선물이라도 가져가야겠다. 인사를 나눈 뒤 가게에서 나왔다.

아직 해가 질 시간은 아닌데, 산속이라 그런지 벌써 조금씩 어두워지기 시작했다. 고개를 들어 하늘을 보니 어느덧 검은 먹구름이 모이기 시작했다. 당장 비가 내리진 않겠지만 별안간 내릴 것만 같은 습한 바람이 불어왔다. 자전거의 헤드라이트를 켜고 천천히 페달을 밟았다. 산에서 내려가는 길이라 전동보조 기능은 꺼두었다. 교토 대학과 교토 동물원을 지나 강을 건너 호텔로 돌아갔다. 호텔에 도착했을 때 조금씩 비가 내리기 시작했다.

"이상하다. 왜 눈물이 안 나오지?"

알찬 하루를 보냈다. 교토에 와서 자전거를 탔고 닌텐도에 다녀왔고 오랜 친구 부부를 만났고 아라시야마에 있는 온천장까지 가서 온천욕도 즐기고 왔다. 창밖에는 듣기 좋게 비도 내리고 있다. 평소라면 눈물이 나오기에 완벽한 조건이다. 행복감이 일정 기준 이상으로 올라올 때마다 '그날'과 '그 아이'가 불현듯 떠올랐고, 그때까지의 행복한 감정은 곧 먹먹한 슬픔으로 바뀌곤 했다. 그때부터 하염없이 눈물이 쏟아진다. 그런데 오늘은 이상하게 눈물이 나질 않았다.

울기를 포기하고 침대에 누워 눈을 감았다. 제법 피곤했는데 잠도 오질 않았다. 침대 머리맡의 독서등을 켜고 도쿄역에서 사온 책을 펼쳤다. 교토를 배경으로 흑발의 검은 아가씨를 쫓아다니는 대학생 남자의 이야기였다. 검은 아가씨 쪽과 대학생 남자 이렇게 둘의 교차 시점으로 제법 위트 있게 쓰인 소설이었지만 그다지 공감은 가지 않았다. 누군가를 이렇게 간절히 원하고 사랑한다는 건 대체 어떤 느낌일까, 그런 의문만 들었다.

불을 끄고 이불을 턱밑까지 끌어올려 덮었다. 창문도 닫혀 있고 방에 난방도 틀어둔 상태였건만, 냉탕에 앉아 있는 것 같은 오한이 들었다. 고독하다는 생각이 들었다. 소름 끼치도록 외로운데 딱히 만나고 싶거나 막상 그리운 사람이 떠오르질 않았다.

가즈키에게 전화나 할까 하다가 생각을 바꿨다. 그는 내일 새벽에 하츠네와 여행 간다고 잔뜩 들떠있었다. 일찍 자고 있을 것 같았다. 술을 한잔하고 올까 하다가 그것도 관뒀다. 비 오는 날에 혼자 술을 마셔봐야 호텔에 돌아오면 더 공허할 것만 같았다.

사람의 체온이 그리웠다. 섹스하고 싶다는 생각이 스쳤다. 삶의 허전함을 섹스로 채우는 일은 그다지 주변에 추천할 만한 건강한 해결법은 아니었지만, 최근 들어 그런 일이 습관처럼 되어버렸다. 그런 욕망을 충족하는 건 이제 어렵지 않은 일이 되었다.

휴대전화를 들고 데이팅 애플리케이션을 실행했다.

"확실히 교토에 있는 여자들은 도쿄랑 느낌이 많이 다르구나."

현재 위치의 주변 여성들 프로필을 보면서 생각했다. 교토에는 유달리 기모노 차림의 사진을 프로필로 해둔 여성이 많았다. 해외 관광객이 많아서 그런지 외국인도 여럿 보였다. 브라질 엉덩이가 떠오르자 조금 미안해졌다. 악의 없던 사람에게 내가 너무 짓궂게 답했다.

〈26살, 사는 게 너무 지루해. 재미있게 해 줄 사람?〉

나한테 '좋아요'를 보내 놓은 근처 이성들을 확인하다가 유독 눈에 띄는 소개가 보였다. 프로필을 클릭해 사진을 확인했다. 킨카쿠(금각사) 본당을 배경으로 붉은색의 기모노를 입고 있는 사진이었다. 머리는 뒤로 말아 올렸고 고개를 옆으로 조금 기울이고 눈웃음을 짓고 있었다. 상당히 수수하고 순수해 보였다.

대놓고 헐벗은 사진을 프로필에 걸어둔 사람들보다는 이런 쪽이 나왔다. 무엇보다 사는 게 지루하다는 자기소개 외에는 딱히 결핍도 느껴지지 않았다. 어떤 사람인지 궁금해져서 대화를 걸었다. 아니, 이 여자와 자야겠다는 생각이 들어서 말을 걸었다고 하는 쪽이 더 솔직하겠다.

"안녕하세요." 내가 인사를 건네자마자 기다렸다는 듯이 상대에게서 바로 답장이 왔다.

"안녕하세요. 거리가 13km면, 교토에 있나 봐요?"

"네, 오늘 여행 왔어요."

"좋네요. 저는 26살이고 이름은 교토 사쿠라. 직업은 없어요."

대체 뭐가 좋다는 걸까. 어쨌든, 환영이다. (대부분 그렇듯) 첫마디에 호감을 표하는 여자를 만나면 반드시, 라고 해도 좋을 만큼 데이트 말미는 잠자리로 이어졌다. 그건 너무도 자연스러워 마치 누군가 반드시 이렇게 해야만 한다고 짜놓은 각본 위에서 대본을 따라 행동하는 배우가 된 느낌이 들 때도 있었다. 그나저나 교토 사쿠라라니, 무슨 이름을 이렇게 대충 지었나 싶었다. 본명이냐고 물어볼까 하다가 관뒀다.

"내일 뭐 하세요?" 교토 사쿠라가 연달아 메시지를 보내왔다.

"친구 부부네 집에 초대받았으니, 선물을 사러 백화점에 다녀올까 합니다."

"교토에 친구가 있어요? 재미있겠다. 백화점에 같이 가도 될까요?"

"그래요. 내일 가와라마치역에서 오전 11시에 볼까요?"

"좋아요. 제 전화번호는 이거예요." 교토 사쿠라가 말했다.

대화를 종료한 뒤, 휴대전화를 내려두고 다시 책을 들었지만 좀처럼 눈에 들어오지 않았다. 책을 덮고 내일 교토 사쿠라와 만나는 모습을 그려봤다.

교토 사쿠라와 백화점에서 함께 선물을 고르고, 식사를 하고, 그 과정에서 그녀의 환심을 산 뒤 곧바로 호텔이나 그녀의 집에서 잠자리를 하겠지. 게임은 끝났다. 약간의 수고로움은 있을 수 있다. 순수하고 순진한 타입 같아 보였으니까. 그러고는 헤어진 뒤 서로 다시는 연락을 안 할 테지. 이미 수십 번은 반복해 온 일이었다. 각본은 내가 짜고 있었다.

그러나 그게 대단한 착각이었다는 사실을 깨닫기까지는 채 하루도 안 걸렸다.

07

지금은 어떤 만화를 그리고 있나?

가즈키

"하츠네가 마음에 들어 해 줘야 할 텐데…"

꽃집에 들러 노란 수선화와 순백의 서양란, 연한 파란색 계열의 수국을 골라 꽃다발로 만들어 달라고 했습니다. 봄에는 역시 수국이 가장 아름답습니다. 수선화와 서양란도 제가 아주 좋아하는 꽃입니다. 서로 전혀 어울리지 않을 것 같았던 꽃들이 한데 모이니 나름 작은 봄이 되었습니다. 화사하고 싱그러웠습니다.

꽃집의 거울을 통해 제 모습을 점검했습니다. 머리를 다시 만지고 면도가 덜 된 곳은 없는지, 독불장군처럼 건방지게 혼자 길게 뻗어 나온 코털 따위는 없는지 확인했습니다. 좋아, 이제 완벽합니다. 하츠네가 기뻐해 주면 좋겠다고 생각하며 그녀의 집으로 향했습니다. 5월 토요일 오후. 봄비가 내린 직후의 하늘은 더없이 맑았고 발걸음도 경쾌했습니다. 완벽한 주말입니다.

"어라? 이상하네…."

초인종을 눌러도 안쪽에서 아무 반응이 없었습니다. 하츠네가 오전 레슨을 마치고 집에 돌아왔다고 메시지 보내온 게 불과

1시간 전이었습니다. 집에서 점심을 요리해 먹고 오후는 낮잠을 잘 거라고 했는데… 낮잠을 깊게 자나 싶어 다시 초인종을 길게 눌러보았지만 역시 반응이 없었습니다.

"미리 연락하고 올 걸 그랬나.…"

근처에 장이라도 보러 갔나 싶었습니다. 건물 입구에서 기다려야겠다고 생각하고 엘리베이터로 향했습니다. 그때 등 뒤로 문이 열리는 소리와 함께 중년 남자의 목소리가 들려왔습니다.

"누구십니까?"

낯익은 억양의 사투리였습니다. 뒤를 돌아보니 50대 중반의 남자가 현관문을 열고 제 뒷모습을 뚫어져라 바라보고 있었습니다. 왠지 악의를 가지고 잔뜩 노려보고 있는 것 같기도 했습니다.

카키색 폴로셔츠에 진회색 면바지를 입고, 넓은 이마 아래로 얇은 은색 안경을 끼고 있는 키가 큰 중년이었습니다. 한쪽으로 눌려있는 머리를 보건대 자다가 방금 일어난 듯했습니다.

누굴까, 왜 주말 오후에 낯선 중년이 하츠네의 방에서 자다가 일어난 모습으로 나오고 있는 걸까?

불현듯 불길하고 싸한 모양의 물음표가 머릿속에 떠올랐습니다. 짧은 순간 온갖 나쁜 상상이 머리를 스쳤습니다.

"아, 저는 하츠네의….."

"아하, 자네가 하츠네 남자친구군, 안으로 들어오게나."

순식간에 악의를 모두 거둔 중년은 제 인사를 다 듣기도 전에 안으로 들어오라고 했습니다. 북해도 지역의 억양으로 보아 하츠네의 아버지이거나 친척인 듯했습니다. 잠시나마 상상했던 최악의 상황은 아니었습니다. 안도감과 함께 죄책감이 들었습니다.

집 안으로 들어가자 처음 방문한 공간임에도 익숙한 풍경이 펼쳐졌습니다. 하츠네가 보내준 사진 그대로의 모습이었습니다. 큰 창문이 있고 창문 앞에는 책상 겸 화장대가 놓여있었습니다. 작은 커피 테이블과 의자가 한 개가 있었고, 창문 맞은편에는 붙박이 옷장과 그 앞에 침대가 있었습니다. 창문 양쪽에는 리넨 소재의 끝이 땅바닥에 닿아있는 하얀 롱 커튼이 걸려있었고, 반쯤 젖힌 커튼 너머 발코니 천장에는 빨래걸이가 있었습니다.

"거기에 대충 앉게나."

중년 남성이 턱짓으로 테이블 의자를 가리키며 말했습니다. 대충 앉는 건 도대체 어떻게 앉는 것일까, 중년이 다시 말했습니다.

"하츠네는 내가 도착했을 때부터 외출했는지 안 보이더군."

"아… 그렇습니까?"

저는 최대한 허리를 꼿꼿하게 세운 뒤, 두 손은 주먹을 쥐고 무릎 위에 둔 채 정중히 앉아 답했습니다.

"그래, 자네 이야기는 딸에게 많이 들었네,"

"하츠네의 아버님이셨군요. 처음 뵙겠습니다. 저는…."

제 소개를 하기도 전에 하츠네의 아버지가 말을 막으며 말했습니다. "아, 자네 이름은 내가 잘 알지. 료타 군."

"네?"

료타라니, 저는 별명으로라도 누군가에게 그런 이름으로 불려본 적이 없습니다. 오타쿠들이 좋아할 법한 만화의 주인공 이름 같았습니다. 하츠네의 아버님께서 뭔가 단단히 착각을 하고 있는 것 같아 정정해야겠습니다.

"아… 저는…"

"그래, 우리 딸하고 만난 지 3년쯤 되었다고 했던가?"

제가 말하려 하는 순간 하츠네의 아버님께서 다시 말을 끊었습니다. 3년 전? 하츠네를 처음 만난 건 올해 초였습니다.

아무래도 아버님께서 뭔가 대단히 착각하고 있는 듯해 보였습니다. 하츠네라는 이름의 딸이 또 있거나, 아니면 애초에 아버님께서 사람의 이름을 잘 기억 못 하는 분이라거나. 어쨌거나 세상에는 여러 부류의 사람, 여러 가설이 있을 수 있습니다. 그렇게 믿고 싶었습니다. 하지만 이어진 아버님의 말을 듣고 뭔가 대단히 잘못되었다는 걸 깨달았습니다.

"자네는 만화를 그린다고 했던가?"

하츠네의 아버님께서 안경을 벗어 셔츠 밑단으로 안경의 알을 닦으며 물었습니다.

"……"

조금씩 상황 파악이 되고 있었습니다. 믿기 싫지만, 하츠네에게는 3년째 만나고 있는 료타라는 이름의 만화가 남자친구가 있습니다. 혹은 있었습니다. 그리고 앞에 앉아 있는 하츠네의 아버님은 지금 저를 그 사람으로 착각하고 있습니다.

'아닙니다. 제 이름은 가즈키고, 회계업무를 하는 평범한 회사원입니다. 하츠네와는 만난 지 넉 달째 되어가고 있습니다.'라고 바로 정정해야겠다고 생각했습니다.

해야 할 말을 고른 뒤 입을 떼려는 순간 하츠네가 떠올랐습니다. 만약에, 하츠네가 아직 그 남자와 교제 중인 거라면? 그러면 저는 지금 처음 보는 중년에게 "당신 딸은 지금 두 남자를 동시에 사귀고 있습니다."라고 힐난하는 것과 다름없었습니다. 듣는 사람에 따라서는 "당신 딸은 왜 그렇죠?"로 받아들여질 수도 있는 이야기였습니다.

우선은 하츠네 아버님의 말에 잠자코 있기로 했습니다. 자초지종은 하츠네에게 물어볼 일이었습니다. 이건 하츠네와 나, 둘이 해결해야 할 문제라는 생각이 들었습니다. 영 내키지는 않지만 거짓말을 해야 할 상황이 왔습니다.

"아, 네 그렇습니다. 만화를 그리고 있습니다."

"그렇군, 지금은 어떤 만화를 그리고 있나?" 하츠네의 아버님이 안경을 다시 쓰면서 물었습니다.

만화?

초등학생 때 주간 만화잡지를 끝으로 만화를 본 적은 없습니다. 무어라고 대답은 해야겠는데 당장 머릿속에 떠오르는 건 케이시의 집 서재에 꽂혀 있던 〈드래곤볼〉과 〈슬램덩크〉뿐이었습니다.

"아… 그… 지금 그리고 있는 만화는 주인공이 우주로 나가 외계인들과 농구 시합을 벌이며 싸우는 내용입니다."

상상력과 순발력이 결여된 인간의 입에서 나온 처참한 시나리오였습니다.

"……."

안경을 똑바로 고쳐 쓴 하츠네의 아버님은 무표정으로 제 눈을 뚫어져라 응시했습니다. 그는 어이가 없는지 한동안 입을 반쯤 벌린 채 잠자코 있다가 다시 말을 이었습니다.

"우주로 나가 외계인과 농구 시합을 벌이며 싸우는 내용이라고… 대체 왜?"

"아…. 그 우주를 제패하고 지구를 지키려고요…."

말을 하는 동시에 깊은 자괴감이 들었습니다. 그저 빨리 그 집에서 나가고 싶었습니다. 아니, 도망치고 싶었습니다. 눈앞에 있는 (저를 다른 남자로 착각 중인) 여자친구의 아버지보다 제 하찮은 상상력이 더 무서워지기 시작했습니다.

"그런가?… 많이 변했군. 우리 때는 〈아톰〉이라던가 〈철인 28호〉같이 담백한 내용이 인기 있었는데, 요즘 젊은이들 취향은 도무지 모르겠군. 이런 시대라 힘들겠어. 만화가라는 직업도."

"네…, 그렇죠…, 쉽지는 않습니다."

층수만 낮았다면 창밖 발코니를 통해 도망쳐 버리고 싶은 심정이었습니다. 시선을 발코니의 난간에서 천정으로 옮겼습니다. 천장에 매달려 있는 빨래걸이에는 하츠네의 속옷이 널려 있었습니다. 꽃무늬 레이스가 수놓아져 있던 보라색 브래지어, 앞이 망사로 되어 있는 노란색의 티 팬티. 지난 주말 하코네에서 사랑을 나눌 때 하츠네가 입고 보여줬던 속옷이었습니다. 그때가 떠오르자, 심장이 두근거리면서 얼굴이 빨개졌습니다.

하츠네의 아버지가 갑자기 얼굴이 빨개진 저를 보고는 제 시선을 따라 고개를 돌려 뒤를 돌아봤습니다. 제 시선 끝에 하츠네의 속옷이 있는 걸 보고 그는 미간 사이에 주름을 만들며 한숨을 짓고 의자에서 일어났습니다.

아뿔싸. 시선 관리를 해야 했는데…

"나는 커피를 한잔 마셔야겠는데 자네도 마시겠나?"

"아뇨, 괜찮습니다." 목이 타들어 갈 것만 같았지만 그보다는 빨리 이 불편한 자리를 벗어나고 싶었습니다.

"그나저나 이 꽃은 뭔가? 기념일 같은 건가?"

그가 싱크대 쪽으로 걸어가다가 제가 조금 전 신발장 앞에 내려놓은 꽃다발을 보며 물었습니다.

"봄 날씨가 좋아서 하츠네에게 선물하려고 가져왔습니다."

대답하고 나서 생각해 보니 이 집에 들어온 이후로 제가 한 말 중에 처음으로 거짓이 아닌 말인 것 같았습니다.

"꽃 좋지. 요즘 젊은이들도 서로에게 꽃을 선물하는군. 하츠네 와 약속은 하고 온 건가? 아니면 길이 엇갈린 건가?"

"깜짝 선물로 꽃만 전해주러 온 거라 약속 없이 왔습니다."

"그렇군, 나도 딸에게 미리 연락하고 찾아온 건 아닐세. 자네 도 잘 알겠지만, 우리가 서로 자주 연락하고 왕래하는 그런 살가운 사이는 아니라서 말이지."

그가 머그잔에 커피를 따르며 말했습니다. 제가 앉아있는 곳 까지 커피 향이 풍겨왔습니다. 한 모금만 마시고 싶다는 생각이 간절했지만 침을 꿀꺽 삼키며 참았습니다.

하츠네는 자기 가족에 대해 남동생이 하나 있다는 거 외엔 이야기한 적이 없었습니다. 가끔 그녀의 말투에서 북해도 지역의 억양이 들려와 고향이 그쪽이냐고 물었을 때, 그녀는 오타루가 고향이라고 답하고는 얼른 화제를 전환했습니다.

부모님은 어떤 분이냐고 물었을 때, 하츠네는 "둘 다 나보다 나이가 많고, 엄마는 여자, 아빠는 남자야."라고 대답했습니다. 먼저 얘기하지 않는 데에는 그만한 사정이 있으려니 하고 저도 더는 묻지 않았습니다.

"그래서 말인데, 료타 군." 하츠네의 아버지가 커피를 한 모금 마신 후 말을 이어갔습니다. "나는 볼 일이 있어 도쿄에 온 김에 잠깐 들린 건데, 이렇게 된 거, 나를 못 봤던 걸로 해주지 않겠나? 본인이 없는 사이에 내가 집에 왔다 간 걸 알면 그다지 유쾌해할 것 같진 않거든. 아무리 부모라고 해도 성인이 된 딸의 집에 불쑥 왔다가 갔다고 하면 영 좋은 소리를 못 들을 것 같기도 하고. 내가 지금 하는 말 무슨 뜻인지 알겠는가?"

"네, 아버님, 그렇게 하겠습니다."

오히려 제가 부탁하고 싶은 이야기였습니다. 자초지종을 들어봐야 했지만, 어찌 되었든 본인이 없는 사이에, 본인의 집에서, 본인과 사이가 좋지 않은 아버지를 통해, 본인이 감추고 싶었던 사실을 알게 되었다고 말해봤자, 화부터 낼지도 모를 일입니다.

"그래, 자네 같이 좋은 인상의 사내라면 자기가 한 말을 잘 지킬 것 같군. 하츠네에게 들었던 것보다 훨씬 잘생겼고 말이야."

하츠네의 아버지는 커피를 한 모금 더 마신 후 컵을 싱크대에 두고는 작은 스포츠 가방을 집어 들고 말했습니다.

"난 이만 가보겠네. 반가웠네, 또 보세. 참, 그 외계인이 지구에서 농구를 한다고 했던가? 지구인이 외계로 가서 농구 시합을 한다고 했던가, 아무튼 그 만화. 출간되면 꼭 알려주게. 다시 생각해 보니 꽤 재미있을 것 같군. 상당히 신선한 내용이야."

"네, 아버님, 그렇게 하겠습니다. 또 뵙겠습니다."

저는 또 거짓말을 하고 말았습니다.

"후-아." 그가 문밖을 나가자마자 크게 숨을 뱉어냈습니다.

시계는 오후 2시 반을 가리키고 있었습니다. 꼿꼿이 힘을 주고 세우고 있었던 허리부터 편하게 풀었습니다. 긴장이 풀리자, 머리가 맑아지면서 생각이라는 것을 제대로 할 수 있게 되었습니다.

지금 도대체 무슨 일이 일어난 건가. 상황을 대충 정리해 보자면 가능성은 둘 중 하나였습니다. 하츠네가 저와 다른 남자를 동시에 사귀고 있거나, 딸과 서로 왕래가 없는 그녀의 아버지가 하츠네에게 새로운 남자친구가 생겼다는 사실을 모르고 있거나.

"이걸, 어떻게 말을 꺼내야 할까…."

난감했습니다. 아무 맥락도 없이 대뜸 "하츠네, 혹시 만화가인 남자친구가 있어?"라고 물어볼 수도 없는 노릇입니다. 우선은 하츠네를 만나 이야기를 들어봐야겠습니다. 하츠네에게 전화를 걸어봤지만 받지 않았습니다. 문자 메시지를 남겼습니다.

커피 테이블 의자에 앉아 그 상태로 하츠네가 오기를 기다렸습니다. 30분이 지나고, 1시간이 지나고, 2시간이 지나갔을 때 갈증이 더욱 심하게 났지만, 주인이 없는 집에서 함부로 물건을 건드리고 싶지는 않았습니다. 조금 더 참고 기다려 보기로 했습니다.

시곗바늘이 오후 6시 30분을 가리킬 때까지 하츠네는 결국 오지 않았습니다. 창밖의 세상엔 조금씩 어둠이 내리고 있었습니다. 그녀의 속옷이 걸려 있는 빨래 건조대로 눈이 갔습니다.

다른 남자친구가 있는 거라면, 그 자식도 저 속옷을 입고 있는 하츠네와 사랑을 나누었을까? 그런 생각이 들자, 가슴속 깊은 곳에서 뜨거운 것이 올라왔습니다. 그러지 않았길 간절히 바라면서도 자꾸만 눈앞에 하츠네가 다른 남자와 침대 위를 뒹굴고 있는 모습이 아른거렸습니다.

오후 7시가 넘었습니다. 다시 전화를 걸어봤지만, 여전히 하츠네는 받지 않았습니다.

"무슨 일이 생긴 건 아닐까?"

의심에 앞서 걱정부터 들기 시작했습니다.

하츠네는 단 한 번도 이렇게 연락이 안 된 적이 없었습니다. 그리고 이런 답답한 상황과는 별개로 갈증이 너무 심했고 소변도 더 이상 참기 힘들었지만, 주인 없는 집에서 화장실을 쓰고 싶지는 않았습니다. 그런 식의 영역표시는 스토커나 할 일이었습니다. 커피 테이블 위에 꽃다발과 편지를 두고 나올까 고민하다가 그것들을 들고 집으로 돌아갈 수밖에 없었습니다.

전철에는 주말 데이트를 나온 커플들로 붐볐습니다. 갑자기무척 고독하다는 생각이 들었습니다. 기분 좋게 시작했던 토요일을 왜 이렇게 마무리해야만 하는 건지. 때로 악운이란 이렇게불쑥 아무 이유도, 개연성도 없이 찾아온다는 것을 잘 알고 있었지만, 그래도 속상하고 서러운 마음은 어떻게 할 수가 없었습니다.

무거운 발걸음으로 집에 돌아오자마자 침대에 안기듯이 누워 이불 안에 들어가 몸을 잔뜩 굽혔습니다. 하루 종일 아무것도 먹지 않아 배가 고파왔지만, 아무것도 입에 넣고 싶지 않았습니다. 피로가 몰려와 일단은 생각을 멈추고 그대로 잠이 들었습니다. 안 그러면 머리가 터질 것 같았습니다.

하츠네에게 답장이 온 건 다음 날인 일요일 오전이었습니다.

"에에? 자기야. 전화도 하고 문자도 했었네? 미안해, 나 너무 피곤했나 봐. 어제 낮부터 지금까지 집에서 잤어. 미안해요"

08

성병이 아니라 성매개감염증

하츠네

"선생님, 다시 한번만 말씀해 주시겠어요?"

"네, 하츠네 양, 이번 검사 결과 12가지 성매개감염증 중에서 트리코모나스 질염이 양성으로 나왔습니다. 이건 트리코모나스 바지날리스(Trichomonas vaginalis)라는 균에 의한 감염으로 주로 성관계를 통해 전파되는 성인 질환입니다. 보통 이런 경우에는……."

"저기요, 선생님. 쉽게 말해서 제가 성관계로 성병에 걸렸다는 얘기인 거죠?"

"성병이라는 말은 쓰지 말아야 합니다. 성매개감염증이 정식 명칭으로 학계에서는……."

"아, 알겠고요, 선생님. 그러니까 섹스로 감염된 거냐고요."

"뭐… 드물게는 대중목욕탕이나 수영장 같은 곳에서 옮거나 수건 등을 통해서 감염되는 경우도 있긴 합니다만 대부분은 성관계를 통해 감염됩니다." 괜히 진료기록부를 한 번 더 훑어본 여의사는 이어서 말했습니다. "중요한 건 상대 남자분께서도 빨리 비뇨기과에 가서서 검사와 치료를 받으셔야 한다는 겁니다."

의사는 굳이 '남자친구'가 아니라 '상대 남자분'이라는 표현을 썼습니다. 의사는 최대한, 천천히 느린 말투로 또박또박 친절하게 설명해 줬지만 '그러게 남자를 잘 가려 만나지 그랬니?'라는 무언의 냉소를 보내고 있었습니다. 아니, 그러는 것만 같았습니다.

지난 주말 가즈키와의 첫 여행을 다녀온 이후로 몸이 불편해 며칠 전 산부인과에서 검사를 받았습니다. 토요일 점심에 오면 검사 결과를 알려주겠다고 해서 다시 찾아온 병원이었습니다. 설마 하니 정말 성병에 걸릴 거라고는 생각하지 않았는데… 머릿속이 하얘지면서 아무 생각이 들지 않았습니다.

병원을 나오자마자 다리에 힘이 풀려 그대로 길거리에 주저앉아 눈물을 흘렸습니다. 그 의사는 항생제 치료를 2주일 정도 하면 완쾌될 수 있다며, 너무 큰 걱정하지 말라고 했지만 이건 치료가 되고 안 되고의 문제가 아니었습니다. 성병에 걸린다는 것은 '당신은 문란한 사람이다' 혹은 '당신이 만나고 있는 사람은 문란한 사람이다'라고 선고받는 거나 다름없습니다. 어느 쪽이든 '도덕적 사형 판결' 같은 느낌이었습니다.

나는 그런 사람이 아니라고 말하고 싶은데, 정말 그런 여자가 아닌데. 도대체 둘 중 어떤 놈한테 옮은 건지 확신할 수가 없는 현 상황은 나를 그런 사람으로 판단하기에 충분했습니다. 스스로에게 분이 나서 눈물이 났습니다.

손이 떨려왔습니다.

"뭐? 성병에 걸렸다고?"

침대 위에 무릎을 포개고 양팔로 다리를 감싸 안은 채 이야기를 듣고 있던 이즈미가 눈을 크게 뜨며 큰 소리로 말했습니다.

"응. 방금 산부인과에 다녀왔어. 정식명칭도 있어. 뭐라더라… 트리 뭐라던데. 너무 길고 난생처음 듣는 단어여서 지금 누구 놀리는 건가 싶었어." 다시 생각도 짜증 나는 명칭이었습니다. "아, 성병이라고 하지 말래. 성매개감염증? 그렇게 불러야 한대."

"지금 그런 명칭들이 중요한 건 아니잖아. 괜찮은 거야?"

"응. 항생제 주사 맞았어. 보름 정도 치료하면 나을 거래."

"항생제? 근데 맥주 마셔도 돼?"

"괜찮아, 괜찮아." 내가 캔 맥주를 벌컥벌컥 마시며 말했습니다. 항생제 치료 기간에는 술, 담배를 삼가라는 말을 들었지만 지금 치료가 중요한 게 아니었습니다.

"흐-음, 그러니까 범인은 둘 중 한 사람인데 그게 누구인지 모르겠다는 거지?" 이즈미는 자기가 셜록 홈스나 명탐정 코난이라도 된 듯 왼손 엄지와 검지로 브이 모양을 만들어 턱을 만지며 물었습니다.

"응, 도무지 모르겠어."

"하츠네, 너 어쩌다 이렇게 된 거니, 고등학교 때만 해도 좋아하던 선배에게 1년 넘게 고백도 못 하고 수줍어했잖아. 근데 지금은 양다리를 걸치고 있다가 성병인지 감염증인지에 걸렸는데 누구한테 옮은 건지도 모르겠다니, 너무 변한 거 아니니?"

범인 찾기에 실패한 이즈미가 도리어 나를 나무라기 시작했습니다.

"나도 알아, 이즈미, 그래서 정말 힘들어 지금."

"이제 그만 나무랄 테니 그런 풀 죽은 얼굴 하지 마. 나도 너무 속상해서 그래." 이즈미가 제 손을 잡으며 말했습니다.

"알겠어… 고마워…."

"누군지 짐작 가는 건 없어?" 다시 셜록 홈스로 돌아온 이즈미가 물었습니다. 흡사 이 상황을 즐기기까지 하는 듯한 그녀의 집요한 추리가 조금 불편해지기 시작했습니다.

"솔직히 둘 다 아닌 것 같은데, 의심하려고 들면 둘 다인 것 같아. 그래서 더 화가 나."

"둘 다 아닌 것도 같고 둘 다 의심되는 것도 같다?"

"응, 들어봐 이즈미. 료타는 능력은 없지만 그 덕분에 나 말고는 상대해 줄 여자도 없을걸? 3년 동안 우리가 몇 번이나 관계를 했는데 이상이 있던 적은 한 번도 없었고. 게다가 최근 몇 달간 내가 가즈키를 진심으로 좋아하게 되면서 료타와는 거의 안 했어. 정말이지 했는지 안 했는지 기억도 안 날 정도라 아예 안 했다고 해도 좋을 정도야. 내가 안 해 줬으니, 료타도 쌓였을 테고 어디서 어떤 식으로든 다른 여자와 했을 가능성은 있지 않을까? 신체에서 쓰는 근육이라고는 만화 그릴 때 쓰는 손가락 근육과 거기 근육밖에 없는 인간인데."

"하긴 그건 그래." 이즈미가 머리를 끄덕이며 말했다. "내가 계속 그 사람 정리하고 새로운 사람 만나라고 했잖아. 결국 그렇게 됐지만." 이즈미는 료타를 정말 탐탁지 않아 했습니다.

"가즈키? 그 사람은 정말 모르겠어. 나를 진심으로 사랑해 주는 게 느껴지고 정직한 사람이라 성병에 걸릴 일 같은 건 하지 않았을 거라는 확신은 있어. 그런데 하필 그와 관계를 하자마자 이런 일이 생겼잖아? 의심하려고 생각하니까 그 사람도 앞뒤가 안 맞아. 생각해 봐 그렇게 착실하고 건실한 사람이. 심지어 잘생겼어. 그런데 나만 바라보고 나만 사랑한다고? 말이 안 되잖아. 그런 인물은 드라마나 소설, 만화책에나 있어야지."

"아니야, 하츠네, 너 얼마나 사랑스럽고 차밍한 여자인데. 어떤 남자라도 그렇게 했을 거야." 이즈미가 자리에서 일어나 내 등을 다독이며 말했습니다. "그래서 어떻게 할 거야?"

"잘 모르겠어. 나 정말 지치는 것 같아. 둘 다 정리할까?"

마음에도 없는 소리였습니다.

"아무튼 고마워, 이즈미. 나 맥주를 너무 많이 마셨나 봐. 취하는 것 같은데 자고 가도 되지?" 나는 이즈미의 대답도 듣지 않은 채 그대로 그녀의 침대에 누워 이불 속으로 들어갔습니다.

"그래, 근데 휴대전화로 계속 전화 오는 것 같은데 안 받을 거야?"

"응, 안 받을래, 하츠네는 지금 원인을 찾고 개선하려고 노력해야 되는 시간이야. 방해받기 싫어."

나는 그렇게 말하고 양치도 안 한 채 잠들어버렸습니다.

이튿날 아침, 숙취 때문에 머리가 아팠지만, 정신만큼은 또렷해졌습니다. 옆에서 몸을 새우처럼 한껏 웅크려 자고 있던 이즈미를 깨웠습니다. "이즈미, 이즈미, 빨리 일어나 봐."

"응…? 지금 몇 시야.. 6시…?, 하츠네. 오늘 일요일이야…." 이즈미가 눈도 제대로 안 뜬 채 말했습니다. "무슨 일인데 그래?"

"나, 결심했어. 이제라도 좋은 사람, 좋은 여자친구, 진짜 어른이 될 거야. 지금 바로."

"너 아침부터 왜 이렇게 박력 있니?" 이즈미가 졸린 눈을 비비며 말했습니다.

"이따 전화해 줄게. 나 이만 갈게, 고마웠어." 양치와 세수만 한 채로 이즈미의 집에서 나왔습니다. 료타에게 전화를 걸었습니다. 한참 만에 그가 전화를 받았습니다.

"하츠네, 무슨 일이야? 이렇게 아침 일찍."

"할 얘기가 있어. 집으로 갈 테니까, 잠시 뒤에 봐."

"지금? 이 시간에?"

"응, 급한 일이야."

"아…, 알겠어. 언제쯤 도착해? 나 조금만 더 자고 있을게."

"30분 뒤. 미안하지만 잠에서 깨어 있었으면 좋겠어. 졸고 있는 사람에게 하고 싶은 말이 아니라서."

"그래? 알겠어. 무슨 일인데 그래?"

나는 료타의 물음에 답하지 않고 전화를 끊었습니다.

료타의 집 근처에 도착한 나는 편의점에 들어가 입구에 놓인 바구니 두 개를 집어 들었습니다. 두 바구니에 음료수와 도시락, 즉석요리 식품, 료타가 좋아하는 과자, 앞으로 반년 동안은 쓸 수 있을 만큼의 칫솔, 치약, 면도기, 면도날, 티슈, 샴푸, 비누, 세탁

세제 등을 담을 수 있는 최대한으로 꾹꾹 눌러 담았습니다.

"계산해 주세요."

내용물이 꽉 찬 바구니 두 개를 계산대에 올리자, 고등학생쯤 되어 보이는 아르바이트생이 이걸 혼자 들고 가려고? 라는 눈으로 바라봤습니다.

온갖 것이 담겨 있는 봉투를 양손에 들자 어깨가 빠질 만큼 무거웠습니다. 이 무게만큼이라도 료타에 대한 마음의 짐을 덜 수 있다면….

료타의 집 현관 앞에 도착해 크게 심호흡을 했습니다. 할 수 있어. 하츠네. 속으로 몇 번이고 말하며 초인종을 눌렀습니다.

"뭐 하러 초인종을 눌러, 비밀번호 알면서."

료타가 뒤통수를 긁으며 문을 열었습니다.

료타는 양쪽이 다른 짝짝이 양말을 신고 양념 소스가 묻은 흰 티와 검은 트레이닝 반바지를 입고 있었습니다. 면도를 하지 않아 턱 아래로 수염이 아무렇게나 자라 있었고 눈은 게슴츠레했습니다. 새로울 것 없는, 늘 봐왔던 평상시의 료타였습니다.

방 안으로 들어가자, 먼지가 잔뜩 가라앉아 검게 때가 타 있는 요와 이불이 보였고 이불 옆에 있는 좌식 테이블에는 그가 그리던 그림과 팔레트, 붓펜이 맥 컴퓨터 앞에 어지럽게 펼쳐져 있었습니다. 그 또한 늘 봐왔던 평상시의 풍경입니다.

"그게 다 뭐야?"

료타가 내 양손 가득 들려 있는 편의점 비닐봉지를 보고 말했습니다.

"응, 너 먹을 것들이랑 네가 쓸 생필품들." 나는 짐을 냉장고 앞에 내려두고 니트의 옷소매를 걷어붙이며 말했습니다. "너, 일단 코인세탁소에 가서 저 이불들 세탁하고 와." 료타에게 1,000엔짜리 지폐 두 장을 쥐여주며 말했습니다.

"왜? 아직 깨끗한데? 아침부터 무슨 일이야 대체."

"료타, 이런 데서 자다간 병 걸려. 빨리 다녀와."

"알겠어. 아이 정말, 나 밤새워서 졸린데…." 료타는 투덜거리면서도 주섬주섬 이불과 담요를 끌어안고 슬리퍼를 끌며 현관을 나섰습니다.

료타가 나가고 현관문이 닫히는 소리가 들리자, 눈물이 왈칵 쏟아졌습니다. 이미 마음을 굳게 먹기로 결심했지만, 가슴이 너무 아려왔습니다. 3년을 교제한 사람입니다. 료타는 비록 훌륭한 남자친구는 아니지만 좋은 영혼을 가진 사람입니다. 이런 식으로 누군가에게 버림받아 마땅한 사람은 결코 아니었습니다.

아직 등단도 못 한 만화가 지망생인 데다가 아르바이트도 안 하던 료타였기에 우리는 대부분의 데이트를 이 방에서 했습니다. 같이 요리를 하고, 티브이를 보거나 밤새가며 주간 만화잡지를 함께 읽기도 했습니다. 료타가 새벽녘에 자다 말고 난데없이 "나 좋은 아이디어가 생각났어."라고 말하면서 벌떡 일어나 "한번 들어봐 줄래?"라며 그 꼬질꼬질한 몰골에도 눈만큼은 반짝거리며 이야기하던 그 모습이 나는 몹시 사랑스러웠습니다. 숨이 쉬어지지 않을 만큼 눈물이 나고 미안했습니다.

울음을 그치고 화장실에 들어가 세수를 하고, 세면대 위에 있던 내 칫솔로 양치를 했습니다. 양치를 마친 뒤 그 칫솔로 세면대 수전꼭지에 끼인 떼를 꼼꼼하게 긁어내 닦고 칫솔은 버렸습니다.

방 여기저기에 널브러져 있던 옷과 속옷, 양말, 수건을 모아서 작은 세탁기에 넣었습니다. 세탁기가 돌아가는 동안 집 구석구석 깨끗이 청소했습니다. 쓰레기를 전부 모으고, 청소기를 돌리고, 창문과 창틀을 닦고, 화장실 변기를 닦고, 배수구에 낀 머리카락과 이물질도 정리했습니다. 싱크대 배수구 안쪽도 꼼꼼하게 닦았습니다.

청소가 끝나갈 때쯤 료타가 집으로 돌아왔습니다. 그는 깨끗하게 정리된 집을 보면서 말했습니다.

"오늘 여기 누구 와? 아니면 우리 기념일이었나?"

"료타…." 내가 용기를 내어 그의 이름을 불렀습니다.

"응? 하츠네, 왜 그래? 무슨 일 있어? 눈은 또 왜 이렇게 부었어. 무슨 일 있어?" 료타가 걱정된다는 듯 내 눈으로 손을 가져다 대려 했지만, 나는 그의 손을 뿌리치며 말했습니다. "료타, 이리 와서 앉아봐."

"무슨 일이야, 도대체." 료타가 테이블 앞에 앉고 말했습니다.

"먼저, 하나 물어볼 게 있어."

"뭔데?"

"사실대로 답해줘야 해."

"응 알겠어."

"최근에 나 말고 다른 여자랑 섹스한 적 있어? 아니면 그 비슷한 거라도. 화내지 않을 테니까 정말 솔직하게 말해."

"무슨 소리 하는 거야. 당연히 없지." 료타가 어이없다는 듯 말했습니다.

"정말?"

"응, 정말이야. 왜 그래, 갑자기."

"그래, 료타는 거짓말을 하는 사람은 아니니까." 이제 준비된 말을 꺼내야 했지만, 목이 메 말이 나오질 않았습니다. 냉장고로 가서 생수를 꺼내 물을 한 모금 크게 마시고 다시 자리에 앉아 말을 이어갔습니다. "료타, 미안해. 우리 이제 그만 만나자."

"……." 아무 말 없이 침묵하는 료타를 보자 마음이 더 아파져왔습니다.

"나 좋아하는 사람이 생겼어. 가능하다면 그 사람과 오래 만나고 싶어."

"……." 착잡해진 그의 표정에는 올 것이 왔구나 하며 바로 체념하는 모습마저 엿보였습니다.

"벌써 넉 달 정도 됐고, 그동안 그래서 너한테 점점 소홀해졌고 거짓말도 많이 했어. 미안해."

"……." 료타는 여전히 침묵했습니다. 화조차 내지 않는 그의 모습에 더 속이 터질 것만 같았습니다.

"욕을 해도 좋아. 화를 내도 괜찮고." 내가 말했습니다.

"그 사람은 하츠네가 남자친구 있다는 거 알고 있어?"

내내 잠자코 있던 료타가 천천히 입을 열었습니다. 내면에서 터져 나오려는 무언가를 있는 힘을 다해 꾹 누르고 있는 말투였습니다. 그가 지금 느끼고 있을 배신감과 황당함이 얼마나 클지 나는 상상하기 어려웠습니다.

"아니, 몰라. 그 사람도 료타만큼 착하고 순진한 사람이라. 내가 작정하고 숨기니까 전혀 눈치 못 채더라고."

"그 사람하고 잤어?"

"그게 중요해?"

"그런 건 아니지만. 솔직하게 말해 줄래?"

"응. 지난 골든위크에. 나 부모님이 아니라 그 사람하고 여행 갔었어. 그리고 그때 처음 관계했어. 미안해, 모든 게 다."

"어느 정도 눈치는 채고 있었어." 료타가 뜻밖에 침착한 말투로 말했습니다.

"눈치채고 있었다고?"

"하츠네, 너 바보냐, 어머님과 여행 중에 찍었다고 보냈던 사진. 그거 재작년에 보여줬던 사진이잖아."

"아…."

"언젠가 이런 날이 올 줄은 알았어. 나도 생각이라는 걸 하고 사는 사람이거든. 세상 물정도 알고. 하츠네는 빨리 결혼해서 아이도 낳고 행복한 가정을 만들고 싶어 하는 사람인데, 나 같이 본인 생계도 못 챙기는 사람이랑 어떻게 미래를 그리겠어."

"……."

"언젠가 이런 날이 올 줄은 알았지만 그래도 그전에 성공하면 되겠지, 하고 생각했고, 열심히 했는데… 현실은 쉽지 않네."

"……."

"하츠네, 나 하나만 더 물어봐도 될까?" 더없이 따뜻한 말투로 료타가 말했습니다.

"응, 얼마든지 물어봐."

"만약에 내가 성공한다면, 내 만화가 정식으로 출간되고 수많은 사람들이 읽어주고, 그래서 내가 부자도 되고 성공한 만화가가 된다면. 그때 다시 만나줄 수 있을까?"

"……." 나는 고개를 숙이고 아무 대답도 할 수 없었습니다.

"응?"

"미안해. 료타. 이런 식으로 헤어져 놓고 내가 어떻게 료타 얼굴을 다시 보겠어."

"나는 정말 괜찮아, 괜찮은 게 아니라 그렇게 되길 간절히 바라고 있어." 료타가 애걸하듯 목소리를 높여 말했습니다.

"아니야, 료타. 그건 정말 아닌 것 같아. 그렇다 하더라도 나는 정말 진심으로 늘 료타를 응원할게. 료타는 언제가 되었든 꼭 성공할 날이 올 거라고 믿어. 진심이야. 다만, 나에게는 그때까지 기다릴 인내심이 부족했을 뿐이야. 그리고…."

차마 다음 말은 목이 메어 입 밖에 나오지 않았습니다.

료타가 내 옆으로 바짝 다가와 내 어깨를 감싸 안고 말했습니다. "지금까지도 충분해. 아니 과분해. 하츠네, 미안해 이런 나여서. 고생 많았어."

고생 많았어.

그 말을 듣자, 나는 온몸에 기운이 빠져 그 상태로 료타의 어깨에 기대 한참을 울었습니다. 지금 가장 울고 싶은 건 료타일 텐데. 위로받아야 할 사람은 내가 아니라 료타인데, 하는 생각이 들었지만 슬프고 미안한 마음을 참을 수가 없었습니다.

어느 정도 마음이 진정되자 이제 일어나야겠다는 생각이 들었습니다. "가볼게 료타."

"알겠어, 바래다줄게."

"아니야, 나 혼자 가고 싶어. 그냥 여기 있어 줘. 부탁이야."

"그래."

"참. 내일이라도 비뇨기과에 가서 성매개감염증 검사해 봐." 내가 테이블 위에 만 엔짜리 지폐를 놓으며 말했습니다.

"돈은 됐어, 성매개 뭐?" 료타가 돈을 돌려주며 물었습니다.

"성병 검사 말이야. 그냥 해봐. 결과는 나한테 안 알려 줘도 돼."

"뭐… 꼭 그래야 하는 거지? 알겠어. 내일 가 볼게."

"갈게, 료타. 안녕."

료타의 집 문을 열고 나오는 순간 또 양쪽 눈 가득 눈물이 차올라 앞을 가렸습니다. 뒤를 돌아봤지만, 사물도 사람도 크게 일렁이고 뭉개져서 제대로 보이지 않았습니다. 료타는 억지로 웃으며 손을 흔들고 있었습니다. 아니, 그러고 있는 것 같았습니다. 나는 그렇게 료타의 집과 료타의 마지막 모습을 제대로 눈에 담지 못하고 도망치듯 나왔습니다.

집으로 돌아오니 오전 11시였습니다.

이제 가즈키 차례입니다. 가즈키는 지금쯤 걱정을 많이 하고 있을 게 분명했습니다. 그와 만나는 동안 나는 한 번도 이런 식으로 연락을 안 받고 답장도 안 한 적이 없었습니다. 그는 이런 상황에 적응이 되어있지 않을 것입니다. 일단 가즈키의 걱정을 덜어주고, 만나서 사실대로 이야기해야겠다고 생각했습니다.

가즈키에게 메시지를 보냈습니다. 최대한 아무 일 없다는 듯이. "어머머, 자기야. 전화도 하고 문자도 했었네? 미안해, 나 너무 피곤했나 봐. 어제 낮부터 지금까지 잤어. 미안해애."

내 메시지를 확인하면 그에게서 바로 전화가 올 것입니다. 그러면 오후에 만나자고, 할 얘기가 있다고 말할 예정입니다. 예상대로 가즈키에게서 곧바로 답장이 왔습니다.

"그랬구나, 많이 피곤했나 보네. 푹 쉬어."

기분 탓일까요? 느낌이 좋지 않았습니다. 텍스트만 보면 평범했지만, 평소 그의 행동과 말을 생각하면 어딘가 부자연스러웠습니다. 연락이 안 돼서 화가 난 걸까.

발코니로 나가 빨래부터 걸었습니다. 뜨거운 물로 천천히 샤워를 했습니다. 질 안쪽이 따끔거려 왔습니다. 아, 항생제 먹어야 되는구나.

샤워를 마치고 약을 먹기 위해 싱크대로 물을 받으러 간 순간 아주 미묘하게 신경을 자극하는 어색함이 느껴졌습니다. 싱크대에 설거지가 되어 있지 않은 커피잔이 놓여있었기 때문입니다. 나는 결벽증까진 아니지만 설거지는 무조건 바로 하자는 주의입니다. 사용한 컵을 이렇게 싱크대에 그냥 뒀을 리는 절대 없습니다.

그때 침대 위에 뒀던 휴대전화에서 벨 소리가 울렸습니다. 가즈키일까 싶어서 얼른 뛰어가 받았습니다. 엄마였습니다.

"무슨 일이야?"

"어머, 하츠네. 목소리 듣기 너무 힘드네? 잘 지내니?" 오랜만의 통화였습니다. 특별한 용건이 있지 않으면, 우리는 서로 연락을 거의 하지 않고 지냈습니다.

"아빠가 말하지 말라고 했는데, 신경이 쓰여서"

"아빠가 뭘?"

"어제, 아빠가 도쿄에 갔다가 너 본다고 네 집에 갔었대. 거기서 료타를 만났나 보더라고. 아빠는 하츠네가 화낼 것 같으니 말하지 말라고 했는데. 왠지 얘기해야 할 것 같아서."

아빠가 료타를 만났다고? 이게 도대체 무슨 말이지?

료타는 어제 나와 연락한 적도 없었고 아침에 만났을 때도 그런 얘기는 없었습니다. 애초에 그가 내 집으로 찾아오는 일은 없습니다. 지난 3년간 그와 나 사이의 암묵적인 룰 같은 거였습니다. 더구나 연락도 없이 불쑥 찾아올 일은 더더욱 없습니다.

"아빠가 료타 칭찬을 많이 하더라. 키도 크고 훤칠하니 깔끔하게 잘 생겼다고. 예의도 바르다던데?"

료타가 추남은 아니지만 일반적으로 '잘생겼다'고 평가받을 외모도 아니었습니다. 아무리 후하게 평가해 줘도 '착하게 생겼다' 정도가 한계입니다. 게다가 그는 키가 크지도 않습니다. 백번 양보해서 앞에 두 말을 그렇다고 쳐준다고 해도 최소한 료타에게 '깔끔하다'는 수식어만큼은 절대로 어울리지 않는 말입니다.

그는 오늘 아침에도 수염을 깎지 않아 덥수룩한 상태였습니다.

'대체 무슨 일이지? 아빠는 누구를 만난 거야?' 여기까지 생각이 들자 한 사람밖에 떠오르지 않았습니다. 가즈키.

"아빠 옆에 있으면 당장 바꿔줘." 내가 다급히 말했습니다. 얼마 지나지 않아 아빠가 전화를 받았습니다.

"어… 하츠네냐? 바쁜 것 같아서 연락 안 했다."

"아빠, 어제 그 남자랑 무슨 말 했어?"

"아, 료타 말이냐? 별 얘기 없었는데 봄이라 날씨가 좋아서 너 주려고 꽃다발을 가져왔다고 했던가?"

"꽃다발, 그리고 또 무슨 이야기 했어?"

"음… 요즘 어떤 만화 그리고 있냐고 했더니 외계인이랑 우주에서 농구 시합을 하고 싸우는 거라고 했던가. 뭐 그런 얘기 밖에 안 했다."

외계인이랑 농구 시합? 이게 무슨 헛소리란 말인가. 료타는 (어울리지 않게) 정치풍자만화만 그리는 엄숙주의 만화가입니다. 외계인이라든가 농구라든가 하는 걸 그릴 일이 없는 사람입니다.

"알겠어요. 끊을게요."

"하츠네 너는 아빠랑 오랜만에 통화하면서 어째 남자친구…."

아빠의 다음 말은 듣지도 않고 전화를 끊어버렸습니다.

머릿속이 하얘졌습니다. 모든 게 엉망입니다. 당장 가즈키를 만나러 가야 합니다. 시간이 없습니다. 그를 영영 잃을지도 모른다는 생각이 들자 더럭 겁이 났습니다. 시간은 내 편이 아니었습니다.

09

대신, 조건이 있어

케이시

"대신, 조건이 있어."

원색에 가까울 정도로 새빨간 기모노를 입고 있던 히토미가 거실 가운데에 있던 좌식 테이블에 앉더니 뒤로 누우며 말했다.

오후 3시, 아직 한낮이었고 밖에는 폭우가 내리고 있었다. 화지로 된 방 창문 너머로 가쓰라강이 흐르는 소리가 크게 들려왔다. "무슨 조건?" 내가 물었다.

"지금 당장 스마트폰을 꺼내서 손에 쥔 채로 나를 마음껏 리드해 줘. 어떤 플레이를 해도 상관없어. 대신 내가 절정을 느낄 때 내 모습을 영상으로 찍어줘. 얼굴이 나오도록. 그게 다야."

저 맑고 순수한 얼굴에서 도저히 나올 것 같지 않은 말이 튀어나왔다. 나는 혼란스러워서 히토미가 한 말을 해석할 시간이 필요했다.

히토미는 치마를 허벅지 위까지 끌어올리며 '별거 아니지?'라는 표정으로 대답을 재촉하고 있었다.

'미친 인간인가…?'

몇 시간 전 히토미와 처음 만났을 때 느꼈던 불쾌감과 당혹스러움이 다시 올라왔다. 어지간하면 빗나갈 리 없는 내 각본은 처음부터 제대로 엇나가고 있었다.

"저 어떤 것 같아요? 마음에 들어요? 그럼, 우리 호텔로 가요."

가와라마치역 출구 디즈니스토어 앞에서 만난 교토 사쿠라가 눈 깜빡임이나 시선의 흔들림 없이 5, 6초간 나를 뚫어지게 쳐다보다가 입을 뗐다.

"네?" 당황한 내가 지금 무슨 말을 하는 거냐고 되묻자, 교토 사쿠라는 자신의 외모가 마음에 드는지 물어왔다.

교토 사쿠라는 발목까지 오는 검은색 부츠에 청바지를 입고 티셔츠를 입고 있었다. 티셔츠 위로 얇은 니트를 걸치고 있었고 꽤 큰 사이즈의 명품 숄더백을 어깨에 메고 가방과 같은 브랜드의 핑크색 장우산을 들고 있었다. 사진으로 본 것보다 몸은 더 말랐고 왜소해 보였다. 얼굴이 작고 이목구비는 수수했지만, 화장이 두터워서인지 본인이 말한 것보다는 조금 더 나이가 들어 보였다. 화장하는 법을 조금만 바꿔도 꽤 예쁠 것 같다는 생각이 들었다. 그리고 묘하게 어디선가 본 듯, 낯이 익은 얼굴이었다.

"다 봤어요? 어때요? 나 별로예요?"

교토 사쿠라가 눈을 동그랗게 뜨고 물었다. 맑은 눈이었다. 억지로 사나워 보이려 노력하는 눈빛에는 강한 고집, 그리고 묘한 우월감과 일종의 자격지심이 섞여 있었다.

특이한 여자다. 파악하기 쉽지 않은 캐릭터구나. 나는 생각했다.

"외모를 묻는 거라면, 충분히 매력적입니다."

"그럼, 오케이. 나는 당신이 마음에 드니까 우리 호텔로 가요. 내가 지금 예약할게요." 교토 사쿠라는 내가 뭐라 대답하기도 전에 순식간에 호텔 예약 애플리케이션으로 어딘가 예약해 버리고는 지나가던 택시를 세워 뒷좌석 안쪽에 타고 말했다. "안 타고 뭐해요?"

주도권을 쥐고 나를 흔들고 있는 교토 사쿠라의 행동에 강한 거부감이 들기 시작했다. 선택권을 박탈당한 것만 같은 모멸감마저 들었다. 내가 택시를 타지 않자, 그녀는 지갑에서 1,000엔짜리 지폐를 꺼내 기사에게 건네며 죄송하다고 말하고는 택시에서 내렸다.

"지금 뭐 하는 거죠?" 나는 불쾌한 기색을 감추지 않고 성대에 힘을 실어 말했다.

"뭘, 뭐 하자는 거예요? 그러려고 나 만난 거 아니에요?" 교토 사쿠라도 언성을 높여 말했다.

바로 옆에서 지나가려던 여자 행인 둘이 우리를 곁눈질로 잠시 쳐다보더니 우리가 서 있던 도보를 크게 우회해서 걸어갔다.

"맞아요. 그런 일을 기대하면서 만나러 나왔어요. 그래도 우리 서로 아는 게 없잖아요. 우리 지금 만난 지 1분도 안 됐어요."

"섹스하는데, 서로를 꼭 잘 알아야 해요?" 교토 사쿠라가 너무 태연스럽게 말하자, 순간 말문이 막혔다. 나는 잠시 뜸을 들인 뒤, 할 말을 천천히 고르고 조용히 말했다.

"나도 고지식한 사람은 절대 아닙니다. 성적으로 오픈된 사람이기도 하고. 그래도 이건 너무 심하지 않아요? 상대의 의사는 묻지도 않고 멋대로 호텔을 예약하고, 멋대로 택시를 잡고. 무조건 타라니."

잿빛 구름이 한 번 번쩍이는 천둥을 토해내더니 굵은 빗방울이 떨어져 내렸다. 교토 사쿠라는 들고 있던 우산을 펴고 나한테 성큼 다가와 우산을 내게 씌워준 채 말했다.

"그래요? 내가 너무 일방적이었어요?"

"네, 충분히 불쾌할 만큼."

"미안해요. 사과할게요." 교토 사쿠라가 정말로 미안하다는 표정을 짓고 말했다. 마치 어제 막 선거에서 당선된 국회의원 같은 빠른 태도 변화였다. 그 빠른 태세 전환과 사과에 나도 마음이 누그러졌다. "알겠습니다. 이제 친구부부의 선물을 사러 백화점엘 가볼까 해요. 같이 갈래요?"

"네, 좋아요." 교토 사쿠라가 대답했다. 그렇게 우리는 시작부터 한바탕 하고는 다이마루 백화점으로 향했다.

가와라마치역에서 가라스마역 쪽으로 걷는 동안 내가 우산을 들고 그녀는 최대한 내 쪽으로 바짝 몸을 붙이고 걸었다. 그녀가 가까이 오자 비 비린내가 옅어지고 그녀의 진한 향수 냄새가 진동했다.

"젊은 여자들은 이런 걸 좋아해요"

백화점에 도착해 잡화코너로 가서 고급 브랜드의 찻잔 세트를 고르는 동안 교토 사쿠라가 옆에서 몇몇 브랜드를 추천해 줬고 나는 그녀의 의견에 따랐다. 내 볼일이 끝나자, 다음은 그녀의 차례였다. 그녀는 백화점 1층의 명품 브랜드를 돌며 쇼핑했다. 자주 쇼핑을 하는지 대부분의 숍 점원이 그녀를 잘 알고 있었고 극진히 환대했다.

백화점에서의 볼일을 마치고 가와라마치역 근처의 카페로 들어갔다. 초코 파르페와 아메리카노 두 잔을 주문하고 가게의 가장 안쪽 구석 자리에 앉았다. 딱히 할 말이 떠오르지 않아 내가 아무 말도 하지 않고 있자, 그녀가 먼저 입을 열었다.

"어떤 사업 하셨어요?"

애플리케이션을 통해 만난 여자들과 처음 만나면 받게 되는 질문 1순위였다. 이제는 설명하기도 입이 아파 건성으로 "IT 관련된 사업을 했어요."라고 대답하고 화제를 돌렸다. "당신은 교토에 살고 있어요?"

"아니, 교토는 아니고 바로 옆 작은 소도시에 살아요."

내가 재차 화제를 그녀에게로 돌렸다. "지금은 어떤 일을 하고 있죠?"

"고베에서 대학교를 졸업하고 지금은 그냥 있어요."

"그냥 있는 다, 재미있는 표현이네요. 철학적이기도 하고. 저도 그냥 있거든요. 잠시만." 가지고 있던 진동벨이 울려 나는 음료를 가지러 카운터로 걸어갔다. 테이블 가운데에 파르페를 놓고 커피를 한 모금 마셨다. 청량하고 고소한 커피였다. 같은 프랜차이즈임에도 희한하게 교토의 커피와 디저트는 맛이 좋았다.

"나 그쪽 옆에 앉아도 될까요?" 그녀가 말했다.

그러라고 대답하자 그녀가 내가 앉아있던 소파 바로 옆에 앉고는 다리를 꼬고 내 쪽으로 상체를 밀착시켰다. 진한 향수 냄새와 화장품 냄새가 코끝을 찔러왔다. 걷고 있을 때는 못 느꼈는데 자연에서 축출한 상쾌한 향이 아닌, 페로몬 향수 특유의 묘한 흥분을 일으키는 그런 부류의 냄새 같았다. 교토 사쿠라가 팔짱을 껴도 되냐고 물었다. 내가 무어라 대답하기도 전에 그녀가 내 팔을 감싸 안듯 안았다.

한동안 우리는 잠자코 아무 말도 하지 않았다. 나는 그녀가 매달려 있는 팔은 내버려 둔 채, 다른 손으로 스푼을 들어 파르페를 조금씩 먹었고, 그녀는 간간이 커피잔을 입에 가져다 댔다. 침묵을 깬 건 내 쪽이었다. 나는 교토 사쿠라 옆에 놓인 쇼핑백들을 한 번 바라보고 말했다.

"일을 하지 않아도 생계에 큰 영향은 없나 봐요?"

"……." 교토 사쿠라는 침묵으로 답했다. 괜히 물어봤나, 묘한 어색함이 감돌았다.

커피숍에서 나오자, 빗줄기가 더 굵어져 있었다. 교토 사쿠라는 여전히 내 팔에 팔짱을 낀 채로 걸었다. 비를 피해 상점 거리의 안쪽 아치형 지붕을 따라 걷다 보니 애완동물 숍이 나왔다. 누가 먼저랄 것도 없이 자연스럽게 그 가게 안으로 들어갔다.

"나 고양이 키우는 게 소원이었어." 케이지 안에 있는 새끼 고양이와 강아지를 보면서 교토 사쿠라가 말했다.

"키워본 적은 없어?" 내가 말했다.

"응. 나 고양이 털 알레르기가 있나 봐. 이렇게 떨어져서 보는 건 좋은데, 만지면 금방 온 얼굴이 벌겋게 부어오르고 재채기를 계속하거든. 간지럽고. 어머, 얘 눈 좀 봐. 정말 예쁘지?" 교토 사쿠라가 얼굴이 유독 동그랗고 노란 털을 가진 새끼 고양이를 가리키며 말했다. 케이지에는 '브리티시 숏 헤어'라고 품종이 쓰여 있었다.

"응 그러네, 인형같이 귀엽다. 브리티시 숏 헤어라…, 왜 숏 헤어지?" 내가 물었다.

"흐-음, 잠시만."

교토 사쿠라가 천진난만한 얼굴로 가방을 뒤적이며 휴대전화를 꺼내더니 사진첩을 열었다. 그녀의 휴대전화 사진첩에는 고양이 사진이 무수히 많이 저장되어 있었다. 그녀는 성묘가 된 브리티시 숏 헤어의 사진을 보여주며 말했다. "나중에 다 크면 이렇게 되거든."

"저 귀여운 애가 이렇게 된다고?" 내가 깜짝 놀라 말했다.

얼굴이 호빵처럼 크고 뚱뚱한 고양이 사진이었다. 숏 헤어라는 게 저렇게 생겼다는 뜻인가? 카즈의 짧은 머리와 넙데데한 얼굴을 떠올리니 묘하게 설득력이 있었다.

"그런데, 정말로 이름이 교토 사쿠라야? 나는 케이시라고 해." 내가 말했다.

"어머, 맞다. 교토 사쿠라는 애칭 같은 거야. 본명은 히토미. 잘 어울리지?" 히토미가 눈을 반짝이며* 물었다.

---

* 히토미는 일본어로 눈동자라는 뜻이다.

"응, 그러네, 정말 잘 어울려. 우리 이제 갈까?"

"어디로?" 히토미가 물었다.

"아까 히토미가 예약했다는 호텔. 내 호텔로 가도 되지만 거긴 비즈니스호텔 싱글 룸이라 둘이 있기엔 좁거든. 아니면 내가 지금 새로 예약해도 돼"

"그래 좋아. 아까부터 가고 싶었는데 케이시가 또 화낼까 봐 기다리고 있었어. 내가 예약한 곳으로 가자." 히토미가 농염한 눈빛을 빛내며 말했다.

이제 상황의 주도권은 내게 돌아왔다. 내가 쓴 각본대로였다.

펫숍에서 나왔을 때는 비가 조금씩 그치고 있었다. 도보 위로 군데군데 빗물이 고여 있어서 걷기 편하진 않았지만, 공기는 더 없이 깨끗했다. 지나가던 택시를 잡고 뒷좌석에 타자 히토미가 기사에게 주소를 말했다.

택시는 카라스마역을 지나 니조성을 뒤로하고 교토 중심가를 벗어났다. 20분쯤 달려 도착한 곳은 아라시야마였다.

히토미가 예약한 곳은 가쓰라 강변에 위치한 최고급 료칸이었다. 강 맞은편으로 어제저녁에 들렀던 온천장이 보였다. 빗줄기가 다시 거세지고 있었다.

히토미가 프런트 데스크에서 체크인을 마치자, 기모노를 입고 있는 젊은 종업원이 입구 반대편에 난 문을 통해 별채까지 안내했다. 히토미가 예약해 둔 객실은 별채 하나를 통째로 쓰는 일본식 스위트룸이었다. 침대가 있는 방과 다다미 바닥에 요이불이 있는 있는 방 이렇게 2개의 방이 거실 옆에 따로 있었다.

"뭐가 더 좋아? 한번 골라볼래?"

히토미가 숄더백에서 뭔가를 주섬주섬 꺼내며 물었다. 뭔데, 하고 묻자, 그녀는 빨간색 기모노와 속이 그대로 비치는 하얀색 슬립을 양손에 들어 보여 줬다.

"이런 걸 가지고 다녀?" 내가 물었다.

"응, 하지만 단계가 있어." 히토미가 가방에서 꺼낸 옷들을 구겨지지 않게 조심히 펼치며 말을 이어갔다.

"단계?"

"1단계는 상대가 내 마음에 들지 않으면 모른 척하고 그냥 집으로 가버려. 2단계는 상대가 뭐 나쁘진 않다 싶으면 호텔로, 3단계는 무척 마음에 들면 이런 료칸이야. 케이시는 사진보다 더 잘생겨서 보자마자 스위트룸으로 예약했지. 축하해. 4단계에 합격한 첫 남자야. 나도 여기에 와보는 건 처음이니까."

"그렇구나. 굳이 선택권을 주겠다면 기모노로 할게. 이곳 분위기랑 잘 어울리는 것 같으니까."

"좋아, 여기 눈앞에서 갈아입어 줄까? 아니면 방에서 갈아입고 나올까?"

"방에서 갈아입고 나와 줄래? 그게 더 극적일 테니까."

"그럼, 잠깐만 기다려줘."

히토미가 옷을 갈아입으러 간 사이에 나는 방을 둘러보았다.

객실은 화려하진 않았지만 정갈하면서도 고풍스러웠다. 거실 가운데에는 가이세키 식사를 위한 폭이 길고 두꺼운 좌식 원목 테이블이 있었고 창가에는 화지로 된 큰 미닫이 창문이 있었다.

창문을 조금 열자, 건너편의 까마득한 절벽이 보였고, 아래로는 강이 세차게 흐르고 있었다. 창문을 열어둔 채 빗소리를 듣고 싶었지만 비가 바람에 실려 실내까지 들이칠 것 같아 창문을 닫았다.

욕실 문을 열자 안쪽에 작은 문이 하나 더 있었다. 슬리퍼를 신고 그 문을 열고 나가자 20평 남짓한 개별정원이 나왔다. 뜰 가운데에는 편백으로 된 노천온천탕이 보였다. 그 주변으로 꽃과 나무들이 잘 손질되어 있었다. 노천 욕조 안에 물이 채워져 있어 손을 넣어봤다. 42도 정도 될까? 노천 온천욕을 즐기기 알맞은 온도 같았다. 사각형 목재로 된 상자 안에 있는 수도를 통해 뜨거운 물이 흘러나와 욕조를 채우고 있었다. 채워져 있는 물의 색이 하얗고 촉감이 미끈거리는 것으로 추측하건대 꽤 좋은 온천수 같았다.

"다 입었어. 볼래?"

히토미의 목소리를 듣고 나는 손을 흔들어 물기를 털어내며 실내로 돌아갔다.

"와-아." 히토미를 보자마자 나도 모르게 감탄사를 내뱉었다.

히토미는 원색에 가까운 새빨간 기모노를 입고 머리도 위로 말아서 올려두고 있었다. 낡고 오래된 그러나 굉장히 매력적인 미인이 그려져 있는 미인도를 보는 것만 같았다.

"진짜, 예쁘네. 정말 잘 어울려." 나는 진심으로 감탄하며 거실 가운데의 좌식 테이블 앞에 앉았다.

"마음에 들어?" 히토미가 내 옆으로 와서 방석 위에 무릎을 모으고 앉으며 말했다.

"응, 미인을 만나러 과거로 온 시간 여행자가 된 것 같아."

거실에는 텔레비전도 없었다. 정면의 벽에는 포스터 크기의 전국시대 그림이 담긴 액자 3개가 나란히 걸려 있었고 그 아래로 호롱이 4개 있었다. 호롱 위로는 촛불이 흔들리고 있었다. 청바지를 입고 있는 나를 제외하고는 모든 공간이 전부 과거 같았다. 히토미의 어깨에 손을 올리고 키스하려 하자, 그녀가 내 손을 잡아 옆으로 부드럽게 내려놓으며 말했다.

"잠깐만. 대신, 조건이 있어." 히토미가 자리에서 일어나 앞에 있던 테이블 위에 비스듬히 눕고는 손으로 머리를 받친 자세로 말했다. 정말로 한 폭의 미인도 같다고 나는 생각했다.

밖에는 폭우가 내리고 있었다. 화지로 된 방 창문의 얇은 틈새로 강물이 세차게 흐르는 소리가 들려왔다.

"조건…?"

"지금 당장 스마트폰을 꺼내서 손에 쥔 채로 나를 마음껏 리드해 줘. 그리고 내가 절정을 느낄 때, 내 모습을 영상으로 찍어줘. 무조건 얼굴이 나오도록. 그게 다야."

전혀 상상도 못 한 말이 히토미의 입에서 흘러나왔다.

"야한 농담을 정말 잘하네." 나는 당황한 기색을 감추며 애써 태연하게 응수했다.

"내가 지금 농담하는 걸로 보여?" 히토미가 낮게 깔린 음색으로 말했다.

그 순간 번개가 치면서 실내가 번쩍하고 밝아졌다가 이내 다시 어두워졌다. 테이블 위에 있던 호롱의 촛불이 바람에 일렁이면서 벽에 비치던 히토미의 그림자도 크게 움직였다. 헤이안 시대의 로맨스를 기대했건만, 장르가 갑자기 호러로 바뀐 기분이다. 이런 건 각본에 없었는데…

"진짜 미친 여자인가…." 머릿속에 있는 말들이 여과 없이 입 밖으로 나와 버렸다.

"뭐?"

"싫어." 나는 단호히 딱 잘라 답했다. 할 수만 있다면 눈앞에 테이블도 딱 잘라 버리고 싶었다.

"왜?"

"왜냐고? 나는 프리섹스 주의일지언정 성욕이 뒤틀리고 변질된 변태는 아니야."

"나랑 지금 하고 싶잖아. 이 정도 부탁도 못 들어줘? 아니지, 이게 무슨 부탁이야. 짜릿하고 좋잖아. 오히려 이쪽이 호의를 베풀고 있는 거라고." 히토미가 도전적으로 말했다.

나는 가까스로 화를 참으며 말했다. "호의?"

"이래도?"

히토미가 입고 있던 기모노의 한쪽 어깨 부분을 내려 가슴을 내보이며 말했다. 크지는 않았지만, 모양이 예쁜 가슴이었다. 가슴과 쇄골의 중간에 있는 붉은 점이 시선을 사로잡았다.

"정말로?"

히토미는 한술 더 떠 치마를 더 올리고 양다리를 아주 천천히 좌우로 벌리며 말했다. 속옷은 입지 않고 있었다. 또 한 번 번쩍하는 빛이 사방을 한순간 밝히더니 요란한 천둥소리가 뒤이어 들려왔다.

진짜 과거로 와 버리기라도 한 걸까. 이거 무슨 주술 같은 건가. 별생각이 다 들기 시작했다. 지금 이 상황이 전혀 현실로 인식 되지 않았다. 누군가가 나를 협박하기 위해 몰래카메라로 촬영을 하는 것은 아닐까, 황당한 의심마저 들기 시작했다. 가능성이 아예 없지는 않다. 상상이 거기에 이르자 정신이 번쩍 들었다.

"소용없어." 나는 히토미의 가슴 위 점에서 시선을 떼고, 애써 그녀의 눈만 직시하고 말했다. 이 와중에 여전히 히토미의 눈은 맑았고 좋은 안광을 뿜어내고 있었다.

"그럼, 내 스마트폰으로 찍어줘, 그건 돼?"

"저기, 히토미. 지금 그게 포인트가 아니잖아."

"대체 왜 그래? 다른 남자들은 좋다고 잘만 찍어대던데."

"글쎄, 다른 남자들의 변태적인 성적 취향 같은 건 내 관심사가 아니라서 언급하고 싶지 않아. 나는 그냥 오늘 너랑 데이트를 하고 싶었던 거야. 평범하고 즐거운 데이트. 오늘 하루만큼은 서로의 살갑고 달콤한 연인으로."

"오늘 하루 서로의 연인이 된 것처럼." 히토미가 나지막하게 내 말을 따라 했다.

"그래." 나는 히토미의 손을 잡고 그녀를 테이블 위에서 일으켜 방석 위에 앉히고 옷매무새를 정리해 주며 말했다. 그녀의 살 냄새와 향수 냄새가 은은하게 코를 간지럽혀 왔다. 나는 한 손으로 그녀의 등을 천천히 쓰다듬었다. "실례가 안 된다면 물어봐도 될까?" 내가 조심스럽게 입을 뗐다.

"내가 왜 이런 제안을 했냐고?"

"그래."

"어디부터 어떻게 얘기해야 할지 모르겠어. 재미없고 우울하고 긴 이야기인데, 그래도 괜찮아?" 나는 그녀의 질문에 말없이 천천히 고개를 끄덕였다.

"우리 엄마가 마쓰모토 우타하야."

"마쓰모토 우타하…."

나는 익숙한 그 이름을 기억 저편에서 떠올렸다. 90년대 일본 드라마와 영화계를 진동시켰던 여배우. (그래, 어쩐지 히토미가 묘하게 낯익은 얼굴이라고 생각했다) 마쓰모토 우타하는 청순함과 섹시함을 동시에 갖추고 연기도 발군이어서 한 때 일본 최고의 여배우였다. 하지만 결혼과 이혼을 수없이 반복하며 잦은 스캔들로 늘 언론의 도마 위에 올랐던 인물이다. 그리고 그녀의 말로는….

"맞아." 히토미가 내 표정을 읽고는 말했다. "엄마는 결국 4번째 남편이 몰래 촬영했던 섹스 비디오 파문으로 연예계에서 완전히 퇴출당했지. 내가 중학생 때였어." 히토미는 잠시 뜸을 들이다가 작게 심호흡하고는 천천히 다시 입을 뗐다.

"그 인간 정말 쓰레기였어. 엄마가 밤샘 촬영을 하거나 지방으로 촬영하러 가서 자리를 비울 때면 영락없이 내 방에 조용히 들어와서는 내 얼굴이랑 가슴에 손댔거든. 그때 나 고작 13살이었어. 너무 무서워서 눈을 질끈 감고 아무것도 할 수 없었어. 깊게 잠든 척을 할 수밖에 없었지. 나, 혹시라도 그 인간이 그 이상으로 나쁜 짓을 할까 봐 엄마가 자리를 비울 것 같은 날에는 무조건 생리대를 하고 잤어. 방문을 잠그는 게 나을까 생각했지만, 오히려 그게 그 인간을 더 자극할 수도 있다는 걸 본능적으로 알았던 거지. 엄마한테는 아무 말도 하지 못했어. 엄마가 내 편을 들어줄 거라는 확신이 없었던 거지. 그걸 확인하는 게 무서웠던 거야."

히토미의 뺨에 반짝이는 것들이 흘러내리는 것을 본 내가 조용히 말했다. "우는 거야…?"

"아니야, 아이섀도의 글리터가 떨어진 거야." 히토미가 말했다. 그게 눈물과 뭐가 다를까, 나는 생각했다.

"아무튼, 엄마의 그 사건이 터지자마자 학교와 동네에 순식간에 소문이 났고, 친했던 친구들은 모두 절교를 선언했어. 유치원 때부터 수년간 단짝으로 지내던 친구들이 불과 며칠 사이에 모두 절교를 한 거야. 그래도 차라리 그렇게 조용히 절교한 애들은 나았어. 남자애들은 정말 짓궂은 말을 많이 했거든. 그런 상처에 대해 알아? 10년이 지나도 여전히 그때 들은 그 몹쓸 말들이 생생하고 또렷하게 기억이 나는 거? 가슴에 못을 박아놓은 것 같은 그 말들이 나는 여전히 문득문득 떠오르고. 그럴 때마다 참을 수 없을 만큼 가슴이 아프고 숨이 안 쉬어져. 결국 엄마는 연예계에서 완전히 은퇴했고 나를 데리고 도망치듯이 여기저기 소도시로 이사를 하기 시작했어. 나는 일본에 인터넷을 하는 인구가 그렇게 많고 연령대도 다양한 줄은 그때 처음 알았어. 가는 시골마다 우리를 모두 알아봤거든. 정말 대단들 하더라. 누구는 우리에게 손가락질하고, 누구는 어린 나이에 네가 참 상처가 많겠구나, 하면서 되지도 않는 위로를 내게 해댔지. 다들 정말 모르는 걸까? 그냥 모르는 척해 주는 게 최선이라는 것을. 케이시도 뉴스를 봤겠지만, 결국 엄마는 약물 중독으로 세상을 떠났어. 나 말이야, 엄마가 살아있을 때는 정말 많이 증오했거든. 왜 나는 저런 여자의 아이로 태어나서 내가 하지도 않은 일에 대해 수치스러워하고 부끄러워하고 죄지은 사람처럼 도망 다니고 숨고 다녀야 하는지. 수천 번을 고민하고 또 고민해도 납득할 수가 없었어. 그래, 솔직히 엄마가 죽고 세상에 이제 나 혼자 남겨지니까 처음에는 후련하다고 생각했어. 차라리 잘됐다고. 적어도 내가 평생 일하지 않아도 먹고 살 만큼 유산도 남겨줬고, 나는 이제 더 이상 마쓰모토 우타하의 딸이 아닌 그저 평범한 히토미로 살아도 되게 되었으니까."

나는 아무 말도 하지 않고 테이블 위에 있던 물컵에 물을 반쯤 따라 히토미에게 건넸다. "고마워, 역시 케이시는 다정하구나." 히토미는 물컵을 받아 물을 마시고 잠시 숨을 고른 뒤 이어서 말했다.

"엄마가 죽고 반년 정도 지났을 때였어. 나름대로 정말 행복한 하루였지. 대학교 시험에서 좋은 점수를 받았고, 구하지 못할 줄 알았던 한정판 드레스도 샀고, 케이시만큼은 아니지만 꽤 잘생긴 남자친구한테 같이 살자는 제안도 받았거든. 얼마나 기뻤는지 몰라. 그렇게 모든 게 순조롭게 술술 풀린 행복한 날이었는데, 집에 돌아와서 화장을 지우다가 거울 속에서 엄마의 얼굴이 보이는 거야. 그 뒤로는 펑. 머릿속에 있는 뇌관이 터진 것 같은 소리가 들리더니 눈물이 계속 쏟아졌어. 엄마가 너무 보고 싶다고. 엄마가 너무 불쌍하다고. 엄마가 죽은 뒤로 처음으로 그런 생각이 들었다는 사실도 너무 미안했어. 엄마도 그냥 외로움 많은 한 사람의 인간이었을 뿐인데, 자기에게 사랑을 고백한 남자들을 믿고 받아줬을 뿐이었는데……."

여기까지 듣자, 히토미와 그녀의 엄마에게 일어난 불행에 참을 수 없이 가슴이 아려왔다. 한 인간의 변태적인 행위로 인해 한 사람은 결국 세상을 떠나야 했고, 그보다 훨씬 더 어리고 연약했던 한 사람은 평생을 상처로 안고 살아가야 했다니, 난센스였다. 가슴 안쪽에서 뜨거운 것이 올라왔다. 때로는 모르는 척해 주는 게 최선이야. 화가 났지만, 히토미의 말을 떠올리고 내색하지 않으려 최대한 노력한 채 잠자코 그녀의 말을 계속 들었다.

"그렇게 엄마에 대해 생각하기 시작하자 엄마가 겪은 그 상처에 대해 알고 싶어진 거야. 나누고 싶어진 거지. 도대체 그 잘난 섹스 동영상이 얼마나 내 삶을 흔들 수 있는지, 그까짓 거 별거 아니라고. 내가 직접 체득하고 싶어졌어. 그 길로 남자친구한테 전화를 걸었지. 카메라 있으면 그것 좀 가지고 집으로 와달라고. 그 남자, 처음에는 같이 여행이라도 가자는 줄 알았나 봐. 여행 갈 짐까지 챙겨 왔더라고. 귀엽지? 내가 말했어. 우리 지금 섹스하자. 그리고 그 카메라로 촬영하자. 그때 그 남자의 얼굴을 케이시도 봤다면 좋았을 텐데. 얼굴이 완전히 사색이 되어서는 나보고 괜찮은 거냐고 무슨 일 있냐고 난리를 치는 거야. 내가 꽤 담담하게 이야기를 했어. 나는 사실 마쓰모토 우타하의 딸이라고. 엄마가 겪은 슬픔이 어떤 건지 알고 싶다고, 그러니 협조해 달라고. 그랬는데 어떻게 됐을 것 같아?"

"글쎄….."

"그 길로 내빼고 도망가 버렸어. 그 뒤로 다시는 전화도 안 받더라. 꽤 진심으로 사랑했던 사이라고 생각했는데 그런 식으로 황급히 도망갈 거라고는 상상도 못 했어. 뭐, 그래도 그 반응에 별로 상처받지는 않았어. 어렸을 때부터 늘 겪었던 일의 연장이니까. 사람이 다 똑같지, 하고 자신에게 말했어. 대신 그 뒤부터 클럽이나, 고급 바, 애플리케이션을 통해서 새로운 남자들을 만나기 시작했어. 그리고 내가 원하는 걸 요구했지. 남자들 참 이중적이야. 자기가 사랑하는 사람하고는 절대 안 되지만, 관계의 지속성이 필요 없는 원나잇 상대는 어떻게 해도 상관없다고 생각하는 것 같아. 오히려 좋아하더라고. 솔직히 말해서 꽤 많은 남자와 그런 행위를 했거든. 끝까지 거절한 건 케이시가 처음이야."

히토미가 상반신을 돌려 내 어깨에 턱을 괸 채로 말했다. 그녀의 머리카락 몇 올이 내 코에 닿아 간지럽혀왔다. 나는 손으로 콧등을 한 번 문지르고, 히토미의 머리카락을 그녀의 반대편 어깨로 천천히 넘긴 뒤 말했다.

"그렇게 하다 보니 그 상처가 조금은 치유됐어? 엄마의 상처를 나눴다는 안도감이 들었어? 비꼬는 건 아니야. 궁금한 거야."

"아니, 전혀, 조금도. 미리 각오해서 그럴까? 너무도 별거 아니라는 생각이 드는 거야. 어렸을 때 그런 일을 미리 겪어서 그런 걸까? 지금은 그냥 습관처럼 하고 있어. 아무 의미 없이."

"아무런 의미 없이 습관적으로." 나는 히토미의 말을 나지막하게 따라 한 뒤 말을 이었다. "저기, 히토미. 나는 함부로 히토미가 겪은 일에 대해 공감한다거나 위로한다고 말하지는 않을게. 그게 어떤 종류의 상처인지 짐작은 할 수 있지만 그건 말 그대로 삼자의 입장에서 떠들 뿐이잖아. 다만 우리는 모두, 물론 나 역시 마찬가지이고, 세상에 말 못 할 크고 작은 상처를 안고 살아가고 있지 않을까? 중요한 건 그 상처를, 그 트라우마를 대하는 방식이라고 생각해. 트라우마를 정면으로 마주하는 용기는 정말 대단해. 그렇지만 트라우마를 극복하는 과정에서 자신을 파괴하는 방법이 있고, 자신을 치유하는 방법이 있을 텐데. 지금 히토미의 방식은 스스로를 파괴해 가는 쪽이 아닐까? 더군다나 히토미가 말했듯이 아무런 의미도 없는 행위가 되었다면 더더욱."

"자신을 파괴해 가는 방법과 자신을 치유해 가는 방법." 히토미가 혼자 되뇌듯 조용히 말했다.

"응, 물론 말로는 쉽지만, 그 둘을 나누는 기준이나 방법 같은 건 나도 몰라. 하지만 오늘 히토미와 이렇게 대화를 나눌 수 있어서, 상처를 치유하는 방법에 관해 이야기 나눌 수 있어서 정말 다행이라고 생각해. 믿기 힘들겠지만, 나에게도 큰 도움이 되었어. 작은 바람이 하나 있다면, 히토미가 이제 그런 식으로 상처를 다루는 일은 멈췄으면 좋겠어. 물론 선택은 히토미의 몫이야, 나도 정답을 아는 게 아니니까."

"케이시는 진짜 어른 같아 보여."

"어른이 아니라 어른이 되려고 하는 중이야."

"좋아. 그럼, 케이시의 바람을 들어줄게. 대신 조건이 있어."
히토미가 내 어깨에서 고개를 떼고는 나를 바라보며 말했다. 적어도 그 순간에는 그녀의 눈동자에 슬픔은 담겨있지 않았다. 오히려 장난기가 섞여 있는 눈빛이었다. "에-에, 또 조건이 있어? 뭔데?" 내가 애먼 소리를 하며 물었다.

히토미는 대답 없이 내 쪽으로 몸을 돌려 나와 마주 보는 자세 그대로 내 무릎 위에 포개어 앉았다. 그녀의 체중이 그대로 전해졌지만 역시 가벼웠다. 생각보다 더 가냘팠다. 히토미가 내 얼굴을 양손으로 감싸며 입술을 맞춰왔다. 긴 입맞춤이었다.

창밖의 빗소리는 조금씩 작아지고 있었다.

"우리 같이 온천욕 할까?"
나는 내 팔을 베개 삼아 누워있던 히토미에게 말했다.

"좋아." 나른한 표정을 짓고 있던 히토미가 미소를 지으며 대답하고는 천천히 침대에서 일어났다.

나와 히토미는 욕실에서 샤워한 뒤 유카타로 갈아입고 뜰로 나갔다. 여전히 온기를 유지하고 있던 노천탕 욕조 앞에 놓인 바구니에 옷을 벗어 넣어두고 탕에 들어가 앉았다. 두 사람이 들어가고도 공간이 많이 남는 꽤 큰 개별 노천탕이었다.

여전히 비는 쉬지 않고 내리고 있었다. 꽤 질긴 봄비였다. 노천탕 위로 지붕이 있었기에 머리 위로 비가 떨어지지는 않았다. 바람에 실려 몇 방울씩 몸에 닿았다가 사라지는 정도였다. 정면에 보이는 정원의 나무들 밑에 있던 석등에는 벌써 조명이 켜져 있었다. 별채여서 주변으로 어떤 인기척도 들리지 않았다. 귀에 들리는 건 오롯이 비 내리는 소리와 얕은 바람에 나뭇잎이 스치는 소리, 물이 불어난 강이 대차게 흐르는 소리뿐. 물의 온도도 적당했다. 이 분위기와 느낌이 무척 좋았다. 도쿄에 있는 집 정원이나 옥상에 이런 노천탕을 만들어야겠다는 생각이 들었다.

"케이시, 도쿄에 언제 돌아갈 거야?"

화장을 지워 맨얼굴이 된 히토미가 물었다. 화장기 없는 그녀의 얼굴은 자신의 나이보다 훨씬 앳되고 순해 보였다. 화장 밑에 감춰져 있던 진짜 이목구비와 피부가 드러나자 무척 청초했다. 짙은 화장보다는 이쪽이 훨씬 예쁜데, 본인은 모르는 것 같았다.

"아직 안 정했어. 아마 내일 밤늦게나 월요일 오전에?"

"내가 도쿄에 놀러 가면 만나 줄 거야?"

히토미가 안기듯 몸을 내 쪽으로 바짝 붙여 허벅지를 내 다리 가운데에 올려두고 물었다. 희뿌연 천연 온천수 덕분인지 그녀의 다리 감촉이 더욱 매끈하게 느껴졌다. 나는 "물론이지."라고 답했다.

"그럼 나 케이시 집에 놀러 가도 돼? 그 대형견 멍멍이, 나 개랑 놀고 싶어."

"하루랑? 그래, 알겠어. 강아지 알레르기는 없는 건가?"

"응, 강아지 알레르기는 없어. 꼭 만나줘야 해. 약속해 줘."

"그래, 약속할게."

목욕을 마쳤을 때는 이미 노을도 지고 있었다.

객실로 안내해 줬던 아까 그 여직원이 조심스럽게 방문을 노크했고 저녁 식사를 준비해 준다고 했다. 나는 따뜻한 사케도 한 병 가져다 달라고 말했다. 우리는 최대한 천천히 식사했고 평범한 연인들처럼 소소한 대화를 나누었다.

히토미는 피곤했는지 식사를 마치자마자 이른 저녁부터 잠이 들었는데, 의외로 심하게 코를 골았다. 나는 다른 방에서 잘까 하다가 관두기로 하고 옆에 계속 누워있었다. 덕분에 뜬 눈으로 거의 밤을 지새웠다. 침대 머리맡에 있는 조명을 받은 히토미의 자는 얼굴이 무척 선해 보였고 여전히 그림 같이 아름다웠다. 나는 히토미의 머리를 두어 번 천천히 쓰다듬으며 생각했다. 조금 당혹스럽긴 했지만 나쁘기만 한 하루는 아니었다고. 세상에는 너무나 많은 종류의 상처가 있고, 좋든 싫든 우리는 모두 각자 그 상처를 끌어안고 앞으로 나아가야만 한다. 상처를 극복하기 위해 스스로를 치유하는 쪽과 스스로를 파괴하는 쪽. 나는 어느 쪽일까. 그런 생각을 하다 보니 오늘 정말로 치유 받고 위안을 받은 건 히토미가 아니라 나일지도 모른다는 생각이 들었다.

다음 날 새벽, 어슴푸레하게 세상이 밝아질 무렵에 자고 있던 히토미의 턱 밑까지 이불을 끌어 올려 덮어주고 옷을 입고 조용히 객실을 나왔다. 프런트로 가서 우리 객실의 숙박료를 물어봤다. 직원은 예약 내역을 확인하더니 15만 엔이라고 말했다. 황금연휴에 별채를 빌린 것 치고는 예상보다 괜찮은 요금이었다. 어제 식사 때 주문한 사케 금액도 포함해서 알려달라고 했다. 직원은 스위트룸이라 서비스로 드렸다고 답했다. 감사하다고 말하고 료칸 밖으로 나갔다.

언제 비가 왔냐는 듯 하늘은 맑게 개, 구름 한 점 없었고 공기는 상쾌했다.

상점이 모여 있는 거리까지 걸어가 현금 인출기에서 15만 엔을 찾았다. 그러고는 편의점에서 콜라 한 캔과 편지 봉투, 볼펜을 구입했다. 강변으로 가서 적당한 벤치를 찾아 앉았다.

벤치에 앉아 콜라를 마시면서 편지 봉투 위에 짧게 편지를 썼다. 봉투 위에는 내 집 주소를 적었고 그 옆에 '도쿄에 놀러 오게 된다면 꼭 연락해.'라고 썼다. 거기까지만 적을까 하다가 조금 더 멋있는 척을 하고 싶어서 주소 아래에 덧붙였다.

〈대신 조건이 있어, 그때는 히토미가 스스로를 더 사랑하는 사람이었으면 좋겠어. 그게 다야.〉

봉투 안에 뽑아둔 현금을 넣었다. 완벽해. 자기 행동에 뿌듯해하면서 봉투를 주머니에 넣고 상점가를 지나 아라시야마 대나무 숲까지 개운한 마음으로 산책했다.

료칸으로 돌아왔을 때 히토미는 깨어 있었다.

"어디에 갔었어? 그냥 가버린 줄 알았잖아." 그녀는 나를 보자마자 달려와 안으며 말했다.

"잠깐 산책하고 왔어" 내가 웃으며 말했다.

어제와는 다른 종업원이 준비해 준 아침 식사를 마친 후 느긋하게 차를 마시고 객실에서 나왔다. 객실에서 나오기 전, 히토미가 화장하고 있을 때 준비한 편지 봉투를 그녀의 숄더백에 조용히 넣어두었다.

우리는 아라시야마역에서 헤어졌다. 히토미는 혼자 산책을 조금 하다가 집에 가겠다고 했다. 개찰구 앞에서 작별 인사로 서로의 볼에 가볍게 키스를 하고 우리는 헤어졌다.

◆

"그게 끝이야." 카즈와 레나에게 내가 말했다.

카즈가 요리해 준 전골을 먹으며, 술을 꽤 많이 마셨을 때였다.

"이-야, 되게 잘해준 것 같은데? 혼자 멋진 척은 다 하고 다니시는군?"이라고 카즈가 말했고, 레나는 "케이시, 그렇게 안 봤는데 정말 잔인한 사람이다."라고 말했다.

"왜? 케이시는 최선을 다해서 매너를 지키고 온 거 아니야? 료칸 값도 주고 왔잖아. 상대가 달라고도 안 했는데. 15만 엔이나."

카즈가 이해가 안 간다는 말투로 말했다.

"어휴, 내가 이렇게 사랑을 모르는 사람하고 살고 있다니." 레나가 어이없어하며 말했다. "케이시가 그 돈을 돌려준 건 그 여자 입장에서는 굉장히 상처받고 자존심 상하는 일이야."

"왜 그렇게 생각해요?" 내가 레나에게 물었다. 같은 여자의 입장에서 바라본 레나의 해석이 궁금했다.

"에… 이걸 어떻게 설명해 줘야 하나…. 케이시, 지금 그 여자에게서 돈을 빼면 뭐가 남는다고 생각해요? 예쁜 얼굴? 과거의 상처로 인한 트라우마?" 레나가 한숨을 한 번 크게 쉬더니 이어서 말했다. "정말 솔직하게 말해 볼래요? 그 편지 봉투에 메모랑

돈 담아 주면서 무슨 생각 했어요?" 레나가 나를 빤히 보며 물어봤다. 거짓말로 둘러대 봤자 바로 속내를 들킬 것만 같은 현명한 눈이었다.

"솔직히 스스로가 무척 멋지고 매너 좋은 남자라고 생각했어요. 나는 그저 섹스만이 목적인, 그래서 섹스가 끝난 후에는 볼일 다 봤다는 듯이 도망쳐 버리는 놈들과는 질적으로 다른 사람이라고 보여주고 싶었고, 그렇게 한 것 같아 뿌듯했어요."

"바로 그거예요. 그 여자는 케이시처럼 자신의 상처에 대해 진지하게 들어주고 또 그것에 대해 같이 고민해 주는 그런 남자를 아마 처음 만나봤을 수도 있어요. 죄다 그저 육체적 관계에만 온 정신을 집중한 남자들뿐이었겠죠. 그렇지만 그건 그 여자가 만났던 남자들만 탓할 수는 없어요. 애초에 그 여자가 그런 목적의 대상을 찾았으니 그런 인간들만 만날 수밖에. 하지만 케이시는 달랐잖아요. 그 여자한테 케이시는 정말 특별하고 소중한 인연일 거예요. 나 같아도 그런 케이시에게 진심으로 반했을 것 같아요. 그런데 데이트 말미에 케이시가 그 료칸 비용을 현금으로 돌려줬다는 걸 알게 된 순간, 그 여자는 머릿속이 새하얘졌을 거예요."

"왜?", "왜죠?" 카즈와 내가 동시에 물었다.

"종결이니까. 그 여자 입장에서는 이 사람이 이 만남을 끝으로 나를 더 만날 생각이 없구나. 그래서 이렇게 여지도 남기지 않고 끝내버리고 도쿄로 돌아가는구나, 라고 생각했을 거예요."

"거기까지는 미처 생각하지 못했어요. 나는 그냥 데이트를 잘 마쳤고, 그런 데이트를 함께 해준 그녀에게 작은 감사의 표시를 했을 뿐이에요."

칭찬받아 마땅한 착한 일을 하고 왔다고까지는 생각하지 않았지만, 문책을 당하니 뭔가 억울했다. 분명 선의를 가지고 한 행동이었는데… 히토미가 도쿄에 온다면 다시 만날 마음도 있었다.

"프런트에서 결제한 것도 아니고 돈을 봉투에 담아서 줬다? 그 여자 입장에서는 결국 이 남자가 자기를 상처 많은 창녀쯤으로 생각했다고 느꼈을 수도 있어요."

말이 너무 극단으로 치닫는 것 같아 나는 얼른 교정했다. "아니, 저기. 나는 히토미를 전혀 그렇게 생각하지 않았어요."

"그 봉투를 안 줬다면 그 여자는 케이시를 다시 찾았을지도 몰라요. 물론 확신할 수는 없어요. 처음 본 사람에게 그렇게까지 적나라하게 자신의 어둠을 드러낸다는 건 애초에 그 사람을 다시 볼 생각이 없었기 때문이에요. 여자들은 그래요. 하지만 모르는 거였죠. 진심으로 자기 말을 열심히 들어주고 공감해 준 건 아마도 케이시가 처음이었을 테니까. 거기까지면 정말 좋았겠지만…." 레나가 낮게 한숨을 쉬며 뒷말을 아꼈다.

"에이 그래도 연락은 하지 않을까? 다른 흔해빠진 남자도 아니고 케이시인데." 카즈가 말했다.

"자기는 여자를 정말 모르는구나. 여자 입장에서는 그렇기에 더더욱 안 해. 아니 못 해. 상대가 너무 잘난 케이시이기 때문에 더 자존심이 상하는 거야. 지금쯤 본인을 무시하고 조롱했다고 화가 나 있을 수도 있어. 자기, 나랑 내기할래?"

그들 부부의 집에서 나오며 작별 인사를 할 때, 레나는 내가 걱정된다며 "부디 좋은 사람을 만나 빨리 정착하는 모습을 보고 싶다."라고 말했다. 카즈는 레나의 귀에는 안 들리게 작은 목소리로 "괜찮아, 괜찮아, 난 그래도 네가 정말 부럽다."라고 여전히 철이 덜 든 말을 했다.

도쿄에 돌아온 뒤로 나는 가장 먼저 마쓰모토 우타하의 4번째 남편이었던 그 작자를 수소문했다. 애초에 이류도 안 되는 배우였지만 지금은 완전히 삼류가 되어 단역으로 근근이 케이블 방송에나 출연하고 있었다.

그렇지만 나는 도무지 참을 수가 없었다. 아무리 시간이 꽤 흘렀다고 해도, 암만 케이블 방송의 단역이라고 해도, 그런 짓을 저지른 인간이 버젓이 활동하는 꼴을 볼 수가 없었다.

고문 변호사에게 전화를 걸어 그 작자의 소속사에 거금을 투자하도록 제안해 달라고 말했다. 갑자기 투자한다고요? 변호사가 의아해하며 물었다.

"네, 대신, 조건이 있습니다."

"네, 말씀해 주시면 전달하겠습니다." 변호사가 말했다.

"그 회사에 소속된 삼류 중년 배우가 하나 있는데, 당장 방출할 것. 그리고 그 사람이 다시는 방송가에 얼굴을 내미는 일이 없게 할 것. 투자조건은 이것뿐입니다. 만약 그 작자가 방송이나 영화에 출연하면 투자금은 모두 회수해 버린다고 꼭 전달해 주세요."

나는 이후로 한동안 히토미의 연락을 기다렸다.

그렇지만 레나가 장담한 대로 히토미가 찾아오는 일은 없었다. 먼저 연락을 해볼까 하는 생각도 했지만 관두기로 했다. 무척 보고 싶었지만 (그리고 히토미에게 말하진 않았지만) 비슷한 상처를 가진 두 사람이 서로에게 치유가 될지, 도리어 서로를 파괴할지 확신이 서지 않았기 때문이다.

10

사과는 상대가 용서해 줄 때까지

하츠네

시간은 더 이상 내 편이 아니었습니다. 가즈키의 마음이 완전히 닫히기 전에 그를 찾아가 사실대로 고백하고 용서를 구해야 했습니다.

"가즈키, 통화 괜찮아?"

"응. 말해, 하츠네."

가즈키의 말투에서 거리감이 느껴졌습니다. 어제 왜 그렇게 연락이 안 된 거냐고 묻지조차 않습니다. 나는 그에게 조심스럽게 말했습니다. "할 이야기가 있어, 지금 만날 수 있을까?"

"아니, 오늘은 조금 피곤해. 다음에 보자." 가즈키가 말했습니다. 그 말을 듣자, 확신했습니다. 이 남자는 모든 걸 알고 있다.

미안한 마음, 자책하는 마음이 섞여 가슴이 아파졌습니다.

"나 정말로 가즈키에게 하고 싶은 얘기가 있어, 오늘 보면 안 될까?" 나는 물기가 섞인 말로 애처롭고 간절하게 말했습니다.

"……."

"응? 안 될까?" 나는 한 번 더 애걸했습니다.

"그래… 알겠어. 오늘 보자."

여전히 가즈키의 목소리가 담담했지만 처음 전화를 받았을 때만큼 차갑진 않았습니다. 아직 기회는 있다고 나는 생각했습니다.

통화가 끝날 때까지 가즈키는 한 번도 화를 내거나 따져 묻지 않았습니다. 그의 인내심이 느껴져 마음이 무거웠습니다. 우선은 정확한 상황을 확인해야 했습니다. 아빠에게 전화했습니다.

"하츠네, 아빠가 말하는 중이었는데 전화를 그렇게 그냥 끊으면 어떡해?"

"미안해, 아빠. 나 지금 정신이 없어서 그랬어. 솔직히 말할게. 나 남자친구가 둘이었어. 양다리를 걸치고 있었다는 얘기야."

"뭐? 그럼, 아빠가 어제 만난 료타 말고 다른 남자가 또 있어?"

"아니, 그 사람이 다른 남자야. 료타와는 오늘 정리했어."

"그게 무슨 말이니? 어제 그 친구는 자기가 료타라고 했어. 만화도 그리고 있다고 했고."

"그 사람 이름은 가즈키야, 그 사람이 다른 말 안 했어?"

"가즈키? 응. 어제 그 친구는 아빠가 묻는 말 외에는 다른 말은 안 했다. 본인이 료타가 아니면 아니라고 얘기를 했어야지, 왜 가만히 있었대?"

"나는 모르지, 그 자리에 없었는데."

"넌 어제 어디에 갔던 거야?"

"기분이 안 좋아서 이즈미네 집에 있었어."

"그래. 아무튼 아빠가 해 주고 싶은 말은." 수화기 너머로 아빠가 침을 삼키고 목을 가다듬는 소리가 들려왔습니다. "하츠네, 보다시피 아빠가 변변한 직업도 없고 가족들한테 특히 네 엄마한테 잘못 많이 하고 살았지만 그래도 세상을 살아보니 말이다. 듣고 있니?"

"응. 듣고 있어."

"다른 사람한테 상처를 주면 언젠가 본인도 똑같은 상처를 받게 되더라고. 본인한테 그 상처가 안 돌아가잖아? 그러면 그 가족이나 그다음 세대에 꼭 뭔가 일이 생기더라. 그게 순리인가 봐."

"아빠, 지금 나한테 저주하는 거야?"

"이 녀석아 누가 자기 딸한테 저주를 해. 아빠 말은 남한테 상처 주지 말라는 이야기야. 그게 료타든 어제 그 친구든 아니면 다른 누군가가 되었든. 혹여 나쁜 의도를 가지고 한 게 아니라고 하더라도 누군가 상처를 받았다면 무조건 사죄해야 해. 그 사람이 용서해 줄 때까지 몇 번이고 고개를 숙이고 진심으로 사죄해야 해. 시간이 많이 흘렀다고 얼렁뚱땅 넘어가지 말고. 다른 핑계나 다른 사람을 내세워 뒤에 숨지도 말고. 정면으로 마주하고 용서를 빌어야 해. 그래야 앞으로 나아갈 수 있는 거란다."

"응…."

"료타랑은 정리했다고 하니 그 친구 이야기는 안 하마. 어제 그 친구를 만나거든 사실대로만 말을 해. 당장의 상황이 난처하고 어렵다고 해서 또 거짓말을 해서는 안 돼." 아빠는 잠시 뜸을 들이더니 최대한 천천히 또박또박 말했습니다. "그리고 잘못을 고백하는 그 순간만큼은 절대로 스스로 연민을 갖거나 동정하지 말아야 한단다. 그것보다 비겁하고 추한 일이 없거든."

"네, 아빠." 나도 모르게 존댓말이 나왔습니다.

"가즈키라고 했지? 아빠가 잠깐 밖에 못 만나봤지만, 그 친구 예의 바르고 순수해 보이더라. 본의 아니게 아빠도 그 친구한테 실수해 버린 것 같아 미안하네."

"아빠가 미안할 게 뭐 있어요, 제가 한 잘못인데."

"그 친구랑 혹시 잘 해결된다면, 꼭 같이 북해도에 한 번 오너라. 아빠가 맛있는 거 많이 요리해 줄게."

"아빠, 요리 못하잖아."

"이 녀석아, 그건 옛날얘기고."

전화를 끊자 갑자기 엄마, 아빠가 무척 보고 싶어졌습니다.

성인이 되자마자 도망치듯 도쿄로 이사 온 이후로 아빠와 길게 대화한 건 처음이었습니다. 평생을 엄마 속만 썩이는 최악의 아빠라고 생각했는데. 새삼스럽지만 아빠도 어른이었습니다.

'실수를 만회하려고 잔머리 굴리거나 스스로를 동정하지 마라. 사실대로만 말하고 상대가 용서해 줄 때까지 사과를 구해라.'

나는 그 말을 속으로 되새기며 가즈키를 만나러 갔습니다.

날씨가 좋았던 것 같았고, 시부야 거리에는 사람들이 많았던 것 같았지만 그런 게 중요한 건 아니었습니다. 나는 30분 정도 일찍 카페에 도착해서 억지로 더 미안한 표정을 짓지 않도록, 그리고 괜히 불쌍한 모습을 연출하지도 않도록 표정 관리에 신경 쓰며, 담담한 마음으로 가즈키를 기다렸습니다. 가즈키는 약속 시간이 5분 정도 남았을 때 도착했습니다.

"일찍 와 있었네." 카페에 들어온 가즈키가 말했습니다.

"미안해, 가즈키. 정말로 미안해. 내가 잘못했어."

나는 그를 보자마자 자리에서 일어나 큰 소리로 말하고 허리를 깊게 숙여 사죄했습니다. 카페에 있던 다른 사람들이 놀라며 일제히 나를 쳐다보는 것 같았지만 신경 쓰지 않았습니다.

"일단 앉아서 얘기를 들어봐도 될까?"

가즈키가 내 몸을 일으켜 자리까지 부축해 주며 말했습니다.

"나 3년 동안 만났던 사람이 있었어. 이미 알고 있겠지만."

나는 내가 불쌍해 보이지 않으려 최대한 애쓰며 말했습니다.

"그 사람 만화가야. 아니 만화가 지망생이야. 나랑 동갑이고."

가즈키는 아무 말도 하지 않고 내 입만 응시하고 있었습니다.

"신인상을 받은, 촉망받는 만화가였어. 금방이라도 스타 만화가가 될 것 같은 그런 상황이었지. 그런데 이후로 그리는 만화마다 출판사에서 거절당하고⋯ 이후로는 계속 그 상태였어. 신인상을 받은 게 화근이었나 싶기도 했어. 차라리 연재 중인 유명 만화가의 어시스턴트를 했다면 자기 밥벌이는 했을 테니까. 그런데 상을 받고 나니까 자기 나름 프라이드가 생겨 버린 거지. 그래서 자기 만화를 그리겠다고 다른 만화가 밑에는 들어가지 않으려 했어. 료타는 한 푼도 안 벌고 있어. 생활비는 그의 부모님과 내가 도와줬고. 그렇게 3년이 지나고 나도 스물일곱 살이 되고 나니까 이제는 도저히 그 사람과의 미래를 그릴 수 없게 되어버렸어. '힘내'라는 말이 반복되면 듣는 사람도 지겹겠지만 계속 말하는 사람도 진절머리나. 어느 순간부터는 그 힘내라는 말이 그에게 하는 말인지 나 스스로한테 하는 말인지 헷갈릴 정도였어."

나는 실눈을 뜨고 잠시 생각했습니다. 그때가 떠오르자, 감정이 북받치기 시작했습니다. 한편으로는 서럽기도 했습니다. 내가 그렇게 나쁜 짓을 한 못된 사람인가 하는 억울함도 들었습니다. '아니야. 불쌍해 보이면 안 돼. 그러지 않기로 했잖아.' 크게 한숨을 내쉬며 호흡을 가다듬고 말을 이었습니다.

"아무튼, 그래서 데이팅 애플리케이션이라는 걸 해봤고 가즈키를 만나게 된 거야. 맹세코 그 애플리케이션에서 다른 남자를 만나 본 적은 없어. 몸매가 어떻다는 둥, 자기 집에서 술을 마시자는 둥 그런 까만 속이 훤히 보이는 남자들밖에 없었거든. 가즈키는 달랐어. 성급하게 당장 만나자는 이야기도 하지 않았고, 외모나 몸매 이런 거에 관해 묻지도 않았고, 친구같이 일상적인 대화만 했잖아. 그래서 이 사람이라면 다르겠다는 생각이 들어서 만나보자고 생각했어. 실제로 만나보니 내가 상상했던 것보다 더 듬직하고 멋있었지. 솔직히 가즈키는 내가 꿈에 그리던 그런 남자였어."

"잠깐만. 하츠네. 그러면 그 료타라는 사람이랑은 헤어졌어야 하는 거 아닐까?"

"핑계 대지 않을게, 미안해. 가즈키한테도 그 사람한테도. 당연히 그러려고 했어. 몇 번이고 말하려 했고. 그런데 그 사람 정말로 나밖에 없는 사람이라, 친구도 한 명 없는 그 사람이 나한테까지 버림받으면 무너져 내릴 것만 같았거든. 그런 모습을 보게 되는 게 두려웠어. 그래, 더 솔직히 말하자면 누군가 무너지는 이유가 내 탓이 되는 게 가장 무서웠어."

"그 사람도 내 존재에 대해 알아?"

"오늘 찾아가서 사실대로 다 말했어. 확실히 관계를 정리했고."

"왜 오늘에서야 그런 결심을 한 건지 물어봐도 될까? 내가 어제 너희 아버님을 만나고 이 일에 대해 알게 되어서 그런 거야?"

"아니. 분명히 말하는데, 그건 아니야. 나는 아빠랑 가즈키가 만났다는 것도 아까 가즈키한테 메시지 보낸 이후에 알았거든."

"왜 갑자기 그런 결심을 한 거야? 어제는 어디에 있었어?"

가즈키의 질문을 받자, 마음이 아팠습니다. 그는 지금 내게 어제 료타랑 있었냐고 묻는 것 같았습니다. 나에 대한 신뢰가 이제 바닥이 된 것만 같았습니다.

"아니. 일이 있어서 이즈미네 집에 있었어. 오늘 새벽까지. 믿기 어려우면 이즈미에게 전화해서 확인시켜 줄 수도 있어."

"아니야, 그러지 않아도 돼." 가즈키가 말했습니다.

"나 성병 걸렸대. 정확히는 성매개감염증 결과가 양성이래."

"성병?" 가즈키가 눈을 크게 뜨며 놀란 목소리로 말했습니다.

"응, 가즈키 탓을 하거나 의심하는 건 아니야. 우리 하코네 여행 다녀온 후부터 몸이 이상했거든. 산부인과에 가서 검사받아 봤는데 결과를 어제 낮에 들었어. 병명은 잘 기억나지 않지만 무슨 바이러스에 감염되었대. 가즈키도 병원에 가서 검사받아 봐."

"아프진 않아? 괜찮은 거야?"

"응. 항생제 주사 맞았어. 보름 정도만 약을 잘 먹고 잘 관리하면 낫는 흔한 바이러스야. 근데 나 가즈키랑 정식으로 교제하기로 한 이후로는 료타랑 섹스한 적 없었거든. 다른 남자는 당연히 없었고. 이런 말도 이제 가즈키는 믿기 어렵겠지만."

"아니야, 듣고 있어."

"너무 속상하고 자신에게 분했어. 벌 받는다는 생각마저 들더라, 어찌 되었든 모든 게 내 잘못이야. 진심으로 미안해."

나는 자리에서 일어나 다시 한번 허리를 깊이 숙이며 그에게 사과했습니다. 내가 의자에 다시 앉자 가즈키가 말했습니다.

"어떻게 했으면 좋겠어?" 가즈키가 내게 물었습니다.

"……" 나에게 선택지가 남아있기는 한 걸까.

"앞으로 우리 관계가 어떻게 됐으면 좋겠어?" 가즈키가 덤덤한 표정으로 재차 물었습니다.

"나는 가즈키를 정말로, 정말로, 정말로 많이 사랑해. 앞으로 다시는 이런 일 없을 거라고 약속할게. 그리고 절대로 거짓말하지 않을게. 계속 만나고 싶어. 그렇게 해 줄 수 있을까?"

"……." 가즈키는 아무 대답도 하지 않고 잠시 생각에 빠진 표정을 지었습니다. 나는 그가 어떤 결정을 내리든 그의 의견에 따를 준비가 되어 있었습니다.

"하츠네." 가즈키가 나지막하게 내 이름을 불렀습니다. 귀를 거쳐 가슴까지 은은하게 그의 온기가 스며들어 오는 평소 그의 말투였습니다. 따뜻했습니다.

"결혼은 나랑 하자. 하츠네."

"……."

가즈키의 말을 듣자, 모든 긴장이 풀리고 온몸에 힘이 빠져나가는 걸 느꼈습니다.

울지 않겠다고 단단히 다짐했던 결심이 풀어지면서 눈물이 하염없이 떨어지기 시작했습니다. 그 짧은 말속에는 사랑과 용서, 앞으로 우리의 미래에 대한 많은 뜻이 함축되어 있었습니다. 같은 목적지를 향해 함께 나아가자고 제안해 준 가즈키가 고마웠습니다. 미치도록 사랑스러웠습니다. 뒤에 이어진 그의 말을 듣기 전까지는.

"부탁이 하나 있어. 하츠네."

"응응, 뭐든 말해." 그 어떤 부탁도 들어줄 수 있을 것만 같았습니다.

"우리 헤어지자."

11

하지 못한 질문과 듣지 못한 대답

케이시

"또 그 꿈인가…."

잠에서 깨자, 온몸에 땀이 흐르고 있었다. 격양된 감정이 고스란히 남아 눈에서 계속 눈물이 흘렀다.

덜 닫혀 있던 방문 옆으로 검은색의 무언가가 서서-또는 하늘에 떠 있는 채로- 나를 보고 있었다. 아니, 보고 있는 것만 같았다. 무섭거나 섬뜩하지는 않다. 악의가 느껴지진 않는다. 사람의 실루엣 같으나 형태를 이루는 테두리가 흐릿해 확신할 순 없다. 부피감을 가진 3차원인지, 단면만을 가진 2차원인지 분간하기도 어려웠다. 눈앞에 보이는 저것은 이 어둠 속에서도 뚜렷이 보일 정도로 한 없이 깊은 어둠이라는 것밖에 설명할 도리가 없다. 빛을 단 한 조각도 남기지 않고 모두 블랙홀에 빨린 우주처럼, 한없이 어둡다. 굳이 그것을 어둠 말고 다른 언어로 표현한다면 슬픔이다. 그 꿈을 꾸고 일어나면 저 슬픔이 꼭 근처에 와 있다. 어둡고, 형체를 알아보기 힘든, 나를 보고 있는 것만 같은 슬픔. 코끝으로 강하게 슬픈 냄새가 흘러들어왔다. 그것을 마주한 나의 마음은 미안함뿐이다.

　나보다 3살 어렸던 카나에는 고등학교 1학년이 된 해의 가을에 죽었다.

　당시에 나는 성인이 된 자유와 첫사랑에 빠져 주변을 섬세하게 바라볼 여유가 없었다. 양부모와 나는 그 갑작스러운 사고에 이루 말할 수 없는 상실감을 감내해야 했다. 남겨져 삶을 이어 나가야만 하는 이들이 견뎌내야 할 숙명이었다.

　카나에와 나는 보육원에서 처음 만났다.

　5살에 불과했던 나는 당시 친부모로부터 버려졌다는 그 깊은 상처를 작은 몸에 끌어안고 안간힘을 쓰고 있었다. 언제 터질지 모르는 시한폭탄이었다. 보육원 내의 다른 또래 아이들에게 끊임없이 싸움을 걸어댔다. 극단적이고 자기 파괴적인 방법으로 상처를 감추고 있던 그때, 카나에가 그 보육원으로 왔다.

　나도 한없이 꼬마였지만 너무나 작은 그 생명을 처음 봤을 때, 보육원에 있는 다른 아이들과는 달리 그 아이에게서만 특별하고 찬란한 빛 같은 것이 보였다. 나는 그 빛에 홀린 듯 이끌려 그 아이의 손을 꼭 잡았다.

　카나에는 내가 선택한 가족이었다. 내가 늘 지켜 줄게. 고작 5살에 불과했던 나는 그렇게 결심했다. 카나에의 오빠가 되기로 결심한 이후로 더 이상 또래들에게 주먹을 휘두르는 일도 관뒀다.

　반년 뒤, 카나에와 나는 교토에 살고 있던 지금의 양부모에게 함께 입양됐다. 부모라는 절대적인 존재의 슬하에 다시 속할 수 있게 된 나는, 그 안락하고 단단한 배경에 안도했다. 더 이상 세상에 아무도 없다는 망연자실함과 절대적인 고독을 느끼지 않아도 된다. 정말 다행이다. 다시 집 밥을 먹을 수 있게 됐다. 식탁에 앉아 가족과 식사할 수 있게 됐다는 사실이 꿈만 같았다. 나는 다시 가족이라는 울타리의 한 구성원이 되었고, 나의 삶이 재개되었다. 고작 6살 생일이 지난 지 얼마 안 된 나는 그런 생각을 했다.

아직 너무 어렸던 카나에는 자신이 입양되었다는 사실을 모르는 것 같았다. 양부모는 아무런 걸림 없이 늘 우리에게 최선을 다했다. 아버지의 폭력도, 어머니의 일탈도 없는 이상적인 부모 밑에서 화목한 유년시절을 보냈다. 내 안에 깊숙이 숨겨뒀던 시한폭탄은 자연스럽게 해체되었다. 그런 줄로만 알았다.

그렇게 시간이 흘렀다. 모든 것이 평화롭고 자연스러웠다.

다만, 나는 언제고 또 버림받을지 모른다는 불안감을 늘 끌어안고 살았다. 매 순간을 혼자 살얼음 위에서 걸었다. 말썽 한 번 부리지 않고 얌전하게 반항기를 보냈다. 죽어라 열심히 공부했고, 성실하고 착한 케이시를 연기했다. 지금, 이 행복을 잃을 순 없다. 또다시 버림받을 수는 없었다. 교우관계도 좋았으며, 늘 수재 소리를 들었다. 줄곧 오버 페이스로 치열하게 학창 시절을 보냈다.

카나에는 나와 달리 평범하게 성장했다. 키도 크지 않았고, 동글동글한 얼굴에 여드름도 많았다. 운동을 잘하지도 않았다. 학교 성적도 반에서 중간 정도였고 나처럼 활발한(척하는) 성격도 아니어서 친구가 많지도 않았다. 여러모로 어느 학교, 어느 교실에서나 흔히 볼 법한 눈에 잘 띄지 않는 평범한 학생이었다. 그렇지만, 한 가지 재능만큼은 특출했다.

손이 예쁘고 손가락이 유독 길었던(신기하게도 피 한 방울 안 섞인 양어머니의 손을 쏙 빼닮았다) 카나에가 피아노 앞에 앉아 건반을 치고 있노라면 그 순간만큼은 온 세상이 그 아이에게 집중했다. 유년 시절부터 매년 도내 콩쿠르에서 입상했다. 그 성장세를 유지하면 장학금을 받고 미국이나 유럽의 예술대학으로 유학을 갈 수 있을 정도의 재능이었다. 본인은 뉴욕에 있는 줄리아드 스쿨의 음대에 가는 게 목표라고 했다. 카나에가 진로를 결정한 이후 우리 가족은 도쿄로 이사했다. 나의 대학 진학과 카나에의 전공을 고려한 양부모의 큰 결단이었다.

카나에가 특히 좋아했던 작곡가이자 연주자는 라흐마니노프였다. 라흐마니노프의 음악을 처음 들었던 것도 카나에의 콩쿠르 때였다. 그때 대회에서 연주를 마치고(카나에는 대상을 받았다) 집으로 가는 길에 카나에가 말했다.

"케이시, 라흐마니노프의 피아노협주곡 2번은 너무 슬퍼. 음악을 그냥 듣기만 해도 슬프지만 직접 연주하면 그 심정이 몇 배로 더 와 닿거든. 잘은 모르겠지만 정말로 사랑하고 아끼는 사람을 잃으면 저런 감정일까 싶어. 그렇지만, 오히려 그렇기에 우울증을 느끼고 있는 이들에게는 위로가 되는 것 같아. 그의 곡을 연주하고 있으면 한없이 슬프면서도 마음만은 묘하게 차분해지거든."

나는 그때 카나에에게 전혀 관심을 주지 않았다. 라흐마니노프의 곡을 연주하면 한없이 슬프지만, 마음이 차분해진다니 도대체 무슨 말인가. 굳이 더 자세히 설명해 달라고 하지도 않았다. 궁금하지도 않았다.

카나에는 우울증을 앓고 있었을까. 카나에에게 조금만 더 관심을 주고 주의 깊게 살폈더라면…… 뒤늦은 후회를 했지만 돌이킬 수 없었다. 카나에의 피아노 연주를 들은 건 그 콩쿠르가 마지막이었다.

'그날' 이후 나는 뭔가에 홀린 듯 카나에의 담임선생님과 학교 친구들을 마구 찾아다녔다. 그들은 한결같이 카나에가 스스로 목숨을 끊을 아이는 절대 아니라고 말했다. 낯가림이 많은 성격이었지만 사이가 좋은 친구도 있었고, 같은 반에 제법 잘생긴 남자친구도 있었다. 따돌림을 받는 것도 아니었다.

'그날'도 점심에 친구들과 함께 웃으며 도시락을 먹었고, 방과 후에는 음대 입시를 준비하는 친구들과 함께 피아노 연습을 했고, 남자친구와 저녁 데이트 약속도 있었다. 그런 아이가 갑자기 죽었다고 하니 다들 충격이었다고 했다.

"카나에는 절대로 자살 같은 것을 할 아이가 아니에요."

다들 서로 짜기라도 한 듯 똑같이 말하니까 오히려 나는 더 의뭉스럽다고 느꼈다. 남자친구 쪽이 의심스러워 그 애를 불러 오랜 시간 이야기를 나눴다. 대화를 해 보니 카나에를 좋아하는 마음과 그 아이가 상실된 후 아파하는 모습이 진심으로 느껴졌다. 적어도 사람을 죽음에 이르게 할 만큼 뒤에서 악랄한 짓을 할 만한 녀석은 아니었다. 그저 조용하고 평범한 고등학교 1학년 남자였을 뿐이다.

학교 옥상에서 떨어질 당시에 카나에는 책가방을 메고 있었고 신발도 신고 있었다. 이 점을 들어 경찰과 학교 측이 내린 최종 사인은 실족사였다.

실족사失足死

평화로운 시대에 화목한 가정에서 사랑과 관심을 듬뿍 받으며 성장했다. 본인이 입양아 출신이라는 것을 뚜렷하게 기억하는 나와는 달리, 마음속 그늘 한 점 없는 아이였다. 성격에 모난 구석 없이 무난하게 성장하고 있었다. 낯가림은 있지만 친구들과 잘 지냈고, 잘생긴 남자친구도 있었고, 신체도 건강했다. 피아니스트라는 멋진 꿈도 가지고 있던 그 16살의 한 소중한 생명이 '발을 헛디뎠다'는 이유로, 고작 그따위 사소한 실수 한 번으로 삶이 그대로 막을 내렸다.

당시 나는 너무 어이가 없어서 헛웃음이 나왔다. 사람이 고작 그런 이유로도 죽을 수 있다는 사실을 인정하기까지는 시간이 오래 걸렸다. 아니, 사실은 아직도 인정하지 못하고 있다. 그 죽음 뒤에 무언가 더 흑막이 있을 것만 같았고, 응당 그래야만 했다. 그렇지 않으면 말이 안 됐다. 실족사라니.

나보다 더 충격을 받았을 양부모한테 나는 도리어 상처를 줬다. "나한테는 횡단보도 건너는 것조차 늘 신호가 바뀌면 오른쪽, 왼쪽을 보고 속으로 몇 초 세었다가 건너라고, 그렇게 귀에 못이 박힐 정도로 조심성을 가르쳤으면서 왜 카나에한테는 걸을 때는 항상 앞을 잘 살펴야 한다, 옥상이나 난간에 올라가면 안 된다, 라는 기본적인 것조차 안 가르친 거냐?" 크게 화를 내고 탓을 했다. 순전히 억지였다. 아직 19살이었던 미완의 나는, 그렇게라도 동생의 죽음을 누군가의 탓으로 돌리지 않고는 견딜 수가 없었다. 부모에게 큰소리를 친 건 그때가 처음이자 마지막이었다.

그 커다란 상실감과 슬픔을 견디려면 파도 파도 풀리지 않을 미스터리가 있거나 증오의 대상이 필요했다. 그래야만 숨을 쉴 수 있었다. 그래야만 내가 살 수 있었다.

"아니지. 카나에가 그렇게 된 건 전부 내 탓이야."

결국 카나에의 죽음을 내 탓으로 돌리는 지경까지 이르게 되었다. 동생은 실족사 따위가 아니라 깊은 우울증을 앓고 있었던 것이다. 그러니 그 칙칙한 라흐마니노프의 음악을 제일 좋아했겠지. 우울증을 앓고 있는 동생을 잘 챙겨주지 못한 것이 그 아이를 상실하게 된 근본적인 원인이라고 생각했다. 그래, 동생을 살피지 않은 내 잘못이다.

열아홉 살 가을. 그때부터 우울증이 시작됐다. 그리고 주기적으로 같은 꿈을 꾸기 시작했다. 슬픈 냄새를 풍기는 깊은 어둠을 보기 시작한 것은 그 무렵부터였다.

◆

"미-야."

찰나였는지 영원이었는지 모를 시간이 흐르고 있는 동안 갑자기 미루가 사납게 울며 방 안으로 들어왔다.

미루가 방으로 들어오는 순간, 어둠도 슬픔도 사라졌다. 주변의 검은 안개가 확 하고 걷혀버렸다. 슬픈 냄새도 사라졌다. 나는 다시 원래의 세계로 돌아왔다.

원래의 세계로 돌아왔다. 카나에가 상실된 세계.

미루가 침대 위로 뛰어 올라와 몸을 쭈뼛 세우고 한 차례 떨더니 머리맡에 와서 얼굴을 비벼댔다. 베개 옆에서 몸을 돌돌 말아 똬리를 틀고는 자기 앞발 바닥을 핥아댔다.

"미루, 내가 걱정돼서 왔구나?"

"미-야-" 미루가 눈을 동그랗게 뜨고 울었다.

"미루야, 아까 그건 나쁜 게 아니란다. 나를 해치려고 온 게 아니야. 그러니 다음에 언니를 또 보게 되면, 그땐 쫓아내면 안 돼, 알겠지?"

"니야안-" 내 말을 알아들은 건지 미루가 낮게 울며 대답했다.

미루는 긴 장마가 끝나가던 지난 초여름부터 같이 살게 된 길고양이다. 무섭게 내리던 호우에 놀라 어미가 도망가 버린 것인지, 혼자서 차고 앞의 돌담 밑에 웅크린 채 울고 있었다. 태어난 지 보름도 안 된 것 같은 정말 갓 난 고양이였다.

혼자 추위에 떨고 있는 미루를 처음 봤을 때, 나는 화가 나서 견딜 수가 없었다. 최소한의 책임도 지지 못할 거라면 낳지를 말던가. 그래도 혹시나 아직 근처에 어미가 있을까 봐 만지지는 않고 물과 새끼 고양이용 사료를 가져다줬다. 다른 길고양이들한테 밥을 빼앗길까 봐 꽉 채운 고양이 밥그릇을 그 주변에 여럿 놓았다. 하루가 지나고 이틀이 지나도 미루는 그 자리에서 혼자 맴돌고 있었다.

"너도 친부모에게 버림받았구나."

나흘째가 될 때까지 계속 지켜보고 있던 나는 그 새끼 고양이를 데려와 키우기로 결심했다. 부드러운 담요로 조심스럽게 감싸 안아 동물병원부터 데려갔다. 미루는 도망가지도 않고 순순히 품에 안겼다. 그 작은 몸을 바르르 떨고 있었다. 잔뜩 겁에 질린 눈이었다. 수의사가 영양제를 놓아주고 귀 안쪽의 진드기도 모두 닦아주었다. 얼굴을 따뜻한 수건으로 닦아주고 눈곱도 떼주고 나니, 상당한 미묘(美猫)였다.

"어머, 이 아이 브리티쉬 숏 헤어네요. 그리고 여자아이예요." 수의사가 말했다.

"나중에 호빵같이 넙데데한 얼굴이 되는 그 품종이요?"

"네, 그 브리티쉬 숏 헤어요. 나중에 크면 얼굴이 정말 동그래질 것 같아요." 얼굴이 둥글둥글했던 수의사가 웃으며 말했다.

그때부터 나와 하루와 미루 이렇게 셋의 동거가 시작되었다. 다행히 하루는 자기 앞발보다 작은 미루가 신기하고 마음에 드는지 내가 미루를 안고 있어도 질투하지 않고 꼬리를 흔들며 반가워했다. 하루는 미루를 지켜주기로 결심이라도 했는지 미루가 제법 클 때까지 미루 주변을 떠나질 않았다. 카나에를 처음 만났을 때의 내 모습과 같아 신기하고 기특했다.

화장실 모래를 매일 갈아줘야 하는 번거로움만 제외하면 고양이를 키우는 일은 생각보다 훨씬 수월했다. 조용하고 낯가림이 심해서 사고를 치기는커녕 평소엔 보기도 힘들었다.

미루가 작정하고 숨어버리면 찾을 때까지 한참을 숨바꼭질해야 했다. 숨어있는 곳도 기발하고 다양해서 옷장 안이나 박스 안, 차 밑은 기본이고 냉장고의 뒤쪽 틈새나 여행용 캐리어 안, 빨래 바구니 안까지, 매번 생각지도 못한 곳에서 몸을 잔뜩 숙인 채 귀만 쫑긋 세우고 있기 일쑤였다.

가끔 도저히 어디 숨어있는지 못 찾을 때는 하루의 힘을 빌렸다. "하루야, 미루 어디에 있어?" 그렇게 물으면 하루는 천천히 몸을 일으켜 앞발을 쭉 뻗어 기지개를 켜고는 꼬리를 흔들며 미루가 숨어있는 곳으로 곧장 안내했다. 숨바꼭질에 실패한 미루의 표정은 늘 가관이었다. 그 큰 눈을 깜빡이며 "에? 도대체 어떻게 찾아낸 거야?"라고 말하는 듯했다.

미루는 건강하게 성장했다. 하루가 새끼 강아지였던 시절처럼 무지막지한 속도로 성장하는 건 아니었지만 그래도 일주일에 두 배씩은 자라는 것 같았다. 특히 얼굴이 점점 옆으로 불어나고 있었다. 누군가 밤마다 몰래 미루의 양 볼을 옆으로 쭉- 하고 늘려놓고 있는 것 마냥.

미루는 얼굴이 꽤 넙데데해질 무렵부터 새벽녘이 되면 곧잘 내 침대에 올라와 옆에서 잠들곤 했다.

"카나에가 널 봤다면 정말 예뻐했을 텐데…."

베개 머리맡에서 열심히 세수 중인 미루를 보며 생각했다.

카나에는 고양이를 무척 좋아해서 줄곧 기르고 싶어 했지만, 털이 많이 빠진다는 이유로 키우질 못했다. 그래도 카나에의 방에 고양이 한 마리가 있긴 했다. 뉴욕 맨해튼에 있는 토이저러스에서 사 온 노란색 고양이 인형이었다. 그 고양이 인형은 카나에의 침대 위에 늘 깨끗한 상태로 놓여 있었다.

카나에는 용돈을 모아 길고양이들에게 줄 사료를 사곤 했다. 하루도 안 빼놓고 매일 집 근처 골목 언저리에 사료를 놓아두고 쪼그리고 앉아 고양이들이 찾아와 밥을 먹는 모습을 지켜봤다.

카나에가 상실된 이후로 나는 그 아이를 대신해 줄곧 길고양이들에게 밥을 챙겨줬다. 그리고 이제는 고양이를 데려와 키우기 시작했다. 카나에가 돌아와 줄 수만 있다면 이 집과 고양이, 아니, 내가 가진 모든 것을 다 내어 줄 수 있다. 필요하다면 내 생명도 얼마든지 줄 수 있다. 하지만 그런 일은 일어나지 않았다. 아니, 일어날 수 없었다.

"카나에는 고양이를 왜 좋아해?"

생각해 보니 카나에가 왜 그렇게 고양이를 좋아했는지 그 이유도 물어본 적이 없었다. 대답해 줄 사람은 영원히 상실된 채, 고양이만 옆에서 자고 있었다.

12

인형의 집

가즈키

우리 헤어지자. 저는 최대한 침착한 어조로 말했습니다.

"응…? 뭐라고…?" 하츠네가 잔뜩 부은 눈으로 말했습니다.

저는 숨을 고르고 단어를 조심스럽게 선택한 뒤, 천천히 말을 이었습니다. "완전히 결별하자는 뜻이 아니야. 나한테 지금 일어난 일을 주관적으로 수습할 시간을 달라는 말이야."

"주관적으로 수습할 시간? 그게 대체 뭐야?"

하츠네가 잔뜩 충혈된 눈으로 말했습니다.

하츠네에게 이미 지나간 일로 상처를 주거나 나무랄 생각은 없었습니다. 그녀가 조금 전 카페에서 저를 마주하자마자 주변 사람들의 시선은 아랑곳하지 않고 진심으로 사과할 때부터 그녀를 이해해야겠다고 생각했습니다.

"말 그대로야. 하츠네를 사랑해. 결혼하자는 말도 진심이야. 그렇지만 우리의 관계가 미래를 향해 앞으로 나아가기 전에 정리해야만 하는 것들이 있어. 무엇보다 이 일로 인해 하츠네에게 생색을 내고 싶지도, 도덕적인 우월감을 느끼고 싶지도 않거든."

"그런데 왜 헤어지자고 하는 거야?"

"오히려 그렇기에, 혹시나 불현듯 올라올지 모를 부정적인 감정을 혼자 추스르고, 하츠네를 이전처럼 사랑할 수 있을 때까지 아주 잠시 시간이 필요하다고 하는 거야."

"가즈키가 무슨 말을 하는 건지 나 도무지 모르겠어. 그게 언제까지인데?"

"지금은 나도 잘 모르겠어." 저는 깊게 한숨을 내쉰 뒤 이어서 말했습니다. "내 감정을 말로 표현하기가 너무 어려워. 이것만 기억해 줘, 하츠네. 나는 너를 사랑한다는 것. 그리고 앞으로도 사랑할 거라는 것. 그러기 위해선 잠시나마 나에게 시간이 필요해."

"시간을 주면 나한테 다시 오긴 할 거야?"

"물론이야. 나를 믿고 잠시만 서로 떨어져 있는 시간을 갖자. 나에게 그런 시간을 줬으면 좋겠어. 괜찮을까?"

"알겠어. 가즈키가 그렇게 해야만 한다면."

우리는 이야기를 마치고 첫 데이트 때 갔었던 프랜차이즈 스테이크 집엘 갔습니다. 주문할 때를 제외하곤 서로 한마디도 하지 않았습니다. 어색한 침묵이라기보다는 고요한 평화에 가까웠습니다.

하츠네는 자기 몫의 저녁 식사를 남기지 않고 모두 먹었습니다. 억지로 씩씩한 모습을 보이는 것 같아 한편으로는 마음이 아렸습니다. 식사를 마친 후 우리는 시부야역에서 헤어지기로 했습니다.

"기다릴게. 가즈키."

하츠네가 전철에 타기 직전에 말했습니다.

"안녕하세요, 케이시. 이 차는 오랜만에 타네요."

케이시는 제가 전화한 지 30분 정도가 조금 지났을 때 흰색 벤틀리를 몰고 왔습니다. 지유가오카에서 시부야까지 거리를 생각한다면 전화를 받자마자 바로 출발한 것 같습니다.

"어디로 갈래?"

"저는 아무 데나 상관없어요. 드라이브해도 좋고요."

"드라이브, 좋지." 케이시는 수도 고속도로 시부야 라인 램프를 타고 오다이바로 차를 몰았습니다. 레인보우 브리지를 건널 때 창밖으로 펼쳐진 도쿄의 야경을 보니 괜히 콧등이 시렸습니다.

오다이바 다이버시티에 주차를 하고 카페로 들어갔습니다. 일요일 저녁 시간이라 인적은 드물었습니다. 케이시는 제가 먼저 입을 열기 전까지 말없이 기다려 줬습니다. 저는 주말 동안 겪은 일을 케이시에게 이야기했습니다.

"일단은 잠시 시간을 갖자고 했어요." 말을 마치고 커피를 한모금 마셨습니다. 쉬지 않고 오래 이야기해서 커피는 미지근해져 있었습니다. "잠시 헤어지는 게 어떤 의미지?" 케이시가 물었습니다.

"헨리크 입센의 『인형의 집』 읽어봤어요?" 제가 케이시에게 물었습니다. "응, 예전에." 그가 답했습니다.

"거기에 그런 구절이 있잖아요. '여자를 용서했다는 사실을 마음에 품고 있는 건 남자에게 무척 달콤하고 만족스러운 일이다,

그럼으로써 여자는 두 배로 그의 소유물이 되니까' 저는 그 부분을 읽었을 때 한 편으로 공감이랄까… 어떤 맥락인지 이해는 가면서도 다른 한 편으로는 무척 혐오했어요. 그런 식으로 도덕적 우월감을 느끼거나 약삭빠르게 계산하며 사는 건 제 성격에 안 맞거든요."

케이시는 말없이 고개를 끄덕였습니다.

"하츠네를 완벽히 이해하고 납득한 뒤에, 그래서 그 일이 우리 관계에 아무것도 아닐 수 있게 되었을 때, 그때 그녀를 다시 만나야겠다고 생각했어요."

"잘 판단한 것 같아, 가즈키. 이럴 때 보면 확실히 나보다 더 성숙한 사람 같군." 케이시가 말했습니다.

카페에서 나와 집으로 향할 때였습니다. 케이시의 차 안 동승자석과 차 문 사이 틈새에 반짝거리는 검은 것이 보였습니다. 손을 뻗어 집어 보니 립스틱이었습니다.

"케이시, 이거 누가 흘렸나 본데요?"

케이시가 고개를 돌려 보고는 말했습니다. "립스틱인가?"

"네, 립스틱. 이번엔 또 어떤 여자였어요?"

최근 케이시는 본인을 혹사하고 있는 거 아닌가 싶을 정도로 매일 새로운 여자들을 만나고 있었습니다.

막무가내로 자신의 속옷 사진을 찍어 보낸다는 여자부터 집에서 대마를 직접 키워 마약을 팔고 있다는 여대생, 사기 피의자 신분으로 도주 중이라는 정체를 알 수 없는 미모의 여성, 직업을 밝히길 꺼렸던 섹스중독자 무속인, 싱글이라 속이던 아이가 셋

있는 유부녀 등등. 도무지 진짜로 그런 사람들이 세상에 실존한다고는 믿기 어려울 정도로, 평범함과는 모양새가 많이 다른 사람들을 만나고 있었습니다.

"케이시는 어떻게 그렇게 쉽게 다른 여자들과 잘 수 있어요?"

"방법을 묻는 거야, 아니면 도덕적으로 아무렇지 않게 그럴 수 있냐고 묻는 거야?"

"후자요." 제가 대답했습니다. 케이시는 "습관적인 것 같아"라고 답했습니다.

"습관이요?" 저는 고개를 갸우뚱하며 물었습니다.

"응 습관. 배고프면 뭔가를 먹잖아? 졸리면 잠을 자고 싶고. 나한테는 섹스도 마찬가지야. 매력이 있는 이성과 함께 있으면 더 오래 같이 있고 싶고 더 친해지고 싶고 섹스도 하고 싶다는 생각이 들거든. 이성과의 관계에서 섹스하고 난 후에 급격히 가까워진 그 느낌이 좋아. 서로의 벽이 사라진 것 같다고 해야 할까? 상대가 무척 편안하고 익숙해져. 관계가 새롭게 시작되는 기분이야. 아니, 섹스한 이후에는 오히려 오래 관계를 지속해 온 사람을 대하는 것처럼 편안해져."

"섹스하고 나면 상대가 익숙하고 편안해진다. 그런 게 좋다. 무슨 말인지는 알 것 같아요. 하지만 케이시는 대부분 하룻밤으로 끝내잖아요?"

"그건 그래. 편안하고 가까워졌다는 느낌은 좋지만 그렇다고 그 관계를 계속 유지하고 싶냐 하면 그건 또 다른 이야기거든."

"그게 도대체 무슨 말이에요? 저는 이해가 안 돼요. 케이시는 충분히 완벽한 사람인데, 이성과의 관계에서는 왜 그렇게 서투르고 어리석죠?" 케이시가 안타까워 진심으로 말했습니다.

"그게 잘 안되네. 외모만 보고 만나서 그런가? 세상에는 이상한 여자들로만 가득한 느낌이야."

제 눈에는 요즘 케이시도 정상이 아닌 것 같아요,라고 말하려다가 관뒀습니다.

"외모를 덜 보고 다른 부분, 이를테면 취미나 취향이라든가 이런 게 잘 맞고 대화가 잘 통하는 사람을 만나는 건 어때요?"

"그건 싫어. 예쁘지 않으면 여자로 인식도 안 되거든. 그런 사람은 그냥 좋은 사람인 거야. 좋은 여자가 아니라. 나도 내 삶이 요즘 묘하게 뒤틀리고 어긋나고 있다는 건 알고 있어. 어쨌든 누군가를 만나면 나는 매 순간 상대에 최선을 다해. 분위기 좋은 레스토랑을 가거나, 가고 싶다는 곳으로 드라이브를 가주거나, 아주 매너 있고 좋은 남자 역할을 하지."

"착하고 상냥한 케이시 모드 말이죠?"

"응, 그렇게. 그러니 나는 누구한테 상처를 주거나 피해를 주고 있다고는 생각 안 해. 서로 암묵적인 동의하에 단발성으로 즐기는 거지."

"만약에 상대는 진심이었다면요? 그 사람은 케이시가 정말 좋아서 사랑에 빠지려는 찰나에, 분명히 그 상대가 느끼기에는 케이시가 자기한테 잘해 주고 마음도 있어 보였는데, 정작 섹스를 하고 나니까 그다음이 없는 거야. 그렇게 케이시가 사라져요. 그거 그 사람한테는 큰 상처 아닐까요?"

"……."

"저는 케이시를 비난하고 싶지 않아요. 정말 좋은 사람이라는 것도 알고 있고. 그런데 요즘 케이시의 모습을 보면 일부러 비뚤어지려고 작심한 사람 같아 보여요. 케이시가 가진 결핍이나 상처가 어떤 것인지는 아직도 잘 모르지만. 지금처럼 스스로를 조금씩 파괴하는 모습을 지켜보는 건 친구로서 정말 안타깝고 괴로워요. 저는 케이시가 빨리 좋은 사람을 만나서 안정적인 연애를 하는 모습을 보고 싶어요."

진심이었습니다. 물론 세상에는 섹스를 단순히 즐기는 목적으로만 하는 사람들이 있습니다. 타인과 자신을 전혀 아끼지 않거나 사랑하지 않는 이들입니다. 그들의 말로는 보통 파멸입니다.

제가 아는 케이시는 그런 부류의 사람은 아니었습니다. 런던의 파티에서 케이시를 처음 봤을 때, 그는 그 잘난 유명인들 가운데에서도 유독 빛이 날 정도로 멋있고 완벽해 보이는 사람이었습니다. 카이로의 피라미드 앞에서 "여행이 아닌 모험을 하자"라고 하얀 이를 드러내고 시원한 미소를 지으며 말했을 땐, 그가 파라오보다 더 큰 사람일지 모른다고 느껴졌습니다. 불과 몇 년 사이에 이렇게까지 내면이 텅 비어버린 채, 삶의 목적도 진정성도 잃고 표류할 사람이 아니었습니다.

데이팅 애플리케이션을 괜히 추천해 줬나 하는 자책감도 들었습니다. 물론 케이시는 마음만 먹으면 그런 곳이 아니더라도 얼마든지 그런 식으로 즐길 상대를 찾을 수 있겠지만, 그게 기폭

제가 된 것만큼은 사실인 것 같았습니다.

"이제는 모르겠어. 내가 그런 정상적이고 안정적인 연애라는 게 가능한 사람인지." 케이시의 표정은 쓸쓸하지도 않고 오히려 담담해 보였습니다. 저는 그게 더욱 안타까웠습니다.

◆

다사다난했던 주말이 그렇게 지나갔고 월요일 오전 6시 35분, 저는 피곤한 몸뚱어리를 또 알람에 맞춰 일으켰습니다.

하츠네가 없는 일상은 깊은 허전함을 주고 있습니다. 한숨을 쉬면 갈라지는 명치끝 어딘가가, 날카로운 무언가에 찔린 듯 욱신거려 왔습니다. 어깨에 멘 가방끈이 유난히 어깨를 짓눌러오는 느낌이었습니다. 일에 집중이 안 되고 갈 곳을 잃은 시선은 자꾸만 오피스 천정에 있는 전등으로 향했습니다. 감정과 기분은 극도로 식어 차디찬 우물의 바닥에 닿아있는 것만 같았습니다.

오후 5시 정각에 퇴근하자마자 인터넷으로 미리 검색해 둔 비뇨기과 클리닉에 찾아갔습니다.

접수처에 앉아있던 젊은 여자 직원에게 성병 검사를 하러 왔다고 하자, 의사 선생님과 진료 상담을 해야 한다며 앉아서 대기하라고 했습니다.

진료 접수를 하고 대기실에 앉아 멍하니 벽을 바라봤습니다. 거기에는 각종 성병과 그걸 예방하기 위한 예방주사 포스터들이 군데군데 붙어있었습니다. 생전 처음 보는 병명이 많았습니다.

성병은 '성병' 한 개인 줄만 알았는데….

앉아서 대기 중인 다른 사람들은 대부분 젊은 남자들이었습니다. 머리를 샛노랗게 염색한 남자, 체인이 주렁주렁 달린 바지를 입고 온 얼굴에 피어싱을 하고 있던 남자, 흡사 호스트클럽에서 일하는 사람처럼 과하게 세팅된 헤어스타일에 은색 양복을 입은 남자, 양팔 가득 문신이 있는 야쿠자 같은 남자 등이었습니다.

(외모만 가지고 이런 판단을 한다는 게 조금 미안하지만) 누가 봐도 성병에 잘 걸릴 것 같이 생긴 사람들이었습니다. 저런 사람이 성병에 걸렸다고 하면 왠지 그대로 납득이 가서 그렇구나 하고 고개를 끄덕이게 될 것만 같은 무리였습니다. 저런 이들과 같은 이유로 이 공간에 앉아있다는 사실이 불편했습니다.

"어디가 불편해서 오셨죠?"

(일단 저는 빼고) 저런 무리의 사람들을 상대하는 사람치고는 굉장히 말끔해 보이는 젊은 남자 의사가 세련된 안경을 낀 채 물어왔습니다.

"신체를 점검하는 차원에서 검사해 보려고 왔습니다." 제가 답했습니다. 의사는 '이유 없이 그냥 오진 않았을 텐데'하는 표정으로 안경을 한 번 위로 올리더니 말했습니다.

"검사에는 12가지 균을 검사하는 기본 테스트가 있고, 후천성 면역결핍증(AIDS)과 인간면역결핍바이러스(HIV)를 포함해 대부분의 바이러스를 검사하는 정밀 테스트가 있습니다. 어떤 걸로 하겠습니까?"

이 기회에 할 수 있는 모든 검사를 해야겠다는 생각이 들었습니다. "정밀 테스트로 하겠습니다."

"소변검사를 포함해 채혈 검사와 전립선 검사를 해야 하는데 괜찮겠어요?" 의사가 말했습니다.

소변검사는 뭔지 물론 알고 있었고 채혈 검사는 피를 뽑겠다는 이야기 같았는데, 전립선 검사는 뭔지 짐작이 가지 않았습니다. 전립선이 있는 고환 부분을 눈으로 살핀다는 걸까요? 민망할 것 같다는 생각이 들었습니다. "상관없습니다. 전부 하겠습니다."라고 답했습니다. 치명적인 실수였습니다.

상담을 마치니 체구가 작은 어린 남자 간호사가 소변 검사용 작은 통을 건네며 화장실은 저쪽에 있고 소변을 마치면 1 검사실로 오라고 안내해 줬습니다.

화장실에 들어가자, 천정의 스피커에서는 이 병원과 전혀 어울리지 않는 클래식 음악이 흘러나오고 있었습니다. 하이든의 교향곡 44번 〈슬픔〉이었습니다. 누구 놀리나 싶은 선곡이었습니다.

소변검사 통을 들고 검사실로 들어갔습니다.

조금 전, 그 어린 남자 간호사에게 채혈 검사까지 마치자, 그는 밖으로 나가고 대신 체구가 매우 큰 남자가 들어왔습니다. 의사인지 간호사인지는 모르겠지만 전직이 분명 운동선수였을 거라고 짐작되는 그 남자가 손에 수술용 장갑을 끼며 말했습니다.

"환자님, 옷을 모두 벗은 후 침대에 옆으로 누워주세요."

덩치랑 안 어울리게 신경의 한 부분을 묘하게 자극할 만큼 상당한 하이 톤의 목소리였습니다.

엉덩이 주사라도 맞는 걸까요? 주사는 아파서 싫은데….

"환자님, 그쪽 말고 반대로 이쪽을 보고 누워주세요. 이쪽으로." '하이 톤이'가 그 두꺼비 같은 손을 자기 쪽으로 내저으며 말했습니다. 목소리도 거슬렸지만 말끝마다 왜 '환자'라고 지칭하냐고 따지고 싶었습니다.

저는 검사를 받으러 온 거지, (아직) 환자는 아니었습니다. 그런 생각을 하며 어쨌든 시키는 대로 몸을 반대로 뒤집었습니다. '하이 톤이'와 제 성기가 코앞에서 서로 마주 보게 되었습니다. 다른 남성이 제 성기를 이 거리에서 바라보는 건 처음이었습니다. "안녕하십니까?"라고 점잖게 인사라도 해야 하나 싶을 정도로 지나치게 가까운 거리였습니다.

"전립선 검사를 시작하겠습니다. 당황하지 말고 편하게, 알겠죠? 그냥 편하게 있으면 됩니다. 환자 님."

'하이 톤이'가 그렇게 말하며 장갑을 끼고 있던 손위로 젤 같은 액체를 잔뜩 바르더니 손을 제 항문 쪽으로 가져갔습니다.

항문?

"아니, 잠깐만요, 잠깐만. 선생님 지금 뭐 하는 거예요?" 제가 다급하게 말했습니다.

"진료해 준 의사 선생님께 전립선 검사에 대해 설명 못 들었나요?"

"네, 전혀 못 들었습니다."

'하이 톤이'가 작게 "아이, 진짜 그 인간…."이라고 혼잣말하더니(그래봤자 하이 톤이라 또렷이 들렸습니다) 말했습니다.

"전립선 검사는 정액 내의 조직세포를 검사하는 겁니다. 그러기 위해서는 이렇게 해야 합니다." 그러면서 '하이 톤이'는 젤을 잔뜩 발라 촉촉하게 빛나고 있던 자기 왼손을 들어 손가락을 유연하게-마치 악기를 연주하듯이- 움직였습니다. 손놀림이 예사롭지 않고 리드미컬한 걸 보아하니 조금 전의 그 누구 놀리나 싶은 화장실의 클래식 음악 선곡은 이 인간 작품일 것 같았습니다. 덩치랑 목소리, 취향까지 뭐 하나 일관성이 없는 사람 같습니다.

"금방 끝나니까 긴장 풀고 편하게 있으면 됩니다."

이 상황에서 대체 어떻게 편히 있으라는 말일까요?

'하이 톤이'가 다시 항문 쪽으로 손을 가져갔습니다. 다른 손으로는 소변 검사할 때의 그 작은 통을 들고 제 성기 앞에 가져다 대고 있었습니다. 그는 저와 정면에서 눈을 마주친 채 어울리지 않게 보조개를 한껏 뽐내며 웃었습니다.

저는 모든 걸 체념한 채 눈을 질끈 감았습니다. 그 순간 항문으로 (아마도) 그의 손가락이 들어오는 게 느껴졌습니다. 저는 아파서인지 수치심에서인지 둘 다 때문인지 눈물을 찔끔 흘렸습니다. 그가 손가락을 넣은 채 안에서 몇 번 손가락을 움직이면서 항문 안쪽의 벽을 긁자, 성기에서 뭔가 찔끔하고 나오는 배뇨감 비슷한 것이 느껴졌습니다. 절대로 사정할 때의 그 충만하고 황홀한 그런 부류의 쾌감은 아니었습니다. 비유하자면 유통기한이 지난 고기를 먹고 곧바로 배탈이 나버려 화장실에 뛰어갔을 때의 그런 어찌 손 쓸 수가 없는 '무기력한 배설감'이었습니다.

검사가 끝나자, '하이 톤이'가 '생각보다 별거 아니지?'라는 표정으로 장갑을 벗었습니다. '새로운 세상을 경험한 기분이 어때?' 하는 것 같은 표정이기도 했습니다.

검사실 밖으로 천천히 걸어 나왔습니다. 다리에 힘이 풀려 제대로 걷지도 못하고 좀비 영화에 나오는 좀비들처럼 발을 땅에 끌다시피 하면서 느릿느릿 걸었습니다. 정밀 검사라는 게 이런 건 줄 알았다면 절대로 하지 않았을 텐데….

"오늘 검사는 다 끝났고요. 결과는 빠르면 이번 주 금요일, 늦어도 다음 주 월요일이면 나옵니다. 이상 균이 발견되면 전화로 다시 내원하라고 안내해 드리고, 이상이 없으면 따로 연락을 드리진 않습니다." 접수처에 있던 여자 직원이 말했습니다.

여직원이 잠시 제 안색을 살피며 눈치를 보다가 대기 중인 다른 환자들에게는 안 들릴 만큼 작은 목소리로 말했습니다. "오늘 검사 비용은 총 6만 엔입니다."

"네? 얼마라고요?"

여직원이 대기 중인 다른 환자들의 눈치를 한 번 살피고는 여전히 아주 작은 목소리로 또박또박 말했습니다. "의료보험 적용이 안 되어서요. 6만 엔입니다."

"…. 알겠습니다."

왜 미리 진료비 안내를 안 해 줬냐고 따지고 물을 기운도 없습니다. 신용카드로 결제한 뒤, 성기와 항문에 아직 남아있던 이질감 때문에 화장실로 갔습니다.

다리에 힘이 없어 앉아서 소변을 본 뒤, 화장실 휴지에 물을 적셔 젤 같은 게 묻어있던 항문을 꼼꼼히 닦았습니다. 아무리 닦아도 치욕스러움만큼은 닦이질 않는 기분이었습니다. 화장실에는 쇼팽의 〈장송행진곡〉이 흘러나오고 있었습니다.

"이것들이 진짜…."

저는 그 주 내내 (항문에 일어난 참사와는 별개로) 감정이 식은 채로 로봇처럼 일어나 기계처럼 일을 했습니다.

수요일 퇴근 후에는 케이시와 하루랑 셋이 공원 산책을 다녀왔습니다. 케이시는 매일 하루와 산책을 하면서 늘 길고양이들에게 밥과 물을 주고 있었습니다.

"케이시, 왜 그렇게 길고양이를 챙겨줘요?"

이유를 물었지만, 케이시는 조용히 웃을 뿐이었습니다.

하루는 점프력이 더 상승해서 이제 정말로 제 눈높이까지 뛰어올랐습니다. '너의 높이까지 뛰면 그것이 나의 깊이'라던 니체가 빙의라도 한 걸까요? 별명을 참치에서 니체로 바꿔줘야 할 것만 같았습니다. 케이시를 포함한 어느 누구도 하루가 왜 그렇게 높이 점프를 해대는지 시원하게 설명하지 못했습니다. 하루 본인은 입을 다문 채 말을 안 하니 풀리지 않는 수수께끼입니다.

"저마다 기쁜 마음을 표현하는 방식은 다를 수 있으니까" 케이시가 말했습니다.

수요일 이후로 시간은 더욱 더디게 흘러갔습니다. 심심하고 무료하고 무기력하며, 누군가가 사무치게 그리운 한 주가 정리되려는 찰나, 금요일 오후에 그 클리닉에서 전화가 왔습니다.

13

봄에는 이롭고 가을에는 해로운

케이시

햇빛이 흐린 초여름 아침이다.

유독 장마가 길었다. 장마가 끝났다는 기상청의 공식적인 발표 후에도 그들을 비웃듯 비는 계속 내렸다. 그렇게 긴 우기 중에 정말 오랜만에 먹구름 사이로 햇살이 내렸다. 가늘고 긴 햇살 한 줄기가 정원에 있던 소나무 가지에 내리쬐고 있었다. 신난 참새들이 찾아와, 거기에 내려앉아 기분 좋게 울고 있었다. 긴 장마 동안 새들은 어디에 있던 걸까.

새소리를 들으며 잠에서 깨는 것도 오랜만이다. 덩달아 나에게도 기분 좋은 일이 생길 것 같은 그런 아침이다.

부엌에서 진한 커피를 내리고 그걸 머그잔에 담아 1층 거실 소파로 가서 앉았다. 미루는 소파 가운데에서 얼굴을 소파에 묻고 엉덩이를 바깥쪽으로 향한 채 웅크려 자고 있었다. 그 앙큼한 엉덩이를 툭 건드려 볼까 하다가 깊은 수면에 빠진 숙녀에게 실례인 것 같아 관뒀다.

휴대전화를 켜고 인터넷으로 참새에 대해 검색했다. 인터넷

백과사전에서 재미있는 부분이 눈에 들어왔다.

〈참새는 봄철에는 채소밭에 날아와 해충을 잡아먹는 이로운 새이기도 하지만, 가을에는 논에 날아와 여물지 않은 벼를 먹는 해로운 새이기도 하다〉

"봄에는 이롭고 가을에는 해로운 새…."

때에 따라 이롭기도 하고 해롭기도 하다니, 마치 우리를 보는 것 같다. 하긴 똑같은 모양의 구름이나 산, 나무는 단 하나도 없다. 심지어 시시각각 변하기까지 한다. 인간도 마찬가지였다. 누군가에게는 좋은 사람일지라도 다른 누군가에게는 나쁜 사람이 될 수 있다. 관계란 늘 상대적인 것이고 그렇기에 만인에게 좋기만 한 사람도 없고, 무작정 나쁘기만 한 사람도 거의 없다. 불변하는 악도, 선도 없는 것이다.

그래서일까?

최근 데이트했던 상대들은 좋다 혹은 나쁘다 같은 이분법적 사고로 판단이 불가능한 사람들이 너무 많았다. 그런 이들에게 내성이 조금씩 생기는 것은 '삶의 다양성 확대' 같은 넉살 좋은 말로 얼렁뚱땅 넘어갈 일이 아니었다.

(이를테면 자기 집 발코니에서 대마를 키워서 파는 여대생과 데이트를 한 후) '그렇게 살 수도 있지'라는 식으로 인정해 버리게 되는 사고의 변화는 평범하고 정상적인 삶을 살아가는 데에 득 보다 실이 많았다. 그런 삶은 애초에 가까이하면 안 되는 것이다. 그러나 나는 그런 이들에게 조금씩 적응을 하고 있었다. 그들의 결핍이 전혀 소화되지 않고 내 안에 계속 쌓여 거대한 덩어리를 이루

고 있었다. 그 덩어리는 조금씩 나를 좀먹고 있었다. 내 안에 꼭 꼭 숨겨뒀던 시한폭탄을 다시 꺼내고 있는 것 같기도 했다. 위험했다. 분명히 위험하다는 걸 알고 있었다.

그러나 그것이 그들의 문제만은 아니라는 것 또한 나는 알고 있었다. 불행한 사람은 멀리서도 다른 불행한 사람을 즉시 알아보는 법이다. 즉, 끼리끼리인 것이다. 결핍이 많은 사람은 자신처럼 결핍이 많은 사람에게 무의식중에 끌린다. 그러니 결국 그들은 또 다른 나에 불과했을 뿐이다. 무한히 반복되는 악순환이었다.

그럼에도 불구하고 나는 습관적으로 다시 데이팅 애플리케이션을 작동시켰다. 매일 새로운 이성을 만나 데이트를 하고 섹스하는 것도 물리던 참이다. 그 뒤에 남는 건 긴 허무와 공허뿐이었다. 이제는 최대한 삶의 결핍이 적은 사람을 만나, 내 상처와 결핍을 감추고 정착하고 싶다는 생각이 강하게 들었다. 마치 봄에 찾아드는 참새처럼 이로운 사람을 만나고 싶다. 나는 도박이나 파친코에 빠진 사람처럼, 이번에야말로 이로운 상대를 만날 수 있겠지, 라며 고대했다. 나에게 그럴 자격이 있는지는 둘째 치고라도 말이다.

"누구더라…?"

나에게 '좋아요'를 보내 놓은 이들의 프로필을 넘겨보던 중에 낯이 익은 얼굴이 보였다. 갸름한 얼굴에 큰 눈과 가늘고 짙은 속눈썹, 긴 머리 사이로 뾰족 튀어나온 귀가 특히 인상적인 미인이다. 최근 몇 년간 봤던 모든 이성중에서 가장 예뻤다. 그런 사람을 기억 못 할 리가 없는데 기이한 일이었다. 나는 그 프로필에 '좋아요'를 눌러 그녀와의 대화창을 생성시키고 메시지를 보냈다.

"안녕하세요."

메시지를 보내고, 정원으로 나가 하루에게 아침밥을 주고 오자 그 사이 답장이 와 있었다.

"안녕하세요, 대표님. 오랜만이에요. 여기서 다 만나네요."

답장을 읽는 순간 간담이 서늘해졌다. 대표님? 여기서? 상대는 나를 알고 있다. 오랜만이라고도 했다. 쿨한 척하며 반갑다고 잘 지냈냐고 할까, 아니면 사람 잘못 본 것 같다고 시침을 떼고 대화를 종료해 버릴까. 잠깐 고민하다가 솔직하게 답하기로 했다.

"미안합니다. 누군지 기억이 안 나요."

"저 유메예요." 그녀에게 답장이 왔다. 유메? 여전히 기억나질 않았다. 내가 아무 답장도 안 하자 그녀가 다시 메시지를 보냈다. "전에 대표님 회사 광고에 출연했던 모델인데…."

"아, 유메 씨, 반가워요. 잘 지냈죠?"

잊고 있던 이름과 얼굴이 떠올랐다. 7년 전 뉴욕 타임스스퀘어에 있는 대형 전광판에서 회사 브랜드 광고를 했었다. 유메는 그때 그 광고의 모델이었다.

당시 수많은 에이전시에서 모델의 포트폴리오를 보내왔었는데 유메는 아름다운 외모와 우아한 인상으로 몇만 대 일의 경쟁률을 뚫고 최종 광고모델로 선발된 사람이었다. 광고촬영 현장에서 몇 번 인사를 나눴던 인연이 있었다. 개인적인 친분이나 추억은 없어도 반가운 사람이었다.

"네, 대표님 정말 오랜만이네요. 어떻게 지내요?"

"저는 무척 잘 지내고 있습니다."

"이것도 인연인데, 언제 식사 한번 해요 우리." 유메가 말했다.

"좋죠. 저는 언제든 시간 괜찮아요." 내가 대답했다.

"그럼, 내일 저녁 어떠세요?"

"좋아요."

마침 서로 시간이 맞아 우리는 바로 다음 날 저녁에 긴자에 있는 닭요리 전문점에서 식사하게 되었다. 말을 괜히 돌려 하거나 질질 끌지 않는 시원한 스타일이라 호감이 갔다. 게다가 데이팅 애플리케이션에서 정체도 모르고 만나게 되는 사람들과는 달리 이미 인연이 있던 사람이라, 특별히 신뢰가 갔다.

약속 장소에 30분 일찍 도착했다. 주차하고, 유메가 올 때까지 읽을 요량으로 무라카미 하루키의 「해변의 카프카」 하권을 가방에 넣어 식당으로 향했다.

바 테이블의 가장 안쪽 자리에 앉아 유메를 기다렸다. 시간을 빨리 보낼 생각으로 책을 폈지만, 눈에 들어오지 않았다. 유메도 약속 시간보다 일찍 도착했다.

"대표님, 잘 지내셨죠?" 유메가 걸어오며 밝게 인사했다.

170cm가 넘는 날씬하고 멋진 몸에 어깨까지 오는 갈색 웨이브 머리. 굽이 전혀 없는 단화를 신었는데도 어지간한 남자들보다 컸다. 발목이 나팔 모양으로 퍼진 청바지에 하얀색 반팔 티셔츠를 입고, 작은 책 두세 권 정도 들어갈 만한 유명하지 않은 브

랜드의 숄더백을 멘 수수한 차림이었다. 하얀색 티셔츠를 입었지만, 그 안에 민소매로 된 티셔츠를 한 장 더 받쳐 입어서 속옷이 비치지 않았다.

유메가 실내로 들어오자, 가게에 있던 모든 남성의 시선이 유메에게 집중되는 게 느껴졌다(그중에는 여자와 함께 있던 남자들도 있었다). 7년 만의 만남이었지만 유메는 그 사이에 20대 중반이 되어 성숙미가 더해져 더욱 매력적인 모습이었다.

"유메 씨, 반가워요. 잘 지냈죠?"

"네, 대표님은 하나도 안 변했어요." 유메가 웃으며 옆자리에 앉았다.

"고마워요. 주문부터 할까요?"

우리는 5가지 요리가 나오는 코스로 주문했다. 술도 주문하려다가 음흉한 일을 계획하는 남자로 보일 것 같아 관뒀다.

먼저 전채요리 플레이트와 닭고기 초밥이 나왔다.

"유메 씨는 지금도 모델 일을 해요?"

"모델은 주말에만 가끔 하고 지금은 디자인 회사에 다녀요."

유메가 숄더백에서 지갑을 꺼내더니 명함을 건네줬다. 낯이 익은 유명 디자인 회사였다.

"그래요? 원래 전공이 디자인이었나?" 내가 닭고기 초밥을 입에 넣으며 말했다.

생 닭고기는 비린내가 너무 심해서 뱉을까 하다가 함께 식사하는 사람에게 예의가 아닌 것 같아 전채요리에 담겨있던 야채를 입에 넣었다. 다행히 야채의 향 덕분에 비린 맛이 중화되어 삼키기 수월해졌다. 알약을 삼키듯 목 안으로 꿀꺽하고 넘겼다.

"네, 저 도쿄예술대학에서 디자인 전공했어요. 광고모델 오디션 때 자기소개로 말했었던 것 같은데 기억 못 하는구나." 유메가 들고 있던 젓가락 끝으로 자기 입술을 한번 톡 하고 찌르며 말했다. "지금은 웹하고 애플리케이션 디자인 업무를 하고 있어요. 대표님은 어떻게 지냈어요? 요즘도 엄청 바쁘게 지내요?"

"아니요, 저는 회사 일에서 손 뗐어요. 몇 해 전에. 지금은 쉬고 있어요."

"그럼 평소에 뭐 해요? 설마 진짜로 그 프로필에 써둔 것처럼 꽃꽂이, 산책, 드라이브, 독서 이런거만 하고 지낸 건 아니죠?" 유메가 호기심 가득한 눈동자를 빛내며 말했다. 맑고 깨끗한 눈동자였다. 이 사람이 이렇게 좋은 눈을 가진 사람이었나.

"아⋯. 진짜로 그렇게 지내고 있긴 합니다."

"하긴, 몇 년 전에 뉴스에 세계적인 신흥 갑부라고 나온 거 봤어요." 유메는 입을 가리고 "쿡쿡"하고 과장되게 웃었다.

"아니에요, 갑부는 무슨." 나는 손사래를 치며 말했다. "뭐가 그렇게 웃겨요?"

"대표님 키 엄청 크잖아요. 이렇게 큰 사람이 꽃꽂이하고 있는 모습을 상상했더니 너무 웃겨요." 닭꼬치를 접시에 담아 건네주던 요리사도 유메의 말을 들었는지 소리 없이 웃었다.

요리사가 서 있는 바의 뒤편으로 아키타현에서 나고 자란 닭을 사용한다는 일종의 인증서 같은 게 붙어 있었다. 닭꼬치에 끼워져 있던 닭고기는 겉이 바짝 익어 껍질은 바삭했고 그 안에 살코기는 육즙이 가득해 속은 부드럽고 씹는 맛이 좋았다. 코스요리의 백미였다.

"유메 씨는 쉴 때 보통 뭐해요?" 내가 물었다.

"책 읽는 거 좋아해요."

"책?" 유메가 독서를 좋아한다고 하자 괜히 반가운 느낌이 들었다. "요즘은 어떤 책 읽고 있어요?"

"이거요." 유메가 젓가락을 내려놓더니 숄더백에서 검은색 책을 꺼내며 보여줬다. 하루키의 『노르웨이의 숲』 하권이었다.

"이런 우연도 있어요?" 나는 유메가 꺼낸 책을 보고는 놀라 말했다. 나도 가방에서 『해변의 카프카』 하권을 꺼내 보여줬다.

"어머."

"진짜 신기하죠?"

"네. 심지어 둘 다 하권이네요." 유메가 두 책을 번갈아 보며 신기하다는 표정을 지으며 물었다. "하루키 좋아해요?"

"네, 가장 좋아하는 작가 중의 한 사람입니다. 유메 씨는요?"

"저는 하루키 소설은 이 책이 처음이에요. 주변 사람들이 하도 여기에 나오는 여주인공이랑 저랑 성격이 비슷한 것 같다고 해서 궁금해서 읽어보고 있었어요."

"나오코 말하는 건가요?"

"네, 자기 친언니랑 남자친구를 잃고 정신병으로 힘들어하다가 결국 본인도 자살하는 인물. 으으. 왜 나를 그런 사람이랑 연관 짓는 건지 모르겠어요."

"하하, 기분 나빴겠어요. 그렇지만 나오코는 소설에서 대단히 매력적으로 그려지잖아요. 몽환적이기도 하고. 결국 주인공 와타나베를 사랑하지도 않았고. 왠지 가질 수 없는 이상향을 상징하는 것 같기도 해요. 첫사랑을 떠올리게도 하고." 내가 말했다.

"첫사랑? 저는 사랑에는 별로 관심이 없어요. 믿지도 않고."

"왜요? 남자친구 없어요?"

"네, 없어요. 저는 연애에 안 어울리는 사람 같아요. 몇 번 사귀어 봤는데, 다 너무 빤하더라고요. 그나저나 여기 맛있네요. 저 닭고기 좋아하거든요." 유메는 그렇게 말하며 닭꼬치 막대기의 가장 아래쪽 고기와 파를 한입에 넣고 우물거렸다. 입가에 간장 소스를 묻힌 것 같아 냅킨을 건넸다.

"고마워요. 아무튼 연애에 관심이 없다 보니 이 책이 전달하려는 감정이 잘 공감이 안 가더라고요. 그래도 거의 다 읽었어요."

"그럴 수도 있죠." 내가 답했다.

다음 코스는 다진 닭고기와 수란이 함께 들어있는 요리와 닭 소시지가 들어간 샐러드였다. 수란은 둥글고 넓적했는데 퐁듀를 먹을 때처럼 다진 닭고기 위로 수란을 묻혀 떠먹으니 의외로 비리지 않고 담백한 맛이 났다.

"그럼, 유메 씨는 어떤 책을 가장 좋아해요?"

"『해리포터요』." 유메가 젓가락으로 수란을 찔러보며 답했다.

나는 해리포터의 줄거리를 되짚어 보며 물었다. "왜요?"

"주문으로 사람을 죽일 수 있다는 게 너무 매력적이잖아요." 유메가 자기 몫의 수란을 내 그릇 위에 덜고는 이어서 말했다. "그리고 볼드모트가 정말 좋아요."

"볼드모트라면 사악한 악당 아닌가요?" 내가 물었다.

"네, 근데 너무 좋아요."

"어떤 점이요?"

"걔, 살려고 엄청 발버둥 치잖아요. 진짜 앙칼지고 귀여워요."

"볼드모트가 귀엽다고…?"

유메의 말을 듣고 볼드모트라는 캐릭터를 떠올리려 노력해 봤지만 앙칼지고 귀엽다는 그녀의 말과 내가 알고 있던 극 중의 이미지가 상충하여 도저히 하나의 완성된 이미지로 그려지지 않아 포기했다. 어쨌든 귀여운 이미지는 아니었던 것 같은데….

다음 코스로 계란덮밥과 버섯요리, 맑은장국이 함께 나왔다. 계란덮밥은 조금 비렸지만, 맑은장국 덕분에 못 먹을 정도는 아니었다. 유메는 벌써 배가 부르다며 거의 입에 대지 않았다.

"고전도 좋아해요." 유메가 따뜻한 물을 마시며 말했다.

"저도 고전 소설을 좋아해요. 좋아하는 작가가 있어요?"

"저는 『구토』를 재미있게 읽어서 사르트르도 좋아하고, 『톰 소여의 모험』도 좋았어요. 마크 트웨인 그 사람만의 위트 있고 익살스러운 문체가 좋거든요. 그리고 『무기여 잘 있거라』, 『노인과 바다』의 헤밍웨이도 좋아하고, 오스카 와일드의 『윈더미어 부인의 부채』도 좋아하는 책이에요."

유메가 그 예쁜 입과 맑은 목소리로 거장들의 이름을 말하자, 그들이 한층 더 빛나기 시작했다.

"저도 무척 좋아하는 작가들이에요. 사르트르는 조금 어려웠지만." 나는 물을 한 모금 마시고 갑자기 생각나 말했다. "헤밍웨이 하니까 그 일화 생각나네요. 어떤 사람이 술집에서 헤밍웨이한테 시비를 걸면서 세상에서 가장 짧은 소설을 즉석에서 만들어 낼 수 있냐며 내기했던 일이요."

"아 그거 알아요. 뭐였지… 음…." 유메가 디저트로 나온 푸딩용 스푼을 입에 물고 생각에 잠겼다. 나는 잠시 기다려 줬으나 그녀가 답을 찾지 못하고 헤매는 것 같아 힌트만 살짝 건넸다.

"팝니다,로 시작해요."

"아. 맞아요. 팝니다, 아기 신발, 사용한 적 없음(For sale: baby shoes, never worn)."

"네, 맞아요. 그게 세상에서 가장 짧은 소설이죠. 유메 씨 독서 정말 많이 하나 봐요."

"책 읽는 게 제일 재미있잖아요. 요즘은 바빠서 잘 못 읽어요. 대표님 우리 커피 마시러 갈래요?"

"그래요."

계산하고 식당 밖으로 나오자, 사방이 어두워져 있었다. 초여름 내내 오랜 비가 와서 공기에 습기가 남아있었지만 하늘은 맑았고 구름도 많이 걷혀서 얇고 긴 구름 끝으로 달이 보였다. 오른쪽이 가려진 하현달이었다.

"대표님은 여자친구 정말 없어요? 왜 없지?" 커피숍에서 주문을 마치고 자리에 앉자, 유메가 물었다.

"네, 없어요. 이유는 저도 잘 모르겠어요."

"여자 보는 눈이 엄청 까다로운가? 음…."

나는 화제를 돌리기 위해 1년간 세계 일주를 다녀왔던 이야기를 했다. 낯선 곳에 대한 주제로 이야기하자, 유메가 적극적으로 이것저것 물었다. 덕분에 카페에서 나올 때까지 어색한 침묵이 흐르거나 지루한 순간은 없었다.

"어디에 내려주면 될까요?" 차의 시동을 걸며 내가 말했다.

"집 정말 가까운데... 감사해요, 모리 미술관 앞에 내려주세요."

내비게이션으로 모리 미술관을 목적지로 설정했더니 거리가 400m로 나왔다. 바래다주겠다며 밀어붙인 게 민망할 만큼 가까운 거리였다. 걷는 게 더 빠를지도 모른다.

"대표님, 오늘 만나서 정말 반가웠어요. 조만간 또 봐요."

"네, 저도 반가웠어요."

유메가 인사를 한 뒤 뒤를 돌아 걸어갔다. 그녀가 들어간 초고층 아파트 입구에는 롯폰기힐스라고 적혀있었다. 수수한 옷차림에 브랜드가 없는 가방을 들고 있던 모습이 떠오르자 불현듯 호감이 생기기 시작했다. 도쿄에서 가장 비싼 고급 아파트에 살아서가 아니라 다른 또래들처럼 겉치장에 과소비하지 않는 검소함이 마음에 들어서였다.

일주일 뒤, 두 번째 데이트를 했다.

근교의 산으로 드라이브를 다녀왔다. 장어요리를 대단히 잘하는 식당이 그 산 중턱에 있었다.

유메의 집 앞으로 그녀를 데리러 갔을 때, 그녀가 멀리서 천천히 걸어오는 모습에 가슴이 두근거렸다. 유메는 머리를 양 갈래로 묶고 베이지색 원피스를 입었는데 허리 부분이 잘록하게 들어가고 치마 부분은 밑으로 넓게 퍼진 옷이었다. 장신구는 아무것도 착용하지 않았다. 이목구비가 화려하고 뚜렷해서 장신구 없이도 충분히 매혹적이었다. 굽이 낮은 핑크색 힐을 신고 있었는데 힐의 뒤꿈치 부분에 하얀색의 작은 리본이 달려있었다.

식당에 도착했을 땐 이미 해가 머리 위에 떠 있었고 긴 장마가 끝나자마자 세상에 나온 매미들은 온 산이 울릴 정도로 쩌렁쩌렁하게 울어대고 있었다.

드라이브 데이트를 다녀오고 며칠 뒤, 우리는 하라주쿠역 근처에서 만나 오랫동안 술을 마셨고, 그날 처음으로 키스를 했다.

이자카야는 이른 저녁 시간인데도 손님이 많았다. 왁자지껄한 소리를 피해 가게의 가장 안쪽자리에 앉았다. 하지만 사람들 말소리는 조금도 작아지지 않은 느낌이었다.

안주로 모둠 생선, 참다랑어 소금구이, 감자크로켓, 각종 야채가 들어간 나베를 먹었고 사케를 5병이나 마셨다. 천천히 마시기도 했고 유메도 주량이 세서 둘 다 많이 취할 정도는 아니었다.

"우리 이만 일어날까요?" 자정을 넘겼을 때, 내가 말했다.

차로 가기 위해 골목 사이에 있던 주차장으로 걸어갔다.

한동안 잠잠하던 비가 다시 내리기 시작했고 이내 폭우가 되어 쏟아졌다. 덕분에 우리는 갑작스러운 소나기에 머리도 옷도 모두 젖은 상태가 됐다.

우리는 차의 뒷좌석에 나란히 앉아 히터를 틀어두고 젖은 머리와 옷을 말리며 음악 없이 조용히 비 내리는 소리에 집중했다. 그리고 누가 먼저랄 것도 없이 키스했다. 그건 너무 자연스러워서 마치 그렇게 예정되어 있던 일이 당연히 일어나듯 했다. 그녀의 입술은 두툼했고 립스틱을 바르지 않아 화장품 특유의 맛이나 향기가 나지 않았다. 오롯하게 그녀의 볼에서 나는 은은한 살 냄새만 풍겨왔다. 나는 두근거리는 심장 소리를 들으며 키스에만 집중했다. 그녀의 심장 소리인지 내 심장 소리인지 분간할 수가 없었다.

내가 장난치듯 윗입술을 핥자, 유메가 짧은 신음을 뱉었다. 그 소리를 조금 더 듣고 싶어 그녀의 티셔츠 안으로 손을 넣었다. 크고 부드러운 가슴이 얇은 하프 컵 브래지어 안에 숨어있었다. 나는 조금 더 용기를 내어 유메의 티셔츠를 가슴 위까지 올리고 브래지어를 밑으로 내려 양쪽 가슴을 모두 꺼냈다. 어두워서 잘 보이지는 않았지만 완벽한 가슴이었다. 밑 가슴부터 천천히 입술을 가져다 대고 혀로 간질이듯 핥았다. 유메의 신음소리와, 빗방울이 차의 지붕에 닿는 소리가 함께 차 안에 울렸다. 내 입술이 유메의 젖꼭지에 닿았을 때, 유메의 신음소리가 거세게 내리치던 빗소리보다 더 크게 차 안에 울려 퍼졌다. 내가 유메의 귀에 짓궂게 속삭였다. "젖었어요?"

유메가 잠시 무언가를 고민하더니 내 손을 자신의 청바지 단추 쪽으로 가져다 대며 작게 말했다.

"확인해 볼래요?"

◆

비가 세차게 내리던 날 밤 이후로 다시 만났을 때, 나는 유메에게 선심 쓰듯 정식으로 만나자고 고백했다가 호되게 차였다.

"미안해요. 저는 연애에 어울리지 않는 타입이라…. 절대로 케이시가 마음에 안 드는 건 아니에요. 그냥 제 문제예요."

고백을 해본 경험이 많지는 않았지만(생각해 보니 처음이었다), 이성에게 차였다. 그 사실이 과하지 않을 정도로 언짢았고, 과하게 민망했다. 혼란스러웠다. 감정으로 보나 스킨십의 단계로 보나 분명히 사귈 타이밍이었다. 서로 충분히 교감을 나누었다고 생각했기에 돌아온 유메의 답변, 그 거절이 적잖이 곤혹스러웠다.

유메가 더욱 특별하게 느껴졌다. 말 몇 마디만 나누면 굳이 먼저 침대로 가자고 했던 여자들하고는 본질적으로 다른 존재 같았다. 나를 마다하는 이유도 납득이 가지 않았다. 본인은 연애에 맞지 않는 사람이라니, 그런 기준이라도 있는 걸까?

나와 유메는 친구도, 연인도 아닌, 어중간한 관계로 한 달을 더 만났다. 그 사이 나는 내 진심을 증명하기 위해 손 한 번 안 잡고 데이트를 계속했다. 물론 점점 더 애타고 있었다.

14

노르웨이의 숲

유메

"저 왔습니다."

늘 그렇듯이 안쪽에서 대답은 없었다. 오후 6시도 안 된 시간이었지만 집안의 불은 다 꺼져있다.

집에는 아빠와 100세가 넘은 할아버지, 할머니가 살고 있다. 다들 대부분의 시간을 방에서만 보내고 밖으로 나오질 않았다.

내가 아홉 살이 되던 해에 엄마가 남동생을 데리고 집을 나가버린 뒤로 아빠는 말수가 급격하게 줄어들었다. 아빠는 회사도 그만두고, 친구도 만나지 않고, 집에만 있었다. 하루 종일 서재의 책상에 앉아있지만 무언가를 하는 것 같지는 않았다.

집에는 적막감만 감돈다. 식사도 각자 따로 하고, 서로 대화를 하는 일도 없다. 가족이 살고 있는 집이 아니라 묵언 수행을 하는 이들이 모인 셰어 하우스 같았다. 아니, 이미 죽은 사람들로만 가득한 묘지 같았다.

발걸음 소리를 내지 않고 고양이 발로 조용히 내 방문을 열고 들어갔다. 내 방은 지나칠 정도로 단조롭다. 침대, 침대 옆의 작은 협탁, 화장대 겸 책상, 책장, 옷장, 발코니로 나가는 창문과 커튼이 전부다. 벽에 액자나 벽시계 같은 소품은 일절 걸려있지 않았다. 아빠가 벽에 함부로 못을 박거나 뭔가를 붙이지 말라고 몇 번, 몇십 번, 몇백 번이고 말했기 때문이다. 옷장만 닫아둔다면 여기가 20대 여자가 사는 방이라고 아무도 생각 못 할 것이다. 언젠가 TV 여행프로그램에서 본 이탈리아 어느 지방 수도승의 방이 딱 이렇게 생겼다. 미칠 노릇이다. 내 방이지만 전혀 정이 안 간다. 무엇하나 내 것이라는 느낌이 조금도 들지 않는다.

화장대 거울에는 흰색 포스트잇이 잔뜩 붙어있었다. 아빠가 써서 붙여둔 것들이다.

'외출할 때는 방의 난방과 에어컨을 꺼둘 것.'

'제발. 외출할 때는 방의 난방과 에어컨을 꺼둘 것.'

'마지막으로 얘기하는데, 외출할 때는 방의 난방과 에어컨을 꺼둘 것.'

'화장실에서 흡연하지 말 것.'

'식사 후에는 반드시 설거지해 둘 것.'

'그제 아침 식사 후 설거지 안 했음. 설거지 바로 해 둘 것.'

'외출할 때는 미리 방 청소해 둘 것.'

'방 청소해 둘 것.'

"설거지해 둘 것."

구역질이 났다. 같은 말을 몇 번이나 반복해 놓았다. 나는 신경질적으로 거울에 붙어있는 포스트잇을 쥐어뜯어 휴지통에 넣었다. 휴지통은 포스트잇으로 가득했다.

휴대전화를 켜고 메시지를 확인했다. 오후 동안에만 31개의 문자가 와 있었다. 대부분 아빠한테서 온 문자였다. 모조리 삭제했다. 어차피 포스트잇과 같은 내용일 테니 확인할 필요도 없다.

발코니로 나가 담배를 피웠다. 초고층 아파트라 도쿄 시내가 한눈에 내려다보였다.

"도쿄에서 가장 비싼 최고급 아파트라…."

남녀노소를 가리지 않고 대다수의 도쿄 시민은 이곳에서 살고 싶어 한다. 마치 여기에 입주만 하면 그 순간부터 행복이 보장된 삶을 누릴 거라고 단단히 착각하고 있다. 담배 연기를 폐 깊은 곳까지 빨아들였다가 천천히 내뿜고는 조용히 말했다.

"세상은 그렇게 단순하지 않단다. 바보들아."

발코니 문을 닫고 방으로 들어와 침대에 누워 책을 폈다. 톨스토이의 『안나 카레니나』였다.

'행복한 가정은 대부분 비슷한 이유로 행복하지만, 불행한 가정은 저마다의 이유로 불행하다'는 첫머리가 끌려서 읽기 시작했다. 안나라는 러시아 귀족 여인이 남편을 두고, 브론스키라는 남자와 바람을 피우다가 불륜남의 사랑이 식자 점점 더 그에게 집착하고 사랑을 갈구한다는 내용이었다. 후반부로 갈수록 재미없어서 읽기를 그만뒀다.

차라리 제인 오스틴 쪽이 더 내 취향이다. 책장에서 『이성과 감성』을 꺼내 아무 페이지나 펼쳐 읽었다. '사랑은 일편단심이라는 생각이 매력적이긴 해도, 꼭 그래야만 한다는 건, 맞지도 않고 가능하지도 않아.' 역시, 제인 오스틴이 훨씬 더 현실적이다.

케이시와는 7년 만에 우연을 가장한 '플러팅'으로 재회했다.

자기 전에 심심해서 데이팅 애플리케이션으로 뻔하고 한심한 남자들을 구경하다가 낯익은 인물이 보여서 '좋아요'를 보냈다. 케이시가 반갑다며 내일 선약이 있는지 물어왔다.

모델 일을 하다 보면 꼭 이렇게 사적으로 얽히거나 접근하는 사람들이 있었다. 사람에 대해 다소 시니컬한 편견이 있는 나는 어차피 케이시도 다른 남자들과 똑같은 생각-밑져야 본전이라는 마음으로 잘 되면 나랑 어떻게 한 번 해보는 거고, 아니면 안부나 나누는 거고- 으로 내게 툭 하고 던져 봤다는 것을 안다. 오해든 진짜든 상관없다. 어차피 심심했다.

나는 좀 뻔하다. 그들의 기대를 들어 준다고 나에게 해가 갈 일이 있겠나 싶었다. 나는 알고 있었거나 오해하고 있었다. 케이시도 그냥 뻔한 남자 인간 중 한 명일 것이라고. 단지 어느 정도 속아줄 준비가 되어있었다. 지독하게 무료했으니까. 피차 서로 이용하는 것으로 생각했다.

"네, 좋아요. 긴자 쪽에서 봐도 괜찮을까요?"

만나자는 케이시의 제안에 최대한 예의 바른 척 답장했다. 대부분 남자는 나처럼 예쁜 여자가 공손함까지 갖추면 백이면 백 다 넘어온다. 남자를 내게 반하게 만드는 일은, 외출할 때 내 방의 개별난방을 끄는 버튼을 누르는 것보다 더 쉬운 일이다.

멀리 가기 귀찮아 집 근처에서 보자고 했다. 물론 케이시는 좋다고 답했다.

부자면 뭐 하나, 그 역시 뻔한 남자 중의 하나였다.

간과했던 점이라면 내가 그 인간을 너무 만만하게 봤었다는 것이다. 그는 보통의 빤한 남자 인간이 아니었다. 그 인간은 사랑이 심각하게 넘쳐나는 바보였다. 딱 자기가 키우는 그 골든레트리버처럼 순하고 맹목적이고 선량한 바보였다. 그런 그가 짜증났다.

케이시와의 첫 번째 만남, 긴자역 근처의 한 닭요리 전문 식당이었다. 맛은 없었던 걸로 기억한다. 그날 나는 일정이 일찍 끝나혼자 근처 카페에서 무라카미 하루키의 『노르웨이의 숲』을 읽고 있었다.

케이시는 미팅이 늦게 끝났다며 약속 시간을 진즉에 늦췄던참이었다. 이제 와서 생각하면 케이시에게 미팅 따위는 없었을것이다. 친구나 다른 여자를 만났던 거겠지. 케이시는 그저 돈 많은 한량이었으니, 분명 급한 용무 따위는 없었을 것이다.

"유메 씨, 어서 와요. 오랜만이네요."

케이시는 딱 내가 원하던 써드인데 본인은 자각하지 못하고첫 재회에서 너무 순진하게 굴었다. 옅은 청바지 차림에 연두색셔츠를 입고 자리에 앉아 있다가 그 큰 키로 어색하게 일어나 나를 맞이했다.

"그동안 잘 지내셨어요? 요즘 하는 일이 어쩌고저쩌고."

정말 빤한 대화, 지겨워지도록 했던 소개 자리에서 할 법한 대화나 하면서 내 영혼은 반쯤 나가 있었다. 어색하고 낯섦에 밥도잘 넘어가지 않아 대충 먹는 둥 마는 둥 하고 있는데 케이시가 말했다. "어? 하루키네요?"

내 작은 가방에서 책 모서리가 빼꼼 나와 있는 『노르웨이의 숲』을 가리키며 케이시가 말했다.

'아이고, 아는 척하네.' 속으로 비웃었다.

그런데 케이시가 가방에서 하루키의 『해변의 카프카』를 꺼냈다. 그리고 해맑게 웃었다. 나는 좀 묘했다. 『노르웨이의 숲』을 읽으며 등장인물의 자기 연민에 역겨워하던 참이었는데, 케이시는 같은 작가의 책을 동시에 읽고 있는 것 그 자체를 신기해하는 듯이 보였다. 겨우 이깟 우연으로 운명이라도 느낀 걸까. 그게 뭐가 그리 특별한 일인지는 모르겠지만 학습된 사회적 화법으로 간신히 동조했다. "우와, 신기하네요."

케이시는 보기와 달리 독서를 꽤 많이 한 것 같아 보였다.

'이 인간은 언제 이렇게 책을 많이 읽은 걸까?' 하는 생각이 문득 들었다. 나는 집에 있는 시간 대부분을 할 게 없어서(할 수 있는 게 없어서) 독서했다. 소설 속의 가상현실만이 유일한 안식처였다.

하지만 케이시는 20대 내내 바쁘게 사업을 해온 사람이었다. 잠깐이지만 촬영장에서 몇 번 마주친 케이시는 일상 대화가 불가능할 정도로 끊임없이 업무 전화를 받고 바삐 움직이고 있었다. 그런 케이시의 문학적 지식과 식견은 꽤 폭이 넓었다. 대화에 성의도 있었다. 좋아하는 책을 묻기에 대충 『해리포터』라고 대답했다. "왜요?" 케이시가 그 이유도 묻기에 '볼드모트가 좋아서'라고, 일부러 헛소리했는데 그는 꽤 진지하게 생각하며 공감할 수 있다는 듯이 답했다. 진짜 바보인가, 아니면 눈치가 없는 건가.

그래도 문학에 호기심이 많은 사람에게 우호적인 나는, 케이시에게 질문이 많아졌다. 마크 트웨인은 어땠는지, 헤밍웨이는 어땠는지 물어볼수록 케이시는 신나서 자신의 얘기를 풀어댔다.

케이시가 들려주는 이야기는 나름 흥미로웠다. 그 내용을 이렇게 풀이할 수도 있구나, 하는 감탄도 했다. 내 표정과 눈에 케이시에게 점점 집중하는 기색이 역력해져 갔지만 자제하려 노력했다. 몇 번쯤 더 봐도 괜찮겠다 싶었다.

케이시는 서른한 살로 적당히 젊고, 키가 크고 아주 잘 생겼다. 모델 일을 할 때 같이 촬영했던 다른 남자 모델들과 비교해도 전혀 뒤떨어지지 않을 만큼 잘생겼다. 게다가 문학에 대한 지적인 깊이가 마음에 들었다. 그가 얼마나 성공한 부자인지는 관심 밖이다. 돈 따위에는 별 관심이 없으니까.

"데려다주셔서 감사합니다. 조심히 들어가세요."

"유메 씨, 우리 다음 주에도 데이트할까요? 하나 골라보세요. 우리 집에서 같이 음식 만들어 먹기, 다른 하나는 근교에서 장어 요리를 먹기, 또는 맛 좋은 이자카야에서 술 마시기."

그는 역시 닛토(한량)였다. 남들 한창 일 할 평일 오후에 드라이브를 하자니. 아아, 자기 회사의 서비스를 해외 광고까지 할 정도의 글로벌함은 이제 사라진 것인가?

어쨌거나, 집? 자기 집에 오라는 것도 부담스럽고 장어 따위를 먹자고 멀리 나가는 것도 싫었다.

"신주쿠에서 술 마시고 싶어요." 나는 분명히 그렇게 답했다.

일주일 뒤, 두 번째 만남에서의 나는 안타깝게도 새벽부터 산으로 가는 차에 앉아 있었다. 분명히 시내에서 술을 마시자고 했는데 일이 그렇게 되어버렸다. 케이시는 가려던 이자카야의 예약이 불가능하게 됐다며 나를 산골짜기로 끌고 가는 것이다.

'뭐 이런 준비성 없는 남자가 다 있을까, 그냥 아무 술집이나 가도 되는데.'

준비성 없는 남자는 질색이라고 생각했다. 설상가상으로 아침 일찍부터 출발했음에도 길이 무척 막혔다.

'친하지도 않은 남자와 이렇게 긴 시간, 차에서 도대체 무슨 이야기를 하지?'

친하지도 않은 남자와 드라이브하겠다고 나온 내 어리석음을 되돌아보는 시간이었다. 그나마 다행인 점은 케이시는 말이 많았다는 것 정도. 그는 끊임없이 무언가를 말해댔다.

"유메 씨, 길이 막히네요. 미안해요. 하지만 거기 장어요리 진짜 맛있어요. 조금만 기다려요."

산 중턱에서 먹는 중년 감성에 버무려진 장어요리를 먹어봐야 내게 무슨 기쁨이 있겠냐마는 나는 알겠다고 했다.

"신경 안 쓰셔도 됩니다. 저는 괜찮아요."

안 괜찮았다. 그저 혼자서 지치지도 않고 얘깃거리를 찾는 케이시에 대한 신기함만이 차에 꼼짝없이 갇혀버린 상황을 견딜 수 있게 해 주는 유일한 버팀목이었다.

다시 일주일 뒤, 세 번째 만남. 드디어 술집이다.

케이시는 두 번째 만났을 때 내게 이성적 호감을 느꼈던 것 같다. 장어요리를 먹고(그의 호언대로 맛은 있긴 했다) 집에 돌아오는 차 안에서 손을 잡아도 되냐고 조심스레 묻던 그다.

'순진한 척하네' 하고 생각했지만 뭐. 그 정도쯤이야 라는 마음으로 손을 내어줬다. 케이시의 손을 잡으며 난 이미 그에게 흥미를 잃었다.

식당 예약 하나 똑바로 못하는 남자, 장어요리를 먹으며 자신이 세상의 시선 때문에 오히려 검소하게(검소한 사람이 혼자서 차를 3대나 가지고 사냐?) 살려고 노력 중이라는 남자, 이제는 딱히 하고 싶은 것도, 이루고 싶은 것도 없다고 말하는 31살의 남자. 그가 두 번째 만남에서 내게 표현한 자기 자신은 그랬다.

한심했다. 세상의 시선에 얽매여 자기 행동을 결정하는 사람에게는 별 관심이 없다. 나도 뻔한데, 그런 부류는 더 뻔하다. 돈을 아무리 많이 벌어놨다고 해도 젊은 나이에 앞으로 하고 싶은 것도 없다니. 나는 케이시를 무시하기로 결정했다.

그러나 이자카야에서의 만남은(무시하기로는 했지만 심심해서 또 만났다) 케이시에 대한 내 무관심과 본능을 동시에 일깨웠다고 볼수 있다.

그를 무시하지 않았더라면 그에 대한 인스턴트 한 욕구가 생기지 않았을 테니까. 무슨 얘기냐고? 본능은 인스턴트 해야 재밌는 법이다. 나는 사귀지도 않는, 좋아하지도 않는 남자와 스킨십을 해 버렸다. 그것도 꽤 야하게.

술을 다 마신 뒤, 집에 가려고 할 즈음부터 비가 내리기 시작했다. 케이시가 운전 대행 기사를 불렀고, 우리는 빗소리를 들으며 차 안에서 한참을 앉아있었다.

기사는 금방 오지 않았다. 어차피 케이시가 기사를 늦게 부르거나, 부른다 해도 이런 날 이런 시간에는 빨리 오지 못 할 것이라는 걸 알고 있었다. 차 안에 앉아있던 우리 사이에 성적인 긴장감이 흐르고 있었고(어쩌면 술집에서부터) 그게 어떤 식으로든 해결이 되고 난 뒤, 귀가할 것이었다. 내가 그렇게 정했다. 케이시도 그렇게 정했을 것이다.

"키스할래요?" 케이시가 대뜸 물었다.

그는 키스를 제법 잘했다. 그의 손이 자연스레 내 가슴에 닿았다. 그가 내게 감겨오는 기분이 들었다. 나 또한 그에게 감기는 것만 같았다. 그의 페니스에 손을 갖다 댔다. 사이즈를 가늠해 보고 싶었다.

"젖었어요?" 가늠이 끝나기도 전에 케이시가 물었다. 예상치 못한 멘트에 잠시 고민하다가 내가 말했다. "확인해 보실래요?"

케이시의 손은 곧장 내게 말 그대로 감겨오기 시작했다. 그의 손은 따뜻했고, 내 안에 들어왔을 때 내 열기로 더욱 뜨거워졌다. 그를 가늠하기도 전이었는데 내 몸은 이미 준비를 마친 것만 같았다. 그의 손가락 온도와 대비되는 내 안의 높은 온도에 당황스러웠다. 그것조차 묘한 흥분을 안겨줬다. 내가 무시하기로 결정한 남자를, 내가 뜨거운 온도로 원하고 있다니.

케이시라는 남자에게 이성적으로 흥미를 잃었지만, 육체적으로 반응하는 것까지 막을 수는 없었다. 그 손에 나를 맡긴 채로 빗소리를 들었다. 케이시의 능숙한 손짓에 그대로 내 몸은 백기를 들어버렸다. 내 몸이 너무 큰 반응을 하고 있었다. 내 마음은 혼란스러운데 케이시의 손은 아는지 모르는지 나를 계속 휘저어 놓았다. 티를 안 내려고 노력했지만, 그 잠깐의 시간 동안 오르가슴을 느꼈다.

케이시와의 네 번째 만남. 끔찍한 일이 생겼다.

오후에 있었던 구두 촬영 때문에 뒤꿈치 살이 까져있었다.

"잠깐 기다려요." 케이시는 밥 먹다 말고 그렇게 외치더니 큰 몸을 잽싸게 움직여 내 시야에서 사라졌다. 뭐야, 어디 갔지?

5분이 지난 뒤, 케이시의 손에 약과 밴드가 들려있었다.

"다치지 마세요, 내가 약 발라줄게요."

"괜찮아요, 제가 할게요."

정말이지 부담스럽고 속이 뻔히 보이는 호의였다.

케이시는 내 말을 가볍게 무시한 뒤 내 발에 연고를 발랐고, 그 위에 밴드를 붙였다. 그 손길에 성적인 느낌은 없었다. 그냥 순수한 호의인 건지 헷갈렸다.

"다 먹었는데 나갈까요?" 나는 회피하는 마음으로 케이시를 밖으로 끌어냈고, 우리는 잠시 걸었다.

"손잡아도 되죠?" 케이시가 말로는 물었지만, 물음이 아니라 당연히 잡아야 한다는 투였다.

나는 기가 막혔다. '스킨십 좀 한 번 했다고 내 손이 당연히 네게 가야 하냐?' 물론 속으로만 말했다.

진심과 정성과 부정을 담아 거절한 뒤, 우리는 어색하게 걷다가 각자의 집으로 귀가했다.

　그때부터였다. 케이시가 내게 전력으로 돌진하기 시작한 것은.

15

작은 방심의 대가

케이시

유메처럼 나와 교제하기를 거부하는 이성은 처음이었다.

그러면서 데이트를 하자고 하면 또 만나기는 잘 만나줬다. 사귀지는 않으면서 연인 비슷한 관계로 지내는 어정쩡한 관계였다. 섹스 파트너는 아니었다. 키스를 한 이후로 한 달 동안 우리는 손도 안 잡았다. 나는 첫사랑을 그리듯 점점 더 애타게 유메에게 구애했다. 그렇게 한 달이 지난 뒤 비가 많이 내리던 날, 첫 섹스를 하게 되었다.

요리한 음식을 안주로 집에서 같이 술을 마시고 있었을 때였다. 그날따라 나와 유메 사이에는 묘한 기운이 흘렀다. 한 달 전 비 오는 날 밤, 차 안에서 흘렀던 그런 종류의 기류였다. 그러고 보니 그날도 창밖으로 비가 많이 내리고 있었다. 한여름의 더위를 식혀주는 시원한 여름비였다.

"케이시, 나 잠깐 눕고 싶어."

거실에서 한창 술을 마시던 중에 유메가 말했다.

유메는 말없이 2층으로 올라갔고 나는 혼자 빗소리를 들으며 술을 더 마시고 있었다. 20분쯤 지났을까. 유메가 휴대전화로 메시지를 보내왔다.

"옆에 와서 누울래?"

메시지를 확인하고 2층으로 올라갔다.

조심스럽게 두 번 노크하고 방에 들어갔다.

전등과 스탠드 등은 모두 꺼져있고 창문을 통해 들어오는 정원의 등빛만이 방안을 희미하게 비추고 있었다. 유메는 이불을 턱 밑까지 덮고 있었다. 조심스럽게 다가가 그녀의 옆에 누웠다. 이불 안에서 유메가 내 어깨 품으로 들어왔다.

나는 그제야 유메가 속옷도 입지 않은 알몸 상태라는 것을 알았다. 유메가 갑자기 키스를 해왔고, 천천히 내 윗옷과 바지와 속옷을 벗겼다. 왜인지 모르겠지만 유메는 이미 잔뜩 젖어있었다. 그날 밤 우리는 오랫동안 사랑을 나눴다. 연기인지 아닌지 모르겠지만 유메도 여러 번 오르가슴을 느낀 것 같았다. 유메가 3번째 오르가슴을 느꼈을 때, 창밖의 비는 그쳤다.

평소에 꽤 보수적이고-특히 옷차림이 그랬다- 정숙해 보였던 유메는 관계를 하고 나자, 그 행위에 대한 책임감이 들었던 건지, 뜻밖에도 본인이 먼저 교제하고 말했다. 나는 뛸 듯이 기뻤다. 이제 한 사람에게 정착할 수 있게 됐다. 그것도 아주 예쁘고 독서를 좋아하며 톡톡 튀는 매력까지 갖춘 사람과.

꽤 달콤한 연인 사이가 되었다.

뜨겁게 사랑했다. 디자이너라는 직업군의 특성상 유메는 출

퇴근이 자유로워서 우리는 같이 오키나와, 규슈로 국내 여행도 다녔고 서울과 하와이로 해외여행도 다녀왔다.

많은 시간을 함께했다. 산책하고, 드라이브를 하고, 지하에 마련된 개인 극장에서 영화도 실컷 보고, 요리도 같이하고, 사랑도 무수히 많이 나누었다. 당연히 데이팅 애플리케이션도 지웠다. 유메만 있으면 충분했다.

"난 개는 정말 싫어." 유메가 하루를 보며 심각한 표정을 짓곤 말했다.

"왜?"

"부르지도 않았는데 저렇게 쪼르륵 달려와서 애정을 갈구하는 것도 싫고, 친한 척하는 것도 싫어."

"근데 미루는 예뻐하잖아."

"미루는 너무 귀엽잖아. 싹수는 없어도." 유메가 미루를 안아 들고 얼굴을 비비며 말했다.

미루는 자신을 향한 과도한 애정 표현이 부담스러운지 잔뜩 인상을 찡그리고 두 앞발을 허공에 휘저으며 열심히 그녀의 얼굴을 막고 있었다. 부질없는 저항이었다.

"둘 다 내가 사랑하는 가족들이야. 하루도 예뻐해 주면 좋겠어."

"생각해 볼게. 그래도 하루는 똑똑하고 착한 것 같으니까." 유메가 선심 쓰듯 하루의 이마를 쓰다듬어 주며 말했다.

"나 케이시랑 결혼할까? 케이시, 나랑 결혼할래?"

계절이 바뀌고 늦가을 저녁, 팔짱을 끼고 함께 정원을 걷던 유메가 말했다.

가을이 많이 깊어져 있었다. 바스락거리며 발에 밟히는 낙엽 소리에 귀뚜라미 울음소리가 섞여 들려오고 있었다. 이제는 유메와 함께 있는 시간이 너무도 익숙해져서 그녀를 바래다주고 집으로 돌아올 때면 더없이 외롭고 고독하다고 느끼던 시기였다.

"그래, 그러자. 우리." 나는 조금의 망설임 없이 웃으며 답했다.

부유한 가정에서 외동딸로 성장했고, 좋은 학교를 나와 자기 전공을 살려 열심히 일하고 있는 사람. 아름다운 외모뿐만 아니라 폭넓은 독서로 대화도 곧잘 통하는 여자. 이런 사람과 함께라면 충분히 남은 인생을 재미있게 보낼 수 있을 것 같았다.

먼저 내 양부모에게 찾아가 인사를 하고 결혼 의사도 밝혔다. 양부모는 뛸 듯이 좋아하며 축복해 줬다. 곧바로 결혼식장을 보러 다녔고, 반지도 맞췄다. 모든 게 순조로웠다.

16

쇼윈도 부부와 왕자님

유메

"소개해 주고 싶은 사람들이 있어요, 내가 정말 아끼는 좋은 사람들이랍니다."

케이시가 나를 자기 집에 초대했다. 그의 친구인 가즈키라는 사람과 그의 여자친구인 하츠네라는 사람까지 이렇게 넷이 모여 작은 스테이크 파티를 하자는 제안이었다.

그날로부터 며칠 전, 케이시는 내게 정식으로 교제하자며 고백했다. 당연하지만 난 거절했다. 케이시라는 인간과 교제하기 시작하면 정말 그대로 그만을 진심으로 사랑하고 동시에 그에게 사랑을 갈구하는 뻔한 여자가 될 것만 같아서 마음속 깊은 곳에서 반발심과 거부감이 들었다.

지금까지의 내 삶을 유지하고 싶었다. 결혼한다면 각자의 사생활에 조금도 관여하지 않는 쇼윈도 부부로 살고 싶다.

톨스토이의 소설에서 읽었던 19세기 러시아 상류층처럼 서로의 명성을 해치지 않는 선에서 상대의 불륜을 눈감아줄 수 있는 부부관계. 그게 가장 이상적인 관계이다. 어차피 영원한 사랑 따위는 유치한 드라마나 애정결핍에 걸린 인간들의 주머니를 노린 로맨스 소설에나 있는 일이다. 사랑? 애초부터 기대를 안 하면 되는 것이다. 그러면 상처받을 일도 없다.

결혼은 빨리 하고 싶었다. 그 답답하고 숨 막히는 집에서 하루라도 빨리 도망치고 싶었다. 아빠는 내가 독립해서 사는 것조차 막았다. 그렇다고 도망치듯 그 집을 나왔다가는 아빠가 삶의 끈을 놓을 것만 같다는 불길한 확신이 엄습해 발목을 잡는다. 엄마처럼 나도 자기를 버렸다고 생각할 게 분명했다. 그 집을 별 탈 없이 나오려면 비교적 부드럽게 좋은 일로 나와야 할 판이었다.

그렇기에 결혼은 나의 유일한 탈출 수단이다. 내가 원하는 상대가 아직 없었을 뿐, 결혼하자고 하는 남자들은 많다. 내 입으로 말하긴 그렇지만(하지만 사실이다) 나는 키가 크고 매우 예쁘고 귀엽게 생겼다. 골반과 다리와 가슴도 훌륭하다. 좋은 학교를 나왔고, 좋은 직장에도 다니고 있다. 부모님도(별거 중이라는 사실은 아무에게도 얘기 안 했으니) 나름 중산층 이상의 자산가다. 어릴 때부터 광고모델을 오래 해서 내 팬클럽이라는 것도 있는 모양이다. 나는 나를 완전히 감추고, 상냥하고 조숙하고 지적인 여자로 연기도 잘했다. 그러므로 남자들에게 인기가 많은 건 아주 지당한 일이다.

어쨌거나 내가 고백을 거절했는데도 케이시는 나를 작은 파티에 초대했고, 그에 대해 알고 싶다는 인간적 호기심과 관심, 어느 정도의 성적인 목적이 혼합돼 나는 또 좋다고 그 집엘 내 발로 갔다.

그의 집은 지유가오카에 있었다. 그가 데리러 와준다고 했지만 부담스러워 사양하고 전철을 탔다.

"이런 집에서 혼자 산다고….."

케이시의 집은 입이 떡 벌어질 만큼 컸다. 골목 초입에서 저 멀리 바라보는 외관부터가 압도적이라는 말로 부족할 정도였다. 담벼락은 웬만한 주택의 2층 높이는 되는 것 같았다. 집 내부에 엘리베이터가 있는 것도 충격이다. 제대로 세어 보지는 않았지만, 방이 13개? 14개? 는 있던 것 같다.

이런 집이라면 메이드복을 입고 있는 가정부가 여럿 있어야 하는 거 아닌가 싶다. 정원도 넓어서 그 거대한 골든레트리버가 전력으로 질주해도 반대편 담벼락까지 도달하는 데 시간이 꽤 걸릴 정도였다. 도쿄 한복판에 이렇게 성 같은 집에서 혼자 살고 있는 젊은 남자가 있다니 신기했다. 〈미녀와 야수〉에 나오는 야수 같기도 했다. 그렇지만 농담으로라도 야수라고 부르기에는 케이시는 너무 잘 생겼다.

그가 '최대한 검소하게 살려고 노력 중이다'라는 말이 어느 정도 수긍이 갔다. 그가 입고 있는 옷, 맛집이라고 찾아다니는 식당과 이런 저택은 그다지 어울리지 않았다. 그의 재산이 대략 천억 엔 이상이라는 사실을 들었을 땐 기가 찰 지경이었다.

꽃꽂이가 취미라더니 정원은 잘 관리된 작은 식물원 같았다. 소나무와 벚나무 여러 그루가 담장을 따라 정원을 크게 한 바퀴 두르고 있었는데 한그루, 한그루가 매우 잘 손질되어 있었다. 실내도 청소를 자주 하는지 고양이를 키우는 남자 혼자 사는 집이라고는 상상하기 어려울 정도로 깨끗했다.

아. 고양이. 내 사랑 고양이.

케이시가 얼마 전에 길고양이를 데려와 키우기 시작했다는데 사진보다 실물이 더 귀여웠다. 낯을 많이 가리는지 자꾸 도망을 다니고 숨었는데, 소파 밑에 있다가 나한테 잡혀서 그날 내내 내 품에 안겨 있었다. 사실 그 집에서 그 고양이가 제일 탐이 났다. 미루랑 함께 있으면 하루 종일 심심할 틈이 없을 것만 같다.

1층 거실 옆 복도에는 대형 사이즈로 제작된 패널 액자가 길게 걸려 있었다. 내가 모델로 출연했던 그 광고 당시의 뉴욕 맨해튼 타임스 스퀘어 전경이었다. 이렇게 과거를 마주하니 느낌이 묘했다. 그때는 내가 지금보다 순수했는데…. 아니다. 다 옛날 일일 뿐이다. 지금처럼 사는 게 여러모로 편하다. 상처받을 일도 없고.

루프탑은 정원만큼이나 넓었다. 야외결혼식을 해도 될 지경이다. 한가운데에는 원목으로 된 파고라가 멋지게 놓여 있었다. 그 파고라의 위에 면 재질의 흰 천이 길게 양 끝 아래까지 두 줄로 걸쳐져 있었다. 천들은 바람에 잔잔히 출렁이고 있었다. 하얀 파도 같았다. 파고라의 맞은편에는 요리할 수 있는 바 테이블과 싱크대, 조리대가 있었다. 루프탑의 안쪽에는 작은 오두막 건물을 짓는 중이었는데 야외 노천탕이 될 예정이라고 했다.

케이시는 스테이크용 고기와 버섯, 채소류, 양념 재료들과 술을 루프탑에 세팅하고 있었다. 그 전문적인 손놀림에 이 인간 요리사 출신인가 싶었다. 익숙하게 고기를 굽고, 야채를 자르고, 자른 파프리카에 양념 소스를 만들어 넣고, 숯불에 익히는 일련의 과정이 케이시에게는 무척 자연스러워 보였다.

나는 친구가 없다.

반면 이 남자는 친구들을 초대해 요리해 주는 것을 익숙하게 하는 모습을 보자니, 그동안 이런 자리가 많았던 것으로 보였다.

'나와는 코드가 안 맞을 것 같은데, 비사교적인 나와 어디서 교감지점을 찾는 것일까?' 그래도 조금씩 그를 관찰하고 싶어졌다.

"자, 이제 다들 먹어도 돼." 숯불 앞에서 이마에 땀방울이 맺혀 있던 그가 말했다.

케이시가 가장 먼저 내 접시에 적당히 잘 익은 스테이크와 버섯을 담아 그 위에 자신이 만든 베이컨 크림소스를 뿌려주었다.

"먹어봐."

케이시가 환하게 웃으며 말했다. 볼펜으로 꾹 누른 것처럼 양볼 아래에 보조개가 예쁘게 들어간 맑은 미소였다. 가끔 보면 이 인간이 나보다 예쁜 거 아닌가 싶을 때도 있다.

내 접시에 자신이 요리한 것을 예쁘게 웃으며 담아주는 모습에 약간은 설렜다고 인정한다. 더 솔직하게는, 그때 케이시의 모습은 왕자님 같았다.

왕자님? 진부하고 유치한 표현이지만 내 머릿속에 떠오른 단어는 그거였다. 남자 따위를 보고 왕자님이라고 느끼다니. 수치스럽고 불쾌했다.

한 달 정도 더 케이시를 만났다. 그 사이 그는 꽤 지극 정성으로 구애를 해왔다. 약간은 미안한 마음이 들 정도로 케이시는 꽤 성의를 보였다. 자신의 마음이 진심이라는 걸 보여주고 싶었는지 그 한 달 동안 손조차 잡지 않고 조심스럽게 나를 대했다. 차라리 육체관계의 대상으로만 대했다면 일이 수월했을 텐데, 그는 번지수를 한참 잘못 짚고 있었다.

"케이시, 우리 사귈까?"

그렇게 한 달을 지낸 후에 그의 집에서 처음으로 섹스를 한 날 (참다못한 내가 꽤 적극적으로 유혹했다), 내가 케이시에게 정식으로 교제하자고 말했다. 본능은 인스턴트 해야 재미있는 법인데, 그는 섹스를 너무 잘했다. 인스턴트로 끝내기에는 아쉬웠다. 대충 그런 마음이었다.

"정말?" 케이시가 감격한 얼굴로 말했다.

케이시의 진지한 낯을 보자 나도 모르게 "풉"하고 웃음이 터져 나왔다. 비어있던 '써드(Third)'의 자리를 채웠을 뿐인데 그것도 모르고 감격해하다니.

◆

계절이 바뀌어 가을이 되었다.

한낮부터 케이시의 집에서 꽤 마음에 드는 섹스를 한 뒤, 공사가 끝난 루프탑의 노천탕에서 반신욕을 하고 낮잠을 잤더니 몸이 더없이 나른했다.

맛있는 냄새에 잠에서 깼다. 내가 낮잠을 자는 동안 케이시가 저녁 식사를 준비해 뒀다. 케이시의 요리 솜씨는 상당했다. 그날 저녁 메뉴는 겉을 기름에 바짝 튀긴 돈카츠와 카레, 미소국이었다. 내 입맛에 맞춰 싱겁게 요리된 돈카츠와 카레, 쌀밥과 샐러드는 무척 맛있었다. 하나도 남김없이 다 먹었다. 접시를 깨끗하게 비우고 나서야 지금 다이어트 중이라는 사실이 떠올랐다.

케이시와 만나면 늘 포식하게 된다. 불과 몇 달 사이에 살이 3킬로그램이나 쪄버렸다. 하루와 미루가 왜 뚱뚱한지 알 것 같았다. 심지어 정원의 나무들도 뚱뚱했다. 이 집에서 날씬한 거라고는 케이시 본인 밖에 없어 보였다.

맛있는 식사로 기분이 최고조에 달해 있을 때, 케이시가 정원을 걷자고 했다. 살짝 귀찮았지만, 그 정도는 들어줄 수 있었다. 밖은 이미 사방이 깜깜해져 있었지만, 나무들 사이사이에 있는 은은한 정원조명 덕분에 무섭다는 느낌은 들지 않았다.

오늘 하루가 꽤 행복하다는 생각이 스쳤다. 잠깐, 행복이라니. 그 단어를 떠올리는 게 몇 년 만인지 기억도 안 날 정도였는데, 신기했다. 낯설지만 나쁘진 않았다.

"케이시, 나랑 결혼할래?" 기분 좋아 아무렇게나 뱉은 말이다.

이미 결혼을 준비 중인 남자가 두 명 있고, 그 이전에 결혼을 준비 중이었던 남자들도 많았지만 내 입에서 먼저 결혼하자는 말이 나온 건 처음이었다. 말을 내뱉고 스스로 놀랐다. 내가 이런 말을 하다니. 물론 진심은 아니다. 아닐 것이다. 오늘 하루가 행복했고 이런 날이 많았으면 싶은 마음은 분명 들었지만, 인간의 마음이 영원할 리가 없다. 나도 그렇고 케이시도 그럴 것이다. 그가 진심으로 대할수록 오히려 나는 그와 거리를 둘 수밖에 없다.

케이시는 쇼윈도 부부 상대로 절대 적합하지 않은 남자다. 정과 사랑이 넘치는 인간이다. 내가 바라는 파트너가 아니다.

내가 실수를 한 걸까? 이 인간은 기다렸다는 듯이 결혼 준비를 착실하고 능숙하게 진행했다. 정신 차려보니 그의 페이스에 제대로 휘말려 어느새 결혼식장을 예약했고, 프러포즈 반지를 받고 그의 부모님과 식사도 해버렸다. 이러다가는 정말 이대로 결혼 당해 버릴 것만 같았다. 역시 무서운 인간이다.

"유메의 집에 인사만 하면 끝이네." 케이시가 웃으며 말했다.

미안하지만 그럴 일은 없다. 가족들은 내가 퍼스트와 결혼한다고 알고 있었으니까.

17

앞치마를 두른 아빠

하츠네

"하츠네, 시간 괜찮으면 만날까?"

6월의 마지막 주 금요일 저녁, 본격적으로 장마가 찾아오기 시작했을 때 가즈키에게서 기다리고 또 기다리던 전화가 왔습니다. 그가 마음을 추스를 시간이 필요하다고 한 지 꼬박 한 달 반이 지날 무렵이었습니다.

"응, 그래 만나자."

나는 크게 들뜨지도 너무 냉담하지도 않은 그 중간 정도의 톤으로 말했습니다. 속으로는 뛸 듯이 기뻤습니다. 빨리 그를 보고 싶었습니다. "어디서 만날까?" 내가 물었습니다.

"집 앞이야. 기다릴 테니 준비되면 천천히 내려올래?"

가즈키의 말을 듣고 발코니로 나가 건물 아래를 내려다봤습니다. 밝게 켜진 가로등 옆으로 우산을 들고 있는 한 사람의 모습이 보였습니다. 익숙하고 듬직한 실루엣이었습니다.

"비 많이 오는데 왜 밖에 서 있어⋯. 집으로 올래?"

"그래, 알겠어." 가즈키가 침착한 목소리로 답했습니다.

전화를 끊자마자 머리를 빗고 서둘러 기본 화장을 했습니다. 다행히 집은 깨끗했습니다. 침구류 정리를 마쳤을 때, 초인종이 울렸습니다.

"오랜만이야… 가즈키, 들어와."

"응…."

한 달 만에 본 가즈키의 얼굴도 많이 야위어 보였습니다. 그의 수척해진 얼굴을 보니 마음이 안쓰러웠지만, 한편으로는 아무 일 없었다는 듯이 반들반들한 낯이었다면 그건 그것대로 서운했을 것 같습니다.

가즈키에게 화장대 앞 의자에 앉으라고 말한 뒤, 나는 침대에 걸터앉았습니다. 우리는 한동안 아무 말도 하지 않았습니다. "커피 마실래? 아니면 차?" 어색한 침묵을 깨고 내가 말했습니다.

"커피 부탁할게."

커피를 끓이는 동안 창밖으로 굵은 빗소리가 들려왔습니다. 스피커에서는 저녁 내내 듣고 있던 팝송이 흘러나오고 있었습니다.

"좋은 음악 듣고 있었네, 빗소리랑 정말 잘 어울린다. 누구 노래야?" 이번에는 가즈키가 먼저 침묵을 깨고 말했습니다.

"엘로이스(Eloise)의 유, 디어(You, Dear). 우연히 듣게 된 곡인데 목소리가 정말 좋더라고." 내가 머그잔에 커피를 따라 가즈키에게 내밀며 말했습니다.

"응, 잔잔하고 좋다. 이렇게 비 오는 날에 듣기에 딱 좋은 곡이네." 가즈키가 말했습니다.

"지난 한 달 반 동안 그 '주관적으로 수습할 시간' 잘 보냈어? 지금은 어떤 생각인지 결론부터 들을 수 있을까?"

내가 다소 초조한 눈빛으로 가즈키를 바라보고 말하자, 그가 손에 들고 있던 머그잔을 내려두며 말했습니다.

"하츠네, 사랑해."

가즈키는 짧고 울림 있게 말하고는 아주 천천히 내 양손 위에 자신의 손을 포개어 올렸습니다. 따뜻한 손이었습니다. 내 손을 감싸 쥔 그의 온기에 나도 모르게 눈에 눈물이 맺혔습니다. 얼마나 그리워했던 그의 따스함인지…

"아, 참. 병원에 가서 검사 맡고 왔어. 병원에서…." 가즈키가 조심스럽게 입을 떼자, 나는 그의 말을 끊고 말했습니다.

"아니야, 가즈키. 말하지 마. 안 듣고 싶어. 이제 그런 건 상관 없어졌어."

"그래도…." 가즈키가 무언가 말을 이으려 했지만, 나는 그의 말을 막고 말했습니다. "앞으로도 내 옆에 있어 줄 거지?"

"응, 물론이지. 말했잖아. 결혼하자고."

"고마워." 나는 흘러나오는 눈물을 닦으며 말했습니다.

"내가 더 고맙지." 그가 잡고 있던 내 손을 더욱 꼭 쥐며 말했습니다. 그의 눈에도 눈물이 그렁그렁해 보였습니다.

가즈키와의 관계가 회복되고 희망찬 미래를 머릿속에 떠올리자, 마침 타이밍 좋게 밝은 멜로디와 가사의 팝송이 흘러나와 분위기가 바뀌었습니다. 때로는 의식할 수도 없는 고차원의 누군가가 우리 삶을 지켜보고 조용히 보조해 주는 것만 같이 절묘한 순간이 느껴질 때가 있는데, 지금이 바로 그 순간 같았습니다.

우리는 흘러나오는 음악을 들으며 창밖에 비가 내리는 걸 함께 바라봤습니다. 어떻게 지냈는지 소소한 이야기를 나눴습니다.

가즈키는 케이시가 키우기 시작했다는 고양이 사진도 보여줬습니다. "우와, 진짜 예뻐. 인형같이 생겼다. 애가 길고양이라고?" 가즈키의 말대로 손바닥만큼 작고 귀여웠습니다. 눈도 무척 크고 얼굴 생김도 아주 예쁜 새끼 고양이었습니다.

"응, 집 앞에서 혼자 계속 울고 있었대."

"오늘 자고 갈래?" 내가 물었습니다. 가즈키는 살짝 당황한 듯 얼굴을 붉혔지만 "좋아."하고 답했습니다. "그런데, 설마 아버님이 또 오시는 건 아니겠지?" 그 말을 듣자, 나는 웃음이 터져 나왔습니다. 가즈키에게 이제 그럴 일은 없다고 안심해도 된다고 말했습니다.

"아빠 이야기가 나와서 말인데, 우리 가을에 북해도에 갈래?"

"북해도? 하츠네의 집에도 가는 거야?"

"응, 우리 집에서 하루만 자고, 나머지 날은 여행하자."

"좋아, 가자."

"고마워. 그럼, 비행기는 내가 예약할게. 월요일에 출근하면 언제 휴가를 낼 수 있을지 알려줘."

"에? 내가 예약해도 되는데."

"아니야. 내가 가즈키를 북해도로 초대한 거니까."

우리는 음악을 들으며 맥주를 마시고 늦게까지 대화를 하다가 함께 침대에 누웠습니다. 싱글침대라 둘이 눕기에는 조금 좁았지만, 덕분에 그와 꼭 붙어있을 수 있어서, 그렇게 그의 체온을 고스란히 느낄 수 있어서 불편함은 커녕 행복감만 몰려왔습니다.

이른 아침에 눈을 떴을 때, 내용은 기억 안 나지만 나는 그의 품 안에서 오랜만에 무척 기분 좋은 꿈을 꾸었습니다. 가즈키는 최대한 벽 쪽으로 바짝 붙어서 옆으로 누워 자고 있었습니다. 내가 불편할까 봐 그런 자세로 잠든 것 같았습니다. 나는 가즈키가 깨지 않도록 침대에서 천천히 일어나 그의 몸을 조심스럽게 끌어당겨 침대 가운데에 편하게 눕히고 그의 배 위에 이불을 덮어 줬습니다. 그리고 그의 볼에 짧게 키스했습니다.

"어쩌면 꿈같은 건 안 꿨을지도 몰라."

가즈키와 함께 한 그해 여름이 순식간에 지나가고 가을이 왔습니다.

◆

ANA항공의 국내선 비행기가 이륙할 때까지 도쿄에는 가을비가 세차게 내리고 있었습니다.

우리는 삿포로 공항에서 시내까지 전철로 이동한 후, 그곳에서 전철을 갈아타 오타루로 향했습니다. 오타루 역에 도착해 대합실 밖으로 나오자, 눈 부신 햇살이 새파랗게 맑은 하늘에 떠 있었습니다. 확실히 북해도의 가을은 청명했습니다.

"북해도는 이런 느낌이었구나. 하늘이 정말 맑다." 한창 여행 기분을 내는 가즈키를 데리고 택시를 탔습니다.

"네우 슐로스 호텔 방면, 아쿠아리움 주차장으로 가주세요."

15분 남짓 해안도로를 끼고 달리자, 목적지에 도착했습니다. 나는 크게 숨을 들이마시고 힘껏 내뱉었습니다. "후-아."

정말 오랜만에 찾은 고향이었습니다. 주변을 한 바퀴 둘러봤습니다. 8년 전에 이곳을 떠날 때와 하나도 달라진 게 없는 모습에, 마치 이곳만 시간이 정지한 것만 같아 놀라웠습니다.

"저 왔습니다." 내가 집의 초인종을 누르며 말했습니다.

"어머, 일찍 왔네. 하츠네, 어서 오세요. 반가워요." 엄마가 문을 열어주며 웃으며 말했습니다.

"안녕하세요. 가즈키라고 합니다. 초대해 주셔서 감사합니다."

"무척 씩씩한 청년이네요, 들어오세요."

"오랜만이야, 엄마."

"가즈키 군 짐은 야스히코 방에 두면 돼."

왜? 내 방에서 같이 자면 안 돼? 하고 말하려다가 관뒀습니다.

가즈키를 동생 방으로 안내하고, 나는 내 방에 들어가 책상 옆에 짐을 내려놨습니다. 고등학교에 다닐 때의 모습 그대로였습니다.

"이 책상이 이렇게 작았었나?" 원목으로 된 책상에 앉으며 생각했습니다. 책상과 세트로 된 책장에는 어릴 때 읽었던 책과 학습서가 있었습니다. 검은색 벽시계, 작은 붙박이 옷장, 벽에 걸려 있는 하얀색 액자에 담긴 내 어릴 때 사진까지. 마치 고등학교 시절로 돌아간 듯했습니다. 역시 오타루는 시간이 멈춰있는 게 분명해. 나는 생각했습니다.

"깨끗하지?" 엄마가 문 옆에 서서 말했습니다.

"응, 어릴 때 생각난다."

"그러게 자주 좀 놀러 오고 그러지 그랬어."

"아빠랑 야스히코는?" 나는 얼른 말을 돌렸습니다.

"아빠는 수산물 시장에 횟감 사러 나갔고, 야스히코는 저녁 먹을 때쯤 온대. 삿포로에 있는 회사에 취직해서 그쪽에서 살거든."

"야스히코가 취업했다고?"

"응. 인터넷으로 오타루산 공예품을 파는 회사라는데, 덕분에 너희 아빠가 만든 것도 대신 팔아주고 있어."

"아빠가 공예품을 만들어?"

"엄마가 작년에 얘기 안 했어? 아빠 평일에는 호텔에서 청소하고, 주말에는 틈틈이 유리 공예품 만들고 있어."

"그랬구나…."

의외였습니다. 평생 일이라고는 절대 안 할 것 같던 아빠였습니다.

아빠는 한때(라고 해 봤자 내가 10살이 되기 이전까지라 기억도 흐리지만) 이 지역에서 꽤 잘 나가던 인쇄소를 운영했습니다. 그래서 내 방에는 늘 책이 쌓여있었습니다. 그렇게 잘 나가던 아빠는 오랜 시간 함께 일했던 거래처 사장의 보증을 잘못 서서 큰 빚을 떠안았습니다. 회사도 폐업하고 그때부터 우리 집은 내리막길을 걷기 시작했습니다. 아빠는 폐인이 되다시피 할 정도로 술에 절어있는 날들이 그렇지 않은 날보다 더 많았습니다. 엄마는 그런 아빠를 보고 '그 심정이 오죽하겠냐?'며 마냥 이해만 하려 했습니다.

결국 엄마가 가장이 되어 온갖 궂은일을 시작했습니다. 그런 엄마의 고생을 보는 것도, 한 번의 실패에 완전히 무너진 아빠를 보는 것도, 모두 진절머리가 나서 고등학교를 졸업하자마자 도망치듯 무작정 도쿄로 떠나버렸습니다. 이제 막 반항기가 시작된 동생과 늘 고생 중인 엄마를 외면하고….

"아버님 오셨나 봐." 가즈키가 방문을 두드리며 말했습니다.

'그래, 다 지난 일이야.' 나는 얼른 옷소매로 눈물을 닦고 표정을 고치고 밖으로 나갔습니다.

"어이구, 가즈키 군 오랜만일세. 다섯 달 만인가?" 아빠가 양손 가득 짐을 든 채로 가즈키에게 먼저 인사했습니다.

"안녕하세요, 가즈키입니다."

"그래, 전에는 내가 너무 실례가 많았지? 미안하네."

"하츠네, 오랜만이구나, 정말."

"응, 아빠. 잘 지냈어?"

"그럼 잘 지내고말고. 거실에서 잠시만 기다려라. 맛있는 요리해줄게." 아빠가 앞치마를 두르고 부엌 싱크대로 향했습니다.

아빠가 앞치마를 두르고?

상상도 할 수 없었던 광경에 나는 입을 반쯤 벌리며 부엌을 바라봤고, 엄마는 나와 눈이 마주치자 웃으며 살짝 윙크를 보냈습니다.

"여-어, 오랜만이야."

거실의 창문으로 노을빛이 들어오기 시작할 무렵, 야스히코도 집에 왔습니다.

"야스히코, 취업했다며? 축하해."

"고마워. 그래봤자 직원이 10명도 안 되는 정말 작은 회사야."
야스히코가 신발장 앞에 가방을 내려두고 신발을 벗으며 말했습니다.

"준비 끝, 다들 부엌으로 와."

아빠의 말을 듣고 우리는 모두 식탁으로 가서 앉았습니다. 의자가 하나 부족해 야스히코가 자기 방에 있던 책상과 의자를 가지고 내려와 거기에 앉았습니다. 식탁 위는 회와 해산물 요리가 담긴 접시들로 가득 차 있었습니다.

"이건 오타루 특제 모둠회고 이건 해물덮밥, 이건 해물 우동."

아빠가 웃으며 음식을 하나씩 설명해 줬습니다. 특제 오타루 모둠회에는 참치와 문어, 생새우와 연어, 도미, 활어, 황새치, 가리비가 있었습니다.

"방금 수산물 시장에서 가져온 녀석들이라 싱싱할 거야. 하츠네, 한 번 먹어봐."

"잘 먹겠습니다."

젓가락으로 문어를 집어 와사비를 잔뜩 풀어 넣은 간장에 살짝 찍어 입에 넣었습니다. 와사비의 강한 향이 코끝을 한 번 찌르고 사라지자 쫄깃한 문어의 식감이 느껴졌습니다.

"이거 문어 맞아? 왜 이렇게 통통하고 맛있어? 가즈키도 빨리 먹어봐." 나는 허겁지겁 먹다가 그제야 가즈키 생각이 나서 옆에 있던 그에게 말했습니다.

"잘 먹겠습니다." 가즈키도 젓가락을 들고 몇 점의 회를 말없이 먹어보더니 눈이 동그랗게 커져서는 입을 열었습니다. "정말 맛있어요."

"거봐, 내가 맛있을 거라고 했지? 특별히 좋은 녀석들로 열심히 골라왔다고." 아빠가 뿌듯해하는 표정으로 말했습니다.

"가즈키 군, 좋은 술이 있는데 한잔하겠나?"

"네, 주시면 감사히 마시겠습니다."

"아빠, 요즘도 술 많이 마시는 건 아니지? 그리고 가즈키는 술을 정말 못 마시니까 조금만 줘." 내가 눈치를 주며 말했습니다.

"야스히코도 마실 거지?" 엄마가 싱크대 위에 찻장에서 잔을 꺼내며 말했습니다.

"물론이지, 내 잔도 부탁합니다." 아빠 옆에 앉아있던 야스히코가 말했습니다.

"건-배." 아빠가 먼저 말하고 우리가 따라 했습니다. "건-배."

술을 한 모금 마시자, 코와 입으로 향이 퍼졌습니다. 달짝지근하면서 뒷맛이 깔끔한 게 좋은 술 같았습니다. 엄마, 아빠가 준비를 많이 한 것 같았습니다.

"아빠는 요즘 어떤 공예를 하는 거야?" 내가 물었습니다.

아빠에게 물은 건데 야스히코가 말을 받았습니다. "유리공예. 오타루가 다른 건 다 쇠퇴했어도 아직 유리공예품은 전국에서 최고잖아? 아빠가 4년 전부터 배우기 시작하더니 지금은 상당한 기술자가 되었어."

"어머, 야스히코. 아빠보고 기술자라니, 예술가님이라고 불러야지." 엄마가 자리에서 일어나 거실에서 뭔가를 가져왔습니다.

"이게 얼마 전 우리 예술가 선생님이 만든 작품이란다." 엄마가 가져온 것을 보여주며 말했습니다.

알코올램프 모양의 랜턴이었는데, 윗부분이 푸른색 연꽃잎 모양으로 되어 있고 가운데가 모래시계처럼 움푹 들어간 전구였습니다. 전부 유리로 되어 있었습니다.

"아빠가 이런 걸 만들었다고?" 내가 놀라서 물었습니다. 엄마 말대로 이건 예술가의 영역이었습니다. 지금 요리도 그렇고, 아빠가 이렇게 손재주가 많은 사람이었나, 놀라웠습니다.

"아버님 정말 굉장하세요." 가즈키도 가까이서 보더니 감탄하며 말했습니다. 아빠는 부끄러운지 별거 아니라고 했지만, 충분히 자랑할 만했습니다.

"이런 걸 주말마다 몇 개나 만드는 거야?" 내가 물었습니다.

"손이 빠를 때는 20개, 보통은 15개 정도 만들어." 야스히코가 답했습니다. 못 본 사이에 아빠의 팬이 된 것 같았습니다.

"대단하네." 내가 진심으로 감탄하며 말했습니다.

"그나저나 누나 남자친구는 어떤 일 하셔?" 야스히코가 물었습니다. 엄마, 아빠가 본인들 입으로 묻기에는 민망하니까 야스히코한테 미리 언질을 줘 둔 게 아닐까 싶었습니다. 그만큼 뜬금없는 타이밍에 생뚱맞은 질문이었습니다. 나는 가즈키를 물끄러미 쳐다봤습니다. 직접 말하라는 신호였습니다.

"아, 네. 저는 회사에서 회계 일을 하고 있습니다."

"회계사-?" 엄마, 아빠, 야스히코가 모두 깜짝 놀란 눈으로 되물었습니다.

"회사의 재무팀에서 주로 해외사업을 맡아서 하고 있습니다."
가즈키가 답했습니다.

야스히코가 과장되게 놀란 말투로 말했습니다. "아니, 이렇게
키도 크고 잘생기고 직업도 회계사인 분이 왜 하츠네와… 아얏.
왜 발로 차고 그래?" 야스히코의 말이 더 이어지기 전에 식탁 밑
으로 녀석의 정강이를 아주 살짝 쳤습니다.

"회사에서 월급을 받는 평범한 직장인입니다." 가즈키가 겸손
하게 말했습니다. 그의 대답에 엄마와 아빠가 동시에 입가로 엷
게 미소 짓는 것이 보였습니다.

우리는 자리를 거실로 옮겨 꽤 늦게까지 술을 마셨습니다. 결
국 가즈키가 제일 먼저 취해 곯아떨어졌습니다. 아빠랑 야스히
코가 그를 들쳐업고 야스히코 방 침대에 눕혔습니다.

"하츠네, 아빠는 저 친구가 마음에 든다." 아빠가 말했습니다.

"왜?" 내가 물었습니다.

"지난번 아빠랑 만난 일은 한마디도 안 하더라. 속이 참 깊은
청년 같아. 그렇지 여보?" 아빠가 고개를 엄마 쪽으로 돌리며 말
했습니다.

"응, 엄마도 가즈키 군이 예의도 바르고 마음에 쏙 드네." 엄마
가 말했습니다. 야스히코도 동감한다는 듯 고개를 끄덕였습니다.

"좋은 사람이야. 정말로. 나를 많이 사랑하고 아껴주고, 늘 겸
손하고. 오늘 맛있는 거 해줘서 너무 고마웠어, 아빠. 앞으로도
쭉 한결같이 엄마한테 잘해줘야 해. 알겠지?"

"그럼, 그럼. 걱정하지 말아라. 내일부터 여행한다고 했지? 즐겁게 잘 다녀와라." 여전히 앞치마를 두르고 있던 아빠가 테이블 위에 있던 접시와 술잔을 싱크대로 가져가며 말했습니다.

아빠는 자연스럽게 설거지 장갑을 끼더니 싱크대 물을 틀고 접시를 닦기 시작했고, 엄마는 당연하다는 듯이 거실 소파에 몸을 묻으며 눈을 감고 쉬기 시작했습니다. 8년 만에 집에 온 나로서는 도무지 적응이 안 되는 풍경이었습니다.

◆

다음 날 아침 일찍, 아빠에게 차를 빌린 우리는 오타루에서 삿포로를 거쳐 지토세시를 지나는 남쪽 도로로 진입해 북해도 중심으로 향했습니다.

딱히 목적지를 정하진 않았습니다. 국도로 다니면서 예쁜 카페가 보이면 들리고, 풍경이 아름다운 곳이 보이면 차를 세워 그 풍경을 감상하면서 여유롭게 드라이브했습니다.

늦은 오후, 서서히 해가 질 무렵에야 다이세쓰산 국립공원 인근의 계곡 온천마을에서 머물기로 정했습니다. 오후에 들렸던 카페에 비치되어 있던, 지역 관광안내 책자에 삽입된 사진을 보고 충동적으로 정한 것이었습니다. 사진을 보자마자 우리는 지어진 지 족히 200년은 되어 보이는 그 오래된 료칸에 머물기로 했습니다.

마을이라고 해 봤자 끝없이 펼쳐진 들판에 듬성듬성 보이는 몇 안 되는 민가와 나이가 지긋한 노인들뿐인 곳이었습니다. 편의점이나 식당 같은 편의 시설은 당연히 없었습니다. 이런 곳까지 관광객이 찾아올까 싶을 정도로 깊은 산속이었습니다.

우리가 여관에 도착했을 때는 이미 한밤중이 되었습니다. 전봇대도 거의 없는 시골이었습니다. 체크인하고 방에 짐을 풀어둔 뒤 주변을 산책했습니다.

여관에서 계곡을 따라 걸어 내려가니 절벽 틈 사이로 공동(空洞)이 나왔습니다. 동굴 안쪽에 움푹 파여 있는 공간에 천연 온천수가 고여 있는 곳이 있었습니다. 이 료칸을 숙소로 정하게 된 그 사진 속 동굴 온천이었습니다.

바닷물처럼 진한 녹색의 푸르른 빛을 띠고 있는 거대한 웅덩이였습니다. 동굴 천장에 랜턴 모양으로 생긴 전등이 있었지만, 전구가 수명이 다한 건지 빛이 약했고, 오히려 달빛과 별빛이 더 밝게 그곳을 비추고 있었습니다.

웅덩이로 보이는 탕 옆에는 옷을 벗어둘 수 있는 바구니 4개와 하늘색 바가지 2개, 비누 2개가 놓여있었습니다. 요즘은 보기 드문 '남녀 혼탕'이라는데, 여관 전체에 손님이라고는 우리밖에 없어서 머뭇거림 없이 탕에 들어가기로 했습니다.

"조금 춥지 않겠어?" 가즈키가 걱정스럽다는 듯이 말했습니다.

"이 정도는 괜찮아." 내가 먼저 옷을 벗어 바구니 안에 담고 나무로 된 바가지로 샤워를 한 후 먼저 물에 들어갔습니다. 뒤따라 가즈키가 따라 들어왔습니다.

온수 탱크도 없는 진짜 천연수였습니다. 데워지지 않은 채 그대로 고여 있었기에 물은 꽤 미지근했습니다. 35도쯤. 느긋하게 물 안에서 오랜 시간 온천을 즐기기에는 조금 차갑게 느껴지는 온도였습니다.

물속에는 커다란 바위와 자갈이 아무렇게나 바닥에 널려 있었는데, 그중에 윗면이 반듯하게 닳아 있는 바위가 있어 우리는 그 위에 나란히 앉았습니다. 문자 그대로 천연온천이었습니다. 샤워기나 수도꼭지도 없었습니다.

사랑하는 사람과 이렇게 완벽하게 자연으로 둘러싸인 곳에서 단둘이 물 안에 발가벗고 있으니, 기분이 묘했습니다. 입술이 바짝 말라왔습니다. 가즈키와 사랑을 나누고 싶었지만, 혹시라도 다른 사람이 올까 봐 꾹 참기로 했습니다. 가즈키는 이런 내 속도 모르고 옆에서 신나게 수영하고 있었습니다.

온천을 마치고 여관 건물로 돌아오자, 허기가 지기 시작했습니다. 여관은 낡고 오래된 목조건물이었는데 조금 기울어 있었습니다. 2층 객실로 올라가는 나무 계단은 밟을 때마다 삐그덕하며 신음을 내뱉었습니다. 그래도 오랜 세월 몇 번의 지진과 산사태에도 버틴 뚝심 있는 건물이었습니다.

북해도 사람 대부분 그렇듯 여관 주인은 쾌활한 웃음이 잘 어울리는 유쾌한 중년이었습니다. 그는 머리 위로 두건을 쓰고 있었는데 50대 초반쯤으로 보였습니다. 평소에 사람을 잘 못 만나는지 평소 아껴두던 양주며 와인을 꺼내와 늦은 밤까지 우리에게 많은 얘기를 들려줬습니다. 그 지역의 유래라든지 시골 생활의 낭만과 불편함이라든지. 어느 시골에나 있을 법한 오래된 민담이라든지. 딱히 재미있는 이야기는 아니었지만, 마땅히 할 것도 없었던 우리는 잠자코 그 이야기를 늦은 밤까지 듣다가 방으로 들어왔습니다. 아니다. 할 게 많았는데…….

하지만 가즈키가 여관 주인이 주는 술을 넙죽넙죽 받아 마시는 바람에 아무것도 못 하게 됐습니다. 몇 잔 마시지도 않아 놓고 술에 취해 실신해 있는 가즈키가 왠지 얄미워서 살짝 뒤통수를 때려주었습니다. 그러고도 분이 안 풀리고 괘씸해서 볼살도 꼬집어줬습니다. 내심 깨길 기대했지만, 가즈키는 이제 코까지 골고 있었습니다. 포기하고 화장실에서 양치한 뒤 누웠습니다.

다음날은 햇빛이 안개에 가려져 흐릿했습니다. 밤새 산과 계곡이 뿜어낸 안개가 사방으로 짙고 낮게 깔려 있었습니다.

일찍 일어난 나는 넘어지지 않도록 발걸음에 주의하며 혼자 동굴 온천으로 향했습니다. 새벽 온천을 하러 간 나는 거기서 진귀한 풍경을 보게 되었습니다.

밝은 갈색에 가까운 작은 사슴 한 마리가 온천물 안에 들어가 수면 위로 얼굴만 내밀고 있던 것입니다. 잠시 그 풍경을 바라보던 나는 그녀(그)의 온천을 방해하지 않기 위해 조용한 발걸음으로 여관으로 돌아가 로비에 앉아 졸고 있던 여관주인에게 방금 본 것에 대해 이야기했습니다.

"하츠네 양에게 곧 좋은 인연이 생기려나 보네." 여관주인이 웃으며 말했습니다.

"좋은 인연이요?"

"그 동굴은 옛날부터 다친 짐승들이 몸을 치유하러 오는 곳으로 유명했거든. 요즘은 보기 힘들어졌어. 여기서 사는 나도 어렸을 때 이후로는 못 볼 정도로."

"어머, 그래요?"

"우리 마을에 오래전부터 전해 내려오는 이야기로는 다친 짐승이 온천 하는 걸 방해하지 않으면, 그 짐승이 보답으로 좋은 선물을 가져다준다는데. 대형견 정도의 크기라고 했지? 치유 중인 어린 사슴을 보는 건 정말 드문 일인데……."

"정말요? 알려주셔서 감사합니다." 나는 그렇게 대답하고 재빨리 방으로 올라가서 그때까지 자고 있던 가즈키를 급히 깨웠습니다.

"가즈키, 빨리 일어나 봐. 빨리."

"하츠네. 새벽부터 무슨 일이야? 으… 속 쓰려…."

"신기한 거 보여줄게, 빨리 따라와 봐. 좋은 일이래."

아직 정신이 몽롱해 있던 가즈키를 억지로 끌다시피 해서 데리고 동굴로 향했습니다. 여관주인도 정말 오랜만에 짐승이 찾아왔다며 잔뜩 들뜬 발걸음으로 뒤따라왔습니다.

"어…? 이상하다 분명히 있었는데?"

다시 찾아간 동굴 온천은 텅 비어있었습니다. 전날의 숙취로 힘들어하던 가즈키는 꾸벅꾸벅 졸며 서 있었고, 여관주인과 나는 동굴 이곳저곳을 살피며 짐승의 흔적을 찾았지만, 아무것도 발견할 수 없었습니다.

"하츠네 양, 혹시 헛것을 본 거 아니야?" 여관주인이 아무것도 발견하지 못하자 실망한 투로 말했습니다.

"아닌데, 분명히 봤다고요. 눈도 마주쳤는데."

실망한 기색이 역력한 여관주인과 함께 우리는 방으로 돌아갔습니다.

바스락거리는 낙엽의 얇은 막을 밟을 때마다 가을 냄새가 코끝에 맴돌았습니다. 나뭇잎이 밟히는 소리를 들으며 그 어린 사슴이 다시 보이지는 않을까 하는 마음으로 동굴을 향해 몇 번이고 뒤를 돌아봤습니다. 그 사이 안개는 많이 걷혀 있었습니다.

인구가 30명도 채 안 될 것 같은 북해도 정중앙의 깊은 산속 온천마을, 계곡 옆에 있던 오래된 여관과 푸른빛을 띠는 동굴 온천, 짙은 안개, 밝은 갈색의 어린 사슴, 그 마을에 오랜 세월 간직된 설화. 그 아름다운 추억을 간직한 채, 나와 가즈키의 가을은 깊어져 갔습니다.

18
두 개의 고장 난 시계

케이시

유메는 집에 귀가한 이후로 다시 만날 때까지 늘 연락이 잘 안 됐다. 그리고 다시 만나면 왜인지 나한테 애정이 식어있는 것만 같았다. 그랬기에 매번 데이트를 시작할 때마다 전혀 다른 사람을 대하는 느낌을 받았다. 나는 내가 받은 그 느낌에 대해 나름 심각하게 말했지만, 유메는 대수롭지 않은 일처럼 말했다.

"집에만 가면 마음이 그렇게 되는걸? 나도 어떻게 할 수가 없어. 그렇지만 걱정하지 마. 케이시를 사랑하는 건 진심이니까."

여기까지 온 마당에 굳이 의심하거나 의문을 가질 일은 아니라고 생각했다. 나는 그녀의 말을 곧이곧대로 믿었고 그 작은 균열을 대수롭지 않게 여겼다. 상황을 긍정적으로만 바라보고 혼자 들떠서 그 미세한 균열을 애써 무시했다. 그리고 늘 그랬듯, 그 작은 방심으로 큰 대가를 치러야 했다.

"유메, 이제 너희 집에도 인사를 해야 하지 않을까?"
"괜찮아, 우리 부모님은 나보고 다 알아서 하라고 했으니까.

그냥 다 정해진 다음에 청첩만 줘도 돼." 유메가 내 쪽으로 시선도 돌리지 않고 미루를 안아 들면서 말했다.

"잠깐만, 유메, 미루랑은 이따가 놀고. 여기 봐봐."

"아, 왜?" 유메가 몸을 돌리며 귀찮다는 듯이 말했다.

"아무리 생각해도 말이 안 돼. 부모님께 인사도 안 하고 결혼하는 경우가 어디에 있어, 정식으로 인사하고 결혼 날짜도 상의하는 게 순서 아닐까? 다른 사정이 있으면 솔직하게 말해줘."

"사정? 그런 거 없대도. 그냥 우리끼리 결정하면 돼. 얘기 다 한 거지?" 유메는 더할 말이 없다는 듯 짜증스럽게 답하고는 미루를 안고 2층으로 올라가 버렸다.

내가 뭔가 중요한 부분을 놓치고 있다는 느낌이 들었다.

유메가 상황을 솔직하게 설명해 주면 좋겠는데, 그녀는 '우리끼리 다 결정하고 나중에 통보만 하면 된다'는 말만 반복했다. 아무리 생각해도 상식에서 벗어난 일이었다. 나는 여러 각도로 그 이유를 생각해 봤다.

설마 유메도 부모님이 친부모가 아니라 양부모인 걸까? 가정에 불화가 있어 만나기 어려운 상황일까? 혹시 유메는 이미 결혼을 한 유부녀일까? (그러나 이건 말이 안 된다. 함께한 시간이 너무 많고 잦았다) 아니면 결혼까지의 이 모든 과정이 유메에게는 그저 하나의 유희인 걸까?

별의별 상상을 다 해봤지만, 정확한 결론을 유추할 만큼의 충분한 정보가 없는 나로서는 답을 찾지 못한 채 계속 제자리를 맴돌았다.

결혼을 혼자 밀어붙일 수도 없는 노릇이기에 답답한 시간만 계속 흘러갔다. 그 지지부진한 상태로 한 달이 더 흘렀다. 그 사이에 날이 제법 쌀쌀해졌다. 옷장에서 겨울옷을 꺼내야 될 시기였다.

내 의문이 잘못된 건 아닐까?

문득 원점으로 돌아가 '유메는 어떤 사람일까'에 대한 고민을 다시 해야겠다는 생각이 들었다. 유메가 대단한 미인이라든가 부유한 집안, 좋은 대학교, 좋은 직장에서 인정받는 유능한 디자이너라거나 하는 따위의 그런 보이는 것들 말고 보다 본질적인, 이를테면 유메는 어떤 영혼을 가진 사람인지에 대해 고민했다.

최대한 객관적인 자세로 지난 몇 달간 함께 한 유메를 돌아봤다. 유메가 했던 행동, 지나가듯 뱉은 말. 머릿속에서 그런 세세한 기억을 끄집어내어 돌아봤다. 그리고 나는 소스라치게 놀랐다.

"도대체 누구지, 이 사람은?"

내가 사랑한다고 생각하고 바라보고 있던 유메는 내 이상형이라는 필터를 억지로 몇 개 덧대어 놓은 내 상상 속 인물이었다. 현실의 유메는 내가 그리고 기대하던 사람이 아니었다.

유메에게 호감을 품고 좋아하기 시작했을 때는 그저, 귀여웠던 그녀의 독특한 발상이나 가치관이—본인은 쇼윈도 부부가 되는 게 꿈이라거나, 매사에 공격적이라거나 하는— 사실 그녀의 진짜 본심이자 유메라는 사람 그 자체라는 것을 뒤늦게 깨달았다. 농담이나 애교가 아니라 전부 진심이었던 것이다.

유메는 기본적으로 타인이나 세상의 호의에 큰 불신을 가지고 있었다. 어딘가 삐딱하게 세상을 몇 바퀴는 꼬아 보는 그런 시선, 자신 이외에는 모두 적으로 인식하고 그 적대감을 애써 숨기지도 않았다. 애인인 나를 포함해 자기 가족에게까지 그런 거리감을 좁히지 않고 늘 유지하고 있었다. 유메의 그런 뒤틀림에 익숙해질 수도 없었고, 그렇다고 이미 성인이 된 한 사람의 가치관을 함부로 교정할 수도 없었다. 애초에 서로 다른 거지 '옳다, 그르다'로 쉽게 정의 내릴 문제는 아니었으니까.

생각이 여기까지 다다르자, 내가 유메를 진심으로 사랑하는지 자신이 없어지기 시작했다. 마치 누군가가 날 위해 일부러 내 취향들만 모아서 빚어둔 사람이라고 생각했다. 나와는 달리 결핍이라고는 전혀 없는 사람으로 보였고, 그랬기에 더욱 특별하다고 착각했다. 그 누군가는 다름 아닌 나였다. 본질은 보려고도 하지 않고 억지로 내 이상형에 끼워서 맞추고 자의적으로 해석하면서 여기까지 와버렸다. 유메 또한 (그게 무엇인지는 모르겠지만) 심각한 결핍이 있는 평범한 사람이다. 적어도 나와 같은 사람이다.

결국 유메와 나, 둘 다 고장 난 시계였을 뿐이다.

하루에 두 번만 일치하는 두 개의 고장 난 시계. 나는 그 잠깐의 우연을 보고 인연이라고 착각한 것이다. 서로 잘 맞는다고 착각한 것이다.

"유메, 오늘 저녁에 술 마실까?" 유메에게 메시지를 보냈다.

결혼까지 생각한 여자는 처음이었다. 결론을 내리기 전에 마지막으로 한 번쯤은 그녀의 솔직한 의견도 들어보고 싶었다.

"술? 좋아, 케이시 집에서 마시자. 이따가 데리러 와."

"오늘은 밖에서 마시자. 긴자 쪽에 조용한 곳 예약해 둘게."

"그래, 알겠어. 장소 정해서 알려줘. 이따 봐."

유메의 답장을 보면서 마음이 무거워졌다. 관계를 정리하는 게 서로를 위해 좋을 거라는 결론을 내렸지만, 그래도 이별을 생각하니 가슴이 먹먹했다.

상대와의 교감 횟수나 추억이 많고 적음의 문제가 아니다. 이별 그 자체가 주는 상처가 싫었다. 어찌 되었든 교제하는 동안 상대는 나와 가장 친했던 사람이다. 오래된 친구, 혹은 가족보다도 그 순간만큼은 서로에게 더 가까운 존재인 것이다. 그런 관계의 사람이 하루아침에 사라진다는 것이 이제는 버거웠다. 지친다. 지치게 한다. 그런 감정들이 마음을 혼란스럽게 휘저었다.

전철을 타고 긴자역에서 내려 예약해 둔 바(Bar)로 향했다.

길거리엔 퇴근하는 – 혹은 출근 중인 – 사람들로 붐볐다. 그 많은 인파 속에서 한기가 재킷의 울을 뚫고 목과 옆구리로 스며들어 왔다. 오늘따라 유달리 날이 싸늘하다고 느껴졌다. 옷깃을 여미고 양팔을 겨드랑이에 낀 채 한껏 몸을 움츠리고 예약해 둔 바가 있는 건물로 들어갔다. 엘리베이터를 타고 19층을 눌렀다.

예약제로만 운영하는 덕분에 가게 안에 손님은 별로 없었다. 대화하기 편하게 개별 룸으로 달라고 했다. 큰 창이 있는 룸으로 안내받았다. 자리에 앉자, 창 너머로 맞은편의 건물이 눈에 들어왔다. 거리가 꽤 먼데도 아직 업무 중인 사람들의 실루엣이 창 너머로 보였다.

회사의 지분을 매각하고 아무 일도 안 한 지 이제 꼬박 4년이 되어가고 있었다. 여러 사람과 부대끼며 같은 고민을 하고, 같은 목표 아래에 힘을 모으던 그 시기가 벌써 아득하게만 느껴졌다. 문득 그때 함께했던 직원들이 몹시 보고 싶다는 생각이 들었다. 외롭다. 한기가 가슴팍에 닿아 마음이 시렸다.

"히터를 높여 줄 수 있을까요?"

종업원을 불러 방의 온도를 높여 달라고 하고, 아무거나 브랜디 한잔을 달라고 했다. 빨리 몸의 온도를 높이고 싶었다.

종업원이 널찍한 잔에 마르텔의 브랜디를 한잔 가져다주었다. 향을 맡을 생각도 안 하고 그대로 입으로 가져가 단숨에 반 잔을 마셨다. 식도를 타고 뜨거운 열기가 올라왔다. 이제 좀 살 것 같다. 그때 유메가 룸으로 들어왔다.

"안녕, 웬일이야 이렇게 분위기 좋은 데도 오자고 하고."

유메가 코트를 벗어 옷걸이에 옷을 걸며 말했다.

평소에 치장을 잘 안 하던 유메도 오랜만에 바깥에서 하는 데이트라 그런지 꽤 꾸미고 나왔다. 평소에 안 신던 굽이 높은 구두를 신고 몸매가 드러나는 얇은 하얀색 니트 스웨터에 짧은 치마를 입고 있었다. 커피색의 얇은 스타킹을 신고 있었는데, 유메가 몸매가 부각된 섹시한 스타일로 옷을 입은 건 처음이었다. 눈 화장도 해서 그런지 더욱 그렇게 보였다. 속눈썹도 평소보다 더 길어 보였다. 약지에는 얼마 전에 선물한 프러포즈 반지가 끼워져 있었다.

"오늘 왜 이렇게 예쁘게 차려입었어?" 내가 말했다.

"아, 나도 할 얘기도 있고, 오랜만에 그냥 기분 좀 내봤어. 케이시가 마시고 있는 거 뭐야?"

"브랜디."

유메가 잔을 들더니 코를 킁킁거리며 향을 맡고는 말했다. "나도 이거 마실게."

종업원을 불러 같은 걸로 한잔 더 달라고 했다.

"할 얘기라는 게 뭐야?" 내가 먼저 입을 열었다.

"나, 회사에 그만둔다고 얘기했어. 아까 낮에."

"갑자기 일을 그만둔다고, 왜?"

"계속 생각하고 있었어. 나 사업할 거야."

"사업?"

그때 종업원이 술을 가져다줬다.

유메는 잔을 들고 시계 방향의 원 모양으로 몇 바퀴 휘젓고 향을 맡았다. "음, 좋은 향이네" 유메가 한 모금 입 안에 머금고 살짝 눈을 감았다가 다시 뜨며 말했다. "도수가 엄청 높은 와인 맛이나."

"브랜디의 어원이 '브란데 베인(brandewijn)'이야. 네덜란드어로 불태운 와인이라는 뜻, 와인을 증류해서 물로 희석한 거거든."

"케이시는 모르는 게 없나 봐."

"책에서 읽었을 뿐이야. 무슨 사업을 하려고?"

"예술지원 사업. 사회적 기업이라 해야 할까, 그 비슷한 거야."

"예술지원?" 내가 유메의 말을 듣고 물었다.

"나 원래 꿈이 화가였잖아. 얘기 안 했었나? 아무튼, 집에서 워낙 반대해서 못했어. 미대에 들어가긴 했지만, 원하던 순수미술은 아니었고."

"화가라…" 바젤 앞에서 베레모를 쓰고 그림을 그리고 있는 유메의 모습을 떠올렸다. 꽤 잘 어울린다. 유메의 독특한 성격과 가치관도 예술가로서는 좋은 자양분이 될 수 있을 것만 같았다.

"예술은 돈이 많이 들잖아, 지원을 안 해주면 접근성이 무척 안 좋아. 거의 불가능에 가깝지." 유메가 말했다.

문득 양부모가 카나에에게 피아노를 정식으로 가르치기 위해 꽤 많은 지원을 해 줬던 사실이 떠올랐다. 확실히 예술과 체육은 교육비가 많이 든다. "미술에 대해 잘은 모르지만, 그렇겠지?"

"응, 그래서 국내외의 실력 있는 화가들과 화가를 꿈꾸는 어린 학생들을 만나게 해 주는 행사를 정기적으로 열 생각이야. 나중에 회사의 인지도가 올라가면 유명한 화가를 초청해서 학생들에게 무료로 가르쳐주는 학원도 만들고 싶어."

"초 치는 것 같아서 미안한데, 그건 사업이 아니라 그냥 자선 활동 아니야?" 내가 물었다.

"뭐, 어떻게 보면 그럴 수도 있지."

"취지는 좋지만, 그런 일을 할 돈은?"

"……." 유메가 대답 없이 나를 뚫어져라 쳐다봤다.

"나 말고. 자금을 조달할 방법이나 수익구조는 생각해 뒀어?"

"장난이야. 케이시한테 투자해 달라고 할 생각 없어. 나 14살부터 계속 모델 일을 했잖아, 몇 년째 직장도 다녔고. 일단 모아

둔 돈은 꽤 있어."

"힘들게 번 돈인데, 그렇게 자선사업으로 다 써버리기에는 아깝지 않아?"

"나중엔, 기업의 후원도 받고 개인 기부도 받을 생각이야. 그땐 케이시도 기부 좀 해주라." 유메가 술잔을 비우며 말했다.

나는 역시 유메에 대해 아무것도 모른다는 생각이 들었다. 한없이 이기적이고 세상을 적대시한다고만 생각했다. 그런데 오랜 시간 열심히 일해서 모은 돈을 자선사업 같은(내 눈엔 아무리 생각해도 수익구조가 나올 수 없는 사업으로 보였다) 일에, 그것도 순수예술가가 되고 싶어 하는 학생들을 위해 쓰겠다니. 어쩌면, 유메의 가장 큰 매력은 외모나 배경 같은 것들이 아닌 '예측이 불가능한 사람'이라는 점이 아닐까.

"온 더 록으로 마실게요. 얼음과 온 더 록 잔으로 준비해 주세요."

왠지 이별을 얘기하기에 적합하지 않은 날인 것 같아 오늘은 편한 마음으로 술이나 마시자고 생각했다. 종업원을 불러 위스키 한 병과 견과류, 과일을 주문했다.

우리는 시간을 들여 천천히 위스키를 마셨다. 룸 안에 개별 구비된 스피커에서 말러의 〈교향곡 5번 6악장〉이 잔잔하게 흘러나왔고 이어서 라벨의 〈라발스〉가 나왔다. 선곡 센스가 대단히 뛰어난 가게였다. 뱅앤올룹슨 스피커에서 베이스의 원음이 조금도 손실되지 않고 생생하게 들려왔다.

"화장실 좀 다녀올게." 위스키 한 병을 다 비워갈 때 유메가 말했다. "그래, 다녀와."

나는 종업원을 불러 주류 메뉴판을 가져다 달라고 했다. 도수가 약한 위스키를 한 병 더 주문할까 하던 참이었다.

테이블 위에 있던 유메의 스마트폰이 깜빡이며 진동했다. 종업원이 가져온 주류 메뉴판을 보며 뭘 마실까 고민했다. 그때 또 다시 유메의 휴대전화가 깜빡이며 테이블 위로 진동이 느껴졌다. 고개를 돌려 휴대전화를 보자 화면에 SNS 알림이 표시되어 있었다. 시계를 보니 오전 1시 35분이었다. "이 시간에 뭐지…."

영 기분이 좋지 않았다. 괜히 불길한 예감이 들었다. 유메의 스마트폰을 건들지 않은 채 몸을 일으켜 알람 내용을 확인했다. SNS 메신저를 통해 온 메시지였다. 애석하지만 이런 종류의 싸늘함은 늘 틀리지 않았다.

〈뭐 해? 안 자면 집으로 올래? 오늘도 유메랑 하고 싶어〉

오늘도 유메랑 하고 싶어. 휴대전화에 떠 있는 그 메시지를 보는 순간 저녁 내내 느껴졌던 그 한기가 더 강하고 짙게 피부로 스며들어 왔다. 온몸의 솜털들이 바짝 섰다.

유메의 휴대전화를 들어 그 메시지를 보낸 사람과의 대화 내용을 확인했다. 상대와는 SNS로 알게 된 사이였다. 한 달 전에 처음 만난 이후로 주기적으로 만나서 섹스하는 것 같았다. 아니, 하고 있었다. 유메의 SNS 메시지 함에는 수많은 남자와의 대화 창이 있었다. 농도 짙은 성적인 대화들이었고 그것은 대화로만 그치지 않고 실제 만남까지 이어지고 있었다. 유메와 연락이 안 되는 모든 순간에 그녀는 다른 남자들하고 있었다.

심장이 뛰는 소리가 어지러울 만큼 크게 귓가에 들려왔다. 취기가 그제야 올라오는 것 같았다. 숨이 가빠지고 테이블과 그 위 사물이 넘실거렸다.

유메의 스마트폰에서 사진 앨범을 열어봤다. '퍼스트'라고 쓰여 있는 폴더를 클릭하자 40대 중반으로 보이는 중년과 함께 찍은 웨딩사진이 보였다. 날짜를 보니 웨딩 화보 촬영 일을 하러 교토에 다녀온다고 했던 그 주말이었다. 일하면서 찍은 사진이라며 보여줬던 것과 같은 드레스, 같은 화장을 하고 있는 사진이다.

마른침을 삼키며 사진첩을 더 확인했다. 폴더별로 만나는 남자마다 사진이 정리되어 있었다. 나도 그중 한 폴더에 있었다. 나와 찍은 사진이 있는 폴더의 이름은 〈써드_케이시〉였다. 그 폴더에는 함께 찍은 사진뿐만 아니라 미루의 사진, 집 사진과 차 사진등, 나와 연관된 다른 사진도 함께 있었다.

심장이 너무 빠르게 뛰어 터질 것만 같았다. 호흡곤란으로 산소가 부족해 두통이 심하게 왔다. 관자놀이부터 두정골까지 누군가 바늘로 찌르는 것만 같았다. 통증이 너무 심해 화조차 나지 않았다. 의심 없이 만났다. 의심했어야 했다. 의심이라는 것을 해본 적이 없으니까 이런 일이 있으리라 전혀 상상하지 못했다.

이런 인간을 못 알아보고 행복한 미래를 상상하고 결혼을 준비했다니.

유메의 휴대전화를 원래 있던 자리에 놓아두고 마음을 최대한 진정시키려고 노력했다. 숨을 몇 번이고 크게 들이마시고 내뱉었다. 딱히 나아지진 않았다. 여전히 호흡이 불편했다.

어차피 헤어지려고 했잖아. 변명의 여지가 없는 깔끔한 명분
도 생겼으니 좋게 헤어지고 다시는 얽히지 말자. 좋게 끝내자. 고
대 의식을 행하는 주술사처럼 나지막하게 스스로 최면을 걸었
다. 그래, 절대로 화는 내지 말자.

"자기, 많이 기다렸지? 화장도 고치고 오느라 시간 좀 걸렸어.
어때, 나 예뻐?"

5분 정도 지나자, 유메가 돌아왔다. 그 얼굴을 보자 낯설게 느
껴졌다. 내가 알고 있던 것과 전혀 다른 삶을 살고 있는 인물. 나
는 최대한 평정심을 유지하려고 노력하며 잔에 남아있던 위스키
를 스트레이트로 마셨다.

"그래서 말이야, 내가 아까 사장님한테……."

유메가 뭐라 뭐라 자기 이야기를 계속했지만, 귓가에 하나도
닿지 않았다. 나는 유메의 말을 끊고 최대한 담담한 어조로 말했
다. "유메, 나한테 할 얘기 없어?"

"할 얘기? 지금 하고 있잖아." 유메가 영문을 모르겠다는 표정
으로 옆머리를 귀 뒤로 쓸어 넘기며 말했다. 자세히 보니 왼쪽 귀
귓바퀴 바로 아래에 점이 두 개 있었다. 저런 점이 있었던가. 그
것도 두 개나. 너는 대체 누구야. 내가 알던 유메는 어디에 있지.

"그래, 그럼 내가 얘기할게." 나는 유메의 귀에 시선을 두고 침
착하게 말했다. "먼저 사과할 게 있어."

"뭐를?" 유메가 물었다.

"유메가 화장실 간 사이에 휴대전화에 계속 알림이 울려서 내

가 잠깐 봤어. 휴대전화를 허락 없이 본 거 사과할게. 진심으로."

나는 그렇게 말하고 유메를 향해 상체를 크게 굽혔다가 폈다.

"……."

유메가 아무 말도 하지 않고 무표정하게 나를 바라봤다. 아무런 감정이 실리지 않은 그 표정을 보자 섬뜩했다. 비밀을 들키고도 조금도 당황하는 기색을 보이질 않는다. 눈에는 미안함도, 황당함도 담겨있지 않다. 그 사실이 나를 더욱 슬프게 했다. 이 여자는 나를 사랑하지 않았구나. 그런 생각을 하자 가슴 한편이 아려왔다.

"나는 유메를 정말 진심으로 생각했어. 여러 우연이 겹쳐서 인연이라고 믿기도 했고, 같이 있는 시간이 정말 즐거웠으니까."

"내 휴대전화 봤다며, 결론만 말해. 짜증 나니까." 단 한 번도 들어본 적 없는 지극히 냉소적인 목소리에 비아냥거리는 투로 유메가 말했다.

"도대체 왜 그러는 거야?" 내가 너를 조금이라도 이해할 수 있게, 변명이라도 해줘. 속으로 생각했다.

"흥." 유메가 코웃음을 치고는 말했다. "뭐를 왜 그래?"

"내 입으로 얘기해야 해?" 내가 말했다.

"말해 봐." 유메는 그 어떤 변명조차 하지 않았다. 몸을 옆으로 돌려 다리를 쭉 뻗더니 무릎 아래로 내려간 스타킹을 좌우 번갈아 가며 허벅지 위로 끌어올렸다. 그러고는 혼자 나지막하게 중얼거렸다. "에이, 짜증 나게 한쪽 올이 나가버렸네. 버려야겠다."

"나 말고 도대체 결혼을 약속한 남자가 몇 명이나 더 있는 거야, 그러는 와중에 매일 얼굴도 모르는 새로운 남자들은 왜 만나는 거야, 도대체 왜 그래? 나로는 부족했어?" 나는 최대한 화를 억제하고 천천히 말했다. 자존심이 이렇게 상했던 적이 있던가.

"뭐, 그래서 어쩌라고? 너도 어차피 똑같은 인간이잖아."

"뭐?"

"너도 그러고 살 거잖아."

"지금 무슨 소리를 하는 거야."

"말귀를 못 알아듣겠어? 너도 똑같이 다른 여자들 만나러 다니고 아닌 척할 거잖아." 유메가 언성을 높이며 말했다.

도리어 소리를 지르며 화내고 있는 그 모습에 나는 어안이 벙벙해졌다. 대꾸할 의지조차 사라졌다. 기가 막혀서 잠자코 유메의 말을 계속 들었다.

"지금은 아니겠지. 근데 너도 똑같은 인간이야. 나중에는 반드시 그럴 거야." 유메는 확신에 찬 목소리로 선언하듯이 말했다.

너도 어차피 나중에 똑같이 할 거면서 왜 본인을 탓하고 있냐는 논리에 더 이상의 대화가 무의미하다고 느껴졌다. 왜 저렇게 마음과 눈이 뒤틀린 채로 세상을 살까, 내가 모르는 그녀의 결핍은 도대체 뭐였을까. 한편으로는 측은하기까지 했다.

유메가 내 눈빛을 읽고 말했다. "도덕적인 척 그만해. 역겨워."

"취했어? 술 취해서 그러는 거야?" 내가 입을 떼고 말했다.

"안 취했어. 세컨드도 아니고 써드인 섹스토이 주제에 맨날 자기 혼자만 착한 척하는 게 웃겨서 그럴 뿐이야." 유메가 일부러 소리 내어 "킥킥"하고 웃었다. 나를 도발하고 있다는 생각이 들었다.

"그만 얘기하자. 일어나."

"바보 같은 자식. 한 조각의 꿈도, 한 움큼의 야심도 없이 그렇게 위선적이고 가식적으로 사니까 우울증 같은 거나 걸리지."

"……. 일어나. 안 일어날 거면 나 먼저 갈게."

나는 더 이상 유메의 폭언에 저항할 어떤 의지도 남아있지 않았다. 피로했다. 빨리 집에 가고 싶었다. 자고 싶다, 되도록 길게, 그 생각뿐이었다.

룸에서 나와 계산하고 가게 밖으로 나가려고 하는데 뒤따라 나온 유메가 내 등 뒤로 비웃듯이 소리쳤다.

"어휴, 한심한 인간. 화도 낼 줄 모르냐? 너 같이 속 터지는 인간 옆에 있으면 나 같아도 뛰어내리겠다. 차라리 죽는 게 낫지."

너 같이 속 터지는 인간 옆에 있으면 나였어도 뛰어내리겠다.

나는 발걸음을 멈추고 뒤를 돌아봤다. 주먹을 꼭 쥐고 있었다.

"뭐, 어쩌라고. 네 동생은 차라리 잘 죽었다고……."

"유메. 해도 될 말이 있고 절대로 하면 안 되는 말이 있어. 너는 지금 그 선을 넘어도 한참 넘었어. 다시는 연락하지 마." 나는 인내심을 한계까지 끌어올려 주먹을 펴고, 간신히 화를 참고 말했다.

가게 종업원들이 달려와 무슨 일이냐고 말했지만 나는 대꾸하지 않았다. 가게 문을 열고 엘리베이터 버튼을 눌렀다. 아직 제

자리에 서 있던 유메가 뭐라 계속 소리 지르는 게 들려왔지만 더는 듣지 않았다. 엘리베이터가 도착하자 안에 타고 1층을 누른 뒤, 닫힘 버튼을 계속 눌렀다.

집까지 어떻게 왔는지 기억이 나질 않았다. 아마도 택시를 탄 것 같았다. 최대한 몸을 가로등 불빛 아래에 가까이하고 무작정 앞으로 걸었다. 그 불빛 아래에서 벗어나면 어둠에 빨려 들어가 다시는 돌아오지 못할 것만 같았다. 그 다음 기억은 집이었다.

정원으로 들어서자, 하루가 잠이 깬 눈으로 뛰어와 나를 반겨 줬다. 하루가 내 얼굴을 빤히 쳐다보더니 앞발로 내 허벅지를 쓰다듬었다. 다리에 힘이 풀려 그 상태로 털썩 주저앉았다. 앞에 있던 하루를 껴안았다. 하루는 꼬리도 흔들지 않고 가만히 있었다. 수북한 하루의 털 안으로 뜨거운 체온이 느껴졌다. 한참을 그 상태로 있었다. 그 따뜻한 체온 덕분에 간신히 마음을 진정시키고 집 안으로 들어갔다.

미루가 달려와 앞발로 내 발을 툭툭하고 건드렸다. 미루를 들어 안았다. 머리를 몇 번 쓰다듬어 주고 소파 위에 조심히 내려줬다. 씻지도 않은 채로 침실로 올라가 재킷만 벗고 그대로 쓰러지듯이 누웠다. 고작 그 정도밖에 안 되는 인간을 못 알아보고 좋다고 만난 나 자신이 너무 분하고 화가 났다. 죽은 카나에한테 미안했다. 나쁜 말을 듣게 한 것 같아 한없이 미안했다.

분한 마음, 화가 난 감정, 자책하는 심정이 뒤섞여 아무것도 생각할 수가 없어진 상태로 아침까지 멍하니 있다가 세상이 환해져 올 때쯤에야 겨우 잠들 수 있었다. 깊이 잠들지는 못했다. 삼십 분 정도 자다가 더 못 자고 일어났다. 몸을 일으켜 겨우 샤워를 하고, 부엌으로 가서 물을 반 컵 정도 마셨다. 소파에 흘려두었던 휴대전화를 들었다. 유메에게서 메시지가 와 있었다.

"케이시 어제 어떻게 된 거야? 나 너무 많이 마셔서 취했었나 봐. 기억이 안 나. 일어나면 연락 줘, 자기야."

메시지를 삭제하고 그녀의 전화번호를 차단했다.

하루와 미루의 밥과 물을 챙겨준 뒤 손에 닿는 옷을 아무렇게나 입었다. 집 밖으로 나와서야 양말을 한쪽 밖에 안 신었다는 사실을 깨달았지만, 그냥 걸었다.

지난봄에 갔었던 종합병원으로 가서 정신과 의사와 상담했다. 최근 내가 겪은 일들, 만난 사람들, 그들에게 받은 부정적인 감정들 그리고 현재의 내 상태에 대해 솔직하게 이야기했다. 내 이야기를 다 듣고 난 뒤, 의사가 정밀 검사를 해보자고 했다.

검사실로 가서 이마와 가슴, 손목에 측정기를 붙이고 앉아있었다. 그 시간이 영원하다고 느껴질 때쯤 검사가 끝났다. 검사실 앞 대기실에 앉아 정신 상태를 체크하는 문진표를 작성했다. 200 문항 정도 되는 것 같았는데, 나는 대부분을 '매우 그렇다' 또는 '전혀 그렇지 않다'에 체크했다. 30분 뒤 다시 의사와 상담했다.

"에… 지난번보다 상태가 너무 안 좋아졌습니다… 심각한 정도예요… 왜 이제야 오셨어요?" 의사가 검사결과지를 보며 말했다. 여전히 카세트테이프를 길게 늘어뜨린 것만 같은 속도였다.

"스트레스 저항도는 굉장히 높은데, 자율신경계 균형도와 부교감신경 활성 그리고 교감신경 활성도가 심각할 정도로 낮아졌습니다… 우울, 불안, 특정 공포, 수면장애, PTSD 항목은 월등히 높게 나왔습니다… 맥박과 호흡도 불안정하고, 음… 이런 경우에는 스트레스 저항도도 같이 낮아야 정상인데… 매우 특이한 케이스입니다… 안 좋은 쪽으로요…."

의사가 조심스럽게 입원 치료를 권했다. 소도시에 있는 고급 요양원을 추천해 주겠다고 했다.

"출입이 자유로운 휴양지 같은 곳입니다." 의사가 말했다. "요즘은 젊은 부자 중에 요양 목적으로 두어 달 정도 이용하는 경우도 많습니다." 의사는 내게 너무 심각하게 받아들이진 말라고 했다.

지금 내 정신이 입원 치료나 요양이 필요할 정도로 안 좋다면서 심각하게 받아들이지 말라니. "네, 고민해 보겠습니다." 알겠다고 말하고 약을 처방받고 병원을 나왔다. 물론 요양원에 들어갈 생각은 눈곱만큼도 없었다.

집에 돌아와 약을 먹고 소파에 앉았다. 소파의 등받이 가죽에 갈색의 긴 머리카락이 묻어 있었다. 손가락으로 머리카락을 집어 정원으로 나가 공중에 날려버렸다.

하늘은 높았고 해는 또렷했지만, 햇살은 어딘가 힘을 잃어 그림자를 가늘고 길게 늘어뜨리고 있었다. 소나무 가지들 사이로 새들이 지저귀는 소리가 들려왔다. 가을 참새였다.

그날 밤 나는 다시 그 흰 새가 나오는 꿈을 꾸었다. 꿈에서 깼을 때 주위를 두리번거려 봤지만 카나에는 오지 않았다.

19

비 오는 날에도 즐거운 일은 있으니까

유메

그날 하루는 꽤 다이내믹하게 흘러갔다. 점심시간이 지났을 때 회사에 그만두겠다고 말했다.

"왜 퇴사하려는 거죠?" 사장이 물었다.

그녀는 50대를 넘긴 나이에도 디자인 감각이 촌스러워지지 않고 트렌드에도 밝은 사람이었다. 그 나이까지 잔뜩 날이 선 감각을 유지한다는 것은 정말 쉽지 않다. 더군다나 자식도 셋이나 있었다. 어쭙잖고 하찮은 남자들 10명 몫은 혼자 해내는 사람이다. 그녀만큼은 존경이라는 수식어가 어울릴만했다.

"예전부터 꼭 하고 싶었던 일이 있어서요."

사장은 내가 하고자 하는 '화가 지망 학생들을 위한 예술지원사업'에 대해 듣고는 쉽지 않겠다고 했다. "그게 뭐든, 내가 도울 일이 있으면 언제든 편히 이야기해요." 그녀는 기존에 하던 디자인 업무를 외주 형식으로라도 가끔 맡아줄 수 있겠냐고 물었다. 나름의 배려이자 응원이었다. 감사하다고 답했다. 앞으로 돈 들어갈 일이 태산이었으니까.

사장과의 면담이 끝났을 때, 케이시로부터 오늘 한잔하자고 메시지가 왔다. 만날 때마다 거의 늘 술을 마시는데 뭘 새삼스럽게 미리 얘기까지 하나. 그래도 오늘은 웬일인지 집이 아닌 긴자의 조용한 바에서 마시자고 말했다. 마침 한잔하고 싶은 날이기도 했고, 아무리 좋은 집이라도 매일 같은 곳에서만 노는 건 지루해지던 참이었는데 잘 됐다.

　케이시와의 마지막 만남. 꽤 분위기 좋은 곳이었다.
　약속 장소인 바는 긴자의 화려한 거리가 한눈에 내려다보이는 고층 빌딩의 높은 층에 있었다. 조용하고 아늑했다. 음악도 우아했다. 케이시의 말로는 말러의 〈피아노 콰르텟〉과 라벨의 〈라 발스〉라는 곡이라고 했다. 말러와 라벨. 다음에도 들어보려고 휴대전화에 메모했다.
　날이 추워져서 그런가, 금방 취기가 올라오는 그런 날이었다. 케이시, 저 잘생기고 이야기 소재가 끊이질 않는 남자와 함께 있다 보면 그에게도 취하는 느낌이 들 때가 있다.
　그냥 떨거지들을 다 정리해 버리고 이 인간과 결혼하면 어떨까 하는 생각이 스쳤다. 놓치면 나중에라도 한 번쯤은 반드시 생각날 사람이라는 사실에는 이견이 없다. 답답하고 속 터지는 구석이 가끔 있긴 했지만, 그는 좋은 남자였다.
　하지만 사달이 나버렸다.
　화장실에 다녀오는 동안 케이시가 내 휴대전화를 본 것이다. SNS의 알림을 꺼두는 걸 깜빡했다. 아무리 그렇다 하더라도 집착 같은 건 안 하는 인간인 줄 알았는데 상대의 휴대전화를 훔쳐보다니, 최악이었다.

케이시의 입에서 "방금 네 휴대전화를 봤어."라는 말을 듣자, 뭐 일단은 조금 어이가 없었다. 케이시는 자신이 '써드'에 불과하다는 것을 알게 되었다. 그러고도 화를 내기는커녕 동정한다는 눈빛으로 나를 쳐다봤다. 너 참 불쌍하다고 왜 그렇게 사냐고. 이유가 있어 그렇게 사는 걸 테니, 그런 이유를 가진 네가 안쓰럽다는 듯 말하고 있는 것만 같았다.

지금 누가 누구를 동정해? 감히. 화가 머리끝까지 났다. 마치 자기는 완전무결한 삶을 살고 있다는 듯 구는 태도가 나를 열받게 했다. 내 삶을 무슨 불운한 과거로부터 생긴 결핍의 결과물인 양 멋대로 판단하다니. 본인은 전혀 의식하지 못했겠지만, 그는 나의 역린, 절대로 누르지 말아야 할 스위치를 눌러버렸다.

달칵. 스위치가 눌린 나는 그때부터 쉼 없이 폭언을 내뱉었다. 한 번 나오기 시작한 그리 바람직하지 못한 말들은 내 의지와 상관없이 계속 이어졌다. 이런 걸 발악이라고 하나 싶을 정도로 나쁜 말들이 쏟아졌다. 기왕 시작한 거 네가 어디까지 참나 두고 보자는 심정도 있었다. 내 입에서 케이시의 죽은 동생에 대한 말이 나오자 케이시도 한계에 달했는지 정말 그대로 가버렸다. 그 와중에 계산은 하고 갔다. 끝까지 웃기는 인간이다.

그래, 솔직히 동생 이야기까지 운운한 거? 그건 나도 심했다는 거 인정한다. 아침에 아주 조금 미안한 마음이 들어 아무것도 기억이 안 나는 척 메시지를 보냈다. 예상대로 답장은 오지 않았다. 뭐, 이제 완전히 끝난 사이다.

당분간은 새로 시작할 사업에만 전념하고 싶다는 생각이 들었다. 남자란 그저 심심하고 무료한 내 일상의 유희일 뿐이다. 쇼윈도 부부라는 멋지고 세련된 가족 형태에 긍정적인 인간이라도 나타나면 모를까. 그렇지 않다면 단순히 유희와 쾌락의 상대, 남자란 그 이상도 이하도 아니다.

갑자기 모든 게 귀찮아졌다. 그런 생각이 들자마자 퍼스트와 세컨드에게 그만 만나자고 통보했다.

퍼스트는 40대 중반의 중년으로 사립 대학교 교수였다. 전화로 울며불며 이유라도 알려달라고 말했다. 귀찮아서 휴대전화 번호를 차단해 버렸다. 키 작고 대머리에 섹스도 정말 못하는 인간이었지만 쇼윈도 부부에 찬성한다고 해서 결혼까지 진행하던 사람인데 사랑을 구걸하는 모습을 보니 아차 싶었다. 다행히 세컨드는 올 게 왔구나, 라는 반응을 보이며 조용히 사라져 줬다.

점심때가 되자 창밖으로 가을비가 세차게 내리기 시작했다.

유난 떨 거 없다. 비 오는 날에도 얼마든지 좋은 일은 일어날 수 있으니까. 우산을 펴고, 사무실을 구하기 위해 부동산에 찾아갔다.

20

어린 사슴의 보은

가즈키

스물아홉 가을, 그때 저는 케이시가 운전하는 하얀색 포르쉐의 동승자석에 앉아있었습니다.

차의 오디오에서는 케이시가 즐겨 듣는 라흐마니노프의 〈피아노협주곡 2번〉이 흘러나오고 있었습니다. 감정이 절정에 이르는 2악장 대단원으로 향해 가고 있을 때쯤이었습니다.

"그나저나 가즈키. 넌 어느 계절에 죽고 싶어?"

운전하고 있던 케이시가 마치 '저녁 메뉴로 뭘 먹고 싶냐?'는 듯이 가벼운 어투로 물었습니다.

"네?" 저는 깜짝 놀라 되물었습니다.

"그냥, 넌 어떤 계절에 죽고 싶은지 생각해 본 적이 있나 하고." 케이시가 말했습니다.

어느 계절에 죽고 싶은지라… 저는 그런 걸 평소에 생각해 두고 사는 사람이 있을까, 하는 의문을 가지며 답했습니다.

"글쎄요, 케이시. 저는 아직 한 번도 죽음에 대해서 생각해 본 적이 없는 것 같아요."

"그래, 가즈키. 너라면 역시 그렇게 대답할 것 같았어. 대부분의 사람은 어느 계절에 죽고 싶은지 물어보면 그렇게 미간을 잔뜩 모으고 골몰히 생각하다가 '아, 미안합니다. 그런 건 아직 생각해 본 적이 없어서'고 말하거든. 그게 자연스러운 반응이지. 나도 예전엔 그렇게 대답했었고."

"그런가요?"

"그렇지만, 한 번이라도 우울증을 심하게 앓아봤거나 현재 앓고 있는 사람은 이 질문에 바로 대답해. 어느 계절이라고 콕 집어서 말이지. 마치 누군가 물어봐 주기를 기다렸다는 듯이."

저는 잠시 고개를 갸우뚱한 뒤 말했습니다. "우울증을 심하게 겪다 보면 자연스럽게 죽음을 생각하기 때문인가요?"

"글쎄…. 어쨌거나 탄생에 대해선 도무지 어느 것 하나 우리 마음대로 결정할 수 있는 게 없잖아? 태어날 장소, 시간, 계절 그리고 가족까지. 화나지 않아? 이보다 더 수동적일 수는 없잖아."

케이시는 평소와 다르게 꽤 격정적인 투로 말했습니다.

"하지만, 죽음은 늘 우리 삶 곁에 있고 때로는 우리가 결정할 수도 있어. 왜 다들 죽음은 항상 타인의 일이라고만 생각하고 외면하고 사는 걸까? 어차피 우리는 모두 죽을 건데 말이야."

어차피 우리는 모두 죽는다.

그 말을 들으니, 마음이 무거워졌습니다. 죽음 같은 건 그 순간이 올 때까지 영원히 저와 상관없는 이야기였으면 좋겠다고 생각했습니다. 그런 불편한 것에 대해 생각하는 일조차 앞으로도 없길 바랐습니다. 그것은 본능적인 거부감일지도 몰랐습니다.

"케이시는 어느 계절에 죽고 싶은데요?" 제가 한숨을 쉬며 물었습니다. 당연히 케이시도 생각해 본 적 없다고 답해 주길 바랐습니다. 그러나 케이시는 질문을 받자마자 즉시 답했습니다.

"나? 나는 당연히 봄에 죽고 싶어."

"봄이요?"

"응, 봄. 나를 제외한 만물이 생명력 가득한 모습을 보면서 아, 내가 죽어도 이 아름다운 세상은 아무 일 없다는 듯 계속 나아가겠구나, 그런 안도감으로 마지막 숨을 뱉고 싶어."

차 안은 어두웠지만 케이시가 "봄에 죽고 싶어"라고 말하는 순간 표정이 담담해 보였습니다. 담담해 보인다고 느껴졌습니다.

"에이, 케이시. 우리 아직 반도 안 살았어요. 마지막 숨을 뱉으려면 한참이나 남았다고요. 빨리 저녁이나 먹으러 가죠. 저 배고파요."

저는 듣기도 말하기도 불편한 대화를 빨리 끝내고 싶었습니다. 케이시도 더 이상 얘기하지 않았습니다. 우리는 서로 말없이 음악에 집중하며 레스토랑으로 향했습니다.

"하츠네의 부모님은 정말 좋은 분들 같아 보였어요. 아 그리고 그 동굴 온천. 진짜 좋더라고요. 뭔가 옛날 설화로 들어간 느낌이랄까? 하지만 날이 더 추워지면 물이 너무 차가워서……."

저는 하츠네와 다녀온 북해도 여행에 대해 케이시에게 얘기하고 있었습니다. "저기. 케이시, 제 말 듣고 있는 거죠?"

"아…, 응? 뭐라고 했지? 오타루 도착하니 날이 정말 좋았다는 것까지 들었어."

"저기요, 케이시. 그건 도입부잖아요."

"미안, 다른 생각 하느라 그랬어." 케이시가 콜라를 한 모금 마시며 말했습니다. "진짜 미안."

최근 들어 케이시가 멍한 표정을 짓고 있는 시간이 부쩍 많아진 것 같았습니다. 생기를 점점 잃고 있는 사람처럼 보였습니다. 함께 식사해도 그는 반도 채 먹지 않았습니다.

"무슨 일 있어요?"

"아니야, 아무 일 없어. 아무튼, 이제 하츠네랑은 좋은 거지?"

"네, 정말 좋아요. 놓치지 않길 정말 잘했다는 생각이 들 만큼."

"궁금한 게 있는데 실례가 안 된다면 물어봐도 될까?"

"네, 물어봐요."

"이제 몇 달 전 일이 됐으니까. 그때 왜 하츠네를 받아들이기로 결심했어? 내가 너였다면 그런 결정 내리기 쉽지 않았을 것 같거든." 케이시가 신중하게 단어를 고르며 물었습니다.

"음. 그렇죠. 쉽진 않았죠. 그래서 저도 한 달의 시간이 필요했던 거고요." 종업원이 다가와 후식을 먹을 거냐고 물었습니다. 저는 따뜻한 커피를 주문했습니다. 케이시는 콜라면 충분하다고 했습니다. 종업원이 주문받고 테이블을 떠나자, 제가 이어서 말했습니다. "그 한 달 동안 고민을 많이 했죠. 내가 하츠네를 정말 사랑하는 건지, 왜 사랑하는 건지, 앞으로 우리 두 사람이 어떤 미래를 그릴 수 있는지 그런 것을요."

"그래서?" 케이시는 집중해서 내 눈을 바라보고 말했습니다.

"하츠네랑 함께 산다면 하루하루가 늘 충만하고 행복하겠다는 확신이 있었어요. 앞으로 평생 말이죠."

"그런 이유가 있으면 용서할 수 있는 걸까? 옆에 나 말고 다른 사람이 있었다고 하더라도?"

"용서라…. 그건 적절하지 않은 표현인 것 같아요. 제가 뭐라고 타인을 심판하고 용서하고 그러겠어요. 굳이 그때의 제 감정을 단어로 표현한다면…." 저는 잠시 적절한 단어를 찾아 고민한 후 말을 이었습니다. "그 감정은 이해였어요. 하츠네가 진심을 다해 사과했잖아요, 자기 잘못을 인정하고 바로 잡으려고 노력하겠다는 모습을 보면서 믿음이 더 강해졌다고 해야 할까요? 물론 저 또한 그런 사람이 되어야겠다고 다짐도 했고요."

"건강하고 멋진 결론이군. 가즈키, 요즘 정말 행복해 보여. 그거면 충분하다고 생각해. 어느 책에선가 읽었던 글귀인데, 결혼은 서로 성격이 달라도 같은 곳을 바라볼 수 있는 사람과 해야 하는 거라고 하더라고. 너와 하츠네 두 사람 모두 건강한 삶과 행복한 가정이라는 확고한 공통 목표가 있으니까 분명 행복할 거야."

"고마워요. 따뜻한 격려도, 힘들 때 많이 챙겨주고 신경 써줬던 것도. 모두 정말 감사했어요." 저는 진심을 담아 고개를 앞으로 숙이며 케이시에게 감사 인사를 했습니다.

"에-이, 그러지 마. 누차 말했잖아, 나는 그냥 한가한 거라고."

"참, 유메 씨랑 결혼 준비 잘 돼가요? 유메 씨 부모님은 만나기로 했어요?"

"지난주에 헤어졌어."

"네?" 저는 깜짝 놀라 케이시에게 물었습니다. "대체 왜?"

"뭐, 이쪽은 너랑 같은 고민 끝에 반대의 결론이 난거지. 천천히 돌아보니까 외적으로 보이는 것에만 내가 너무 혹했던 것 같아. 외롭다는 생각에 자꾸만 내 이상형과는 다른 사람을 내 이상형에 억지로 끌어 맞췄나 싶기도 하고. 삶을 바라보는 가치관도, 목표도 너무 달랐어. 아무튼, 잘 얘기하고 헤어졌어."

"아, 그래서 요즘 케이시 표정이 부쩍 안 좋았군요…."

무언가를 골똘히 생각하고 있던 케이시가 천천히 입을 뗐습니다.

"꼭 그런 건 아니야. 요즘 들어 삶의 의미라는 게 있기는 한 걸까, 그런 생각이 들어서 그래. 대체 어딜 바라보고 살아야 할지 서른 살이 넘었는데 아직 모르겠어."

저는 그의 말에 무어라 답하지 못한 채, 잠자코 그의 이야기를 계속 들었습니다.

"나이가 지극히 든 어른들이 말하잖아. 인생은 코앞만 보고 살면 안 된다고. 멀리 내다보고 살아야 한다고. 나는 그 멀리가 어디인지 도대체 가늠을 못 하겠어. 사람의 인생을 가장 멀리까지 바라보면 결국 죽음뿐이잖아. 젠장. 코앞과 멀리라니, 대체 그 중간 어디가 적당한 거리일까? 우린 어디를 보고 살아야 할까?"

"어렵네요." 오늘따라 죽음과 관련한 이야기를 많이 하는 케이시가 걱정되어 물었습니다. "병원은 계속 가고 있죠?"

"며칠 전에도 다녀왔어."

"약 잘 챙겨 먹어야 해요. 우울증은 자연적으로 치유되는 몸살 같은 게 아니라, 반드시 치료가 필요한 질병이래요."

"알겠어."

"설마 이상한 생각하는 건 아니죠?" 제가 묻자, 케이시는 입술을 굳게 다문 채 살짝 미소만 지었습니다.

"가즈키, 부탁이 하나 있어."

"부탁이요? 네, 케이시. 뭐든 말해요."

"나 다음 달에 보름 정도 뉴욕에 다녀올 거거든."

"12월에요? 뉴욕에는 무슨 일로?"

"그냥, 이래저래." 케이시는 얼음밖에 안 남아있는 컵을 손으로 빙글빙글 돌리며 말했습니다. "아무튼 그 시기에 내 집에서 지내줄 수 있을까? 아침저녁으로 하루랑 미루 밥하고 물만 잘 챙겨주면 돼. 아, 미루 화장실 모래는 치워줘야 할 텐데 부탁할게. 그 외에는 뭐든 마음대로 해도 좋아. 필요하다면 내 차도 얼마든지 써도 되고, 하츠네나 친구들을 초대해서 파티를 열어도 괜찮아. 청소도 안 해도 돼. 필요하다면 집안일 할 사람을 불러둘게."

"그 정도면 부탁이 아니라 선물 아니에요? 「왕자와 거지」 같기도 하네요." 저는 웃으며 말했습니다.

"왕자와 거지, 네가 왕자인 거지?" 케이시가 말했습니다.

"에이, 설마요. 당연히 케이시가 왕자죠."

"글쎄, 나는 생각이 다른데. 아무튼 흔쾌히 허락해 줘서 고마워. 잘 부탁할게. 매번 호텔에 맡기기에는 하루한테 미안해서."

"네, 걱정하지 마세요. 날짜 정해지면 알려줘요."

"고마워."

◆

"지금까지 저녁을 안 먹은 거야?"

가져간 음식을 허겁지겁 먹는 하츠네를 보고, 제가 말했습니다.

케이시와 집으로 돌아가고 있을 때, 하츠네에게서 배가 고프다고 연락이 왔습니다. 저는 닭튀김과 장어덮밥 도시락을 포장했고, 하츠네의 집 근처까지 케이시가 차로 데려다줬습니다.

"아니 먹었어. 아까 일 마치고 센터에서." 하츠네가 양손을 모두 써가며 닭튀김과 덮밥을 번갈아 입에 넣고 말했습니다.

"에? 저녁을 먹었는데도, 이렇게 배가 고팠던 거야?"

"응, 이상하게 요즘 먹고 또 먹어도 계속 허기져."

"겨울이라 그런가 봐. 미리 열량을 잔뜩 비축하려고."

"뭐, 내가 곰이야? 겨울을 준비하게."

하츠네가 여전히 젓가락질을 멈추지 않은 채, 나를 살짝 흘겨보며 말했습니다. 최근 하츠네가 조금 예민해진 느낌이었습니다.

"에이, 말이 그렇다는 거지. 이렇게 예쁜 곰이 어디 있어? 체하겠다. 물 좀 마실래?"

"응, 고마워. 후-아, 이제 좀 살 것 같다. 아까는 진짜로 갑자기 너무 배가 고파서 현기증이 날 정도였어."

"그 정도였어? 요즘 센터 일이 바쁘고 힘들어?"

"아니, 전-혀. 회원들도 다 친절하고 사장님도 요즘 나한테 엄청 잘해줘. 근데 이상하게 가끔 갑자기 멀미가 나고 그래."

"이상하네…. 어디 아픈 거 아닐까? 내일 병원에 가볼래?"

"응, 괜찮을 거야. 생리할 때가 지나서 그런 것 같아."

"그러면 다행인데…." 저는 하츠네가 먹은 음식들을 치우고 컵을 씻으며 말했습니다. "그래도 혹시 모르니 내일 바로 병원에 가보자. 알겠지?"

"응, 알겠어. 나 졸려. 우리 일찍 자자."

하츠네는 양치만 하고 바로 눕더니 몇 분 되지도 않아서 바로 잠들어 버렸습니다. 저는 하츠네가 편히 잘 수 있도록 옷장 밑에 있는 여분의 이불을 바닥에 깔고 그 위에 누워서 잤습니다.

다음날 하츠네가 일하는 스포츠 센터 앞에서 하츠네를 만나 그녀가 주기적으로 다닌다는 산부인과로 함께 향했습니다. 가을이 깊어졌고 세찬 바람이 불어 우리는 얼른 택시를 잡아탔습니다.

산부인과에 도착해 진료 접수를 하고 대기실에 앉았습니다.

지난봄에 방문했던 비뇨기과 대기실과는 느낌이 사뭇 달랐습니다. 신혼부부로 보이는 젊은 커플이 네 커플이나 있었고, 아주 어린 여학생부터 중년까지 다양한 연령대의 사람들이 진료를 대기 중이었습니다. 그녀들은 비뇨기과 대기실에 앉아있던 남자들과는 다르게 밝고 편안한 표정이었습니다.

"가즈키, 잠시만 기다려 줘, 금방 다녀올게."

하츠네가 의사와 상담을 하러 간 사이에 저는 가만히 앉아 주변을 살폈습니다.

비뇨기과는 진료대기실 벽에 온갖 성병(성매개감염증)과 관련된 포스터들이 덕지덕지 붙어있어 정신 사나운 분위기였다면, 산부인과의 대기실은 화랑에 온 듯 차분히 정돈된 분위기였습니다.

새하얀 벽의 한쪽에는 피카소의 드로잉 작품인 〈더 도그(The Dog)〉의 모작이 걸려 있었습니다. 포스터가 한 장도 붙어있지 않은 대기실 벽 전체에 유일한 액자였습니다.

"무척 뜬금없네."라고 저는 생각했습니다.

피카소는 12살 때 이미 본인 스스로를 라파엘로와 비교할 만큼 그림의 천재였다고 알고 있습니다. 그는 유아 때부터 그림을 워낙에 잘 그렸기에 유년 시절 아이들만이 그릴 수 있는 순수한 화풍의 그림을 그린 적이 없었습니다. 피카소라는 천재 화가는 그렇게 유년 시절 없이 어른이 되어버린 것입니다. 그래서 그는 본인에게 없었던 유년 시절을 보내고 있는 아이들에 대한 막연한 동경이 있었다고 들었습니다.

문득, 남보다 지나치게 월등한 재능이라는 게 과연 본인에게 행복을 가져다줄까 하는 의문이 들었습니다. 머지않은 미래에 하츠네와의 사이에서 아이가 생긴다면 부디 그 아이는 평범한 삶을 살았으면 좋겠다는 바람이 생겼습니다.

하츠네는 검사실에서 이런저런 검사를 하느라 30분 정도가 더 지나서야 대기실로 돌아왔습니다. 하츠네가 저를 바라보며 심각한 표정으로 말했습니다.

"가즈키, 잠깐 의사선생님하고 같이 얘기 나눠볼래?"

하츠네의 안색이 영 심상치 않았습니다. 딱 잘라 어떤 상태로 보인다, 라고 단정 짓기 어려운 복합적인 얼굴이었습니다.

"실례합니다." 진료실 문을 두드리고 제가 먼저 안으로 들어가고 하츠네가 뒤따라 들어왔습니다.

"안녕하세요, 임산부님 보호자 되시죠? 일단 두 분 모두 자리에 앉아주세요."

임산부? 의사의 입에서 하츠네를 임산부라고 지칭하는 말을 듣자, 심장이 쿵 했습니다. 머릿속이 새하얘지면서 한 가지밖에 떠오르지 않았습니다.

나는 이제 아빠가 된다.

아빠, 아버지. 늘 타인을 지칭하던 그 단어에 이제 저도 포함이 된다는 사실이 도저히 실감이 안 났습니다. 의사가 진료실 벽에 있는 스크린으로 초음파 사진을 보여주며 말했습니다.

"이게 자궁이고요. 여기 씨앗 같은 작은 점이 보이시나요?" 의사가 손가락으로 한 부분을 가리키며 말했습니다.

"네, 보입니다." 제가 답했습니다. 하츠네는 제 손을 잡은 채, 표정의 변화 없이 앉아있었습니다.

"이걸 태낭이라고 합니다. 의학 용어로는 제스테이션 색 (gestation sac)이라고 하고요."

"그냥 아기가 들어있는 주머니라고 생각하면 돼, 저 선생님이 원래 어려운 말 쓰는 거 좋아하거든." 하츠네가 조용히 제 귀에 말했습니다. 조용히,라곤 해도 진료실에 셋밖에 없어서 의사에게도 들린 것 같았습니다. 의사가 귀를 쫑긋 세우더니 우리를 살짝 흘겨보며 말을 이었습니다.

"네, 아기 주머니라고 생각하시면 됩니다. 초음파상으로 봤을 때는 매우 건강하고 튼튼해 보입니다. 다른 혹 같은 것도 없어요. 자궁이 매우 깨끗하고 건강한 상태입니다."

"그럼, 임신이라는 거죠?" 저는 확인을 위해 재차 물었습니다.

"네, 맞습니다. 6주 정도 되었습니다."

아기라니, 모든 게 낯설고 두려웠지만, 알 수 없는 경외감이 느껴졌습니다. 저는 그 초음파 사진을 뚫어져라 쳐다봤습니다.

흑백사진이었고 부채꼴 모양의 검은 바탕에 흰색 면이 보였습니다. 태낭은 그 흰색 면 가운데에 다시 검은 타원 모양으로 자리 잡고 있었습니다. 하얀 종이 위에 검은 잉크가 한 방울 떨어져 묻은 것처럼, 작지만 또렷하게 존재감을 보이고 있었습니다.

수성 탐사선 메신저호가 찍은 저화질의 '우주 사진'이 떠올랐습니다. 이제 저 초음파 사진 속 공간이 우주이고 저 작은 별이 저에겐 지구였습니다. 사진 오른쪽 하단에는 6주(6 week±1w)라고 적혀있었고 그 밑에 내년 7월 15일이라는 날짜가 표시되어 있었습니다.

"의사 선생님, 저 날짜가 출산 예정일인 건가요?"

"네, 맞아요. 임산부와 태아의 건강 상태에 따라 조금 변할 수는 있습니다. 향후 주기적으로 검진을 하면서 32주 차 정도 되면 정확한 날짜를 다시 알려드리겠습니다."

"혹시 이 초음파 사진은 저희가 가져가도 될까요?" 제가 의사에게 물었습니다. 소중한 사진이었습니다.

"그건 이미 내가 받았어." 하츠네가 말했습니다.

저는 하츠네를 보고 미소 지은 뒤, 의사에게 다시 물었습니다. "의사 선생님, 임산부와 아기 둘 다 모두 건강한 거죠?" 무엇보다도 중요한 건 건강이었습니다.

"네, 하츠네 양도, 태낭도 매우 건강합니다."

정말 다행이었습니다.

병원에서 나와 택시를 타고 집으로 가는 동안 우리는 한 마디도 나누지 않았습니다. 하츠네의 맨션 앞에 도착했을 때, 결국 제가 먼저 참지 못하고 침묵을 깨트렸습니다.

"하츠네는 기쁘지 않은 거야?" 저는 그녀의 옆머리를 검지로 아주 살짝 톡 치며 말했다.

"푸하하"

갑자기 하츠네가 실성한 사람처럼 웃어댔습니다. 저는 깜짝 놀라서 왜 웃는 거냐고 물었습니다.

"가즈키, 자기가 무슨 기무라 타쿠야야?" 하츠네가 웃음을 간신히 멈추며 말했습니다.

"그게 무슨 소리야?"

"방금 그거. 머리 톡 치면서 안 기쁘냐고 물어본 거. 기무라 타쿠야가 자기 와이프 혼전임신 했을 때 했던 말이잖아."

"아 정말? 나는 연예인은 잘 몰라서……."

"좋아, 좋아. 마음만은 기무라 타쿠야 같은 가즈키 군. 덕분에 잘 웃었습니다." 하츠네가 긴장이 완전히 풀린 편한 표정으로 말했습니다. 최근 며칠간 보지 못했던 원래의 밝고 쾌활한 하츠네였습니다.

"그럼…?"

"당연히 나도 기쁘지, 바보야. 내가 가즈키를 얼마나 많이 사랑하는데. 우리 둘 사이의 아이라니. 안 기쁘겠어?"

"정말 다행이다…."

하츠네를 조심스럽게 안았습니다. 여자친구인 하츠네와 아이의 엄마가 될 하츠네는 느낌이 전혀 달랐습니다. 우리의 아이를 잉태한 그녀에게 느끼는 삶의 신비로움과 경외감은 높이가 140미터를 넘어가는 이집트의 대피라미드를 정면으로 마주했을 때 느꼈던 것보다도 결코 작지 않았습니다. 하츠네가 제 품에 꼭 안긴 채 말했습니다.

"그냥, 여러 생각을 하고 있었어. 나 초여름까지는 담배도 피웠고, 앞으로 몸이 어떻게 변할지 두렵기도 했고 말이야. 휴, 갑자기 임산부라니."

"응, 나는 감히 상상도 못 하겠지만 아주 무섭고 두려울 것 같아. 우선은 첫째도 건강, 둘째도 건강, 셋째도 건강이야. 하츠네는 그것만 생각하자."

"그래, 아무튼 너무 추우니까 집에 들어가서 이야기하자."

저는 춥다는 하츠네의 말에 아차 싶어 목도리며 재킷이며 모두 벗어서 그녀에게 덮어줬습니다. 이제부터는 그녀가 저의 종교이고 신이자 파라오였습니다.

"하츠네, 따뜻한 물? 아니면 차?"

"커피 마시고 싶었는데, 나 이제 카페인도 안 되는구나. 그럼 따뜻한 차 한 잔 줘."

커피포트로 물을 끓이고 한 컵에는 물만, 다른 한 컵에는 차를 담았습니다. 저도 커피가 마시고 싶었지만, 하츠네를 생각해서 같이 참기로 했습니다.

"그나저나 정말 신기하다." 하츠네가 따뜻한 차를 후룩 불며 한 모금 마시고는 말했습니다.

"응? 어떤 게 신기해?"

"진짜 어린 사슴이 보답이라도 해준 걸까?"

"사슴? 아…, 지난번 동굴 온천에서 봤다는 그 사슴?"

"응. 그날 새벽에 정말로 봤었거든. 눈이 예쁘게 생긴 그 아기 사슴을."

"그러고 보니 아까 6주 정도라고 했지, 그러면 그때…?" 저는 짚이는 게 있어서 하츠네에게 물었습니다.

"맞아. 그때인 것 같아. 우리 삿포로 호텔에서 잔 날. 조식 먹는 레스토랑에서 사방으로 큰 산이 보였잖아. 암튼, 그때 우리 피임 안 하고 했잖아. 생리 직후라 안전할 거라고 생각했는데…."

"아, 그날…." 저는 그때까지 입으로 후후 불어서 식히고 있던 뜨거운 차를 하츠네에게 건넸습니다.

"가즈키 정말 나랑 결혼할 거야?" 하츠네가 물었습니다.

"왜 당연한 소리를 해?"

"아기가 생겨서? 책임감에?"

"아니, 그건 선후가 바뀐 것 같아. 하츠네와 결혼을 하고 싶어서 열심히 준비 중인 와중에 아기가 생긴 거야. 크리스마스가 되기 전에 산타할아버지가 미리 선물을 주고 갔다고 해야 할까?"

"그렇게 말해 줘서 정말 고마워." 침대에 앉아있던 하츠네가 불쑥 일어나 두 손으로 제 얼굴 감싸 쥐고는 얕게 입술을 맞췄습니다. 그녀의 입술에서 그윽한 녹차 향이 났습니다.

짧은 입맞춤이 끝나고 제가 입을 열었습니다.

"혹시나 하는 마음에 어제 밤새워 결혼에 대해서 고민해 봤거든. 우선 같이 살 집을 구해야 하고, 부모님께 말씀드려야 하고, 결혼식을 어떻게 할지 정해야 될 것 같아."

"집은 우리 세 식구가 누울 공간만 있으면 어디든 상관없어. 집이 중요한 건 아니니까. 함께 사는 사람이 중요한 거지. 가즈키와 내 수입에 맞춰 무리하지 말고 구하자. 적금도 들어야 하잖아. 앞으로 아기를 키우면서 들어갈 돈도 생각해야 하니까."

하츠네도 어느 정도 이런 상황을 미리 상상해 봤는지 막힘없이 말했습니다. 그녀의 말에 전적으로 동의했습니다. 집이 중요한 건 아닙니다. 함께 사는 사람이 중요한 거지.

어느 정도 이야기가 일단락되자 하츠네가 배고프다고 말했습니다.

"먹고 싶은 거 있어?" 제가 물었습니다.

"그럼, 유부우동이랑 치즈 샌드위치랑 딸기 케이크 부탁해도 돼?"

"물론이지. 그런데 그거 대체 무슨 조합이야?" 아무리 생각해도 우동과 딸기 케이크를 함께 먹는 건 어떤 맛일지 상상이 안 갔습니다.

"달링, 우리 아기가 먹고 싶대요."

하츠네가 아랫입술을 삐죽 내밀고 배 아래를 쓰다듬으며 말했습니다.

"앗, 네네, 알겠습니다."

저는 내려진 임무를 수행하러 곧바로 집 밖으로 나갔습니다. 한 사람의 남편이 되고 한 아이의 아빠가 된다니, 아직은 실감이 나질 않았습니다. 아기가 태어나 처음 안는 순간을 상상하자 벌써 가슴이 벅차올랐습니다. 분명 펑펑 울 것만 같았습니다.

"좋아. 전력을 다해 최고의 남편이자 아빠가 되어주겠어."

저는 주머니에서 담배와 라이터를 꺼내 건물 앞에 있던 쓰레기통에 넣고 식당을 향해 뛰었습니다.

21

지속 가능한 건강한 부부 사이

하츠네

두 달 만에 다시 오타루에 찾아가 부모님에게 임신 사실을 알리고 결혼하겠다고 했을 때, 엄마는 "잘 됐다"며 웃었고 아빠는 다소 성이 난 표정으로 잠자코 있었습니다.

어느 정도 이야기가 일단락되고 아빠의 표정이 조금 누그러졌나 했는데, 술자리가 이어지자, 아빠는 결국 본색을 드러내고 난동까지 피웠습니다.

"그래도 난 아버님께서 어떤 심정이실지 알 것도 같아." 도쿄로 돌아오는 비행기 안에서 가즈키가 말했습니다.

"하긴⋯. 모든 부모의 마음이 다 똑같겠지? 가즈키도 나중에 그럴 거야?" 내가 웃으며 물었습니다. 가즈키는 머릿속으로 골몰히 생각하다가 천천히 고개를 위아래로 끄덕였습니다.

가즈키는 입고 있던 재킷 안쪽 주머니에서 작은 상자를 꺼내며 나에게 말했습니다.

"하츠네 나랑 결혼해 줄래?

"에? 갑자기 비행기에서 프러포즈한다고?"

"더 늦기 전에 빨리 말하고 싶었어." 가즈키가 상자를 열어 내 손가락에 반지를 끼워줬습니다. 작은 다이아몬드가 있는 반지였습니다. 다이아몬드가 진짜인지, 몇 캐럿인지, 어디 브랜드 제품인지 그런 건 모르겠습니다. 전혀 중요한 게 아니었습니다. 가즈키가 내 약지에 조심스럽게 끼워줬는데 신기하리만치 딱 맞았습니다.

"아기가 생겼다는 핑계로 얼렁뚱땅 넘어가고 싶진 않았어. 한 번뿐인 결혼이잖아." 가즈키가 재킷을 벗어 곱게 접은 뒤에 안전벨트를 매고 있던 내 배 위에 살포시 덮어주며 말했습니다.

"고마워, 가즈키. 내 대답은 물론 예스야. 앞으로도 하츠네, 잘 부탁드리겠습니다."

비행기 창문은 반사된 황금빛으로 번쩍이며 우리 둘의 아름다울 미래를 미리 축복해 주는 듯했습니다.

"결혼이라는 게 이렇게 쉬운 일이었나?"

나머지는 가즈키의 말대로 정말 일사천리였습니다.

우츠노미야의 가즈키 부모님은 그가 말했던 대로 뛸 듯이 기뻐하며 우리를 환대하고 축복해 줬습니다.

"가즈키, 후회되지 않아?" 도쿄로 돌아가는 신칸센 열차를 타기 위해 우츠노미야역으로 걸어가면서 내가 말했습니다.

"뭘?"

"부모님이 주신 돈 안 받은 거."

"응, 후회하지 않아. 하츠네는?"

"물론, 후회하지 않습니다. 가즈키 정도는 아니어도 나도 나름 잘 번다고. 모아 둔 것도 좀 있고. 아기 낳고 나서도 금방 다시 일할 생각이야. 꽤 오래 할 수 있는 일이기도 하고 말이지."

"든든하네, 하츠네. 아기 돌보는 일이랑 집안 살림은 나한테 맡겨줘. 아기가 태어나도 걱정하지 말고 하고 싶은 일에 전념해도 돼, 일을 그만두고 싶을 때는 언제든 그만둬도 되고."

"아기 돌보기랑 집안 살림을 맡기라고? 신(NEW) 남성이네. 멋져."

신주쿠에 도착했을 때는 저녁 시간이 다 되었고, 이미 해가 많이 짧아진 터라 어둠이 깔려 있었습니다.

역 근처 카레 전문 식당에 들러, 야식으로 가즈키는 매운 소고기 카레에 밥을 추가했고 나는 해산물 카레를 단맛으로 주문했습니다. 주문한 도시락을 들고 집까지는 택시를 탔습니다. 집에 도착해 테이블에 나란히 앉아 식사를 시작했습니다.

"그럼, 이제 같이 살 집 구하는 일이랑 결혼식 준비만 남았네." 가즈키가 밥을 먹으면서 말했습니다.

"맞아, 집 찾아봤어? 나도 인터넷으로 계속 찾아보고 있었어."

"응, 치요다구 근처로 알아보고 있어." 가즈키가 답했습니다.

"치요다구? 거긴 너무 비싸지 않을까?"

"비싸더라도 나중에 아이 유치원이랑 우리 직장 위치 생각하면 그쪽이 가장 좋은 것 같아."

"좋아. 지금 우리가 각자 살면서 내는 집세를 합친 정도 수준으로 할까?"

"그러면 20만 엔 정도인가?" 가즈키가 물었습니다.

"20만 엔? 그러면 조금 더 줄이자. 월세 12만 엔에서 15만 엔 정도의 집으로. 내 월급이 35만 엔이니까 내 월급으로 집세를 내고 나머지로 생활하고. 가즈키 월급은 아이의 교육비랑 앞으로 집을 사기 위해서 전부 저축하는 거 어때?"

"둘이 생활비로 20만 엔은 너무 빠듯하지 않을까?"

"아기가 나오면 그때 5만 엔 정도만 가즈키 월급에서 더 쓰지 뭐."

"나야 괜찮은데, 하츠네가 혼자 살 때보다 행복했으면 좋겠는데…" 가즈키가 미안한지 젓가락을 내려놓고 손바닥으로 양 손바닥을 쳐다보며 말했습니다. "가즈키." 나는 조용히 그의 이름을 불렀습니다.

"응?"

"가즈키랑 같이 미래를 그리고 있는 게 행복이야. 알겠지? 고생시킨다거나 불행하게 만든다거나 그런 생각은 앞으로도 절대 안 했으면 좋겠어. 물론 나도 마찬가지야. 가즈키를 고생시키거나 불행하게 만들지 않을 거야. 우리 약속해."

"알겠어, 약속할게. 하츠네." 가즈키가 답했습니다.

"대신 우리 나중에 살 집은 지반도 튼튼하고 가격도 튼튼한 집으로 하자." 내가 말했습니다. 이건 농담이 아니라 진심이었습니다.

"하하, 가격이 튼튼한 집 재미있다. 그래, 그러자. 우리 열심히 모아야겠다." 가즈키가 웃으며 말했습니다. "참, 다음 주 토요일부터 보름간 케이시의 집을 봐주기로 했어. 이야기하는 걸 깜빡하고 있었네."

"케이시의 집을? 왜?"

"일이 있어서 잠시 뉴욕에 다녀온대. 그동안에 하루랑 미루를 봐달라고 부탁하더라고. 자기 집처럼 편하게 머물러도 되고 차도 마음껏 써도 된대, 청소해 줄 사람도 따로 불러뒀고."

"그 집이랑 차를 말이야? 완전『왕자와 거지』같네."

"그렇지? 나도 케이시에게 같은 말을 했는데, 케이시는 내 쪽이 왕자라고 하더라고."

"뭐야, 그 사람 정말 웃겨. 그럼『위대한 개츠비』같은 건가?"

"나도 런던에서 케이시가 주최한 자선 파티에 참석했을 땐 그런 생각을 했어. 개츠비의 파티에 처음 참석한 닉이 이런 기분일까 하고. 그렇지만 케이시가 개츠비처럼 밀수하는 것도 아니고, 화려한 생활이나 파티를 즐기는 사람도 아니니까."

"아-하, 둘이 눈 맞아서 바로 다음 날 이집트로 밀월여행을 떠났다던 그 첫 만남? 맙소사, 지금 다시 생각해 보니 그 정도면 내가 아니라 케이시랑 결혼했어야 하는 거 같은데?"

나는 오랜만에 가즈키를 골려 먹을 생각으로 수저를 내려놓고 가즈키를 빤히 쳐다보며 진지한 투로 말했습니다.

"아, 아니, 그때는 정말 피라미드를 보고 싶어서 간 거였어. 마침 케이시도 여행을 떠나려던 참이었고." 가즈키가 당황하며 말했습니다.

"농담이야. 그런데 케이시는 그 몇 년 사이에 정말 많이 변했나 봐. 지금은 그런 화려한 파티나 부르주아 같은 충동 여행은 안

다니잖아."

"많이 변하긴 했지…. 아무튼 개츠비는 남한테 원한을 사서 총 맞아 죽거든. 케이시는 그 정도로 남한테 원한을 살 사람은 절대 아니야."

"그 소설 마지막이 그렇게 끝나? 몰랐네. 영화로라도 한번 봐야겠다."

"케이시가 하츠네랑 같이 지내도 된다고 했으니까 거기서 하루, 미루랑 같이 놀고, 영화도 볼까?"

"좋아. 오랜만에 하루랑 놀아야겠다."

저녁 식사를 마치고 가즈키는 자기 집으로 돌아갔습니다.

가즈키와 주말 내내 함께 있다가 혼자 집에 남겨지자, 기분이 이상했습니다. 열아홉에 무작정 집을 나와서 8년 동안 혼자 억척같이 살아왔습니다. 친구들이 대학에 다니고 미팅을 하고 첫사랑을 하던 시기에 나는 매일 아르바이트를 2, 3개씩 했습니다. 그때를 떠올려도 억울하다거나 아쉽다거나, 다시는 그 시절로 돌아가고 싶지 않다거나 하는 건 아닙니다. 내가 선택했던 삶이고 그렇게 지내는 와중에도 좋은 일은 꽤 있었습니다.

삶이 급격한 변화를 맞이하는 게 신기했습니다.

가즈키는 나보다 2살밖에 많지 않으면서 어른스럽고 믿음직스러웠습니다. 자립심도 강한 사람이었습니다. 그의 부모님이 도움을 주고 싶다고 했을 때, 사실은 가즈키가 못 이기는 척 받았으면 하는 마음도 있었습니다. 어찌 되었든 돈이란 건 없는 것보다 있는 게 여러모로 편하니까요. 그렇지만 가즈키는 확고한 뜻으로 완곡히 사양했습니다. 우리 두 사람의 힘으로도 얼마든지 행복하게 잘 살 수 있을 거라는 자신감과 확신이 있어 보였습니다. 그런 그의 마음과 다짐이 나에게도 고스란히 전달되었습니다. 그 기특한 마음은 이 사람과 평생 행복하게 살 수 있겠다는 믿음을 더 견고하게 만들어줬습니다.

하지만, 그렇다고 하더라도 그 행복을 가즈키에게 전적으로 의존하지는 않기로 결심했습니다. 내 나름대로 전력을 다해 걸어온 나의 길이 있습니다. 스포츠센터에서의 강사 일은 적성에 맞아 앞으로 계속할 예정이고 언젠가는 작더라도 내 센터를 직접 운영하고 싶다는 꿈도 있습니다. 줄곧 준비해 왔던 자격증, 다른 운동에 관한 공부도 계속할 생각입니다.

지금까지의 내 삶을 부정하고 남편에게만 의지해 살아갈 생각은 추호도 없습니다. 가즈키를 사랑하는 마음, 믿음과는 별개로 나는 동등한 위치에서 서로에게 시너지를 줄 수 있는 파트너가 되고 싶습니다. 그래야만 지속 가능한 건강한 부부 사이가 될 것이라고 믿습니다.

창밖을 보니 만월이었습니다. 별도 또렷하게 잘 보이는 밤이었습니다. 태아의 초음파 사진을 보면서 탐사선이 보내온 우주의 모습 같다고 했던 가즈키의 말이 떠올라 웃음이 났습니다. 의외로 엉뚱한 구석이 있는 남자였습니다. 빨리 같이 살고 싶었습니다.

한편으로는 지금 이렇게 서로 떨어져서 혼자 센티멘털한 감성으로 상대를 그리워할 수 있는 시간도 이제 얼마 안 남았다고

생각하니 아쉽기도 했습니다. 이 애틋한 시간을 느긋하게 즐겨
봐야겠다고 나는 생각했습니다.

22

뉴욕, 맨해튼 42번가 타임스 스퀘어에서

케이시

"잘 들어. 카나에, 여기는 사람이 정말 많으니까 길 잃어버리지 않도록 내 손 꼭 잡고 있어야 해."

14살의 나는 버스에서 내리며 카나에에게 말한다.

"응 알겠어."

11살의 카나에가 천진난만한 웃음을 지으며 대답한다.

굵은 눈이 어지럽게 내리는 12월의 뉴욕 맨해튼에서 14살의 나는 동생의 손을 꼭 잡고 터프한 걸음걸이로 터미널 밖으로 나간다. 14살의 나는 이미 수염도 났고, 벌써 키가 176센티미터를 넘어가고 있었기에 어린 청소년으로 보이지 않는다.

터미널을 나오자마자 〈The New York Times〉라는 거대한 간판이 붙어 있는 아득히 높은 건물과 마주한다. 14살의 나와 11살의 카나에 둘 다 외국은 처음이다.

모든 게 지극히 낯설고 신기하고 두렵다. 세상의 모든 화려함과 분주함이 온갖 소음에 섞여 예고도 없이 둘을 덮쳐온다. 가슴이 철렁할 정도의 두려움과 그 가슴이 한껏 부풀어 오를 정도의 모험심, 그리고 어린 동생을 지켜줘야 한다는 세상 그 무엇보다 중요한 사명감이 14살의 나를 고양한다.

크림색 다운점퍼를 입고 빨간색 목도리를 하고 있는 카나에의 콧잔등이 빨개진다. 14살의 나는 점퍼 안에 있던 니트 소매로 카나에의 코끝에 뭉친 콧물을 닦아준다. 카나에는 코를 맡긴 채 그 큰 눈동자를 돌려 주변을 호기심 가득히 살펴보다가 이내 한쪽을 뚫어져라 응시한다. 그 시선을 따라가 보니 〈NYPD〉라고 쓰여 있는 1층짜리 작은 건물 뒤로 초대형 광고 전광판이 보인다. 그 전광판에선 코카콜라의 음료 광고가 나오고 있다.

14살의 나는 카나에의 어깨에 내려앉은 눈을 조심스럽게 털어준 뒤 옷소매를 다시 점퍼 안으로 넣으며 말한다. "멋있지?"

"응, 다른 것도 다 멋있는데 저게 제일 멋있어, 엄-청 크다."

14살의 나는 그 전광판을 다시 바라본다. 세계의 중심이라는 뉴욕 맨해튼의 타임스 스퀘어 어느 곳에서도 잘 보이는 위치다. 얼마나 큰 회사를 운영해야 저기에 광고할 수 있는 걸까. 최소한 코카콜라쯤은 되어야 하는 걸까. 코카콜라 같은 회사라… 그 규모를 가늠하기도 어렵다. 14살의 나는 주먹에 힘을 주며 생각한다. 나도 언젠가, 반드시.

"카나에, 거기 서서 내 사진 한 장 찍어줄래?"

14살의 나는 적진으로 돌진하는 기사처럼 비장한 표정을 짓고 말한다. "잘 봐, 내 손가락 끝이 저 전광판을 가리키고 있게 찍어줘야 해."

카나에가 행인들 틈에서 넘어지지 않게 양다리를 좌우로 한껏 벌리고 서서 양손으로 카메라를 쥔 채 말한다. "응, 알겠어. 자, 찍는다. 치-즈."

"고마워, 잘 찍었지?"

"헤헤, 응."

"내 말 들어봐, 카나에. 나는 나중에 어른이 되면 사업을 할 거야. 그때는 사업을 엄청나게 크게 할 거고, 때가 되면 회사 광고를 반드시 저기에 할 거야." 14살의 나는 대형 전광판을 가리키며 말한다.

"에? 저기는 너-무 큰걸? 코카콜라 같은 회사를 만들려는 거야?"

"글쎄, 사업을 하려면 그 정도 꿈은 가져야 하지 않을까. 그때가 되면 꼭 같이 다시 뉴욕에 오자. 약속할게. 그리고 그때도 둘이 같이 사진 찍는 거야. 우리 회사가 광고 중인 저 전광판 앞에서, 알겠지?"

"그래, 좋아. 너무 좋아. 진짜 신나겠다." 카나에는 방금 장난감 가게에서 산 작은 고양이 인형을 품에 소중히 안으며 말한다. "미루도 데려와도 되지?"

"그럼, 당연하지." 14살의 나는 웃으며 답한다.

"꼭이야, 약속 꼭 지켜야 해." 카나에가 들뜬 얼굴로 말한다.

"그래, 우리 꼭 다시 오자. 카나에."

◆

　"잠시 뒤 우리 비행기는 목적지인 뉴욕 존 F. 케네디 국제공항에 착륙할 예정입니다. 현지의 시간은 오전 8시 50분이며 기온은 섭씨 7도 날씨는 맑음입니다."

　신뢰감 가는 목소리를 가진 기장의 안내 방송이 들리자, 나는 서서히 눈을 떴다.

　어린 시절의 추억은 어쩜 그렇게 늘 따뜻한지. 분명 그 겨울의 맨해튼은 무척 추웠을 텐데도 기억을 더듬다 보면 따뜻하고 맑고 밝은 이미지와 감각만이 떠올랐다. 모든 만물이 활기차고 역동적인 추억 속의 세상. 물론 그 세계의 중심에는 언제나 카나에가 있었다. 작고 따뜻했던 손의 감촉, 호기심 가득한 큰 눈동자, 떨림 없는 맑고 청아한 목소리. 그런 세세한 느낌마저 조금도 퇴색되지 않은 채 내 기억 속에 선명하게 남아 숨 쉬고 있다.

　"손님, 곧 착륙 준비를 하겠습니다. 불편하신 점이 있으면 언제든 불러주세요." 일등석 전담 승무원이 찾아와 슬라이딩 도어 밖에서 조용히 말했다. "괜찮습니다. 감사합니다."

　누워있던 좌석을 원위치로 돌리는 전동 버튼을 누르고 손에 들고 있던 사진을 지갑에 넣었다. 17년 전에 카나에가 찍어준 그 빛바랜 사진은 순 엉터리였다. 잔뜩 흔들린 내 모습은 실체 없이 잔상만 보였다. 그렇다고 하더라도 내가(내 잔상이) 손끝으로 가리킨 광고 전광판만은 초점이 제대로 잡혀 있었다. 그 사진을 찍은 날로부터 그곳에 진짜로 내 회사 광고를 하기까지는 꼬박

10년이 걸렸다.

그 약속을 하고 5년이 지났을 무렵, 고등학생이 된 카나에가 내게 물었다.

"있잖아, 케이시. 오빠는 어떤 계절에 죽고 싶어?"

"뭐? 어떤 계절에 죽고 싶냐니, 세상에 누가 그딴 걸 생각해?"

나는 카나에의 질문에 제대로 생각조차 하지 않고 대꾸했다.

그때 나는 대학 신입생으로 성인에게 주어진 무한정의 자유와 범위가 불명확한 책임 사이에서 방황하고 있었다. 세상에서 나의 위치와 역할을 가늠하기에도 버거운 상태였다. 주변을 섬세히 살펴볼 여유 같은 것은 전혀 없었다.

당연히 그게 그 아이와의 마지막 대화가 될 거라고는 조금도 상상하지 못했다. 생기를 잃고 바싹 말라버린 잎사귀들이 가로수의 가지 끝에 간신히 매달려 있고, 길을 걷고 있는 행인들의 옷이 제법 두꺼워져 있던 초가을 무렵이었다.

"케이시, 어느 계절에 죽고 싶어?"

그로부터 다시 십수 년이 흐른 지금까지, 나는 카나에가 던진 물음의 진짜 의도를 확인하기 위해, 내가 그 아이에 대해 놓친 중요한 무언가를 찾기 위해, 그리고 혹시라도 그 아이를 다시 볼 수 있기를 고대하며, 매년 겨울마다 뉴욕을 찾아가고 있다.

"대표님, 오랜만입니다."

뉴욕 존 F. 케네디 국제공항 3번 터미널에 도착해 짐을 찾고 밖으로 나오자, 제임스가 마중 나와 있었다.

"오랜만이에요, 나오지 말라니까 왜 나왔어요, 바쁠 텐데."

"대표님 온다는데, 제가 안 나올 수 없죠."

제임스는 여전히 구김 하나 없는 말끔한 슈트 차림에 갈색 뿔테로 된 안경, 미용실에서 커트한 지 사오일 정도 지난 듯 해 보이는 길이의 깔끔하게 정돈된 헤어스타일, 겸손하고 점잖은 말투까지, 어린 시절에 상상했던 세계시민의 모습 그대로였다.

"매번 고맙고 반가워요." 나는 고개를 숙여 진심으로 인사했다.

제임스는 그가 펜실베이니아 대학교에서 경영학을 전공하고 이후에 와튼 스쿨에서 MBA 과정을 시작하기 전까지 그사이 몇 년간 회사의 미국 쪽 일을 맡아줬다. 그가 아직 학부생일 때, 나는 우연한 기회에 그의 모교에서 창업에 관한 특강을 할 기회가 있었다. 그때 그를 처음 만났다. 제임스는 당시 펜실베이니아 대학교의 한 단체 회장을 맡고 있었다.

제임스처럼 일 처리가 확실하고 뛰어난 사람을 그 이전에도 이후에도 본 적이 없다. 그는 늘 자신에게 주어진 일을 그 이상으로 해내는 사람이었다. 일하면서 단 한번도 실수하거나 정해진 기한을 어기는 걸 본 적이 없었다. 당시 우리는 도쿄와 뉴욕의 시차를 고려해 주로 이른 아침에 화상통화를 나눴다.

"제임스, 우리 회사 광고, 맨해튼에 있는 전광판에서 하려면 광고비가 어느 정도 될까요?"

7년 전 가을, 회사가 본격적으로 성장하던 시기에 내가 그에게 반쯤은 지나가는 말로 뉴욕에서 광고하고 싶다고 하자, 그는 2시간도 안 돼서 맨해튼에 있는 모든 전광판에 대한 광고 단가와 그 전광판을 소유하고 있는 현지 광고회사들의 정보를 정리해서 보내줬다.

"여기에도 가능할까요?" 나는 카나에와 약속했던 그 전광판을 콕 집어 말했다.

"와-우, 맨해튼에서 제일 중심에 있는 가장 큰 전광판에요?"

"공식 견적서에는 금액이 없던데, 비싸겠죠?"

"당연히 가장 비쌀 거예요. 어느 정도의 예산을 쓸 계획인지 알려주면 제가 한번 연락해 보겠습니다."

나는 그에게 예산을 알려줬고, 그는 잠깐 헛기침하고는 일단 일주일 정도 시간을 달라고 했다. 제임스는 그 일에 대한 당위성과 실현 가능성만 충분하다면, 어떻게든 그 일이 되게끔 전력을 다하는 사람이었다. 일주일 뒤에 제임스로부터 연락이 왔다.

"이야기한 예산으로 12월 한 달간 그 자리에서 광고하는 걸로 얘기 마무리 지었습니다. 한 달 동안 24시간 내내 노출되는 광고이고, 다른 기업들 4곳과 함께 하게 되고요."

"정말로 그 가격에 해준다고 했다고요? 같이 광고하게 되는 다른 기업 4곳은 어디예요?" 내가 물었다.

"대화가 잘 통했습니다. 같이 광고하는 곳은 아마존, 삼성, 포르쉐, 그리고 코카콜라예요." 제임스가 답했다.

하나같이 초일류 기업이었다. 그런 회사들과 내 회사가 나란히 있을 수 있다는 건 상상만으로도 가슴 벅찼다.

"다만, 그쪽 광고회사 담당자가 대표님과 직접 미팅을 해보고 싶다는 조건을 내걸었어요. 설립한 지 얼마 안 된 벤처기업에 광고를 주는 게 처음이라 만나보고 싶다고 하네요. 가능할까요?"

"물론이죠. 미팅 날짜를 잡아주면 뉴욕으로 갈게요." 나는 화색을 띠며 답했다. 카나에가 이 사실을 알면 얼마나 좋아했을까.

그해 가을, 나는 수십만 달러가 오가는 광고 미팅은 어떤 걸까 하는 기대를 품고 뉴욕으로 향했다.

현지 광고회사 담당자인 에블린과의 만남은 그녀의 오피스가 아니라 맨해튼 42번가 인근의 평범한 커피숍에서 이뤄졌다.

에블린은 키가 크고 체격이 다부진 중년의 커리어 우먼이었다. 남색 계열의 두꺼운 롱 원피스에 카키색 재킷을 걸치고 있었고 머리는 새하얀 백발이었다. 테가 얇은 안경을 끼고 있었는데 나이는 어림잡아 60대 전후로 보였다.

커피숍에 앉아 도쿄에서 뉴욕까지 비행시간은 얼마나 걸렸는지, 뉴욕은 처음 와봤는지 같은 일상적인 걸 묻던 에블린이 갑자기 눈빛을 반짝이며 회사에 관해 물었다.

"당신이 어떤 사업을 하고 있는지 정확히 알려줄 수 있어요? (I wonder if you could tell me exactly, what your business is?)"

나는 주머니에서 스마트폰을 꺼내 우리 애플리케이션을 보여주며 우리가 제공 중인 AI 번역서비스와 언어 데이터에 관해 설명했다. 집중해서 듣던 에블린은 자신의 스마트폰에 우리 애플리케이션을 설치하고는 앞으로 종종 이용하겠다고 말했다.

"좋아요. 제임스가 제시했던 광고비에서 50%를 디스카운트해 줄게요." 에블린이 안경을 벗어 안경집에 넣으며 말했다.

"네?" 요청한 적도 없는데, 광고비를 반값에 주겠다고 먼저 말하는 그녀의 호의에 반신반의하며 답했다. '뭐지? 사기꾼인가?…'

일단은 감사하다고 말한 후 카페에서 나왔다. 계약서 작성과 광고비 결제 등의 나머지 과정은 실무진들이 할 일이었다.

에블린이 "잠시만." 하더니 어딘가로 전화를 걸었다. 에블린이 짧은 통화를 마쳤을 때, 내가 인사를 하려 하자 그녀가 말했다.

"케이시, 뒤돌아볼래요?" 에블린이 미소를 머금고 말했다.

나는 에블린의 말에 따라 뒤를 돌아봤다.

"……"

12년 전 카나에와 바라보던 그 광고 전광판 스크린에 우리 회사의 로고가 떠 있었다. 1분 남짓 나는 얼어붙은 채로 멍하니 전광판을 바라봤다. 수백 수천 개의 광고 전광판이 있는 뉴욕에서 가장 중심지에 있는 가장 큰 전광판에 내가 설립한 회사의 로고가 떠 있다니 형언할 수 없는 감동이 밀려왔다. 아이디어만으로 시작한 사업이었다. 그사이에 이렇게 커져 버렸다는 사실에 뿌듯함과 강한 책임감, 두려움이 휘몰아쳐 왔다.

"나는 곧 은퇴를 앞두고 있어요."

에블린이 나를 보며 말했다. "이번 계약을 끝으로 이제 가족들과 시간을 보내려고요." 그녀가 가방에서 선글라스를 꺼내어 쓰며 말했다. "은퇴를 앞둔 내가 앞으로 세상을 변혁할 무한한 가능성을 가진 젊은이들에게 주는 작은 선물이라고 생각해 주면 고맙겠어요. 사업 번창하기를 기도할게요. 만나서 반가웠어요. 케이시."

에블린은 그렇게 말하고 몸을 돌려 걸어갔다. 내가 본 누군가의 뒷모습 중에 가장 멋지고 당찬 걸음걸이로 그녀는 인파 속으로 점점 사라지고 있었다.

◆

벌써 7년이나 지난 일이건만 여전히 제임스를 볼 때마다 그와 함께 아이디어를 논의하고 프로젝트를 준비하고 어려운 일들을 상의했던 그 시절이 생생하게 떠올랐다. 그 추억은 에블린을 만났던 그날까지 늘 멈춤 없이 자동으로 재생되곤 했다.

제임스는 내가 뉴욕에 갈 때마다 머무는 뉴욕 메리어트 마르퀴스 호텔까지 데려다줬다.

나는 늘 타임스 스퀘어 한복판에 있는 그 호텔의 타임스퀘어 뷰 룸에 머물렀다. 방에서 그 광고판을 바라보며 카나에를 생각하고, 그런 카나에를 생각하며 열심히 살던 나를 떠올리고, 다시 카나에를 떠올리다 보면 시간은 거침없이 흘러가곤 했다.

방에 짐을 두고, 제임스와 함께 호텔 내에 있는 바(Bar)로 가서 발코니 자리에 앉았다. 이제 막 오전 11시가 지나고 있었다. 토요일 점심을 앞둔 시간이라 맨해튼 거리는 사람들로 인산인해를 이루고 있었다.

"아직도… 동생 생각 많이 하세요?" 말없이 난간 아래의 풍경을 보고 있던 내게 제임스가 물었다.

"……." 나는 제임스의 질문에 딱히 대답할 말을 찾지 못해 답하지 못하고 다른 이야기를 했다.

웨이터가 칵테일 두 잔과 버펄로 윙, 감자튀김을 가져다줬다.

"요즘 어떻게 지냈어요, 일은 할 만해요?"

"안 그래도 만나면 얘기하려고 했는데 내년에 귀국할까 고민 중이에요." 제임스는 무알코올 칵테일을 마셨다.

"왜요?" 내가 깜짝 놀라 물었다.

제임스는 월스트리트에서도 손에 꼽는 세계적인 투자 전문회사의 금융애널리스트 팀장으로 일하고 있었다. 젊은 나이에 얼마나 힘들게 그 자리에 갔는지 알고 있었기에 귀국한다는 말이 갑작스럽게 들렸다.

"오랜 외국 생활에 지치기도 했고 이제는 가족들하고 같이 살고 싶다는 생각이 들더라고요. 결혼할 사람을 만나고 싶기도 하고요. 저도 이제 곧 서른 살이 되잖아요."

"뉴욕에서 만나면 안 되나?" 나는 버펄로 윙을 한 입 베어 먹고는 음식이 너무 짜서 칵테일로 입을 헹궜다.

"어찌 되었든 저는 집안의 가업을 이어야 하니까, 언제가 됐든 귀국은 해야 하는데 여기에 살고 있는 사람과 만나면 그 사람과 같이 도쿄로 가야 하잖아요. 누군가의 인생에 그렇게 큰 변화를 강요하고 싶진 않아요. 그런 생각이 깔려있다 보니 여기에 살고 있는 사람과는 깊이 사랑하지 못하고 금방 끝나게 되더라고요."

"너무 개인적이고 어려운 이야기라, 내가 뭐라 말할 수 있는 게 없네요. 조금 더 천천히 잘 고민해 봐요. 물론 제임스가 도쿄에 온다면 나는 정말 환영이에요."

식사를 마치고, 제임스는 오후에 출근해 봐야 할 것 같다며 조만간 다시 보기로 하고 맨해튼의 남쪽, 월스트리트로 갔다.

나는 방으로 돌아가 따뜻한 물로 샤워를 한 후 거리로 나갔다.

여전히 뉴욕은 분주하고 화려하고 낯설었다. 대서양에서 불어오는 날카로운 바닷바람이 피부를 뚫고 가슴까지 스며들어 오는 외로운 도시다. 이제 더 이상 14살 때 느꼈던 두려움이나 모험심, 책임감 그중 어느 것 하나 남아있지 않았던 나는 옷깃을 펴고 몸을 움츠린 채 발길이 닿는 대로 걷고 또 걸었다.

녹아내린 눈 때문에 바닥이 축축했다. J.D. 샐린저가 『호밀밭의 파수꾼』에서 '12월의 펜실베이니아는 마녀의 젖꼭지처럼 춥다'고 했는데, 12월의 맨해튼은 그것보다 더 추웠다.

그래도 계속 걸었다. 도보를 걷다가 정지된 신호등을 마주해서 멈추게 되면 왼쪽이나 오른쪽으로 방향을 틀었다. 아무 생각도 아무 목적도 없이 그 거대한 빌딩 숲을 그저 정처 없이 헤맸다.

엠파이어스테이트 빌딩까지 내려갔다가 5th 애비뉴를 따라 북쪽으로 거슬러 올라갔다. 브라이언트 공원을 지나 록펠러센터까지 갔다. 레고스토어 앞에 있는 푸드 트럭에서 핫도그로 끼니를 때운 후 플라자 호텔을 지나 센트럴 파크 입구까지 걸어갔다.

한참을 걷다 보니 뒤바뀐 시차와 비행 피로까지 겹쳐 몹시 피곤해졌다. 다시 남쪽으로 내려가 타임스 스퀘어에 도착하니 5시가 되어 사방이 어두워지고 있었다.

이제 뭐 하지?

이 도시에서 내가 할 거라고는 저 거대한 전광판을 쳐다보며 먼저 세상을 떠난 동생을 그리워하고 과거의 영광을 추억하는 일밖에 없었다.

내가 유령하고 다를 게 뭐지?

나는 수많은 인파 속에서 혼자 중얼거렸다. 고독했다. 아무도 나를 못 보는 것만 같다. 나는 세상에 없는 존재인가? 그래, 차라리 이대로 나라는 존재가 상실되어 버리는 것도 나쁘진 않겠다는 생각이 들었다. 나 스스로가 시뮬라크르(simulacre)가 된 것 같았다. 메타포로서가 아닌 실제 의미로서의 시뮬라크르. 나는 그렇게 환영이 되어 광장에서 멍하니 광고판을 바라보고 있었다. 그때 누군가 뒤에서 내 어깨를 톡톡하고 건드리며 말했다.

"케이시, 안녕? 그동안 잘 지냈어?"

나는 깜짝 놀라서 뒤를 돌아봤다.

크림색 다운점퍼에 빨간색 목도리를 두른 단발머리의 20대 여성이 나를 보며 반갑게 인사해 왔다.

뉴욕 한복판의 그 거대한 소음이 내 심장 소리에 묻혔다. 맥

박이 너무 빨리 뛰어 호흡이 잘 안됐다. 침을 삼키고 간신히 숨을
크게 내뱉고 나서 있는 힘을 다해 떨리는 목소리로 말했다.

"카나에……?"

23

우리에게 맞는 옷

가즈키

12월 초 눈이 무척 많이 오는 날, 저와 하츠네는 케이시의 집에 도착해 뉴욕으로 떠나는 그를 배웅했습니다.

케이시가 떠난 후, 그가 미리 장을 봐 채워 둔 식재료를 이용해 단둘이 바비큐 파티도 하고, 루프탑에 새로 만들어둔 노천탕에서 겨울 노천욕도 했습니다. 대형 스크린과 고급 스피커 시스템이 구비된 개인극장에서, 레오나르도 디카프리오가 출연한 〈위대한 개츠비〉도 봤습니다.

케이시가 새 침대와 고급 침구류로 깔끔하게 준비해 둔 게스트 룸에서 자려고 할 때였습니다. 침대 옆 책상 위에는 임산부를 위한 각종 비타민들이 뜯지도 않은 상자째로 7개나 놓여있었습니다. 상자마다 포스트잇에 설명과 주의사항이 알아보기 쉽게 손 글씨로 적혀 있었습니다. 하츠네는 케이시의 섬세함에 감탄했습니다.

"계속 얘기했잖아, 케이시는 상냥하고 섬세한 사람이라고."

"이 정도일 줄은 몰랐어." 하츠네가 말했습니다.

"아무튼 이런 집에 살면 정말 행복할 거야, 그렇지?" 제가 말했습니다.

하츠네는 제 물음에 답하지 않고 그대로 잠들어버렸습니다.

며칠 뒤, 우리는 케이시의 집에서 나와 집으로 돌아왔습니다. 훌륭하고 좋은 집이었지만 단둘이 계속 지내기에는 공간이 지나치게 넓었습니다. 적막하고 황량하다는 생각마저 들었습니다.

"그 집에 계속 있자니 사촌 언니에게 물려받은 명품 코트가 자꾸만 떠올라." 집으로 돌아오자, 하츠네가 말했습니다.

"이거 정말 비싼 건데, 너 입으렴, 하고 나보다 7살 많은 사촌 언니가 큰마음 먹고 준 코트였거든. 언니가 키는 나랑 비슷했지만, 솔직히 말하면 꽤 뚱뚱한 체형이었어. 그 코트를 입어보니 나한테는 너무 커서 옷의 맵시가 전혀 안 나더라. 어른 옷을 억지로 입어놓아 우스꽝스러운 꼴이 된 꼬마 같다고 해야 할까? 결국 옷장 깊숙이 넣어버리고 그 뒤로 한 번도 꺼내지 않았거든. 케이시의 집이 그런 느낌이었어. 뭐랄까 나무랄 데 없이 훌륭하지만 내것은 아니라는 느낌."

며칠간 케이시의 집에서 지낸 경험은 저와 하츠네에게 '집'에 대한 가치를 다시 생각해 보게 되는 계기가 되었습니다.

무조건 넓고 크고 이것저것 많다고 좋은 게 아니었습니다. 아담하더라도 아늑해야 했고, 마음이 편해야 했습니다. 덕분에 신혼집을 고르는 데에 선택의 폭이 넓어졌습니다. '작더라도 아늑한 집' 정도는 도쿄에 얼마든지 있었으니까요.

우리는 신주쿠구와 지요다구의 경계선인 요쓰야역의 동쪽에 거실과 큰 방이 하나 있는 빌라를 계약했습니다. 원래의 계획보다 조금 더 작고 저렴한 집이었지만, 우리 둘 다 매우 흡족해하며 이사 갈 날을 손꼽아 기다렸습니다.

우리는 아침저녁으로 산책 겸 케이시의 집으로 가서 하루와 미루의 밥을 주고 그들과 잠깐씩 놀아주고는 다시 집으로 돌아왔습니다. 지유가오카는 아기자기한 상점과 카페, 제법 맛있는 레스토랑이 많아 산책하기에 좋은 곳입니다. 거리에서 흘러나오는 캐럴을 들으며 우리는 그렇게 매일 케이시의 집까지 산책했습니다.

◆

이듬해 1월, 우리는 드디어 부부가 됐습니다.

도쿄역 인근에 있는 작은 웨딩홀에서 결혼식을 했습니다. 그날도 눈이 유독 많이 내렸습니다.

결혼식은 가족들과 정말 가까운 사람들만 초대하여 간소하게 진행했습니다. 결혼식 사회는 케이시가 봐줬습니다.

하츠네의 아버지께서 하츠네의 손을 제게 건네주실 때, 저는 뭔가 속에서 알 수 없는 감정이 북받쳐 올라왔습니다. 하츠네를 처음 만났을 때부터 결혼식까지, 지난 1년의 세월이 빠르게 머리를 스쳐 지나갔습니다. 혼란스러웠던 시간도 있었지만, 더없이 아름다웠던 계절이었습니다. 소중한 1년이었습니다.

"사랑한다, 아들아. 늘 행복하렴."

혼인 서약을 마치고 양쪽 부모님께서 축하와 격려를 해주실 때, 아버지가 포옹을 해주시며 제 귓가에 짧게 말씀하셨습니다.

그 말을 듣자, 만감이 교차하면서 눈물이 났습니다. 이제는 제가 부모님 곁을 완전히 떠나고 별개의 가정을 이루게 되었다는 사실이 실감 났습니다. 아직은 부모라는 거대하고 든든한 둥지에 더 머물고 싶다는 마음이 들어 아쉽기도 했고, 한편으로는 이제 새로운 가정을 하츠네와 둘이서 책임지고 이끌어가야 한다는 사실에 불안하고 두려웠습니다. 아버지, 어머니처럼 잘 해낼 수 있을까. 아쉬움과 비장한 결심이 섞인 눈물을 다 흘렸을 때, 저는 신랑 화장이 번져 판다 같은 눈이 되어버렸고, 모두 그런 제 꼴을 보고 크게 웃었습니다.

"오늘 두 사람 정말 멋지고 아름다웠어. 마침 눈도 예쁘게 내린 날이라, 찾아와 준 사람들 모두 오랫동안 좋은 날로 기억하겠어." 식이 끝났을 때, 케이시가 축하한다며 말했습니다. 결혼식은 소박했지만, 소중하고 아름답게 끝났습니다.

하츠네의 배가 꽤 많이 불러오기 시작했습니다. 하츠네는 문득 생각났다는 듯이 옷장 깊숙이 있던 사촌 언니가 준 코트를 꺼내 입어봤습니다. 마치 하츠네 전용 임신복처럼, 불러오는 배에 딱 맞아 전혀 어색해 보이지 않았습니다. 봄이 올 때까지 하츠네는 겨우내 그 코트를 즐겨 입었습니다.

다시 봄이 찾아왔습니다. 도쿄의 거리 곳곳에 벚꽃이 만개했습니다.

"우리는 왜 벚꽃을 좋아하는 걸까?" 온 거리를 하얗게 물들인 벚꽃을 보며 옆에서 걷고 있던 하츠네가 말했습니다.

"봄이 왔다고 알려주는 동시에 겨울의 추억을 떠오르게 해주기 때문이 아닐까?" 제가 말했습니다.

"겨울의 추억?" 하츠네가 물었습니다.

"벚꽃은 자연에서 보기 힘든 새하얀 색이잖아. 질 무렵이면 하늘에서 눈이 내리는 것처럼 세상을 하얗게 물들이기도 하고. 잠시 겨울이 다시 찾아온 느낌을 주는 것 같아. 따뜻한 겨울."

하츠네가 걸음을 멈추고 저를 바라보며 말했습니다.

"맞아, 벚꽃은 봄, 여름 내내 피어있는 게 아니라 정말 잠깐 만 개했다가 순식간에 지잖아. 찰나의 순간에 강렬하고 따뜻한 추억을 주고 떠나기 때문에 더 특별하고 소중한 것 같아. 그렇게 생각하니 뭔가 쓸쓸하네." 말을 마친 하츠네가 제 외투 안으로 들어와 품에 꼭 안겼습니다.

"걱정하지 않아도 돼, 하츠네. 계절이 바뀌면 봄은 또 돌아오니까." 안겨 있던 하츠네의 이마에 키스하며 제가 말했습니다.

냉혈한인 줄로만 알았던 팀장은 신혼인 저를 배려해 야근을 전혀 시키지 않았습니다. 팀장은 작년에 진행했던 중동 플랜트 사업 계약이 잘 성사되어 연말에 팀에서 한 사람이 사우디아라비아로 파견 가야 한다고 말했습니다. 파견은 2년 동안 해외현장 회계 관리자 역할을 하는 것인데, 하는 일은 적고 파견 수당은 꽹

장히 높아 팀원들 모두가 가고 싶어 했습니다. 파견을 다녀온 뒤에는 진급에도 굉장히 유리해지고, 개인 커리어 측면에서도 큰 도움이 될 일이었습니다. 팀장은 유학의 경험도 있으니 해외생활에 익숙할 것 같다며 제가 가주기를 원하는 눈치였습니다.

"좋아, 그렇게 중요한 일이고 흔치 않은 기회라면 나도 2년 정도는 양보해 줄게. 대신, 그 이상은 안 돼." 해외 파견 일을 상의하자 의외로 하츠네가 선뜻 가자고 이야기했습니다.

"나는 오타루하고 도쿄에서밖에 살아 본 적이 없어. 이 기회에 외국 생활도 해보고 싶고, 인터넷으로 검색해 보니까 사우디아라비아에서도 요가가 허용되기 시작했다고 하거든. 그러면 나처럼 경험이 풍부한 강사가 무척 귀하지 않을까?"

하츠네가 눈을 반짝이며 말했습니다. 역시 도전적이고 긍정적인 사람이었습니다. 그녀가 말을 이었습니다.

"왠지 그렇게 낯선 곳에서 우리 둘, 그리고 아이까지 셋이서만 지내다 보면 서로를 더 사랑하고 유대도 강해질 것 같아."

저는 하츠네의 말에 공감하며 팀장에게 제가 가고 싶다고 말했고, 팀장은 최종 승인을 해 줬습니다. 그렇게 저와 하츠네, 그리고 곧 태어날 아기까지 세 식구의 중동행이 결정되었습니다.

◆

5월이 되었습니다. 완연한 봄입니다. 한낮에는 햇볕이 매우 강해 셔츠 안으로 땀이 흐를 정도로 기온이 올라갔습니다.

하츠네의 출산까지 이제 한달 반도 남지 않았습니다. 하츠네의 배는 더 많이 불러있었고 곧 태어날 아이가 딸이라는 사실에 맞춰 아이의 방을 꾸미고 신생아 용품도 준비했습니다. 하츠네를 쏙 빼닮을 딸이라니, 저는 행복해서 혼자 수시로 웃곤 했습니다.

제가 시도 때도 없이 웃는 동안, 하츠네는 끊임없이 무언가 먹고 싶어했습니다. 새벽에 곤히 자다 말고 갑자기 일어나서는 슬며시 저를 깨워 나가서 덮밥을 사 와라, 초콜릿이 먹고 싶다, 과일이 먹고 싶다, 아이스크림이 먹고 싶다며 심부름시켰습니다. 하츠네가 뭔가를 먹고 싶다고 할 때마다 저는, 그게 그녀와 아기 모두 건강하다는 신호로 들려, 항상 기쁜 마음으로 심부름을 했습니다.

황금연휴(골든위크)의 마지막 날이었습니다. 하츠네가 슬며시 저를 깨우며 말했습니다.

"있잖아, 가즈키. 딸기 파르페를 먹어야겠어. 알고 있지? 이건 내가 먹고 싶은 게 아니라 우리 아기가 먹고 싶다는 거야." 하츠네가 빵빵해진 배를 어루만지며 말했습니다.

저는 얼른 잠을 쫓고 하츠네의 배 위에 짧게 입맞춤했습니다. 하츠네의 볼에도 가볍게 키스를 한 뒤, 문밖을 나섰습니다. 휴대전화로 시계를 보니 오전 2시가 조금 지나있었습니다.

24시간 패밀리 레스토랑에서 딸기 파르페를 포장한 뒤, 가벼운 발걸음으로 도보를 걸었습니다. 반팔 티셔츠 위에 얇은 후드 점퍼를 입었지만 걷다 보니 더워졌습니다. 신호등 앞에서 신호를 기다리며 후드를 벗어 한 팔로 들었습니다. 고개를 들어 하늘을 쳐다봤습니다. 만삭인 보름달 옆으로 하늘에 별이 촘촘하게 빛나고 있었습니다.

'그러고 보니, 작년 이 맘쯤은 하츠네랑 하코네에서 별을 보고 있었구나. 그때는 무슨 달이 떴었지?' 이런 생각을 하고 있는데, 갑자기 달의 왼편으로 유성이 하나 떨어지는 게 보였습니다.

찰나였지만 저는 재빠르게 별똥별에 소원을 빌었습니다.

'하츠네와 아기가 늘 건강하고 행복하게 해 주세요'

럭-키. 하츠네에게 방금 본 별똥별 이야기를 빨리해 주고 싶었습니다. 좋은 징조였습니다. 신호가 파란불로 바뀌었습니다. 저는 신호가 바뀌는 걸 보자마자 잽싸게 앞으로 뛰었습니다. 별 똥별을 보고 소원까지 빌다니, 더없이 기분 좋은 따뜻한 봄날 밤 이었습니다.

24

윌리엄스버그에 사는 여자

케이시

"카나에……?"

나는 내가 마주하게 된 비현실적인 상황에 두 눈을 의심했다. 수백, 수천 번을 더 회상해서 기억 속에 또렷한 11살의 카나에가 20대 중반의 모습으로 성장해 나타났다. 예전과 같은 헤어스타일에 같은 색의 다운점퍼, 그리고 엄마가 직접 짜준 빨간색 목도리까지. 17년 전의 그 차림 그대로였다.

"에? 카나에?" 상대가 미간을 찌푸리며 반문했다.

나는 그 말에 정신을 차리고, 그녀의 얼굴을 자세히 들여다봤다. 카나에와는 다르게 생겼다. 카나에가 동그랗고 서글서글한 인상이라면 이쪽은 조금 날카롭고 색기가 강한 느낌이었다.

'카나에가 아니구나….'

있을 수 없는 일이었건만, 설마 하는 기대감이 실망감으로 바뀌자, 몸에서 힘이 빠졌다. 겨우 힘을 내어 그 여자에게 양해를 구했다. "죄송합니다. 다른 사람과 착각했습니다."

"흠, 제가 너무 친한 척 인사했나 봐요?" 그 여자가 오른쪽 입

꼬리를 살짝 말아 올리며 말했다. 작은 표정의 변화였건만 그 동작 하나하나가 교태를 부리는 것에 능숙한 사람 같았다.

"미안합니다. 그런데 우리 아는 사이인가요?" 내가 물었다. 이 정도로 카나에와 닮은 사람이라면 내가 기억 못 할 리가 없었다.

"기억 안 나요?"

"네, 미안합니다. 잘 모르겠어요. 위안이 될지 모르겠지만 제가 요즘 기억력이 많이 안 좋아져서요."

"흥, 일단 너무 추우니까 어디라도 들어가요. 시간 괜찮아요?"

나는 잠시 고민했다. 딱히 일정은 없었지만, 낯선 여자와 굳이 시간을 함께 보내고 싶지는 않았다. 그렇지만 하필 이 시기에 이곳에서 카나에와 닮은 사람을 만난 것도 인연이라는 생각이 들었다.

"그래요. 커피숍에 갈래요?" 내가 물었다.

"좋아요." 그녀가 그렇게 대답하고는 앞으로 먼저 걸어갔다.

나는 앞장서서 걸어가는 그 여자의 뒤에서 1미터 정도 떨어져 따라갔다. 인파가 많은 거리라 1미터 거리면 일행이라고 보기 힘들 정도의 거리였다. 나는 최대한 신경 써서 그 거리를 유지하며 걸었다. 그 여자는 능숙한 발걸음으로 타임스 스퀘어를 벗어나 브라이언트 공원 옆에 비교적 한적한 카페로 들어갔다.

낮에는 커피를, 저녁에는 칵테일이나 위스키 종류를 판매하는 가게 같았다. 그 여자는 가게의 안쪽 바 테이블의 가장 구석진 곳에 앉았다. 종업원은 뚱뚱하다는 말로도 모자랄 만큼 거대한 체구에 비해 메모지에 주문을 받아 적는 손놀림은 눈에 보이지 않을 만큼 빨랐다. 그는 그 육중한 몸으로 테이블 사이를 요리조리 잽싸게 오가며 모든 홀과 테이블을 혼자서 도맡고 있었다.

나는 종업원에게 진한 커피를 부탁했고 그 여자는 허브티를 주문했다. 주문을 마치자, 나와 그 여자 사이에 묘한 정적이 감돌았다. 그 여자는 다시 오른쪽 입꼬리만 살짝 올린 채 입을 다물고 빨리 자기를 기억하라는 듯 나를 뚫어져라 쳐다보고 있었다. 어색하고 불편해서 내가 먼저 물었다.

"정말 미안합니다만, 우리 어디서 봤죠?"

"하긴 뭐, 기억 못 할 수도 있죠. 우리 5년 전 여름에 런던에서 케이시가 주최한 자선 파티에서 봤잖아요." 그녀가 답했다.

나는 고개를 살짝 옆으로 갸웃하며 그럴 리 없다고 생각했다. 내가 주최했던 그 자리에 있었던 사람들은 대부분 전부터 안면이 있던 이들이었다. 최소한 그들의 이름과 얼굴 정도는 외우고 있었다. 게다가 동양인은 나와 가즈키, 제임스를 포함해 몇 없었다. 그날 처음 본 동양 사람은 가즈키뿐이었다. 이 여자와 닮은 사람은 파티 참석자 중에 없다. 그렇게 기억을 더듬어 가고 있는데 그 여자가 못 참겠다는 듯 먼저 말했다.

"그날 거기에서 아르바이트로 피아노 치던 사람이에요."

그제야 떠올랐다. 빌 에번스의 재즈 피아노곡을 연주하고 있었던 와인색의 드레스를 입고 있던 사람. 그때 그 사람은 머리가 무척 길었다.

"이제 생각났습니다. 헤어스타일이 바뀌어서 못 알아봤어요. 그때 피아노 재즈곡을 정말 잘 연주했었죠."

"맞아요. 빌 에번스의 곡이었어요. 흥, 조금 전에는 기억력 안좋다고 하더니 그런 걸 다 기억하네요. 머리는 얼마 전에 짧은 단발로 잘랐어요. 어릴 때 이후론 처음으로."

상대가 어깨 위까지 내려오는 단발머리의 끝부분을 손가락으로 쓸어 넘기며 말했다. 그 손짓은 이미 자르고 없는 머리카락 부분까지 이어져 잠시 허공을 휘저었다. 이제는 상실되어 사라진 긴 머리를 쓸어 넘기는 모습이 마치 팬터마임을 하는 것 같았다. 그냥 오래된 습관이겠지만.

"그때 저한테 피아노 치는 모습이 동생 생각난다면서 팁 줬었죠? 200파운드씩이나. 〈좋은 연주 감사합니다. -케이시〉라고 쓰인 편지 봉투에 담아서."

"네."

"명함이나 연락처도 없이."

"네."

"그런 사람은 처음 봐서 인상 깊었어요. 보통 그런 자리에서 말을 거는 남자들은…."

아까 그 뚱뚱한 남자 종업원이 커피와 차가 담긴 컵을 갖다주고는 몸을 반 바퀴 돈 뒤 주방으로 돌아갔다. 덩치에 비해 우아한 몸놀림이었다. 피겨라도 배웠던 걸까.

그 여자는 포트에 담겨있던 티를 천천히 컵에 따른 뒤, 컵을 코로 가져가 허브티의 향을 맡으면서 말을 이었다. 입을 대지는 않았다.

"아무튼, 그런 남자들은 뭐 보통 별 볼 일 없는 중년들이긴 하지만, 자기랑 술을 한잔하자거나 연락처를 물어보거나 하는데, 케이시처럼 정말 순수하게 감사 인사만 하고 사라지는 사람은 처음 봤어요."

"그렇군요." 그 일에 대해 딱히 할 말은 없었다. 이제 와서 공치사하고 싶지도 않았고, '보통 그런 남자들'의 눈에 빤히 보이는 수작질을 굳이 같이 비난하거나 애써 변명해 주고 싶지도 않았다.

"그러고 나서 우리 한 번 더 만났어요. 케이시는 기억 못 하겠지만."

이번에야말로 전혀 기억에 없는 일이었다. "그래요? 우리가 언제 봤죠?"

"데이팅 애플리케이션에서요. 물론 케이시는 저를 못 봤을 수도 있겠네요. 저 혼자 '좋아요'를 보냈으니까."

"아…."

그 애플리케이션은 유메랑 만나면서 진즉에 삭제했던 터였다. 삭제하기 전에 회원 탈퇴를 했는지는 기억이 안 난다. 호텔에 돌아가면 확인해 봐야겠다고 생각했다.

"제가 먼저 '좋아요'를 보냈는데 매칭이 안 된 사람은 케이시가 처음이었어요. 뭐, 케이시는 인기가 엄청 많을 테니 저같이 평범한 여자는 눈에 안 들어왔을 수도 있겠네요. 케이시 같은 프로필이라면 도대체 어떤 여자가 마다하겠어요. 그렇죠?"

"……."

대답을 바라고 한 질문은 아닌 것 같아 가만히 있었다. 그저 볼수록 카나에랑 닮은 모습에 신기할 따름이었다. 그것은 아마도 나만 발견할 수 있는 미세한 공통 분모일 것이다. 이목구비의 생김새만 본다면 카나에와 이 여자는 전혀 다르게 생겼다. 누군 가에게 두 사람이 닮지 않았냐고 묻는다면, '도대체 어디가?'라 고 반문할 것이다. 그렇지만 사람이 저마다 풍기는 고유의 아우 라가 있다. 그건 겉으로 보이는 생김새가 아니라, 목소리와 말투, 눈빛부터 손짓이나 몸짓 같은 제스처를 모두 포함하는 더욱 포 괄적인 영역의 것이다. 그 점에서 둘은 서로를 쏙 빼닮았다.

"그 애플리케이션 통해서 여자들 많이 만나보셨어요?"

"보통으로요." 나는 대답했다. 왜 자꾸 그 데이팅 애플리케이 션 이야기가 나오는지 알 수가 없었다. 화젯거리가 없어서일까.

"음, 이런 이야기는 별로 안 좋아하는구나. 피아노 친다는 동 생은 잘 지내요?" 눈치가 빠른 여자 같았다.

"그럴 거예요." 내가 말했다.

"그게 뭐예요? 동생하고 사이 안 좋아요?"

"아뇨."

"근데 왜 잘 지내는지 몰라요? 연락 잘 안 해요?"

"네."

"신기하네요. 처음 본 타인한테는 그렇게 잘하면서 동생한테 는 잘 안 해주는구나."

그녀의 화법에는 묘하게 상대를 재고 있다는 느낌을 받게 하 는 걸림이 있었다. 운동화 안에 있는 아주 작은 모래 알갱이 하나 처럼, 나는 그런 사소한 것들이 미세하게 신경을 자극하는 감각 을 싫어했다. 그녀가 쉬지 않고 또 입을 열었다.

"뉴욕은 무슨 일로 왔어요, 아직도 큰 사업 해요?"

내가 더 이상 못 참겠기에 말했다. "우리 지금 인터뷰하는 거 아니죠?"

"네?"

"지금 대화요. 일방적으로 질문만 하고 저는 답하고 있는 것 같아서요. 저는 아직 그쪽 이름도 몰라요. 피아노를 잘 연주한다. 그 외에 다른 것은 아무것도 모르고요."

"그랬어요? 미안해요. 저는 료코예요. 영어 이름은 레이첼. 편한 걸로 불러주세요."

"료코라고 할게요. 반갑습니다."

"저도 반가워요. 내 소개라 음⋯, 나이는 26살이고 지금은 윌리엄스 버그 근처에 살아요. 어딘지 알아요?"

"네, 브루클린 쪽이죠? 젊은 사람들이 많이 가는 카페와 레스토랑, 재즈 바 같은 곳들이 많아서 꽤 핫한 동네."

"맞아요. 뉴욕에 대해 잘 아시네요. 그리고 줄리아드 스쿨에서 디플로마 과정하고 있어요. 피아노 연주와 작곡 전공으로."

"줄리아드?" 나는 살짝 놀라서 물었다.

줄리아드 음대는 아무나 갈 수 있는 곳이 아니었다. 세계 최고 수준의 음대였다. 학비만 연간 45,000달러 정도로 맨해튼의 살인적인 물가를 생각한다면 유학비용이 굉장히 많이 든다. 카나에 가 가고 싶어 했던 대학이기도 했다. 그 정도의 여력이 있는 사람이 왜 뉴욕도 아닌 런던에서 아르바이트로 피아노 연주를 하고 있었는지 의문이 들었다. 뉴욕에서든 도쿄에서든 피아노 개인레

슨만 하더라도 꽤 많이 벌 수 있었을 텐데.

"네 맞아요. 지금 줄리아드에서는 디플로마 과정 중이고 대학은 도쿄예술대학 나왔어요."

"도쿄예술대학…" 유메가 떠올랐다.

"어머, 우리 학교 잘 알아요?"

"잘 아는 건 아니에요. 줄리아드에서 윌리엄스버그까지 멀지 않아요?"

줄리아드 스쿨이 있는 링컨 센터는 맨해튼의 북서쪽 센트럴 파크 옆이었고 윌리엄스버그는 맨해튼섬에서 다리를 건너 남동쪽에 있었다. 가까운 거리는 아니다. 적어도 내가 알기로는 그랬다.

"버스 타면 45분 정도밖에 안 걸려요. 한 번에 갈 수 있고."

"생각보다 가깝군요."

"네, 또 궁금한 거 없어요? 뭐든 답해줄게요."

"아뇨, 충분해요. 조금 전에는 일방적인 대화가 불편했을 뿐이에요. 저는 오늘 뉴욕에 도착해서 조금 피곤하네요."

"피곤하겠네요. 이만 일어날까요?" 역시 눈치가 빠른 여자였다.

"네, 그래야 할 것 같아요." 정말로 눈이 감겨 왔다.

"휴대전화 번호 알려줄 수 있어요?" 료코가 물었다.

"그래요. 아까 공항에서 선불 휴대전화 대여했어요. 번호가…" 나는 주머니에서 스마트폰을 꺼내 번호가 적혀있는 휴대전화 뒷면을 그녀에게 보여줬다. 〈나야, 료코〉 그녀는 그 번호로 바로 메시지를 보내왔다.

"그게 제 번호예요. 숙소는 어느 쪽이에요?" 료코가 물었다.

"메리어트 마르퀴스."

"역시 좋은 호텔에 머무는군요. 좋겠다."

"네, 뭐…. 아무튼 오늘 만나서 반가웠습니다." 나는 의자에서 일어나며 악수를 건넸다.

료코도 의자에서 일어나 가방을 챙기고는 나를 빤히 쳐다봤다. 조금의 흔들림도 없이 자신감에 찬 그 맑은 눈동자로 나를 바라본다. 역시 카나에와 빼닮았다. 당장이라도 내 손을 잡고 코를 훌쩍이며 고양이 인형을 사달라고 할 것만 같았다. "저도 정말 반가웠어요. 또 만나요." 료코가 악수를 받으며 말했다.

호텔로 돌아와 시계를 보니 아직 오후 7시가 안 되었다. 코트와 옷을 벗어 책상 의자에 걸쳐 두고 그대로 침대 이불 속으로 들어갔다. 타임스 스퀘어의 전광판 불빛들이 마치 네온사인처럼 방안을 시시각각 다른 색으로 밝히고 있었다. 사이버펑크 미래 SF영화에 나오는 주인공의 싸구려 아파트가 떠올랐다. 커튼을 쳐야겠다고 생각했지만, 몸을 움직이지 못하고 그대로 잠들었다.

다시 눈을 떴을 때는 자정이 지나 있었다.

방 안이 너무 건조해서 입안이 텁텁하고 목이 따끔거렸다. 냉장고에서 생수를 꺼내 입 안에 머금었다가 세면대에 뱉고, 물을 한 모금 마시자, 잠이 확 깼다. 세수와 양치를 하고 침대 위에 다시 누웠다. 시차 적응을 위해 억지로 잠을 청해보려 했으나 이미 정신이 너무 맑아진 상태였다.

오후에 만난 료코를 생각했다. 죽은 동생을 쏙 빼닮은, 피아노를 전공하는 여자라….

하필 맨해튼에서 마주치게 된 일도 그렇고, 우연이 지나치다는 생각이 들었다. 예전이었다면 인연이라고 그대로 믿어버리고도 남을 정도였다. 하지만 유메의 일을 겪고 이제 인연을 가장한 우연의 장난 같은 건 믿지 않기로 했다. 섣불리 기대했다가 큰 상처를 받는 그런 일을 겪는 건 한 번으로 충분했다. 아니, 한 번도 많았다.

그렇지만 자꾸 그 료코라는 여자가 눈에 아른거렸다. 카나에가 살아있었다면 료코만큼 키가 컸을까? 지금까지 즐겁게 피아노를 연주하고 있을까? 여러 생각이 떠올랐다. 만약 지금 카나에가 살아있다면 하고 싶은 피아노 유학 정도는 평생 지원해 주고 센트럴파크에 좋은 집도 마련해 줄 수 있을 텐데…. 괜히 부질없는 생각을 해봤다.

창문으로 광고 전광판의 불빛들이 들어와 방의 벽과 천장을 요란스럽게 밝히고 있었다. 이 도시는 잠도 안 자는구나. 그때, 대여한 스마트폰에서 진동이 울렸다.

"지금은 뭐 하세요?" 료코한테 온 메시지였다.

침대 머리맡의 탁상시계를 보니 작은 바늘이 오전 1시를 지나고 있었다.

"자다가 깨서 누워있어요." 내가 답장을 보내자마자 그녀에게서 바로 답장이 왔다. "배는 안 고파요?"

"조금 출출한 것 같기도."

"만날래요? 저 지금 메리어트 마르퀴스 호텔 근처인데."

그녀의 답장을 읽고 잠시 고민에 빠졌다.

만날까? 나는 료코의 제안에 선뜻 그러자고 하지 못하고 머뭇 거렸다. 지금 이 시간에 죽은 여동생을 닮은 여자를 만나서 뭘 어 쩌겠다는 건가. 료코를 만남으로써 죽은 동생을 복기하는 과정 에는 반가움도 있었지만, 처연한 마음도 섞여 있었다. 그런 짓을 계속해봤자, 결국 아무것도 채워질 수 없고 대체될 수도 없다는 것을 나는 분명히 알고 있었다. 상처만 더 벌어질 수도 있다.

그렇지만 그녀와 대화하고 그녀를 보고 있노라면 마치 살아 서 그대로 성장한 카나에를 마주하는 것만 같은 반가움이 파도 처럼 몰려왔다. 그 파도에는 따뜻한 안도감과 잔잔한 평온함이 있었다. 나는 그 감정을 조금만 더 느끼고 싶었다. 그 끝이 실망 과 자기 파괴로 돌아온다고 하더라도 내가 감수할 일이었다.

"그래요. 5분만 기다려 줘요. 금방 내려갈게요."

호텔 정문 출구로 나가자, 료코가 서서 기다리고 있었다. 집에 들렀다가 다시 나왔는지 옷을 갈아입은 모습이었다. 굽이 높은 구두에 두꺼운 실크로 된 흰색 롱스커트를 입고 검은색 니트를 입고 있었다. 점퍼는 아까와 같은 것을 입고 있었다.

"안 추워요? 호텔 로비에서 기다리고 있지." 내가 물었다.

"이 시간에 젊은 아시안 여자가 저런 고급호텔 로비에 서성이 고 있으면 경비원한테 쫓겨나요."

"왜요?"

"후커로 오해받을 테니까요."

"후커?"

"매춘부."

"아…. 그런 일이 있군요. 미안해요. 조금 더 빨리 내려올걸."

"괜찮아요. 친구들하고 한잔하고 와서 별로 춥지도 않아요."

"다행이네요. 어디로 갈까요? 이 시간에 맨해튼은 처음이라."

"음, 우리 클럽 갈래요?"

"클럽?"

"네, 엠파이어 스테이트 빌딩 옆에 아시안 클럽이 있어요. 우리 거기서 한잔해요."

"그래요." 단둘이서 조용한 곳에 있는 것보다는 왠지 그게 나을 것 같았다.

멀지 않은 거리였지만 택시를 타고 이동했다. 시간대가 늦어서인지 인산인해를 이루고 있던 맨해튼의 도로와 인도가 텅 비어있었다. 맨해튼을 꽤 여러 번 와봤지만 이렇게 도로가 비어있는 것을 본 적이 없었다.

"맨해튼도 잠을 자기는 자나 보네요." 내가 말했다.

"네?"

"혼잣말이에요. 이 시간에 뉴욕을 돌아다녀 보는 건 처음이라 신기하고 낯설군요."

"케이시, 우리 테이블 잡고 놀 거죠?" 클럽 앞에 도착하자 료코가 물었다.

"뭐. 좋을 대로."

료코가 경비원 중 한 사람한테 몇 마디 주고받자, 경비원이 우리를 바로 입장시켜 줬다. 안으로 입장하자 고막이 욱신거릴 정도로 큰 음악소리가 들려왔다. 리믹스 된 EDM(일렉트로닉 댄스 뮤직)인 것 같았는데 시끄러운 음악은 전혀 내 취향이 아니어서 무슨 곡인지 감이 안 왔다.

실내의 조명이 어두워서 앞이 잘 보이지도 않았다. 젊은 동양인 웨이터가 다가와 우리를 스테이지 반대편 가운데에 있는 테이블 좌석으로 안내했다. 커다란 원형 테이블에 10명은 앉을 수 있을 것 같은 반원형 소파가 있는 자리였다. 둘이 앉아 있기엔 휑한 느낌이 들만큼 넓은 자리였다.

"술 뭐 좋아해요?" 료코가 말했지만, 음악 소리가 너무 커서 제대로 들리지 않았다.

"술. 뭘. 로. 주. 문. 할. 까. 요.?" 료코가 내 귀에다 대고 큰 소리로 다시 말했다. 피아노가 아니라 성악을 전공했나. 고막이 찢어지는 줄 알았다. 나는 손가락으로 놀란 귓구멍을 마사지하며 아무거나 시키라고 했다. 주문한 지 5분도 안 돼서 아까 그 젊은 동양인 웨이터가 보드카 두 병과 얼음, 오렌지 주스 두 병, 에너지드링크 8캔, 과일과 마른안주를 가져왔다.

료코는 제법 익숙한 손놀림으로 보드카와 주스, 에너지 드링크를 맥주잔 같은 큰 컵에 섞고 칵테일로 만들었다. 그렇게 2잔을 만들고 나서 나한테 잔을 내밀었다.

반 모금만 마시고 컵을 내려놓으려는데 료코가 깨끗하게 비운 자기 잔을 보여주며 나를 빤히 쳐다봤다. 나도 하는 수 없이 잔을 비웠다. 빈속인 데다가 일어난 지 얼마 안 되어 마시는 술이라 바로 취기가 올라왔다. 분명히 야식을 먹으러 가자고 하고 만난 것 같은데, 왜 이런 곳에서 술을 마시고 있는 건지.

"사람 정말 많네요." 나는 료코와 나란히 앉아 정면 저 멀리에 있는 DJ 부스와 그 앞 스테이지에 서 있는 사람들을 보며 말했다.

"곧 크리스마스니까요." 료코가 답했다.

곧 크리스마스인 것과 클럽에 사람이 많은 게 무슨 연관성이 있나 싶었지만 묻지 않고 조용히 그들을 바라봤다.

"역시 여기서도 케이시가 제일 잘생겼어요." 료코가 내 귀에다 대고 말했다. 나는 딱히 뭐라 답하기도 애매해서 잠자코 있었다.

보드카를 한 병 다 비우자, 료코가 우리도 스테이지에 나갔다 오자고 했다. 스테이지 위는 사람이 너무 많아 료코가 내 쪽으로 거의 안긴 채 서 있었다. 료코는 그 좁은 틈에서 혼자 나름 몸을 유연하게 움직이며 리듬을 타고 춤을 췄고, 나는 정자세로 가만히 서 있었다.

음악이 EDM에서 템포가 느린 힙합과 R&B 곡으로 바뀌자, 료코가 몸을 나한테 바짝 붙이고 양팔을 내 목에 얹은 채 블루스를 추듯이 천천히 리듬을 탔다. 나도 그 정도는 괜찮다고 생각하고 가만히 있었다. 그러나 료코의 눈이 끈적거리게 변하고 나에게 몸을 더 가까이 밀착시키자 나는 그제야 술이 깨고 정신이 들었다. 그녀의 봉긋한 가슴이 내 몸에 닿은 게 느껴진 순간이었다. 료코가 불쾌해하지 않도록 조심스럽게 그녀를 내 몸에서 떼어냈다.

"우리 이제 술 더 마시러 갈까요?" 내가 말했다.

"그래요." 료코가 조금 볼멘 목소리로 답했다.

우리는 테이블로 돌아가서 다시 앉아 나머지 한 병 있던 보드카를 반 정도 더 마셨다. 내가 이제 나가자고 했다. 내가 웨이터를 불러 계산하는 동안, 료코는 옷과 가방을 챙겼다.

밖으로 나오자, 귀에서 이명이 들리는 것 같았다. 시계를 보니 새벽 3시가 넘어있었다. 늦은 시간인데도 클럽 앞에는 아직도 사람들이 많았다. 입장하려고 줄 서 있는 사람들과 술을 깨려고 찬 바람을 쐬고 있는 사람들, 그 옆으로 삼삼오오 담배를 피우고 있는 사람들이 있었다. 그들은 필요 이상으로 흥분해 있었고 고래고래 고함을 지르기도 했다. 술에 흥건하게 취한 몇몇은 보도블록에 반쯤 누운 자세로 앉아 꾸벅거리며 졸고 있었고, 몇몇은 길가에 토를 하고 있었다. 시원찮은 모습의 남자 몇이 집요하게 한 여자에게 말을 걸고 있었고, 그 여자는 지켜보는 사람마저 무안할 만큼 단호하게 그들을 무시하고 있었다. 비슷한 풍경이 머리를 스쳤다. 시부야 골목의 러브호텔이 즐비한 곳 한가운데에 있는 클럽 앞 풍경도 이곳과 같았다. 주말 새벽 3시의 클럽 앞 풍경은 어느 나라나 다 이런 걸까.

"케이시, 우리 호텔 가서 술 더 마셔요." 료코가 말했다.

나는 바로 대답하지 못하고 어떻게 사양해야 할까 고민했다. 눈치 빠른 료코가 내 표정을 읽고 말했다.

"케이시 여자친구 있어요?"

"그런 문제가 아니에요. 료코는 동생하고 너무 많이 닮았어요."

"동생? 낮에 얘기한 연락 잘 안 하는 여동생이요?"

"네."

"사진 보여줘요. 얼마나 닮았는지 궁금하네요."

"없어요, 사진."

"왜요?"

"죽었어요. 12년 전에, 사고로." 내가 조용히 말했다.

"아… 죄송해요…." 료코가 두 걸음 정도 뒤로 물러나 두 손을 모아 합장한 채 몸을 크게 숙이며 말했다. 그녀의 행동이 신기했는지 클럽 앞에 있는 다른 외국인들이 우리를 빤히 쳐다봤다.

"아니에요, 오늘 처음 봤는데 이런 이야기 해서 미안합니다. 왠지 료코 씨한테는 말해줘야 할 것 같아서요."

"무슨 말인지 알겠어요. 눈치 없이 굴어서 죄송해요."

료코가 풀 죽은 표정과 목소리로 계속 사과하자 마음이 불편해졌다. 적어도 이 일에 대해서는 료코가 잘못한 건 전혀 없다. 사과할 일은 더욱 아니었다. 미안한 마음에 조금 더 호의를 가지고 그녀를 대하기로 했다.

"호텔에서 같이 술을 마시고 조금 더 이야기 나누는 건 괜찮아요." 내가 말했다.

"그래요?" 료코가 정말 괜찮겠냐는 표정을 짓고 말했다.

"네, 하지만 성性적인 일은 없을 거예요." 나는 어쨌든 확실하게 선을 그어줘야 했다.

"저를 어떻게 본 거죠? 저 그렇게 아무 남자랑 함부로 잠자리하는 사람 아니에요." 료코가 허리춤에 손을 올리고 말했다.

"그런 의미로 한 말은 아닙니다."

"장난이에요." 료코가 허리에서 손을 떼고 웃으며 말했다.

우리는 한인 마트에서 맥주 몇 캔과 한국의 위스키(소주), 스낵을 사서 호텔로 향했다.

"전망이 정말 좋네요. 방도 넓고. 이런 방은 하루에 얼마나 해요? 저 자주 놀러 와도 될까요?" 호텔 객실에 들어온 료코가 감탄하며 말했다. 나는 그러라고 대답했다.

우리는 창가 앞에 나란히 앉아 창밖을 바라보며 해가 뜰 때까지 조용히 술을 마셨다. 묘한 기분이었다. 죽은 동생을 추모하기 위해 온 뉴욕에서, 추억이 있는 장소를 바라보며 동생과 닮은 여자와 아침까지 술을 마시고 있다니. 나는 지금 여기서 뭘 하는 걸까.

날이 밝아오자, 료코가 먼저 샤워를 하고 침대에 누웠다. 나는 료코가 완전히 잠들 때까지 편히 잠들 수 있도록 기다렸다가 얼마 안 가 그녀가 작은 소리로 코를 골기 시작할 때 그 옆에 조심스럽게 누웠다.

옆에 누워 잠든 료코를 바라보니 입고 있던 샤워가운이 헝클어져 속옷과 가슴이 보였다. 이불을 끌어 올려 그녀의 목까지 덮어주고 침대에서 일어나 소파에 앉았다. 소파에서 창밖을 보다가 반쯤 기댄 자세로 잠들었다. 불편한 자세로 웅크린 채 잠이 들었는데, 정말 피곤했는지 눈을 떴을 때는 늦은 오후였다. 료코는 없었고 내 위에 이불이 덮어져 있었다.

보름이 금방 지나갔다.

그 사이에 제임스와 몇 번 식사했고, 뉴저지에 있는 삼촌 집에
도 다녀왔다. 피 한 방울 안 섞인 조카였던 카나에와 나에게 교토
에서 뉴욕까지 왕복 비행기 표도 보내주고 진심으로 환대해 줬
던 삼촌 내외의 그 따스했던 호의가 떠올라 친척 동생들에게 과
하다 싶을 만큼의 용돈을 줬다.

"대신, 조건이 있어. 엄마, 아빠 말 잘 듣고 나쁜 짓은 절대로
하면 안 돼. 그리고 여동생 잘 보살펴 줘야 해. 알겠어?"

"응, 알겠어. 케이시 형." 큰 녀석이 화색을 띠며 답했다.

료코와는 거의 매일 만났다.

한 번은 윌리엄스버그에 있는 레스토랑에서 늦게까지 와인을
마시고 그 근처였던 료코의 집엘 간 적이 있었는데, 그날 나는 로
코에 대한 내 감정과 둘의 관계를 재정립했다.

온전한 집이라기보다는 단층으로 된 미국식 전원주택에 덤으
로 딸린 컨테이너로 된 임시 공간이었다.

료코의 방은 상당히 지저분했다. 입구에 있는 신발장부터 정
리가 안 된 구두와 샌들과 운동화들이 서로 짝도 안 맞게 아무렇
게나 구겨져 있었다. 신발장 위에는 샤넬, 프라다, 구찌, 로저 비
비에, 크리스찬 루부탱의 신발 상자가 마치 젠가 탑처럼 천장까
지 높이 쌓여있었다. 옷장으로는 부족했는지 그 앞의 스탠드형

옷걸이에는 옷들이 헝클어진 채 아무렇게나 겹겹이 쌓여있었고, 입다가 벗어 둔 스타킹들이 침대 옆에 돌돌 말려진 채 여기저기 뒹굴고 있었다. 냉장고 옆 작은 싱크대에서는 설거지가 안 된 컵들과 접시들이 잔뜩 쌓여 정체 모를 악취를 내고 있었다.

'멀쩡하게 생겨서는 이렇게 해놓고 살고 있다니….'

그나마 침대 옆에 있던 피아노만큼은 먼지 하나 없이 깨끗하게 관리되고 있었다.

화장실은 여자 혼자 사는 집 특유의 화장품 냄새가 진동했다. 세면대의 칫솔 통에는 솔이 많이 닳아있는 칫솔과 깨끗한 칫솔 두 개가 꽂아져 있었고, 일회용 카트리지 면도기가 있었다. 남성용 면도기인지 제모를 위한 여성용인지 구분은 되지 않았다.

술이 확 깰 만큼 좁고 지저분한 그 방에서 내게 호감을 산 건, 피아노와 테이블 위에 어지러이 쌓여있는 악보들뿐이었다.

"좋은 곡들이 많이 있네?" 내가 말했다. 나는 악보들을 보며 입으로 읊조렸다. "차이콥스키 〈콘체르토 1번〉, 베토벤 〈소나타 31번〉, 말러 〈스트링 콰르텟 A 마이너〉."

"케이시, 클래식 좋아해?" 료코가 답했다.

"조금. 라흐마니노프도 있네?"

"응, 내가 가장 좋아하는 작곡가야."

"어떤 곡을 제일 좋아해?" 설마 하는 심정으로 내가 물었다.

"당연히 〈피아노 협주곡 2번〉이지. 알아?" 나는 료코의 대답을 듣자, 가슴이 철렁 내려앉았다.

료코에게 카나에에 관한 이야기는, 피아노를 쳤다는 것 외에는 일절 하지 않았다. 그런데도 가장 좋아하는 작곡가가 일치하고 심지어 그 작곡가의 수많은 협주곡, 교향곡, 소나타 중에 어떻게 같은 곡을 좋아할 수 있는 걸까. 계속되는 우연을 내가 무시해도 되는 걸까. 나는 속내를 감추고 태연하게 말했다.

"응, 알지. 좋아하는 곡이야, 1악장과 2악장만. 3악장은 갑자기 너무 밝은 분위기여서 싫거든."

"정말? 나랑 같네. 나도 1악장과 2악장만 좋아해. 연주하다 보면 가슴이 정말 아프고 슬퍼지거든." 료코가 악보를 보며 말했다. 한 손으로 피아노 건반 위를 연주하듯 손가락을 허공에서 움직이고 있었다.

카나에도 비슷한 감상평을 한 적이 있었다. 아마 라흐마니노프의 곡을 듣는 모든 이들이 그렇게 생각할 터였지만, 료코에게 그렇게 느낀 이유를 듣고 싶었다.

"연주하다 보면 정말 아프고 슬퍼? 그럼 연주하기 싫지 않아?"

"아니, 오히려 그렇기에 연주하는 사람에게는 큰 위로가 돼."

"위로가 된다고?" 내가 물었다.

카나에에게 하지 않았던, 이제는 할 수 없게 된 질문이었다. 그 답도 영영 들을 수 없게 되었다. 그걸 다른 사람의 입을 통해 듣게 됐다. 그것도 쏙 빼닮은 사람에게.

"왜, 그럴 때 있잖아? 엄청 울고 싶은데 눈물이 안 나올 때, 그러면 일부러 슬픈 영화를 보잖아. 울려고. 그 곡은 딱 그런 느낌이랄까. 기분이 울적하고 마음이 심란해서 우울한 사람한테, 아예 절대적인 심연의 어둠까지 끌고 가는 거지. 보아라. 이 정도의 완벽한 슬픔도 있다 하면서. 그렇게 이끌려서 그 끝까지 다녀오고 난 뒤에는 오히려 마음이 편안해지거든."

카나에가 콩쿠르를 마치고 비슷한 말을 했을 때는 그게 무슨 말인지 전혀 이해가 안 됐다. 딱히 알고 싶지도 않았다. 카나에는 말과 글로 자신의 감정을 제대로 표현하거나 전달할 줄 몰랐다. 의미를 제대로 전달하지 못하는 사람과 전달받을 마음이 없던 사람 사이에 발생한 커뮤니케이션 미스였다.

카나에가 했던 말은 나에게 제대로 전달되지 못한 채 아무런 의미 없이 허공에서 흩어져 생명력을 잃고 말았다. 심지어 왜곡되기까지 했다.

그런데 지금 료코 덕분에 그제야 카나에가 했던 말의 의미가 되살아나 하나의 뜻으로 온전히 모여 나에게 제대로 전달됐다.

"…… 그래서 료코한테 계속 거리를 뒀던 것 같아." 나는 그동안 내가 료코에게 가졌던 생각과 감정을 솔직하게 얘기했다.

"케이시, 동생은 우울증 같은 건 아니었을 거야." 료코가 악보를 식탁 위에 내려두고 내 손을 잡고 눈을 마주치며 말했다. "라흐마니노프의 〈피아노 협주곡 2번〉을 연주하고 우울하다고 느끼는 건 모든 피아니스트의 공통된 감상일걸? 그렇지 않다면 전 세계의 모든 피아니스트는 전부 우울증에 걸려서 슬픈 음악만 작곡하고 연주하겠지. 그때 동생이 몇 살이었다고 했지?"

"16살, 고등학교 1학년"

"16살이라… 한창 감수성이 풍부할 때잖아. 꽃이 지는 것만 봐도 슬퍼서 눈물이 나고, 옅고 상처받기 쉬운 나이지. 감정 기복도 심하고. 대신 회복력도 넘쳐나는 시기라는 것도 알아?"

"회복력도 넘쳐나는 시기." 나는 료코의 말을 제대로 이해하기 위해 그녀가 한 말을 작게 반복했다.

"응, 나도 그 나이쯤 이 곡을 연주하면 그때마다 슬퍼서 눈물이 나곤 했었어. 그리고 속상한 일들을 견뎌냈지. 동생이 이 곡을 좋아했었다고 해도 단지 그것만으로 케이시가 생각하는 그 정도의 심각한 우울증은 아니었을 거란 이야기야."

나는 내심 카나에의 죽음이 실족사가 아니라 스스로 생을 마감한 건 아닐까 하는 막연한 의심을 끝내 버리지 못하고 있었다. 그래서 카나에를 신경 써서 살피지 못했다는 죄책감에 줄곧 가슴 아파했다.

하지만 카나에가 가지고 있던 우울은 자연스러운 정도였다. 어른이 되어가는 과정에서 건강한 정신을 완성해 가는 과도기의 성장통. 그랬기에 그 곡이 위안을 줬다고 웃으며 말할 수 있었을 것이다. 그걸 이제라도 다시 깨닫게 해 준 료코에게 고마웠다.

더 이상 료코가 죽은 동생을 추모하기 위한 수단이 아니라 한 사람의 인격체로서 인식되기 시작했다. 게다가 매력적인 여자다. 마음을 열자, 료코의 삶에 관심이 가기 시작했고, 그녀가 이렇게 지저분하게 살고 있는 것에 대해 마음이 불편해지기 시작했다.

괜찮다고, 그만하라는 만류에도 불구하고 나는 그 집을 대청소했다. 만족스러울 만큼 청소를 다 마쳤을 때, 료코가 말했다.

"케이시, 솔직히 말해봐. 청소부 출신이지?" 나는 웃으며 그렇다고 답했다.

아침에 료코의 집을 나왔을 때, 바람 따라 휘날리고 있는 작은 눈발이 보였다. 괜찮아. 더 이상은 하늘에서 내리는 흰 것들이 조금도 무섭지 않아. 나는 생각했다.

도쿄로 돌아오기 전까지 료코와 매일 함께했다.

"케이시, 피아노 가르쳐 줄까?"

료코가 내게 피아노 연주를 알려주겠다며 배워보길 권했다.

"나는 손가락이 짧고 몽땅해서 피아노 연주를 배워볼 생각은 안 했는데." 내가 손을 보여주며 말했다. 료코가 웃으며 말했다. "아니야, 그런 손이 악기 연주하기 좋은 손이야."

"정말?" 내가 물었다.

"응, 손가락 끝이 두꺼우면 건반을 누를 때 더 유리하거든."

나는 그 말을 듣고 흔쾌히 배워보기로 했다. 초심자라 음계부터 배우고 손가락으로 건반을 두드리는 수준이었지만 언어를 처음 배울 때만큼 새로운 경험이었다. 건반을 누를 때의 촉감과 손 끝으로 전해지는 진동, 그것이 뱉어내는 소리까지. 그동안 전혀 몰랐던 세상이 펼쳐졌다. 료코는 피아노 의자 옆에 나란히 앉아 조곤조곤한 말투로 지도해 줬고, 나는 그 과정에서 피아노 연주에, 피아노 연주를 알려주는 료코에게 완전히 매료되기 시작했다.

귀국하기 전날, 상점에서 흘러나오는 크리스마스 캐럴을 들으며 길을 걸을 때였다.

며칠 동안 계속 눈이 내려 걸음을 옮길 때마다 쌓여있는 눈 속에 발이 뿌드득거리며 빠지고 있었다. 손을 잡고 있던 료코가 말했다. "곧 크리스마스인데, 케이시는 같이 있어 주지도 않고. 나 너무 슬플 것 같아."

"정말 미안해. 하루랑 미루만 아니면 더 있다가 가도 되는데, 친구한테 부탁하고 비운 지 보름이나 지나서. 돌아가 봐야 할 것 같아. 어떻게 해야 료코가 덜 슬플까?" 내가 물었다.

"그럼 나 쇼핑시켜 줘."

"쇼핑?"

"응, 나 갖고 싶은 게 많았는데, 요즘은 남자친구가 없어서 누가 선물도 안 해 주고 그랬거든. 케이시 부자니까 나 쇼핑시켜 줘. 그럼, 정말 행복할 것 같아."

"그러자." 내가 웃으며 말했다.

우리는 소호 쪽의 명품 숍을 돌며 료코가 겨울 동안 입을 옷들과 신발을 잔뜩 쇼핑했다. 료코는 양손 가득 쇼핑백을 들고는 한껏 행복한 표정을 지었다. 고양이 인형을 안고 기뻐하던 카나에의 모습이 그녀의 얼굴 위로 겹쳐 보였다.

뉴욕 J.F.K. 공항에서 출국할 때, 제임스와 료코가 동시에 배웅을 나와 의도치 않게 제임스에게 새로 생긴 여자친구를 소개했다.

제임스는 진심으로 축하해 줬고, 료코는 제임스에게 간단히 고개 인사만 한 뒤, 떨어지기 싫다며 눈물을 보이며 내 팔에 매달리듯 안겼다.

료코와 제임스에게 작별 인사를 하고, 무거운 마음으로 출국게이트로 천천히 걸어 들어갔다. 출국장 보안검색대로 들어가기 직전에 뒤를 돌아보자, 료코는 같은 자리에 그대로 서서 착잡한 표정으로 내 뒷모습을 바라보고 있었다. 나는 한 번 더 크게 손 인사를 한 뒤 출국장으로 들어갔다.

도쿄 하네다 공항에 도착할 때까지 비행기 안에서 료코와 데이트하며 찍었던 사진을 스마트폰으로 몇 번이고 보고 또 봤다. 그 쓸쓸하고 외로운 도시에 료코를 혼자 버려두고 온 것만 같아 마음이 불편했다.

비행기에서 내려 휴대전화를 비행기모드에서 일반모드로 전환하자 메시지들이 한 번에 몰려와 쉴 새 없이 알람이 울려댔다. 제임스에게 장문의 메시지가 와 있어서 나는 그것부터 확인했다.

"대표님, 도쿄로 잘 돌아가고 계시죠? 제가 주제넘은 참견을 조금 했습니다. 워낙 뉴욕에 이상한 사람들이 많아서요. 공항에서 인사했던 대표님 여자친구분이요. 일본 이름이 료코이고 영어 이름은 레이첼이라고 하셨죠? 주변 친구들 통해서 줄리아드에 재학 중인 사람들에게 확인해 보니 그런 이름과 외모를 가진 학생은 없다고 합니다. 요즘 들어 뉴욕에서 스폰서나 슈가대디를 찾는 여자들이 부쩍 많다고 하는데, 판단은 대표님이 해야 할 것 같아요."

나는 제임스의 메시지를 읽고, 관자놀이가 바늘로 찔린 듯 머리가 아파져 오기 시작했다.

25

반복되는 상실의 시간

케이시

'줄리아드 음대에는 료코 또는 레이첼이라는 이름의 일본인 학생이 없다. 요즘 뉴욕에는 슈가대디를 찾는 사람들이 많다.'

제임스에게 메시지를 받은 이후로 그 말이 머리를 떠나질 않았다. 가장 괴로운 건 제임스에게 그 이야기를 들었을 때 절대 그럴 일 없다고 료코는 그런 여자가 아니라고 바로 부정하지 않았다는 사실이다. 못했다고 하는 게 더 적확한 표현이겠다.

료코가 원조교제를 하는 사람인지는 정확히 가늠할 수 없었다. 매일 만났다고는 해도 고작 보름 남짓이었다. 그 짧은 시간 동안 한 사람에 대해 모든 것을 다 알 수는 없는 일이다. 다만, 그녀가 경제적인 면에 있어서 자립도가 높은 사람은 아니라는 것을 어느 정도 눈치챌 수는 있었다. 료코는 밀려있던 수도세와 전기세, 월세를 기다렸다는 듯 내가 내주길 바랐다.

"고마워. 부모님이 요즘 사정이 조금 안 좋으신가 봐, 나도 아르바이트를 찾는 중이야." 료코는 그렇게 말했다.

그렇지만 아직 그녀가 어떤 사람이라고 단정 지을만한 결정적인 사건은 없었다. 우리는 매일 10번 이상 통화했고, 하루 종일 서로 뭘 하고 있는지 메시지를 보내며 교감했다. 그 시간은 정처 없이 흩어졌던 내 마음을 다시 한 자리에 불러 모았다. 누군가와 튼튼한 실로 엮여 있다는 사실은 고독함이라는 지독히 쓸쓸한 감정을 잊게 해 주었다.

도쿄와 뉴욕, 서로의 시차는 달랐지만, 메시지와 통화를 주고받는 데에 큰 문제는 되지 않았다. 방학 중인 료코는 새벽에 잠이 들었기에 시차가 주는 거리감은 없었다. 비슷한 시간대에 각자 식사를 했고, 통화를 아무리 오래 해도 지루하거나 피곤하지 않았다. 료코는 무척 상식적인 생각을 하고 있었고, 깊이 있는 대화를 너무 무겁지 않게 나눌 줄 아는 사람이었다. 피아노 연주에 관한 이야기, 그녀의 친구에 관한 이야기, 내가 보냈던 학창 시절의 이야기, 사업하면서 겪었던 일들에 대한 이야기, 하루와 미루에 대한 이야기, 요즘 익히기 시작한 요리에 대한 이야기까지. 대화 소재는 실로 무궁무진했다. 메신저를 이용해서 영상통화도 자주 했다.

"케이시, 나 요즘 기분이 이상하고 너무 외로워. 케이시가 너무 보고 싶고. 도쿄로 갈까?"

새해가 시작된 지 보름이 조금 넘었을 때, 료코가 말했다.

그즈음 나는 24시간 내내 료코에 대해 생각했다. 그것이 유일한 일과였다.

료코가 나 도쿄에 갈까, 라고 말하는 순간 심장이 뛰었다. 내가 뉴욕으로 갈 수도 있었지만 친숙하고 정겨운 도시는 아니었다. 그 거대한 빌딩 숲에서 불어오는 바람은 사계절 내내 쌀쌀하게 느껴졌다. 시끄러운 거리와 사람이 지나치게 많은 것도 싫었다.

기왕이면 나에게 가장 익숙한 곳에서 그녀와 함께하고 싶다는 욕심이 들었다. 곧 부부가 될 가즈키, 하츠네 커플과 넷이 더블데이트를 하는 상상도 해 봤다. 집에서 바비큐 파티를 해도 좋을 것이고, 근교로 같이 여행을 가도 좋을 일이었다. 료코는 밝고 사교적인 사람이라 말도 재미있게 잘했다. 넷이 함께 있는 상상을 하자 괜히 행복했다.

"도쿄에 온다고? 정말? 얼마나 와 있으려고?"

"글쎄, 봄 학기는 휴학하고 9월 새 학기 시작 전까지?"

"학업에 지장은 없겠어? 나는 오래 함께 할 수 있다면 좋긴 한데…."

제임스의 말이 신경 쓰였지만, 행정상의 착오가 있거나 료코가 어떠한 이유로 본명을 알려주지 않았을 가능성도 있다고 생각했다. 내가 먼저 나서서 사실 여부를 확인할 방법은 얼마든지 있었지만 그러지 않았다. 그렇게까지 하고 싶지는 않았다.

"응, 오랜만에 도쿄에 가는 거니까, 부모님이랑 친구들하고 시간도 보내고 좀 쉬고 싶어. 물론 케이시랑 같이."

"그래, 온다면야 좋지. 비행기 표 예약해 줄까?"

"당연한 거 아니야? 케이시가 보고 싶어서 가는 거잖아. 그 정도는 당연히 남자친구인 케이시가 해줘야지."

"그래, 날짜 정해지면 알려줘."

"이번 주 주말에 갈까?" 료코가 말했다.

내가 달력을 확인하고 말했다. "주말이면 3일 뒤 아니야?"

"뉴욕은 아직 화요일이니까, 4일 뒤."

"주말까지 다 정리할 수 있어?"

"집주인한테 얘기해 봐야지."

"그래, 그럼 일요일에 출발하는 스케줄로 예약해 둘게."

료코가 도쿄로 온다는 말에 나는 밤잠까지 설칠 정도로 설렘을 느꼈다.

그날 새벽 료코가 통화로 말했다. "집주인이 갑자기 방을 비울 거면 새로운 세입자를 구할 때까지 3개월 치의 월세를 내놓으라고 하더라고." 나는 료코의 말에 굳이 그런 일로 스트레스받지 말라고 말한 뒤, 그 집주인의 계좌로 그가 원하는 금액을 송금했다.

료코는 어지간한 짐은 캐리어 4개에 담아서 가져오고 나머지 가구, 피아노, 소품 등 잡다한 건 친구네 집 창고에 맡기기로 했다고 했다. 비행기는 일등석으로 예약했다. 나를 보러 지구 반 바퀴를 날아오겠다는 사람에게 그 정도의 감사는 표하고 싶었다.

료코가 도쿄 하네다 공항에 도착한 건 1월 셋째 주 일요일이었다. 나는 공항에 마중 나가기 전까지 그날 하루를 꽤 부산하게 움직였다. 새벽에 꽃시장에 가서 꽃을 한 아름 사고 점심때까지 직접 꽃꽂이해서 예쁘고 풍성한 꽃다발을 만들었다. 점심에는 손 세차를 깨끗하게 해 주는 곳에 차를 맡겨두고 헤어숍에 들러 머리를 깔끔하게 잘랐다. "너무 짧게 자르진 말아 주세요." 헤어 디자이너에게 말했다. "오늘 예뻐야 하는 날이어서요."

꽃다발을 들고 입국장 앞에서 마른침을 삼켜가며 료코를 기다렸다. 비행기는 예상 도착 시간보다 50분 일찍 도착했다. 료코가 입국장 너머에서 카트를 끌며 걸어 나오는 모습을 보자 두근거렸다. 이제 더는 그녀가 카나에와 닮았다는 생각도 들지 않았다.

불과 4주 만의 재회였건만 우리는 몇 년 만에 재회한 연인처럼 입국장에서 격렬하게 포옹했다. 료코는 주차장으로 갈 때까지 한 손으로 꽃다발을 들고 다른 팔로는 내 팔에 매달려 걸었다.

"이걸 케이시가 직접 만들었다고? 대단하다. 정말 예뻐. 플로리스트 해도 되겠다." 료코가 밝게 웃으면서 말했다.

"피곤하지? 집으로 데려다줄게." 차 트렁크에 짐을 싣고 시동을 걸고 료코에게 말했다.

"오늘은 케이시랑 있어도 돼. 내일 도착이라고 말해뒀거든." 료코가 윙크하며 말했다. "포르쉐네? 벤틀리 타보고 싶었는데."

"그 차에는 이 많은 짐을 다 실을 수가 없어. 그나저나 료코, 부모님께 그런 거짓말을 왜 했어."

"왜? 난 케이시랑 같이 있고 싶어서 그랬던 건데." 료코가 입을 삐죽 내밀며 말했다.

"앞으로 볼 수 있는 날이 많잖아. 지금 바로 부모님께 전화드리고 방금 도쿄에 도착했다고 말씀드려. 사소한 거짓말로 부모님이 실망하는 일 없게 하자. 그게 좋을 것 같아."

"치, 알겠어." 료코는 자기 아버지에게 전화를 걸어 하루 일찍 도착하게 되었다고 말했다.

그녀의 본가가 있는 아라카와 구로 향했다. 지유가오카와 차로는 40분, 전철로는 50분 정도로 거리가 제법 먼 편이었다.

료코의 부모 집은 마치야역 오타케바시 거리에 있는 15층짜리 아파트먼트였다. 우리가 도착할 시간에 맞춰 그녀의 부모가 아파트 앞으로 나와 있었기에 나는 뜻하지 않게 남자친구라고 관계를 밝히고 인사까지 나누게 되었다. 료코의 어머니가 묘하게 경계하는 눈빛으로 나를 뚫어져라 쳐다봤다. 적대감과 호기심이 반반 섞인 시선이었다. 트렁크에서 짐을 내리는 순간에는 차를 빤히 바라봤다. 나는 크게 허리를 접어 료코의 부모에게 인사하고 집으로 향했다.

"저랑 하츠네가 몇 달 동안이나 신혼집 알아보려고 도쿄 여기저기 찾아봤었거든요, 아라카와 구에 있는 아파트먼트라…."

차에서 통화를 하는데, 가즈키가 대화 중에 말을 줄였다.

"응, 거기가 왜?"

"도쿄 도심에 비해 집값이 비싼 지역은 아니에요. 사실 많이 저렴한 곳이죠. 외동딸이라고 해도 그런 곳에 살면서 피아노 전공자로 교육을 시키고 유학까지 보낸다는 건 무리일 텐데…."

"뭐, 이런저런 사정이 있겠지."

내가 사랑하게 된 건 료코라는 사람 그 자체였다. 그녀의 진짜 정체라던가 집안 사정이라던가 하는 건 관련 없는 이야기였다.

"지난번 제임스가 했다는 말도 그렇고, 저는 그냥 느낌이 안 좋아요. 걱정도 되고." 가즈키가 무거운 목소리로 말했다.

"이 이야기는 그만하자. 결혼 일주일 남은 소감은 어때?"

걱정하는 가즈키의 마음은 알겠지만, 불편하다는 생각이 들어 화제를 얼른 돌렸다.

"떨리기도 하고, 기대되기도 하고 그렇죠."

"그래도 행복하지?"

"그럼요. 지금도 같이 살고 있지만 빨리 공식적인 부부가 되고 싶어요. 결혼식도 잘 마쳤으면 좋겠고."

"걱정 마, 결혼식도 잘하고 앞으로 행복할 일만 가득할 거야." 나는 진심을 담아 말했다.

일주일은 금방 지나갔다. 소박한 결혼식이었지만 두 사람은 세상 누구보다 행복해 보였다. 가즈키가 뜬금없는 타이밍에 펑 펑 울어서 결혼식장은 웃음바다가 되기도 했다. 가즈키는 행복 해서 눈물이 났다는 데, 정작 하츠네는 눈물 한 방울 흘리지 않은 채 가즈키한테 그만 울라고 다그쳤다. 모르는 사람이 보면 자기 가 가즈키한테 결혼을 강요한 줄 알겠다고 민망해하면서. 그 모 습을 본 하객들은 또 한 번 웃음보가 터졌다. 1월 말, 가즈키가 흘 린 눈물만큼 도쿄에 많은 눈이 내리던 아름다운 날이었다.

4월이 되었다. 새해라는 그 낯선 숫자의 연도가 차츰 익숙해 져 갈 무렵까지 시간은 빠르게 지나갔다. 예년보다 봄은 일찍 찾 아와 도쿄 거리 곳곳 가로수에 꽃잎이 만개해 있었다.

그사이 나는 료코와 더 가까워지고 있었다. 이미 료코가 줄리 아드 스쿨의 학생이 아니라는 사실은 눈치채고 있었다. 그러나 그녀에 대한 감정은 그 정도 일로 변하기에는 너무 커져 버린 상 태였다.

만개한 꽃을 보며 함께 산책하던 료코가 문득 남자친구로서 성의 있게 호의를 베풀어 줄 수 없겠냐고 했다. 내가 물었다.

"그게 무슨 말이야?"

료코는 자기가 사고 싶은 게 생기면 살 수 있고, 먹고 싶은 게 있으면 먹을 수 있고, 친구들을 만나 좋은 곳에서 술을 마시며 자랑하듯 계산하며 지내고 싶다고 말했다.

"그걸 남자친구가 해줘야 하는 거야?"

나는 의아해하며 물었다. 연인관계라면 서로 동등해야 하는 거 아니었나, 하는 생각은 굳이 입 밖으로 내지 않았다. 주변에 그런 걸 물어볼 만한 친구는 가즈키뿐이었지만, 분명 비정상적인 일이라고 말할 게 뻔했고, 그걸 굳이 확인하고 싶지 않았다.

"보이프렌드가 능력이 없으면 못 하겠지. 하지만 케이시는 능력이 넘치잖아. 능력이 있으면서 안 해 주는 건 그만큼 나를 진심으로 여기지 않기 때문이라는 생각이 드는데?" 료코가 말했다.

"주기적으로 용돈을 달라는 이야기지?" 말을 빙 둘러 하는 건 내 스타일이 아니다. 결론부터 듣고 싶었다.

"응."

"그걸 안 해주면 우리 관계는 끝나는 건가?"

"내 입장에서는 나를 진심으로 사랑하지 않는 사람이라고 생각되니까. 그 정도도 아깝다고 느끼는 사람이라면 어쩔 수 없지."

"……."

"아무한테나 이런 말을 하진 않아. 내가 사랑하는 사람이어야 하고, 능력이 있는 사람이어야 해. 나 케이시 정말 사랑해. 알잖아."

　"얼마나 필요한 건데?" 나는 낮게 한숨을 쉬며 물었다.

　"그런 건 케이시가 정해서 알려줘야지. 나를 진심으로 생각하는 만큼. 케이시가 부담을 느끼지 않는 선에서."

　"너를 진심으로 생각하는 만큼이라니, 어렵잖아. 나는 그런 식으로 누군가를 만나본 적이 없어. 그러니 원하는 대로 얘기해."

　"좋아, 매달 백만 엔씩 줄 수 있어?"

　달라는 대로 해 주는 건 어렵지 않았다. 하지만 이게 건강하고 옳은 관계인지 몹시 혼란스러웠다. 이렇게 하면서까지 내가 이 사람을 만나야 하나, 이런 게 성인의 연애인가.

　료코에게 나의 가치관으로는 도저히 납득이 되질 않는다고 말했다. 정말로 그런 식으로 연애를 해왔냐고 물었다. 따지거나 힐난하는 투는 아니었다. 진짜로 그랬었냐고 차분하게 물었다.

　그러자 료코는 뉴욕에서의 삶은 지긋지긋한 도쿄를 떠나 해외에서 살고 싶었던 그녀가 그녀 주변 남자친구들의 '호의'에 의해 가능했다고 말했다. 그 호의에 대한 대가로 그들과 잠을 잤는지 혹은 그런 비슷한 부류의 일이 있었는지는 차마 묻지 못했다. 그 이야기까지 듣고 나면, 더 이상 료코를 사랑할 자신이 없었다.

　"케이시, 나에 대해서 의심하고 있지? 계속 느껴졌어. 모든 걸 알고 있지만 눈감아주고 있다는 그 표정과 동정하는 눈빛이 나를 비참하게 만드는 거 알아? 듣고 있어?"

　부엌에서 스테이크를 요리하고 있는데, 식탁 의자에 앉아 있던 료코가 내 등에 대고 말했다.

남자친구로서의 호의와 성의에 대한 대화가 있은 지 며칠 뒤였다(그날 결국 결론을 내지 못한 채로 산책을 마쳤다).

"응, 듣고 있어." 내가 뒤돌아보지 않고 대답했다.

"이렇게 된 바에야, 속 시원하게 그냥 다 얘기해 줄게."

나는 아무 말도 하지 않고 잠자코 있었다. 료코는 내 대답을 기다리지 않고 자기 이야기를 시작했다.

"뻔하고 진부해서 재미없는 스토리야. 나는 어릴 때 학교에서 수재라는 소리를 들을 정도로 피아노에 재능이 있었어. 그때는 아빠의 사업이 잘돼서 사립유치원부터 사립중학교까지 다니고 있었거든. 중학생 시절, 그때가 내 인생에 피크였어. 아빠는 아침마다 햇빛에 반짝이는 은색 메르세데스로 나를 학교 앞에 내려 줬고 그걸 본 친구들은 늘 부러워했지. 일주일에 한 번은 꼭 엄마랑 셋이 외식을 했어. 위아래 말끔한 정장을 입고 나비넥타이를 맨 종업원이 서빙을 해주고 홀 가운데에선 라이브로 피아노를 연주하고 있는 레스토랑엘 매주 갔었어. 나는 항상 스테이크를 골랐어. 저는 웰던으로 해주세요. 공주님 같은 옷을 입고 그렇게 말했어. 애피타이저로 주는 양송이수프부터 디저트로 나오는 케이크까지 매주 먹어도 질리지 않고 또 가고 싶을 만큼 맛있고 분위기 좋은 곳이었지."

료코는 목이 마른 지 식탁 위에 있던 컵에 물을 따라 마신 뒤 입가를 닦고 계속해서 말했다.

"집은 2층짜리 큰 저택이었는데 거실엔 그랜드 피아노가 있었어. 내가 피아노를 치고 있으면 아빠는 소파에 앉아서 눈을 감고 감상하고, 엄마는 악보를 넘겨줬어. 눈이 부실 정도로 햇살이 잘 들어오는 집. 그런 삶이 영원했으면 좋겠다는 생각조차 할 필요가 없었어. 그건 그냥 처음부터 그렇게 정해져 있는 것처럼 당연한 내 삶이었으니까. 그런데 내가 고등학생이 되었을 때 아빠가 큰 빚을 진 채 사업에 실패했어. 사업이라는 게 무섭더라. 그렇게 잘 나가다가도 한 번만 잘못하면 그대로 나락까지 추락해. 불과 며칠 만에, 눈 깜짝할 사이에."

사업이라는 게 무섭더라, 라는 대목에서 나는 조용히 고개를 끄덕였다. 큰 성공 뒤에 그보다 더 큰 실패를 하는 이들을 숱하게 봐왔기 때문이다.

"그 뒤로 우리 가족은 한 달에 한 번씩 매달 빚 독촉을 피해서 여기저기로 이사 다녀야 했어. 예전에 살던 집의 내 방보다도 작은 원룸에서 세 가족이 살았어. 일 년 정도 그런 생활이 계속되자 엄마가 먼저 아빠를 떠났어. 나를 데리고. 그래, 올 초에 공항에서 집에 바래다줬을 때 케이시가 마주치고 인사했던 지금 아빠는 새아빠야. 엄마가 아빠를 버리고 고등학교 2학년이었던 나를 데리고 간 곳이 새아빠의 집이었거든. 새아빠는 자판기 회사에 다니고 있어. 길에서 가끔 그런 사람들 보지? 자판기 기계를 열어서 그 안에 쌓여있는 동전이나 지폐를 수금하고 있는 사람들. 새아빠는 평생 그 일을 하고 있어. 굉장히 성실한 사람이야. 엄마가 예전에 아빠 옆에서 누려봤던 호사를 포기하고 왜 이 사람을 택했는지 이해가 갈 만큼. 나와 엄마한테 아버지로서, 남편으로서 성실하게 최선을 다하는 사람이지. 그렇지만 내가 원하는 삶을 줄 수 있는 사람은 아니었어. 원한다기보다는 당연했던 원래의 내 삶이지. 그 나이 때의 여자애에게 필요한 만큼의 용돈을 주기적으로 줄 수 있을 정도는 절대로 아니었거든. 고등학교를 졸업하고 19살부터 예식장에서 피아노 연주 아르바이트를 했어. 할 줄 아는 건 피아노뿐이었으니까. 그런데 어느 날 하객 중한 사람이 나한테 명함을 내밀더라고. 50대였어. 그 남자."

나는 스테이크를 굽고 있던 손을 내려놓았다. '무슨 말을 하려는지 알겠어, 이제 그만 듣고 싶어.'라는 말이 입가에 맴돌았다.

"그래도 꽤 비싸 보이는 양복에 머리숱도 많았고 배도 안 나왔어. 자기 나이보다는 훨씬 젊어 보이긴 했지. 그래봤자 원래의 나이보다 젊어 보이는 늙은이였지만. 자기 와이프랑 같이 결혼식에 와 있다가 와이프가 화장실에 간 사이에 나한테 명함만 주고 간 거야. '생각 있으면 연락하라'고. 딱 그 말만 했어. 생각 있으면 연락해. 19살이었지만 그게 무슨 의미인지는 당연히 알고 있었지. 자존심이 상하고 화가 나서 명함을 그대로 구겨버렸는데, 버리질 못하겠더라고. 그렇게 일주일 정도 그 사람의 구겨진 명함을 주머니에 계속 넣고 있었어. 그 일주일 동안 내가 무슨 생각을 했는지 알아?"

나는 여전히 뒤를 돌아보지 않은 채 고개만 옆으로 저었다.

"순간적으로 직감했어. 이 번호로 전화를 하는 순간 나는 이제 돌이킬 수 없을 거라는 걸. 다시는 이전의 삶으로 되돌릴 수 없다는 걸 확실하게 알고 있었어. 그런데 말이야. 갑자기 예전에 엄마

아빠랑 갔던 그 레스토랑의 스테이크가 너무 먹고 싶은 거야. 정말 너무 먹고 싶어서 눈물이 날 정도로. 그 레스토랑 한 사람당 음식값이 5만 엔이 넘더라. 그래서 명함에 적힌 번호로 전화했어. 그 레스토랑에 데려가 달라고. 몇 년 만에 갔지만, 그 레스토랑의 스테이크는 여전히 맛있었어. 먹는 내내 너무 행복했지. 그 사람, 러브호텔에서 나올 때 지갑에서 꺼내어 용돈도 줬어. 그 식당을 몇 번은 갈 수 있을 만큼의 돈을. 그게 시작이었어."

나는 눈을 감고 료코의 말을 그저 듣고 있었다.

그게 시작이었어. 그 뒤에 이어질 말을 기다렸지만, 이야기는 그것으로 끝인 것 같았다.

결국 또 돈이 문제인 건가. 돈 때문에 삶이 망가진 이들이 이 지구상에는 얼마나 많은 걸까. 그런 이들에게 필요한, 필요했던 모든 돈을 합치면 얼마나 될까. 그런 생각들을 억지로 해야 했다. 19살의 료코가 50대 남자와 침대에서 뒹굴고 있는 모습을 상상하지 않기 위해서.

아니, 돈이 문제가 아니다. 선택의 문제다. 불운한 환경에서도 꿋꿋하게 자기 다리만으로 세상을 밟고, 열심히 사는 사람들이 이 세상에는 더 많다. 아니 더 많을 거라고 믿고 싶다. 나는 쉬지 않고 다른 생각을 했다. 그 50대 남자를 떠올리지 않으려고.

"나 임신했어. 5주래." 료코가 남의 일처럼 담담한 투로 말했다.

나는 깜짝 놀라 뒤를 돌아보며 말했다.

"무슨 말이야…?" 그럴 리 없다. 분명히, 확실하게 피임했다.

"나도 몰라, 어쩌다 임신이 되어버렸는지는." 료코가 내 눈을 똑바로 바라보며 말했다. 두려움이나 불안함도 없는 말투였다.

"그 이야기를 왜 이런 타이밍에 하는 거야?" 내가 물었다.

고해성사하듯 자신의 삶을 다 얘기해 놓고, 이제 와서 이런 이야기를 하면 나보고 어떻게 하라는 건가. 애초에 나한테 선택권이라는 걸 줄 생각이 없는 건가. 그런 생각이 들자, 부아가 치밀었다. 완전히 이 여자의 페이스에 놀아나는 것만 같았다.

"미안해. 케이시를 시험하려고 하는 건 아니야. 그냥 이런 나인데도 받아줄 수 있을지 궁금했어. 지금 나 솔직해지려고 나름 엄청나게 노력 중이야." 료코가 고개를 아래로 떨군 채 말했다.

프라이팬에서 검은 연기가 나고 있었다. 환풍기의 팬을 켜두었지만, 미처 다 빠져나가지 못한 연기가 자욱했다. 스테이크가 타는 냄새가 부엌을 진동했다. 가스레인지 불을 끄고 부엌 창문을 열어 환기를 시킨 뒤 료코의 맞은편에 앉았다.

문득 가즈키가 생각났다. 지금 당장이라도 전화해서 그에게 조언을 구하고 싶었다. 하츠네가 임신했다는 사실을 알았을 때, 너는 어떤 심정이었어? 어떤 표정을 지었어? 뭐라고 말했어? 묻고 싶었다. 나는 마음을 가라앉히고 말했다. "하나만 물어볼게."

"뭐를?"

"나한테 왜 접근했어? 뉴욕에서 마주쳤을 때 나한테 반갑게 인사하고, 그날 밤늦게 나한테 만나자고 했었잖아. 결국 돈 때문이었어? 네가 원하는 그런 삶을 줄 수 있을 것 같아서?"

"아니, 맹세코 그건 아니야. 진짜로 반가웠어. 얘기했잖아. 케이시는 다른 남자들하고 다르게 나를 대해준 사람이었다고."

"흑심 없이 200파운드의 팁 준 일? 겨우 그거 때문에?"

"겨우 그거 때문이라고 말하지 마. 지금까지 나한테 그렇게 목적 없이 순수한 호의를 베푼 남자는 케이시밖에 없었으니까." 료코가 다시 고개를 숙이더니 눈물을 떨구기 시작했다.

"임신했다는 거 정말이야?"

"직접 봐." 료코가 가방에서 폴라로이드 카메라로 찍은 것 같은 얇은 사진을 꺼내 나에게 건넸다. 초음파 사진이었다.

"몸은 건강한 거지?"

"응, 나도 태낭도 건강하대."

"알겠어. 이 순간부터 나에게는 선택권이 없다고 생각해."

"무슨 말이야?"

"말 그대로야. 임신은 내가 아니라 료코가 한 거잖아. 아기를 낳고 싶다고 그러니 나보고 함께 책임지라고 하면 그렇게 할게. 지금은 아기를 낳기 싫다고 하면, 그 결정도 따를게."

"그게 뭐야? 케이시는 의견이 없어? 그냥 내가 하자는 대로 다 할 거야?"

"응. 하자는 대로 할게." 의견이 왜 없겠나. 당연히 낳았으면 했다. 원했든 원치 않았든, 준비되었든 준비가 되지 않았든, 이미 생겨난 생명이었다. 가즈키, 하츠네 부부처럼 행복한 결혼식도 하고 달콤한 신혼도 즐기면서 축복 속에 아기가 태어났으면 좋겠다고 생각했다. 그 상대가 힘들었던 과거를 가지고 있던 료코일지라도, 그런 과거는 얼마든지 가슴에 묻고 그녀와 그녀의 배

속에 있을 아기를 사랑할 수 있다고 생각했다. 하지만 내 의견을 말하지 않는 게 그녀를 최대한 존중하는 일이라고 여겨졌다.

"그럼 죽어 줄래?" 료코가 고개를 들며 말했다.

"……." 나는 아무 말도 하지 않고 침묵했다.

"이것 봐. 왜 화를 안 내는 거야? 너의 그런 태도가 나를 망설이게 해. 나는 아이를 낳고 싶어. 내가 좋은 엄마가 될 수 있을지는 잘 모르겠지만 그래도 정말로 낳고 싶단 말이야. 케이시랑 같이 살고 싶어. 그런데 케이시가 그렇게 삶을 언제든 놓을 수 있는 사람이라는 듯이 굴면, 내가 어떻게 믿고 함께 하겠어."

료코의 말을 듣자, 나는 표정을 풀고 말했다. "료코. 고마워."

"뭐?"

"그 말이 나오기만을 기다렸어. 선택권을 넘기는 게 책임을 회피하려는 의도는 아니었어. 침묵하는 게, 의견을 말하지 않는 게 료코를 존중하는 거라고 생각했을 뿐이야. 나도 당연히 낳길 바랐어. 료코와 함께 건강하고 행복한 아이로 키우고 싶어."

"진심이야?"

"당연하지. 그리고 피아노 다시 연주하거나 더 공부하고 싶으면 언제든지 말해. 미국이든 유럽이든 가자. 아기는 내가 돌볼게. 료코는 아직 젊잖아."

"미안해. 케이시, 정말 미안해." 료코가 흐느끼며 말했다.

"무슨 말이야 그게. 고마워, 쉽지 않았을 텐데 모든 걸 솔직하게 말해 줘서 고맙고, 우리 아기를 가져줘서 고마워. 이제 료코랑 아기가 내가 살아가는 원동력이야."

료코에게 다가가 그녀를 등 뒤에서 안았다. 료코에게 한 말은 모두 진심이었다. 삶에 미련 따위는 없다고 나락까지 가라앉아 있던 마음에 작은 희망이 생겼다. 그리고 그 불씨를 살리고 싶었다. 하지만, 그 작은 희망과 불꽃은 금방 사그라졌다. 상실되었다.

하루가 죽었다.

평범한 날 오후였다. 지극히 평범해서 곧 그런 일이 일어날 거라는 낌새가 조금도 없는 날이었다. 평온하고 심심한 오전을 보내고 있었다.

점심에 누군가 초인종을 눌렀다. 밖으로 나가보니 이웃에 사는 인심 좋은 노부부가 인자하게 웃으며 서 있었다. 얼마 전 주말 농장에서 따온 거라며 상자를 하나 내게 건넸다. 열어보니 먹음직스럽게 잘 익은 산딸기가 가득 담겨있었다. 정말 감사합니다. 크게 고개를 숙여 인사했다.

점심으로 그 딸기를 먹었다. 한입 물 때마다 싱싱한 과즙이 온 입안에 가득했다. 이거 뭔가 답례를 해야겠다 싶었다. 장바구니를 챙겨 하루와 함께 집을 나왔다. 역 앞 베이커리에서 갓 구운 빵과 계피로 만든 케이크를 사고 집으로 돌아올 때였다.

오른쪽으로 꺾인 골목 안쪽으로 걸어갈 때, 난폭하게 운전하던 오토바이가 급히 좌회전하며 그 속도 그대로 나를 칠 뻔했다. 그 순간부터는 프레임이 낮은 영상처럼 단편단편 장면으로 흘러갔다.

나와 하루는 오른쪽 골목을 돌고 있다. 반대편에서 오토바이가 달려온다. 오른쪽에 있던 내가 치인다. 그래, 내가 치인다. 그

렁게 돼야 했었다. 그게 맞는 이야기였다.

그러나 오토바이가 달려오던 그 찰나의 순간에 왼편에 있던 하루가 갑자기 내 오른쪽으로 크게 점프해서 나 대신 오토바이에 치였다. 너무나 눈 깜짝할 사이에 일어난 일이라 나는 상황 파악을 할 수 없었다. 오토바이의 난폭한 속도를 몸으로 받은 하루는 그 충격에 몇 미터나 공중을 난 뒤, 땅에 내동댕이쳐졌다.

옆으로 넘어진 오토바이는 계기판, 헤드라이트, 풋 스텝, 브레이크 페달, 머플러가 모조리 박살 나 깨져있었다. 손에 들고 있던 케이크 상자는 땅에 내동댕이쳐져 짓눌린 채 바닥을 뒹굴었다. 운전자는 미성년자로 보였다. 그는 금이 간 헬멧을 벗더니 쓰러져있는 하루와 나를 번갈아 보고는 오토바이를 버리고 도망갔다.

나는 땅바닥에 주저앉은 채, 옆으로 누워있던 하루에게 기어가 상태를 확인했다. 하루의 눈과 코와 입에서 피가 멈추지 않고 흘러나오고 있었다. 하루는 혓바닥이 땅을 향해 축 늘어져 처진 채로 힘겹게 가쁜 숨을 내쉬고 있었다. 눈에 눈물이 차올라 앞이 제대로 보이지 않았다. 나는 옷소매로 하루의 얼굴에 흐르는 피를 막으며 괜찮아 하루야, 괜찮을 거야 하루야, 라고 반복해서 말했다. 하루는 눈의 초점을 잃고 축 늘어진 채로 꼬리를 살짝 들었다가 땅으로 내리기를 힘없이 몇 번 반복하더니 이내 멈췄다.

양손으로 하루를 안아 든 채 거리를 뛰었다. 택시를 잡아보려 했지만 아무도 태워주지 않았다. 그대로 동물병원까지 하루를 안은 채 뛰었다. 무겁다는 생각도 들지 않았다. 아무 생각도 할 수가 없었다. 가까스로 도착한 동물병원의 문을 발로 차고 진료실 안으로 뛰어 들어가 하루를 수술대 위에 눕혔다. 얼굴이 동그란 수의사가 깜짝 놀라며 손전등으로 눈꺼풀을 벌려 동공을 확인하고 청진기로 맥박을 체크했다.

"선생님, 제발 살려주세요. 제발 우리 하루 좀 살려주세요. 뭐든지 다 해드릴게요. 제발 부탁드립니다." 나는 울면서 수의사에게 애걸했다. 하지만 알고 있었다. 이미 얼음장만큼 차갑게 식은 하루는 돌아올 수 없다는 것을.

하루의 장례식을 마친 지 얼마 안 됐을 때, 몇몇 신문사와 방송사에서 주인을 구하고 대신 세상을 떠난 개에 대한 기사를 쓰고 싶다며 연락이 왔다. 나는 인내심을 다해 정중하게 사양했다. 당신들에게는 한낱 미담이겠지만, 나한테는 악몽이야.

하루가 떠난 지 일주일이 채 되지 않았을 때였다.

미루가 사라졌다.

갑작스러운 하루의 죽음으로 얼이 빠져있느라 미루에게 소홀했었다. 처음 반나절은 어디서 낮잠을 자고 있겠거니 했다. 다음 날까지 안 보였을 때는 슬슬 걱정이 들기 시작했다. 밥그릇에 있던 사료와 물그릇에 차 있던 물이 그대로였다. 화장실도 깨끗했다. 그다음 날이 되어도 미루는 나타나지 않았다. 나는 그제야 가슴이 철렁했다.

급히 아르바이트생 5명을 불러, 온 집안을 샅샅이 뒤졌다. 옷장이며 가구며 냉장고며 모조리 자리를 옮겨 구석구석 찾았지만, 미루는 흔적도 없이 사라졌다. 미루의 사진과 설명을 적은 전단지를 만들어 근처의 전봇대에 붙여뒀지만, 연락은 오지 않았다. 미루는 그대로 감쪽같이 사라진 채 다시는 돌아오지 않았다.

료코가 임신 사실을 알리고, 하루가 죽고, 미루가 사라지기까지는 열흘이 채 걸리지 않았다. 뭘 어떻게 해야 할지, 지금 무슨 일들이 일어나고 있는지 정확히 판단이 안 될 정도로 머리가 어지러웠다. 거대한 손이 내 삶을 마구 휘저었다. 나는 최소한의 저항조차 할 수 없었다.

"케이시, 할 얘기가 있어."

미루의 실종 전단지를 붙이고 집에 돌아오자, 소파에 앉아있던 료코가 말했다. 집은 미루를 찾는답시고 전쟁이 휩쓸고 간 자리처럼 쑥대밭이었다.

"이제 아기는 없어." 료코가 말했다.

이제 아기는 없어. 아무런 감정도 실리지 않은 그 말이 너무 차가워서 현실감이 없었다. 인공지능 기계가 사람의 목소리를 흉내 내는 소리 같았다.

"무슨 말이야?" 나는 그녀의 말뜻을 이해하지 못하고 반사적으로 물었다.

"이런 시기에 이런 말 해서 미안하지만, 어제 병원에 다녀왔어. 아기 안 낳기로 했거든."

료코의 말에 나는 눈을 꼭 감고 고개를 뒤로 젖혔다. 어금니를 깨물고 코로 숨을 들이쉬었다가 내뱉었다. 그리고 다시 고개를 앞으로 숙이고 최대한 침착하게 료코에게 물었다. "왜 그랬어?"

"케이시가 하루랑 미루를 잃고 힘들어하는 모습을 보는 건 나도 정말 속상하고 슬펐어. 케이시가 가족을 얼마나 아끼는지도 잘 알게 되었고."

"그런데?"

"하루가 죽고 나서 얼이 빠져 있는 케이시의 모습을 보니까 그런 생각이 들더라고. 이 사람은 나중에 나보다 아기를 더 사랑할수도 있겠구나. 나에 대한 사랑이나 관심은 점점 줄어들고 그렇게 나는 짐짝처럼 되어가겠구나. 언젠가 사소한 일로 다투다가 말고 문득 나는 이런 생각이 들겠지. 아, 이 사람은 내가 과거에 그런 여자였으니까, 그걸 다 아니까 나한테 이러는구나 하고. 모든 걸 알고도 나를 계속 변함없이 평생 사랑한다고? 그런 건 싸구려 로맨스에나 나올 이야기였구나. 현실은 다르구나, 하고 뒤늦은 후회를 하겠지. 그때 받을 상처가 나는 두려워."

"그러니까, 네 말은 내가 곧 태어날 아기를 너보다 더 사랑할까 봐, 그리고 나중에 마음이 변할까 봐. 그래서 안 낳기로 했다는 거야?"

"응, 그리고 나는 원래 어렸을 때부터 아이를 낳을 생각은 애당초 없었어. 좋은 엄마가 될 자신도 없고 출산하고 몸매가 망가지는 건 정말 싫거든."

"……."

"어쨌든, 혼자 결정하고 이런 식으로 통보하게 돼서 유감이야."

"한 번만이라도 그전에 나와 의논할 순 없었어? 나는 이제 의논조차 나눌 수 없는 존재인 거야?"

"미안한데 이런 일은 의논한다고 해서 결론이 바뀌지 않아. 케이시가 말했잖아. 아이를 낳을지 안 낳을지는 아이를 임신하고, 출산해야 할 내가 선택할 문제라고. 내 결정 존중해 준다며."

"…… 그래." 나는 나지막하게 말했다. "미안하지만 나가 줬으면 좋겠어." 나는 아무 감정을 싣지 않은 채 말했다. 방금 료코의 입에서 나온 기계음처럼.

"지금 나가달라는 거야? 아니면 케이시의 인생에서 영원히 나가달라는 거야?"

"둘 다." 나는 료코와 더 이상 말을 섞고 싶지 않았다.

"좋아, 원하는 대로 해줄게. 대신, 조건이 있어."

"말해."

"나도 이번 일을 겪으면서 몸도 많이 망가지고 정신적으로 힘들었거든." 자리에 앉아있던 료코는 꼬고 있던 다리를 풀었다가 좌우 다리의 위치를 바꾸고 허리를 곧게 펴며 말했다.

"케이시가 그걸 좀 보상해 줘야 하지 않을까?"

"……."

"일억 엔. 케이시가 뭘 잘못한 건 아니니까. 그 정도만 줬으면 좋겠어. 케이시한테는 별로 큰돈도 아니잖아."

"그거면 나와 함께 했던 시간들, 그동안 상처 입은 몸과 마음에 대한 보상이 되겠어?" 나는 여전히 기계음을 내며 말했다.

"응, 뭐, 그 정도라면."

"알겠어." 나는 휴대전화를 켜고 인터넷 뱅킹 애플리케이션을 실행해 료코에게 말했다. "은행 계좌 알려줘."

나는 료코가 불러주는 계좌 번호를 입력하고 이체금액을 적었다. 100,000,000엔. 그대로 실행 버튼을 누르려다가 0을 하나 더 붙였다.

"보냈어, 확인해 봐."

"일, 십, 백, … 백만, 천만, 억. 십억… 십억 엔?"

"그 정도면 원하는 곳에서 누군가의 호의 없이도 평생 유학할 정도의 금액은 될 거야. 건강하게 잘 지내. 이제 나가 줘."

"……." 료코는 아무 말도 하지 않았다.

료코가 소파에서 천천히 일어나려 할 때, 나는 그녀와 눈도 마주치지 않고 계단을 걸어 2층 침실로 올라갔다.

"너, 진짜 최악이야. 케이시."

등 뒤로 료코가 하는 말이 들렸지만, 나는 반응하지 않고 그대로 침실로 들어갔다. 얼마 뒤 문이 열렸다가 닫히는 소리가 들렸고, 나는 침실 창가에 서서 료코가 정원을 가로질러 나가는 뒷모습을 지켜봤다.

하루가 있었다면 정원에서 나가려는 료코를, 떠나려는 그녀를 나 대신 잡아줬을까. 하루가 있었다면 늘 그랬듯 금세 미루를 찾아줬을까. 그런 생각을 하자, 하루가 몹시 그리워졌다.

이제 이 집에는 나 혼자뿐이다. 앞으로도 그럴 것이다. 그런 생각이 들자 피로해졌다. 침실도 난장판이었다. 나는 이불들이 아무렇게나 쌓여 있는 침대 위에 앉았다.

너 진짜 최악이야.

내가 왜 그런 말을 들어야 하는지, 내가 무슨 잘못을 했다고 이런 아픔을 자꾸만 겪어야 하는 것인지에 대해 생각했다.

언제까지 이런 상실을 되풀이하며 살아야 하는 걸까. 앞으로 얼마나 더 두 다리가 허공 위에 떠 있는 그 아찔한 느낌을 받으며, 온몸의 기가 빠져나가는 것만 같은 절망감을 겪어야 하는 걸까. 그만 반복하고 싶다는 생각이 들었다. 모든 게 부질없고 지겹다. 또다시 같은 슬픔을 겪는 내일이 오지 않았으면 했다.

그래, 상실로부터 도피할 수 있는 유일한 방법은, 내일이 오지 않게 하는 방법은, 스스로 상실되는 것뿐이다.

생각이 거기에 다다랐을 때, 휴대전화 메시지 알림이 울렸다. 료코한테 보낸 십억 엔의 수취 거절 메시지였다. 곧이어 또 하나의 메시지가 왔다. 료코였다.

"사실은 유산이었어. 괜찮다고, 괜찮을 거라고, 그저 머리를 쓰다듬어 주고 꼭 안아주길 바랐어. 잘 지내."

휴대전화의 전원을 끄고 침대에 누웠다. 창밖에는 따뜻한 봄 햇살이 소나무 가지 위로 내리쬐고 있었다. 새는 없었다.

그래도 다행이다. 마침 봄이어서.

26

기나긴 이별

케이시

마침 봄이었다.

차라리 상실되어 버리자고 결심하자 가슴속에 소용돌이치던 혼란스러운 감정과 고민이 거짓말처럼 한 순간에 바닥으로 가라 앉았다. 그리고 더는 떠오르지 않았다. 더없이 평온해졌다.

고문변호사를 불러 재산상속에 관한 내용을 전달했다. 그는 31살밖에 안 된 내가 왜 갑자기 상속에 관한 걸 준비하는지 묻지 않았다.

우선, 재산의 절반은 전국의 보육원, 미혼모 단체, 동물보호단체에 익명으로 보내달라고 했다. 각각의 단체에 대해 조사를 해보고 대표도 만나볼까 했지만, 귀찮았다. 변호사에게 적당한 곳을 잘 골라 진행해 달라고 했다. 그 변호사는 내가 대충 얘기해도 야무지게 일 처리를 할 사람이었다.

가즈키와 하츠네 부부의 앞으로 10억 엔을 남기기로 했다. 카즈와 레나 부부, 그리고 제임스한테도 각각 5억 엔씩 남기기로 했다. 유메가 새로 시작한다고 했던 예술가 지망생 교육 회사에도 3억 엔을 후원하기로 했다. 히토미와 료코에게도 같은 금액을 보내달라고 했다.

"조금 번거롭겠지만 이 사람들한테도 천만 엔씩 전달해 주세요." 나는 그렇게 말하며, 준비해 둔 리스트를 변호사에게 건넸다.

지난 일 년간 데이팅 애플리케이션을 통해 만나서 데이트를 했던 모든 사람의 이름과 연락처였다. 변호사는 그들이 누군지 묻지도 않았다. 여기저기 떼어주기로 하고도 아직 많은 재산이 남았다.

"남은 모든 재산은 50년 정도로 나눠서 매달 이쪽으로 보내주세요." 내가 부모의 계좌와 인적 사항을 알려주며 말했다.

"50년이요?" 변호사가 안경을 위로 올리며 물었다.

"네, 가능하겠죠?" 내가 되물었다.

"방법을 찾아 보겠습니다."

부모. 삶을 정리하기로 결심하면서 가장 마음에 걸렸던 단어. 아무리 입양한 아이들이라지만 이미 자식 둘 중의 하나를 잃었던 부모가 남은 자식마저 이런 식으로 떠나보내게 된다면 그 심정이 어떨지 감히 상상도 안 갔다. 그들은 그만큼 온 정성과 진심으로 나와 카나에를 사랑해줬다.

법의 테두리 밖에서 일을 처리하는 은밀한 사람들을 고용해 내가 외국 어딘가에서 계속 살아있는 척이라도 할까 하는 생각도 했다. 그러나 그건 더 큰 기만이라는 생각이 들어 관두기로 했다. 부모에게는 미안했지만, 살아남은 이가 감내해야 할 슬픔이다.

　이미 한 번 겪은 슬픔이니 이번에도 잘 이겨 내겠지. 그렇게 생각하기로 했다. 내게 이런 면이 있었나 싶을 만큼 소스라치게 이기적이고 못된 생각이지만 다른 수가 없었다. 자식 둘을 모두 잃게 되는 부모의 슬픔. 그런 것까지 고려한다면 나는 도저히 떠날 수가 없다.

　어느 정도 주변 정리를 마치자, 골든위크가 찾아왔다.

　하코네 산속에 있는 료칸 호텔에 3박 예약을 하고 도쿄를 떠났다. 마지막으로 한 번 더 보고 싶은 얼굴들이 떠올랐다. 어머니, 아버지, 가즈키, 카즈, 제임스, 하츠네, 레나, 그리고 사업을 시작했을 때 그 작은 오피스에서 밤새워 함께 했던 직원들. 그들 한 사람, 한 사람의 얼굴이 몹시 그리웠다. 유메와 료코마저도 보고 싶었다. 아니, 데이팅 애플리케이션을 통해 스치듯 만났던 모든 이들이 그리웠다. 그렇지만 꾹 참기로 했다. 마지막으로 한 번 더 보고 싶다는 내 욕심을 채우기 위해 그들에게 트라우마를 줄 수는 없다. 그래, 적어도 타인에게 상처는 주지 말고 조용히 떠나자. 나는 그렇게 다짐했다.

　짐은 미들 사이즈의 스포츠백 하나에 다 담길 만큼 간소했다. 매일 집에서 편하게 입던 청바지와 티셔츠, 정원에서 항상 걸쳐 입던 얇은 카디건, 운동복과 양말, 속옷, 레이먼드 챈들러의 『기나긴 이별』 양장본 한 권, 휴대전화와 충전기가 전부였다. 아, 제일 중요한 걸 깜빡할 뻔했다. 그동안 병원에서 처방받았던 약 중에 수면제 성분의 알약만 모아둔 작은 통 하나도 챙겼다.

집에 있던 나머지 짐들은 처분하기 쉽도록 모두 박스에 담아 차고에 쌓아두었다. 가장 위에 있던 박스에 30만 엔을 담은 편지 봉투를 올려두었다. 봉투 위에는 〈번거롭게 해서 죄송합니다. 모두 처분해 주시면 대단히 감사하겠습니다.〉라고 적어두었다. 최대한 남에게 피해를 안 주고 떠나려 하니, 여간 번거로운 일이 아니었다.

도쿄역에서 오다와라역까지 신칸센 히카리 열차를 탔다. 기차에 타자마자 휴대전화를 꺼내 라흐마니노프의 〈피아노 협주곡 2번〉을 재생시키고 눈을 감았다. 1악장과 2악장이 흐르고, 3악장이 시작될 무렵에 맞춰 열차는 오다와라역에 도착했다. 귀에서 이어폰을 빼고 등산 열차로 갈아탔다.

하코네유모토역에 도착하자 온천여행을 온 관광객들로 역 주변이 무척 분주했다. 역사 내의 식료품점에는 도시락을 사려고 관광객들이 길게 줄 서 있었다. 외국인 관광객들은 삼삼오오 머리를 맞대고 열심히 관광 안내 책자나 휴대전화를 보고 있었다. 시끄럽게 귀를 울려대는 여행객들의 말소리와 웃음이 다른 세상의 소리처럼 들려왔다. 부럽다거나 외롭다는 감정은 들지 않았다.

택시에서 내려 료칸 호텔이 있는 숲 안쪽까지 천천히 산책하듯 걸었다. 구름 한 점 없이 맑은 봄날이었다.

로비가 있는 메인 건물에서 체크인할 때, 종업원에게 가장 구석진 곳에 조용한 객실로 달라고 했다. 헐레벌떡 뛰어온 총지배인과 잠시 인사를 나눴다. 나는 이제 완전히 빈털터리인데 그걸 알고도 나한테 이렇게 과한 환대를 해줄까 하는 의문이 들었다. 수중에 남은 건 이 료칸 호텔에 사후 뒤처리를 부탁할 요량으로 남겨둔 백만 엔이 전부였다.

방으로 들어가자 익숙한 풍경이 눈에 들어왔다. 현관 정면으로 큰 침대가 보였고 그 뒤 유리창 너머로 작은 호수와 반달 모양의 메인 건물이 보였다. 1층이라 발코니 너머 정면으로 나무의 뿌리 부분이 보였다. 튼튼하고 단단해 보이는 밑동이다. 인간이 괴롭히지만 않으면 앞으로 수백 년은 거뜬히 살 나무들이었다. 저 나무들은 그들의 그늘에서 잠깐 쉬다 가는 인간의 근심과 고통 따위에는 별 관심이 없어 보였다.

가방에서 물을 꺼내 크게 한 모금 마셨다. 식욕, 수면욕, 성욕 같은 욕구들이 다 사라져도 갈증만은 강하게 남아 있었다. 운동복으로 갈아입고 산책을 하러 나갔다. 한 발 한 발 천천히 시간을 들여 걸으며 자연을 감상했다.

더없이 화창한 봄날이다. 떠나기로 결심하자 세상의 모든 게 새롭게 인식되었다. 나뭇가지는 봄의 선봉에 서서 새파랗고 아름다운 잎을 만개하고 있었다. 햇살은 적당히 따뜻했고, 꽃과 나무들이 발산하는 산의 내음은 정신을 맑게 해 줬다. 작은 새들이 여기저기서 우는 소리가 들려왔고, 숲의 안쪽으로부터 크고 작은 짐승들의 발걸음 소리도 들려왔다. 산책로 양옆으로 아무렇게나 피어있는 들꽃들 사이로 벌과 작은 날벌레들이 부지런히 날아다니고 있었다. 생명력 가득한 계절과 공간이었다. 온 사방이 생명의 폭발을 노래하고 있었다. 이 정도 폭발력이라면 나 하나쯤 거기에 휘말려 죽는 것도 영광이라는 생각이 들었다.

객실이 있는 건물로 돌아왔을 때, 출입구 옆에 있는 화단에 만개해 있는 노란 꽃이 눈에 들어왔다. 익숙한 꽃이다. 저 꽃 이름이 뭐였더라?…

한참을 기억을 더듬은 끝에 생각났다. 애니시다.

작년 봄 도쿄의 카날 카페 화단에서 봤던 그 꽃이었다. 새파란 줄기 끝에 하늘로 뻗어 올라오듯 여기저기 피어있는 노란 잎의 색감이 일품이었다. 생명의 결정체를 잔뜩 머금고 조금도 망설이지 않고 그것을 터뜨리고 있었다. 문득 비슷한 색의 카디건을 입고 있었던 미유키가 떠올랐다.

미유키라니, 기억이 미화라도 된 걸까. 오랜만에 떠올린 그녀의 얼굴이 나름 매력적이었다는 생각이 들었다. 미유키와의 대화는 건강했고 즐거웠다. 상대의 기분을 좋게 해 주는 그녀의 대화법은 그동안 만난 그 어떤 사람들보다도 우아한 그녀만의 매력이었다. 겸손하고 침착한 말투와 상대를 존중하는 따뜻한 마음마저. 왜 이제야 그녀가 떠오른 걸까. 나는 그때 왜 그녀에게 더 다가가지 않았을까. 하지만 후회해 봤자 이미 돌이킬 수 없는 일이다. 그녀는 분명히 누군가의 훌륭한 동료이자 믿음직한 아내이자 따뜻한 어머니가 되어 건강하고 윤택한 삶을 살겠지. 그랬으면 좋겠다고 진심으로 기원했다.

이틀간 낮에는 산책하고 밤에는 휴대전화로 음악을 들으며 『기나긴 이별』을 읽고 혼자 낄낄거리며 웃었다. 특유의 말장난과

희화화가 유독 많은 작품이지만 그렇다고 박장대소할 만큼 웃긴 건 아닌데, 이상하게 자꾸만 웃음이 났다.

마음을 깨끗이 비우자, 라흐마니노프의 〈피아노협주곡 2번〉도 별 게 아닌 것처럼 느껴졌다. 1, 2악장이 여전히 구슬프게 들리긴 했지만 잠깐 평단에서 비평 좀 받았다고 뭐 얼마나 대단한 우울과 상실, 절망을 느끼고 그것을 담았겠는가. 오히려 갑자기 리듬이 너무 경쾌하고 밝아져서 유치하다고 싫어했던 3악장이 새롭게 다가왔다. 이렇게 생명력이 가득하고 파워풀한 곡이었나 싶은 정도였다. 아니구나, 생각을 고쳐야겠다. 역시 라흐마니노프는 불세출의 천재가 맞다. 1, 2, 3악장 온전히 들어야 그의 〈피아노협주곡 2번〉은 완성되는 것이다. 그동안 나는 반쪽짜리 음악을 듣고 좋아했을 뿐이다. 나는 그 음악을 반복해서 듣고 또 들었다. 1악장에서 3악장까지 논스톱으로.

시공간에 묘한 굴곡이라도 생긴 걸까. 시간이 비틀어져 지나쳐 갔다. 한 시간은 영원같이 길고 지루하게 흘러갔고, 하루는 찰나처럼 지나갔다. 그런 하루보다 더 빠르게 이틀이 지나갔다.

디데이를 앞둔 밤이 되었다. 유서 같은 건 쓰지 않기로 했다. 세상에서 도망치는 주제에 그 심정을 뭐 하러 남기겠는가. 남겨진 이들에게 짐이요 상처만 될 뿐이었다. 모든 미련을 떨쳐내자, 마음이 편안해졌다.

오랜만에 평온하고 안락한 잠을 깊이 자는 와중에 휴대전화가 다급히 울리는 소리에 잠에서 깼다. 눈을 떴을 때, 나는 나 자신보다 더 소중한 것을 또 다시 잃게 되었다.

27

케이시, 가즈키 그리고 하츠네

디데이를 앞둔 새벽이었다. 수면제가 잔뜩 들어있는 작은 통을 머리맡에 두고, 이불을 발끝부터 머리 위까지 덮고 일찍부터 자고 있었다.

휴대전화가 시끄럽게 울려왔다. 깊은 잠에서 깨어나 정신을 차리고 벽에 걸려있던 시계를 봤다. 시침이 3시를 가리키고 있었다.

이 새벽에 왜 내 휴대전화가 울리고 있지?

휴대전화 화면을 보니 하츠네에게서 온 전화였다. 하츠네가 이 시간에? 나는 불길한 예감이 들어 얼른 전화를 받았다.

"케이시…" 하츠네가 울먹이고 있었다.

나는 하츠네의 물기 가득한 목소리에 가슴이 철렁해져 다급히 물었다. "무슨 일이에요, 하츠네. 왜 울어요?"

"가즈키가 방금… 교통사고를… 당해서, 병원… 응급실이에요. 도와줘요, 케이시. 제발… 가즈키 좀… 살려주세요."

"어디 병원이라고요, 도쿄대학 의학부 부속 병원 응급실. 알겠어요. 지금 바로 갈게요. 괜찮을 거예요. 너무 걱정하지 마요."

하츠네와의 통화를 끊자마자 옷을 챙겨 입으며 도움이 될 만한 사람을 떠올리려 노력했다. 한 사람이 생각났다. 도쿄대학병원의 응급의학과 교수. 라디오 프로그램에 함께 패널로 출연한 인연이 있는 사람이다. 다행히 휴대전화 주소록에 그의 연락처가 있었다.

"안녕하세요, 교수님. 케이시입니다. 터무니없는 시간에 실례합니다. 지금 응급실에 가즈키라는 환자가 왔을 거예요. 제 동생입니다. 제발 살려주세요. 부탁드립니다."

교수는 마침 자기가 병원에 있으니 확인해 보겠다고 답했다. 실력 있고 믿을 만한 사람이다. 아주 조금 안심이 되었다.

총지배인에게 전화를 걸어 택시를 불러 줄 수 있냐고 물었다. 그가 이런 새벽시간에는 불가능하다며 난감해했다.

"정말 미안합니다. 아주 급해서 그래요. 직원의 차라도 빌릴 수 없을까요? 사례는 꼭 하겠습니다."

내가 다급히 말하자, 총지배인도 사태의 심각성을 인지했는지 자기 차를 가져다줬다. 도요타의 경차였다. 나는 그 차를 몰고 오다와라까지 전속력으로 산 비탈길을 내려간 후, 오다와라역 주차장에 세웠다. 차 키를 차 안에 두고 거기부터 택시를 타고 도쿄로 향했다.

택시 기사가 최대한 속력을 내서 달려줬지만, 마냥 느리게만 느껴졌다. 할 수만 있다면 자리를 바꿔 내가 운전하고 싶었다.

병원 앞에 도착해서 응급실로 뛰어갔다. 수술실 입구 옆에 긴 머리를 앞으로 축 늘어트린 채 벤치 의자에 앉아있는 하츠네가 보였다.

"하츠네, 괜찮아요?" 나는 숨을 몰아쉬며 하츠네에게 말했다.

"……."

하츠네의 텅 비어있는 동공을 보는 순간 가슴에 무언가가 쿵 하고 내려앉은 느낌이 들었다.

어디선가 지금과 비슷한 상황에서 저 눈빛을 본 적이 있다. 어머니였다. '그날' 카나에의 수술실 앞에서 망연자실해 있는 어머니가 지금 하츠네와 같은 눈을 하고 있었다.

수술실의 문이 열리고, 응급의학과 교수가 밖으로 나왔다.

"교수님, 가즈키는…?" 내가 교수에게 다급히 물었다. 하츠네도 자리에서 벌떡 일어났다.

"미안합니다. 최선을 다했지만 이미 환자가 병원에 도착했을 때는 뇌에 출혈이 너무 심해서….'

그 말을 듣는 순간 하츠네의 몸이 땅으로 꺼지듯이 미끄러졌다. 나는 하츠네가 바닥에 떨어지지 않도록 급히 그녀를 부축했다. 하츠네를 응급실에 있는 병상 위에 눕히고, 의사를 불러 진정제와 수액을 놓았다.

하츠네를 대신해 가즈키의 주검을 확인했다. 하얗고 윤기 있던 그의 얼굴이 시퍼렇게 보일 정도로 창백했다.

"안녕하세요, 제임스의 중학교 동창인 가즈키라고 합니다."

6년 전 여름 런던에서 열렸던 자선 파티 때, 잔뜩 긴장한 얼굴로 인사하던 가즈키의 모습이 떠올랐다. 그때 나는 가즈키를 보자마자 학창 시절에 친구들한테 샤프심 잘 빌려주게 생겼을 얼굴이라고, 단번에 그가 좋은 사람이라는 것을 알아봤다.

그날 밤 가즈키가 술에 잔뜩 취해 부자들은 카이로에 가야 한다고, 자기도 피라미드를 한 번만 직접 보고 싶다고 떼를 썼을 땐, 점잖게 생겨선 별난 구석이 있는 친구라고 생각했다. 의외성이 있는 친구다. 가까이에 두고 친하게 지내면 참 재미있을 거라고, 그런 생각을 했다.

그 착하고 순진했던 얼굴이 지금은 생기라고는 조금도 남아있지 않은 채 싸늘하게 식어있는 모습을 보자니 가슴이 저려 숨을 쉴 수가 없었다.

경찰이 찾아와 사고 경위를 알려줬다. 피해자는 보행신호에 횡단보도를 걷다가 음주운전을 하고 있던 차량에 치였다고 했다. 병원으로 찾아온 경찰들과 함께 경찰서로 이동해서 그 운전자를 봤다. 40대 초반, 하얀색의 고급 양복을 입고 팔에 수갑을 찬 채 아직도 술이 덜 깨어 머리를 벽에 대고 졸고 있었다. 자기가 무슨 짓을 저질렀는지 인지하지 못하고 있는 모습을 보자 살의殺意라는 감정이 올라왔다. 하얀 옷, 꿈속의 그 하얀 새가 떠올랐다. 사람을 죽여 놓고 코를 골고 자고 있다니. 몽둥이가 있다면 사정없이 내리치고 싶었다. 간신히 참았다.

기다려라. 내가 할 수 있는 모든 방법을 동원해 너를 법의 테두리 안팎에서 그 죗값을 반드시 치르게 할 테니.

다시 병원으로 돌아갔다. 하츠네는 아직 깨어나지 못하고 있었다.

병상 옆에 있던 간병인 의자에 앉아 몸을 구부린 채 양 팔꿈치를 무릎 위에 올리고 손으로 관자놀이를 누르며 생각했다. 지금, 이 새벽 동안 겪고 있는 상황에 머리가 깨질 듯이 아파졌다.

오늘 죽을 사람은 가즈키가 아니라 나였다.

나는 삶의 의욕을 잃고 세상으로부터 도망치겠다고 결심한 사람이다. 죽어 마땅하다고 할만하다. 하지만 가즈키는 아니다. 그 착하고 성실하고 따뜻한 친구가 이런 식으로 이렇게 세상을 떠나서는 안 될 일이다. 도무지 납득이 가질 않았다. 이 새벽에 갑자기 교통사고라니? 카나에의 죽음만큼이나 어이가 없고 납득할 수 없는 죽음이다. 한 고귀한 생명의 죽음이 이렇게 개연성 없이 일어날 수가 있단 말인가.

가즈키는 인생에서 가장 행복한 시기를 보내고 있었다. 사랑하는 사람과 결혼해서 신혼을 즐기고 있었고 이제 곧 태어날 아기를 기다리고 있었다. 중동으로 해외 파견을 나가, 새로운 삶에 도전해 보기로 했다고, 불과 며칠 전에 잔뜩 들뜬 목소리로 말했다. 그랬던 한 사람의 인생이, 아무런 예고도 전조도 없이 차가운 주검이 되어 막을 내렸다.

살고 싶다. 정말 살고 싶다.

가즈키의 사념思念이 흘러들어왔다. "사랑하는 사람과 조금씩 더 나은 내일을 향해 함께 하는 삶을 살고 싶다. 곧 태어날 아이의 희망찬 웃음을 보며 살고 싶다. 그 아이가 어엿한 성인이 되는 모습을 나는 살아서 보고 싶다."

끊임없이 흘러들어오는 그의 사념을 듣자니 가슴이 먹먹해져 왔다. 안타깝고 슬프다는 상투적인 말 따위로는 터무니없이 부족했다. 그의 사념은 더욱 근원적으로, 더 깊고 더 간절하고 더 절박했다.

카나에가 떠올랐다. 가족도, 친구도, 남자친구도, 꿈도 있던 16 살의 작고 가냘픈 소녀가 발을 헛디디는 그 순간, 얼마나 무서웠을까.

가즈키와 카나에, 그리고 생을 떠난 모든 사람. 그들이 세상을 떠날 수밖에 없는 상황에 부닥쳤을 때 품었을 심정을 생각하니 속에서 구토가 밀려왔다.

내가 무책임하게 스스로 상실되어 세상에서 도망치려 했을 때, 누군가는 너무도 간절하게 조금이라도 더 이 세상에 남아 존재하고자 필사적으로 발버둥 쳤을 것이다. 애절하게 바라고 또 바랐던 것이다. 살고 싶다고.

나는 그 소중한 삶의 의지와 생을 너무도 쉽게 내려놓으려 했다. 그런 생각이 들자 견딜 수 없이 괴로워졌다.

◆

가즈키의 장례식 날, 만삭에 가까워 배가 불러있던 하츠네는 최대한 슬픔을 억누르고 의연하고 굳건하게 서서 조문객을 맞이하고 있었다.

그 자리에 참석한 모두의 슬픔과 상실감을 합쳐도 그녀의 것만 못할 것이다. 그럼에도 불구하고, 하츠네는 앞으로 연속될 삶의 투지를 불태우고 있었다. 나는 그 비장하고 찬란한 그녀의 모습에서 어떤 경이로움마저 느꼈다. 삶의 기적 같은 그 모습에 말로 다 표현할 수 없는 감동이 밀려왔다.

'하츠네의 그 찬란한 삶의 의지'가 나에게 말했다.

어느 계절에 죽고 싶은지 따위는 중요한 게 아니라고.

지금 살고 있는 이 계절에 나 자신이 얼마만큼 생명력을 발산하고 있는지, 너와의 관계 속에서 서로 어떻게 성장하고 있는지, 이어질 다음 세대를 위해 우리는 어떠한 삶의 길을 걷고 있는지. 정작 더 중요한 것들을 너는 놓치고 있었다고.

나는 눈을 감고 그 소리에 집중하고, 진심으로 공명共鳴했다.

그리고 떠올렸다. 영원히 상실된 가족, 서로에게 깊은 상처만 남기고 단절된 애인, 지금은 연락이 닿지 않는 옛 친구, 언제까지고 함께일 줄 알았던 존재들의 부재, 내가 상처를 준 모든 사람과 나에게 상처를 준 모든 사람, 때로는 작별 인사조차 없이 사라져 버린 모든 것들….

아직 우리가 가지고 있는 결핍과 상처는 무엇 하나 온전히 치유되지 않았다. 어쩌면 그것은 영원히 해소되지 않은 채 삶의 그림자로서 지겹도록 우리를 따라다니며 괴롭힐지 모른다.

하지만, 그렇다고 하더라도 새로운 인연에 대한 기대가 있고 지금보다 더 완성된 나를 향한 희망이 있다. 희망과 기대, 그것이 삶을 살아내는 진짜 계절이었다. 이제야 그것을 보기 시작한 나는 영혼 깊은 곳에서 끓어오르는 삶의 투지를 느꼈다.

나는 '하츠네의 그 찬란한 삶의 의지'가 내민 손을 잡았다. 더없이 따뜻했다. 그 손은 내 몸의 한기를 순식간에 없애버리고 그 위에 포근한 온기로 나를 덮었다. 그러고는 나를 다시 일으켜 세웠다. 카나에의 그 작은 손을 처음 잡았을 때처럼, 저항할 수 없는 따스함이 내 안의 폭탄을 다시 잠재웠다.

◆

　　장례식이 끝나고 모든 조문객이 퇴장했을 때, 그제야 한없이 눈물을 쏟아내고 있는 하츠네에게 다가가 나는 말했다.

　　"내가 그 아이의 후견인이 되어줄게요."

"드디어 도착했네. 살라 군."

아부심벨 대신전 입구에서 내가 가즈키에게 말했다. 카이로에서 야간열차에 몸을 실은 지 정확히 열하루 만이었다.

"휴-우, 진짜 힘들었어요. 인디."

가즈키가 머리에 쓰고 있던 중절모를 벗고 이마에 흥건하게 흐르는 땀을 닦으며 말했다. 라운드 티셔츠의 목덜미를 경계로 얼굴이 새까맣게 그을린 모습이었다. 나도 마찬가지였다.

햇빛에 닿은 모든 부위의 피부가 까맣게 타는 동안 우리는 나일강을 거슬러 남쪽으로 향하는 야간열차와 경비행기, 크루즈와 펠루카까지 타며 꽤 고되고 먼 길을 여행했다.

8월의 한여름, 이집트 사막의 날씨는 상상을 초월할 만큼 무덥고 건조했고, 관광객이 뜸한 지역은 위생이며 청결이며 모든 것이 열악했다. 그렇게 이집트의 최남단인 아스완에 도착했고, 우리는 이른 새벽 군용차의 호위를 받으며 아부심벨 대신전 앞까지 버스를 타고 이제 막 도착한 참이었다.

"얼른 신전 안으로 들어가 볼까?" 내가 매표소 앞에서 말했다.

"……." 가즈키는 대답 없이 무언가를 골똘히 고민하고 있었다.

"왜 그래?"

"케이시는 여기에 와 봤다고 했죠?" 가즈키가 물었다.

"응, 몇 년 전에."

"신전 내부에도 들어가 봤고요?"

"당연히." 그러지 않을 거라면 굳이 여기까지 이 멀고 험한 길을 올 이유가 없지 않은가.

"저는 안 들어갈게요." 가즈키가 해맑게 웃으면서 말했다.

"뭐? 대체 왜?" 나는 깜짝 놀라 가즈키에게 되물었다.

"저 안에 정말 대단한 석상이나 아름다운 벽화가 있을지, 아니면 카이로 피라미드의 내부 석실처럼 아무것도 없는 시시한 공터일지 아직 모르잖아요. 저는."

"그래서?" 나는 이 친구가 대체 무슨 말을 하려는 걸까 싶어 물었다.

"물론, 여기를 최종목적지로 정하고 그동안 먼 길을 왔죠. 그렇지만 저 안까지 들어간다면 정말 이 여행의 마침표를 찍어버리는 것 같다는 느낌이에요. 저는 '삶이 아름다운 건 알지 못하는 내일이 있기 때문'이라는 말을 무척 좋아해요. 그래서 마지막 마침표를 찍지 않고 돌아가고 싶어요. 그게 제가 이 여행에서 발견한 보물이에요. 케이시도 그랬잖아요? 우리의 가슴을 뛰게 하는 건 보물이 아니라 보물을 찾아가는 모험이라고. 우리는 이미 충분히 보물을 챙겼어요. 조금은 남겨놓고 떠나는 게 어떨까요?"

정말이지 속을 알 수가 없는 재미있는 친구라는 생각이 들었다. 결국, 우리는 아부심벨 대신전 코앞에서 발걸음을 돌렸다.

◆

"가즈키, 네가 그리는 미래의 가장 행복한 너의 모습은 뭐지?"

런던으로 돌아가는 비행기에서 내가 가즈키에게 물었다.

"글쎄요. 안정적인 직장을 다니면서 평생 함께해도 질리지 않을 좋은 동반자를 만나고, 사랑스러운 아이들과 함께하는 모습 아닐까요?"

가즈키가 상상만으로도 정말 행복하다는 듯 잔뜩 상기된 표정으로 말했다. 그의 넉살 좋은 웃음을 보고 있자니 나까지 덩달아 기분이 좋아졌다.

"케이시는요?" 가즈키가 물었다.

"글쎄… 가즈키의 아이들과 놀아주는 모습?"

"에-이, 그게 뭐예요. 케이시도 케이시만의 행복을 찾아야죠."

가즈키가 웃으며 말했다.

너는, 어느 계절에 죽고 싶어

ⓒ 홍선기, 2023

초판 1쇄 발행 2023년 6월 7일
초판 7쇄 발행 2023년 7월 3일

지은이	홍선기
편집인	권민창
디자인	말리북
책임마케팅	김민지, 윤호현
마케팅	유인철, 이주하
제작	제이오
출판총괄	이기웅
경영지원	김희애, 박혜정, 최성민

펴낸곳	㈜바이포엠 스튜디오
펴낸이	유귀선
출판등록	제2020-000145호(2020년 6월 10일)
주소	서울시 강남구 테헤란로 332, 에이치제이타워 20층
이메일	mindset@by4m.co.kr

ISBN   979-11-92579-72-6   03810

모모는 ㈜바이포엠 스튜디오의 출판브랜드입니다.